Zwei Dinge haben mich seit meiner ersten Begegnung mit Charles und Esther Mulli begeistert und überzeugt: Ihre selbstlose Liebe und Hingabe für die Ärmsten der Armen, die elternlosen und ausgestoßenen Kinder der Straße und die Tatsache, daß sie als Afrikaner nicht auf die Hilfe von außen warteten, sondern selbst die Initiative ergriffen, ihr Haus öffneten und ihr Leben investierten.

Carl Martin Plettenberg
Stiftung KINDERHERZEN
www.kinderherzen.org

Mr. Mulli – das ist unser Mann vor Ort. Ein Mann, der Not und Elend sieht und mit Herz und Verstand schnell und zugleich nachhaltig hilft – ein Vollblutunternehmer Gottes in Sachen Liebe.

Dr. Martin Schenk
Vorstand CVJM Gomaringen

Impressum

Vater der vergessenen Kinder. Die Geschichte des Charles M. Mulli
2009
ISBN 978-3-00027-916-4
Herausgegeben von Walter Schäfer
Tübinger Straße 61, 72810 Gomaringen
E-Mail: mcf-D@mully-childrens-family.net

Originaltitel: Father of the Fatherless. The Charles Mulli Story

BayRidge Books, Ontario, Kanada

Übersetzung: Julia Schäfer, Gomaringen
Layout: Mario Mehner, Gomaringen
Produktion: Alfred Ankele, Gomaringen
Druck: Laupp & Göbel, Nehren

Vater der vergessenen Kinder

Die Geschichte des Charles M. Mulli

Paul H. Boge

Der Autor

Paul H. Boge wurde 1973 im kanadischen Winnipeg geboren, wo er heute als Bauingenieur arbeitet. Mit seinem ersten Roman *The Chicago Healer* gewann er 2003 den Preis für den besten neuen kanadischen Autor. Inzwischen sind 3 Bücher von ihm in Kanada erschienen. Außerdem schreibt Paul Boge Drehbücher und arbeitet als Regisseur. Sein erster Spielfilm erscheint 2009.

Im Jahr 2003 besuchte Paul Boge zum ersten Mal die Mully Children's Family in Kenia, wo er 3 Monate lang als freiwilliger Helfer mitarbeitete und die Kinder in verschiedenen Fächern unterrichtete. Während dieser Zeit wurde er von Charles Mulli gebeten, seine Lebensgeschichte zu schreiben. Im Januar 2009 kehrte Paul Boge für kurze Zeit zurück zur MCF, um Recherche zu betreiben, da er momentan an einer Fortsetzung der Geschichte von Charles Mulli arbeitet.

Dank des Autors

Danken möchte ich:

Gott – für deine Liebe, die keine Grenzen kennt; von den Reichsten der Reichen bis zu den Ärmsten der Armen; und für Deine Macht, die wirklich Leben ändern kann

Charles Mulli – dafür dass Sie mich damit beauftragt haben, Ihre Lebensgeschichte zu schreiben, die Menschen auf der ganzen Welt beeinflusst hat

Charles Mullis Familie – Esther Mulli, Jane, Miriam, Grace, Ndondo, Kaleli, Mueni, Isaac und Dickson für eure Freundschaft und für eure wertvolle Unterstützung beim Durchgehen des Manuskripts

Unterstützern der MCF auf der ganzen Welt – unermüdlich leistet ihr euren Beitrag zu dieser Arbeit. Eure Unterstützung ermöglicht diese Arbeit mit den Straßenkindern

Stephanie Webb und Elfrieda Balzer – für eure große Hilfe beim Redigieren und eure Unterstützung meiner Arbeit

Meiner Familie – Hans, Lorna, Hans, Tanya, Maya, Arianna, Hans Lukas, Elora, Adalia, Randy, Heidi, Olivia, Omi Boge und Oma Baerg für eure stete Unterstützung und dafür, dass ihr die Vision der MCF teilt

Larry Willard – meinem Verleger in Kanada, dafür, dass du dieses Projekt übernommen hast und für dein Bestreben, diese Geschichte zu veröffentlichen

Janine Maxwell – für unsere Freundschaft, die bei der MCF begann, und für deine Unterstützung bei diesem Buch

Meinen Mitbetern – Uwe, Christoph und Harry, für die unzähligen Male, die ihr für mich gebetet habt und für eure unermüdliche Hingabe, an Seinem Reich zu bauen

Julia – für die Übersetzung des Buches, für deinen Einsatz und deinen Wunsch, diese Geschichte auch auf Deutsch herauszubringen

Dem Leser – dass Sie die Arbeit von Mr. Mulli mit diesem Buch unterstützen.

Allen Kindern der MCF – weil ihr bewiesen habt, dass kein Fall hoffnungslos ist, und dass dem der glaubt nichts unmöglich ist

Vorwort des Autors

Es war dunkel. Es war spät. Die Kinder der Mully Children's Family in Ndalani waren bereits zu Bett gegangen. Ich saß in einem stillen Raum an einem Tisch, mir gegenüber Charles Mulli. Ich machte mir Notizen und schüttelte häufig ungläubig den Kopf, während er seine Lebensgeschichte erzählte.

Wir kennen solche Geschichten von Tellerwäschern, die zu Millionären werden – von Menschen, die ganz unten anfangen und die unglaublichsten Hindernisse überwinden. Wir begeistern uns für sie, weil wir uns mit ihnen identifizieren können oder zumindest ihre Bemühungen, nach oben zu kommen, nachvollziehen können. Aber bei Charles war da noch mehr. Er ging noch einen Schritt weiter. Sogar einen sehr großen Schritt. Und ich wollte herausfinden, warum.

Außerdem faszinieren mich Wunder. Ich habe Geschichten darüber gehört, was er getan hat. Ich habe von den Heilungen gehört. Und ich habe auch von den Austreibungen gehört. Viele glauben, dass es Wunder heute gar nicht mehr gibt, dass sie aus einer längst vergessenen Zeit stammen, wie ein vergrabener Schatz, der besser nicht gefunden werden sollte. Doch für Menschen wie Charles Mulli sind Wunder nicht aus einer anderen Welt. Sie gehören in ihre Welt, weil sie überlebensnotwendig sind.

Man sagt, dass Charles Mulli kein Mann ist, den die Menschen verstehen. Vielleicht ist das so bei Menschen, die so eng mit Gott durchs Leben gehen. Ich habe gehört, dass er einmal „ein Freund Gottes" genannt wurde. Wer ihn kennt, würde dem zustimmen.

Im Leben muss man Entscheidungen treffen. Und der Grund, weshalb ich so hohen Respekt vor Charles Mulli habe, ist nicht nur der, dass er einmal eine Entscheidung getroffen hat, sondern dass er die Entscheidung,

Christus nachzufolgen, jeden Tag aufs Neue trifft. Ich kann nicht sagen, dass die Nachfolge Christi mit der Zeit einfacher wird. Vielleicht soll sie das auch gar nicht. Und für die Menschen, die Christus nachfolgen, für Menschen wie Charles Mulli, wird sie zu einem immer gewaltigeren Abenteuer.

Und so machte ich einige Tage lang Notizen über sein Leben, hauptsächlich abends, in jenem Raum, im Dunkeln, in der Stille. Ich hörte ihm zu, als er seine Lebensgeschichte und die Ereignisse, die sein unglaubliches Leben geprägt haben, von Beginn an erzählte.

Ein ganz normaler Tag

Es war die schlimmste Zeit des Tages.

Der sechsjährige Charles Mulli lag wach in seinem Bett in der strohgedeckten Hütte, die nur aus einem einzigen Raum bestand. Es war spät und er war müde, und dennoch konnte er nicht einschlafen. Er verhielt sich so ruhig wie er nur konnte und horchte auf ein Zeichen, irgendeinen Hinweis auf die drohende Gefahr. Neben ihm schliefen seine kleinen Brüder, die vom drohenden Unheil nichts ahnten. Er hörte seine Mutter Rhoda im Bett neben sich atmen. Ihre Atmung hörte sich schwerfällig an. Er wusste nur zu gut, dass auch sie nicht schlief. Wie könnte sie auch?

Der Schrecken stand unmittelbar bevor.

Charles drehte sich im Bett um und hoffte, die Panik loszuwerden, die allmählich in ihm hochkam. Er spürte, wie das Herz ihm bis zum Hals schlug. Er versuchte sich einzureden, dass alles gut werden würde, dass sie in dieser Nacht heil davonkommen würden. Aber das Pochen in seinem Hals wurde immer stärker, als wäre es ein Vorbote für die kommenden Ereignisse. Jeder Windstoß, jedes Geräusch eines Tieres schreckte ihn auf. Er versuchte krampfhaft, die Geräusche nicht wahrzunehmen, die er so fürchtete. Für einen Augenblick überkam ihn Ruhe, ein schwacher Hoffnungsschimmer, dass sie – vielleicht – nicht in Gefahr waren. Die afrikanische Nacht wurde ruhig. Fast zu ruhig.

Aber das sollte sich alles ändern.

Er wollte seine Mutter fragen, ob sie glaube, dass sie in dieser Nacht sicher seien, und er hoffte, dass der Tonfall ihrer Stimme seine Bedenken entweder bestätigen oder zerstreuen würde. Es war bereits nach Mitternacht. Sicherlich waren sie nun bereits außer Gefahr. Sicherlich hatten sie dem Schrecken in dieser Nacht entgehen können. Und morgen? Doch wieder dieselbe Spannung. Doch, irgendwann würde es passieren. Aber für den Moment konnten sie sich zumindest an die Hoffnung klammern, dass es sie nicht treffen würde. Nicht in dieser Nacht.

Vielleicht war sein Vater in einen Streit geraten. Vielleicht hatte er in dieser Nacht endlich seinen Gegner gefunden und war von anderen Betrunkenen grün und blau geprügelt worden. Obwohl sich Daudi Mulli bereits in einem früheren Kampf erfolgreich gegen zehn Männer gewehrt hatte, geriet er häufig in Auseinandersetzungen beziehungsweise provozierte solche, die ihn fast umgebracht hätten. Vielleicht war diese Nacht eine von jenen Nächten. Das würde seine große Verspätung erklären. Oder vielleicht lag Daudi auch nach einer Sauftour betrunken und bewusstlos am Straßenrand. Vielleicht hatte er sich einfach nur verirrt. All diese Möglichkeiten wären für Rhoda, Charles und seine Brüder besser gewesen.

Doch das war nicht der Fall.

Daudi war auf dem Nachhauseweg.

Charles hörte ihn als Erster. Das Rufen und Schimpfen seines Vaters waren unverkennbar. Charles' instinktive Reaktion war, so zu tun, als ob er sich alles nur eingebildet hätte. Das Pochen in seinem Hals wurde immer stärker. Er redete sich ein, dass es nicht sein Vater war.

Aber so sehr sich Charles auch wünschte, dass es jemand anderes sei, wusste er doch, wer sich der Hütte näherte. Und genauso gut wusste er auch, was passieren würde.

Rhoda setzte sich in ihrem Bett auf. Sie wartete auf diese lähmenden Augenblicke, bevor Daudi die Tür erreichte. Oft fiel er auf dem Weg zur Hütte hin. Das wäre gut. Rhoda würde dann hinausgehen, ihn in die Hütte schleppen und ihn bewusstlos auf sein Bett legen. Diese Möglichkeit wäre noch das kleinere Übel. Rhoda wartete darauf, ihn fallen zu hören. Sie wartete darauf, dass sein Schimpfen aufhörte. Das war ihre einzige Chance.

Stattdessen sah sie die Tür aufgehen.

Sie warf einen panischen Blick auf Charles, der ihm bedeutete, sich unter dem Bett zu verstecken, als könne ihn dies vor dem Bösen beschützen, das ihnen unmittelbar bevorstand. Charles nahm seine Brüder, zerrte sie vom Bett herunter und schob sie darunter. Einer begann zu weinen. Charles hielt ihm den Mund zu und krabbelte unter das Bett.

Er blickte auf die Tür und konnte lediglich die Füße seines Vaters erkennen. Vielleicht würde er wieder weggehen. Vielleicht würde er nur die Tür schließen und betrunken auf den Boden fallen. Daudi jedoch stand da und sagte nichts. Charles zog seinen Kopf weiter unter das Bett. Zu seiner wachsenden Angst vor seinem Vater kam die erdrückende Sorge um seine Mutter. Wenn zehn Männer es schon nicht mit Daudi aufnehmen konnten, wie viel weniger konnte es seine Mutter? Jeder Augenblick dauerte eine Ewigkeit. Charles wartete in der betäubenden Stille, bis Daudi begann, Rhoda anzuschreien.

Er konnte die Worte seines Vaters nicht verstehen. Das war auch egal. Der Tonfall genügte. Dieser bestätigte ihre schlimmsten Befürchtungen. Der Mann war betrunken und wütend. Und in der näheren Umgebung war niemand. Um Hilfe zu rufen hatte keinen Zweck.

Daudi beschimpfte seine Frau aufs Übelste. Charles schloss seine Augen und hoffte, dass dadurch der Spuk enden würde. Rhoda schwieg, was hätte sie auch sagen sollen? Ihre Füße zuckten vor Angst. Sie wich an die Wand zurück. Daudi brüllte so laut, dass es schien, es gäbe eine direkte Verbindung zwischen seiner Stimme und dem Angstzentrum in ihrem Kopf.

Und dann wurde alles still. Charles lauschte in die nächtliche Stille. Dann hörte er, wie die erstickten Atemzüge seiner Mutter die Stille durchbrachen. Ihr verzweifeltes nach Luft schnappen wurde immer schwächer. Sie versuchte röchelnd, soviel Luft wie nur möglich in ihre Lungen zu bekommen. Charles sah unter dem Bett hervor. Bei dem Anblick, der sich ihm bot, wünschte er sich, er hätte sich versteckt gehalten.

Daudi, klein und unglaublich gut gebaut, hatte seine Hände um den Hals seiner Frau gelegt und würgte sie. Rhoda versuchte erfolglos, seine Hände loszuwerden. Speichel kam aus ihrem Mund und flog in alle Richtungen. Sie stampfte mit ihren Füßen auf und warf sich zu Boden. Sie versuchte ihr Möglichstes, um seinem Griff zu entkommen. Ihre Atmung setzte aus. Die blasse Zunge hing ihr aus dem Mund. Ihr Gesicht zitterte als stünde es unter Strom. Dann warf Daudi sie auf das Bett. Sie prallte in die Ecke, wandte ihr Gesicht ab und rang nach Luft. Ein elendes, keuchendes Geräusch hallte in Charles' Ohren wider.

Daudi schrie und fluchte, er gab ihr die Schuld für alles, was ihm in den Sinn kam. Ihre Armut, seine Schwierigkeiten, Arbeit zu finden, ihre ärmlichen Lebensverhältnisse. Alles war ihre Schuld.

Rhoda hatte das schon oft erlebt, und mit der Zeit kannte sie die Spielregeln. Früher, als sie geschlagen wurde, hatte sie versucht, mit ihm zu diskutieren, ihn zu beruhigen, ihm zu versichern, dass alles gut werden würde. Aber dies schien ihn immer noch wütender zu machen.

Deshalb blieb Rhoda in der Ecke liegen, stellte sich bewusstlos und versuchte, wieder die Kontrolle über ihre Atmung zu gewinnen. Bis jetzt war es ihr gelungen, einen weiteren Angriff zu überleben, und sie war beinahe erleichtert, als es nun vorbei zu sein schien. Doch als sie Daudi fluchen und schimpfen hörte, wo denn die Kinder seien, drehte sie sich ihm zu, denn der Überlebensinstinkt einer Mutter schließt meist die Kinder mit ein. Sie richtete sich so gut sie konnte auf und hoffte, ihn so von den Kleinen abzulenken.

Daudi ging zum Bett der Kinder. Er zog die Decken weg. Es war leer.

„Wo sind sie?“ schrie er. Es war so laut, dass Charles vor Entsetzen bebte. Seine kleinen Hände zitterten. Er wusste nicht, ob es besser wäre, versteckt zu bleiben oder sich zu zeigen. Was war besser für ihn? Für seine Brüder? Und für seine Mutter? Was würde Daudi beruhigen?

Daudi wandte sich Rhoda zu. Sie schreckte vor Angst zurück. Aber ihr Plan war aufgegangen. Es war ihr gelungen, seine Aufmerksamkeit von den Kindern abzulenken und sich wieder ihr zuzuwenden.

„Wo sind sie?“ rief er immer und immer wieder. Die Antwort war naheliegend – natürlich. In einer Hütte gibt es nicht viele Verstecke. Aber Daudi interessierte sich nicht für das Naheliegende. Er war auf eine Auseinandersetzung aus.

Charles spähte unter dem Bett hervor. Sein Vater ragte vor ihm auf. Charles konnte den übel riechenden Gestank von Alkohol und Körpergeruch wahrnehmen. Aber der Gestank war nichts gegen das, was er gleich zu sehen bekommen würde.

Mit einem kraftvollen Schwung schlug Daudi seine rechte Hand in Rhodas Gesicht. Es gab ein lautes, knallendes Geräusch. Die Heftigkeit des Schlages ließ ihren Kopf nach hinten schnellen, wie den Kopf eines Boxers, der einen K.O.-Schlag abbekommen hat. Rhodas Körper schüttelte sich vor Schmerzen. Ihr Kopf schlug gegen die Wand der Lehmhütte. Sie versuchte sich wieder zurechtzufinden, aber nachdem sie den niederschmetternden Schlag abbekommen hatte, konnte sie nicht mehr erkennen, aus welcher Richtung Daudi den nächsten Schlag austeilen würde.

Sie sah die Tür. Sie war noch offen. Sie konnte es ins Freie schaffen. Daudi war betrunken, vielleicht würde er sie nicht erwischen. Aber die Kinder – sie konnte sie nicht zurücklassen. So blieb sie auf dem Bett sitzen und beschloss, sich ihrem Mann zu stellen.

Der nächste Schlag traf sie mitten ins Gesicht. Daudi schlug so stark zu, dass nicht nur ihr Gesicht vor Schmerzen brannte, sondern auch ihr Hals beim Fall auf das Bett knackte. Sie hatte diesen zweiten Schlag erwartet. Es gab nie nur einen. Aber der erste war stärker und schmerzvoller als je zuvor gewesen, und so konnte sie sich nicht mehr auf den nächsten Angriff vorbereiten.

Daudi packte Rhoda an den Haaren und zerrte sie in eine bessere Schlagposition. Sie schrie in Panik, weil sie wusste, was nun kam. Wie ein verletztes Beutetier vor einem brüllenden Löwen flehte sie ihren Mann an, aufzuhören. Er schrie sie an, und Speichel flog aus seinem Mund in ihr Gesicht. Er formte seine rechte Hand zu einer Faust und packte sie mit seiner linken erneut an den Haaren, um sie festzuhalten. Charles' Augen öffneten sich weit.

Daudi schmetterte seine Faust in Rhodas Gesicht. Ihr Kopf flog zurück. Sie konnte nun nur noch undeutliche Schatten ausmachen. Sie sehnte sich nach der Bewusstlosigkeit, aber gleichzeitig verschlimmerte sich ihr Schmerz, weil sie sich Vorwürfe machte, dass sie ihre Kinder im Stich ließ. Daudi setzte bereits zum nächsten Schlag an, als Rhoda plötzlich schrie. Das war ein anderer Schrei als je zuvor, einer, wie ihn Charles noch nie vernommen hatte. Es war ein durchdringender, schriller Schrei. Sie schrie nicht nur vor Schmerzen. Ihre Stimme war voller Panik, denn sie spürte vielleicht, dass eine unsichtbare Wirklichkeit in die Hütte eingedrungen war. Sie schrie, weil sie überzeugt war, dass die Hütte nun von einer Gegenwart umgeben war, die niemand von ihnen je zuvor erlebt hatte.

Daudi versetzte Rhoda einen weiteren Schlag. Er traf sie teils auf der Nase teils unter ihrem linken Auge. Blut spritzte aus ihrem Mund. Ihr Schreien setzte für einen Augenblick aus.

Charles wollte nicht weinen, aber er konnte es nicht verhindern. Mit seinen sechs Jahren kannte er bereits die grausamen Auswirkungen davon, während einer solchen Prügelei Gefühle zu zeigen. Denn Charles' Tränen klagten Daudi an, sie waren ein Zeichen dafür, dass dieses Handeln falsch war, und deshalb wurde Daudi zornig darüber.

Er ließ Rhoda los, die wie eine Tote auf dem Bett lag. Nun wandte er sich Charles zu. Er ging einen Schritt auf ihn zu. Charles sah das Blut seiner Mutter auf den Knöcheln seines Vaters. Er blickte an seinem Arm entlang zu seinem Gesicht auf. Was er sah, entsetzte ihn. Kein Zweifel, es war sein Vater, der dort stand. Aber diese Augen – das waren nicht die Augen seines Vaters. In ihnen war etwas Bösartiges.

Daudi hockte sich hin und schaute seinem Sohn ins Gesicht. Charles' Hände zitterten. Das Herz schlug ihm bis zum Hals.

„Warum weinst du?“ rief er.

Jede Antwort – auch keine Antwort – wäre mit Sicherheit falsch. Charles sagte nichts.

„Warum weinst du?“ schrie er erneut. Daudi zerrte Charles unter dem Bett hervor. Da hörte er die anderen Jungen ebenfalls weinen. In seinem Zorn kniete er sich auf den Boden, streckte seinen Arm unter das Bett und zerrte seine anderen Söhne ebenfalls hervor. Sie schrien und weinten und bedeckten ihre Köpfe mit ihren Armen, wie Soldaten, die auf die Explosion einer Granate warteten.

Und das Schlagen ging weiter.

Charles stand am nächsten. Er wäre der Erste. Er sah zu seinem Vater auf und wartete auf das Unvermeidliche. Den Mann, den er im nüchternen Zustand kannte, gab es nicht mehr. Daudi war durch einen anderen oder etwas anderes ersetzt worden. Er hob seine Hand und holte aus. Charles sah es kommen und versuchte, auszuweichen. Der Schlag traf Charles mit solcher Wucht im Gesicht, dass sein Körper herumwirbelte.

„Hör auf zu weinen!“, rief Daudi. Charles krabbelte auf sein Bett. Daudi packte ihn an den Schultern und warf ihn vom Bett. Charles krachte gegen die Lehmwand und schlug auf den Boden, wo er bewusstlos liegen blieb.

Rhoda schlug die Augen auf und sah ihren Mann über ihrem ältesten Sohnes stehen.

„Hör auf“, sagte sie mit einer Stimme, die so erbärmlich war, so leise, dass es mehr wie das Eingeständnis einer Niederlage klang als eine überzeugte Bitte, das Chaos zu beenden.

Daudi schlug alle jüngeren Brüder so sehr, dass sie zu Boden gingen. Er packte Charles an den Schultern und stellte ihn auf seine Füße. Er spuckte seinem Sohn ins Gesicht und warf ihn dann erneut gegen die Wand. Charles stolperte zu Boden, er konnte nicht weinen. Er wollte seine Mutter vor dem Monster beschützen, das in ihrer engen Hütte sein Unwesen trieb, aber er hatte keine Kraft dazu. Sein Mund war blutüberströmt. Seine Zähne schmerzten unerträglich.

Daudi wandte sich wieder Rhoda zu, die nur noch ein blutendes Etwas aus Haut und Knochen war. Sie hatte keine Kraft, keinen Willen mehr. Nur ihr schwacher Pulsschlag unterschied sie noch von den Toten.

Aber die Schläge hatten Daudi erschöpft. Er stand keuchend in der Hütte und setzte sich neben seine Frau auf das Bett. Daudi starrte wie in Trance vor sich hin. Er legte sich neben seine Frau. Er hatte vergessen, was er angerichtet hatte und schlief ein.

Charles wartete, bis es für ihn sicher war, aufzustehen. Dann erst bemerkte er den unerträglichen, stechenden Schmerz an seinem Hinterkopf. Ihm war schwindelig. Er hatte Schwierigkeiten, scharf zu sehen. Er wischte seinen Mund ab und spürte das Blut, das bereits angetrocknet war. Er sah hinüber zu seiner Mutter. Sie atmete. Aber er vermied es, seinen Vater anzusehen, während er zurück ins Bett zu seinen Brüdern ging. Auch sie atmeten. Zum Glück hatten Rhoda und Charles die meisten Schläge abbekommen. Vielleicht hatte ihre Anwesenheit den Jüngeren Schutz geboten.

Charles schlief als Letzter ein – vielleicht wurde er auch bewusstlos. Als er eindämmerte, fühlte er sich ein klein wenig erleichtert, dass es vorbei war. Sie waren außer Gefahr. Zumindest vorübergehend.

Aber es hatte gerade erst angefangen.

Unheimliche Ruhe

Charles wachte in Panik auf. Sein Herz raste. Er holte tief Luft. Er war verwirrt, und seine Augen versuchten, sich an die Umgebung zu gewöhnen. In der Ferne hörte er ein Rufen. Er nahm an, dass es nichts Außergewöhnliches war, vielleicht nur seine Fantasie, die ihm nach den Prügeln einen Streich spielte, und er versuchte, wieder einzuschlafen.

Vielleicht wäre es besser gewesen, er hätte die folgenden Ereignisse tatsächlich verschlafen.

Er legte seinen Kopf zurück, aber die Schreie wurden lauter. Das war nicht seine Fantasie, und es war auch kein Traum. Manchmal schreckt man aus einem furchteinflößenden Traum auf und ist erleichtert, wenn man feststellt, dass der Traum nicht der Wirklichkeit entspricht. Aber in diesem Fall wachte Charles aus einem Traum auf und fand sich in einem Albtraum wieder.

Daudi stand mit dem Rücken zur Tür. Seine Augen und sein Mund waren weit geöffnet. Seine weiß belegte Zunge hing heraus. Er atmete in kurzen, heftigen Zügen. Schweißtropfen rannen sein Gesicht hinunter und tropften zu Boden. Er warf seinen Kopf vor und zurück gegen die Tür, als ob er sich von etwas befreien wollte.

Oder von jemandem.

Charles sah zu Boden. Daudis Füße berührten ihn kaum. Lediglich seine Zehen berührten noch den lehmigen Fußboden. Er schwang seine Fäuste vor sich in die Luft in der Hoffnung, seinen „Angreifer" abzuwehren.

Es war, als ob eine schreckliche, unsichtbare Gestalt versuchte, Daudi zu erwürgen.

Rhoda wachte ebenfalls auf. Ihr zerschrammtes und kaum noch wieder zu erkennendes Gesicht war von getrocknetem Blut bedeckt. Sie drehte ihren Kopf, um mit ihrem linken Auge, das noch nicht zugeschwollen war, sehen zu können. Was sie sah, ließ sie erschaudern, und sie zog sich in die Ecke zurück.

Daudis Keuchen wurde immer angestrengter. Sein schweres Atmen war nun zu einem ernsthaften Ringen um einen letzten Rest an Luft geworden. Die jämmerlichen Geräusche aus seinem Mund waren die eines Sterbenden.

Und Charles und Rhoda fragten sich, ob das nicht das Beste für alle wäre.

Daudi fiel zu Boden und umklammerte seinen Hals, als ob er damit den unsichtbaren Gegner hindern könnte, wieder Herr über ihn zu werden. Er nahm einen tiefen Atemzug. Sein Brustkorb hob sich an. Er streckte seine Hände aus und stieß sich vom Boden ab. Für einen Augenblick überkam ihn eine merkwürdige Stille.

Und dann ging es wieder von vorne los.

Sein Körper wand sich in einer heftigen, unnatürlichen Bewegung, sein Rücken schlug gegen die Tür. Das Würgen und Keuchen ging weiter, dieses Mal schlimmer als zuvor. Es hörte sich nicht mehr menschlich an. Daudi schlang seine Hände um seinen Hals und versuchte, den Angreifer daran zu hindern, das Leben aus ihm herauszuquetschen. Er wand sich nach links und nach rechts, aber es gab kein Entkommen.

Charles blieb in seinem Bett. Besorgt um seinen Vater fragte er sich, was mit ihnen allen passieren würde, wenn diese Macht seinen Vater umgebracht hätte. Gegen Daudi würde es immer eine Chance geben. Sie hatten ihn heute Nacht überlebt. Vielleicht würde ihnen das wieder gelingen. Aber es gab keinen Schutz gegen die Anwesenheit des Bösen in diesem Raum, falls Daudi sterben sollte. Wie kann man sich gegen etwas wehren, das man nicht sehen kann?

Daudi hustete Blut, er verdrehte seine Augen. Er bekam keine Luft mehr. Das Keuchen hörte auf. Mit heftigen Stößen schlug Daudi auf alles ein, was in seiner Reichweite lag. Langsam schwanden seine Kräfte wie bei einem Kämpfer, der zu erschöpft ist, um einen Kampf weiterzuführen.

Und dann war alles vorüber.

Es wurde ganz still im Raum.

Obwohl sonst nichts passiert war, spürten Charles und Rhoda, wie die böse Macht verschwand. Vielleicht durch die Tür. Oder vielleicht löste sie sich einfach in Luft auf, so wie sie auch gekommen war. In jedem Fall war sie weg. Und sie hofften, das würde auch so bleiben.

Aber es sollte nicht das letzte Mal gewesen sein, dass Charles die Anwesenheit eines solchen bösen Geistes spürte.

Er sah seinen Vater an, der sich nicht regte. Vielleicht war er tot. Seine Mutter und er fragten sich, ob sie ein schlechtes Gewissen haben oder eher dankbar sein sollten. Er beugte sich vor, um nach seinem Vater zu sehen, aber hielt inne bei dem Gedanken, dass womöglich diese unsichtbare Macht in seinen Vater gefahren war und plötzlich zum Leben erwachen und ihn angreifen würde.

Er hörte, wie sein Vater zu atmen begann. Seine Augen blieben geschlossen. Es sah aus, als schlafe er. Charles sah Rhoda an, die sich in die Ecke gedrängt hatte. Die Tränen brannten auf den Wunden in ihrem Gesicht. Er hörte sie weinen. Das war kein Weinen, das versprach: *Alles wird besser, wir machen nur eine schlimme Zeit durch.* Das waren nicht einmal verzweifelte Tränen, denn sogar verzweifelte Tränen beinhalten die Hoffnung, dass es irgendwo jemanden geben wird, der ihre Situation kennt und ihnen helfen wird. Dies waren Tränen der Trostlosigkeit. *Das ist mein Schicksal. Das ist das Beste, was ich je haben werde.* Sie lehnte ihren Kopf gegen die Wand in einer seltsamen Haltung. Es war zu schmerzhaft, sich hinzulegen. Das Zittern ihrer Hände ließ nach. Sie schlief ein.

Charles hörte die Schreie seiner Mutter in seinem Kopf. Immer und immer wieder spürte er den Schlag der Faust seines Vaters in seinem Gesicht. Er sah den entsetzlichen Ausdruck auf dem Gesicht seines Vaters, mit seinen geweiteten Augen und der heraushängenden Zunge, während er am Boden lag und um Atem rang. Er machte sich Sorgen wegen dieser finsteren Macht, die irgendwo in der Nähe war, sich herumschlich und darauf wartete, ohne Ankündigung zurückzukommen.

Nein, heute Nacht würde Charles keinen Schlaf finden.

Die Nacht dauerte ewig. Jedes Geräusch, jeder Windstoß schien neues Unheil anzukündigen. Sogar die ersten Anzeichen der sich nähernden Morgendämmerung schienen unwirklich. Der erste Lichtstrahl verschaffte ihm Erlösung. Sie hatten eine weitere Nacht überlebt.

Als die Morgensonne allmählich in die Hütte der Mullis fiel, offenbarte sie das ganze Ausmaß der Ereignisse der vergangenen Nacht. Charles sah die Blutergüsse auf seinen Armen. Er versuchte, seine Gesichtsmuskeln zu bewegen und fühlte den Schmerz auf den Seiten seines Kopfes. Er sah seine Brüder an, ihre Gesichter waren merkwürdig ruhig. Keine Schwellungen, keine Blutergüsse, kaum Kratzer.

Seine Mutter hingegen war nicht so heil davongekommen.

Er sah, dass ihr Gesicht beinahe nicht wieder zu erkennen war. Sie saß immer noch zusammengekrümmt in der Ecke, als würde sie unterbewusst immer noch versuchen, sich gegen einen Angriff zu schützen. Ihr Körper war im Laufe der Nacht etwas zusammengesackt. Sie sah aus wie ein Brandopfer. Die Sonne warf Licht auf ihre linke Gesichtshälfte und entblößte die dunklen Schwellungen. Speichel tropfte von ihrer dick angeschwollenen Lippe. Ihr Haar klebte an Blutflecken um ihre Stirn.

Und obwohl er sich fragte, wie schrecklich er selbst wohl zugerichtet sein mochte, versuchte er, sich vorzustellen, wie seine Mutter ohne Blutergüsse ausgesehen hatte, allerdings ohne Erfolg. Sie schien so zerbrechlich, so verlassen. Er wollte sie nicht aufwecken. Solange sie weiterschlief, hatte sie viel weniger Schmerzen.

Daudi stieß einen heftigen Seufzer aus. Das machte Charles Angst. Sein Herz schlug. Er schauderte, denn er rechnete damit, dass sein Vater gewaltbereit erwachen würde. Daudi lag auf dem Rücken, seine Hände lang auf dem Bett ausgestreckt. Und dann, als wäre er von den Toten aufgewacht, öffnete er seine Augen.

Das Monster wachte auf.

Daudi stieß einen lauteren Seufzer aus. Obwohl Rhoda neben ihm nicht aufgewacht war beziehungsweise ihr Bewusstsein nicht wiedererlangt hatte, registrierte ihr Gehirn doch das Geräusch. Ihre Hände begannen zu zittern, da sie spürte, dass die Gefahr nun wieder zum Leben erwachte. Daudi setzte sich auf. Seine Augen blickten klar. Er schaute sich im Raum um. Der kleine Tisch lag zerbrochen am Boden. In der Ecke neben ihm lag zusammengekauert eine Frau, die weder er noch sonst jemand erkennen konnte. Er drehte sich zu Charles um.

Ihre Blicke trafen sich.

Die Angst traf Charles wie ein Blitzschlag. Daudi befand sich in Schlagweite. Er konnte Charles jederzeit schlagen, wenn er wollte. Charles wusste nicht, was er tun sollte. Sollte er seinen Vater anschauen? Würde das alles nur noch schlimmer machen? Sollte er wegsehen? Was würde seinen Zorn anstacheln?

Auf Daudis Gesicht zeigte sich ein Ausdruck der Verwirrung. Es war, als wolle er wissen, wie so etwas hatte passieren können. Er lehnte sich vor und schaute Charles genauer an. Charles zog seinen Kopf zurück, atmete tief ein und machte sich auf einen neuen Wutausbruch gefasst.

Aber sein Vater starrte ihn lediglich an. Er sah seinen Sohn gleichgültig an. Er weinte nicht, er bereute nichts. Charles hatte das am Morgen danach schon häufiger erlebt. Sie alle hatten das erlebt. Daudi, den Routine im Leben abstumpfte, sagte nichts, stand auf und ging zur Tür hinaus.

Als ob dies ihr Zeichen zum Aufwachen gewesen wäre, öffnete Rhoda ihr heiles Auge und ließ das Sonnenlicht in ihren Körper. Ein neuer Tag. Ein neuer Tag im kenianischen Dorf Kathithyamaa, ohne Geld, ohne Mann und ohne Hoffnung.

Sie atmete in kurzen Zügen durch ihre Zähne und versuchte, ihren gebrochenen Rippen dabei möglichst wenig Schmerzen zuzufügen. Sie drehte ihren Kopf, wimmerte dann aber vor Schmerzen im Nacken. Mitten in der Bewegung erkannte sie, dass jede weitere Bewegung sie noch mehr schmerzen würde. Sie zog sich weg von der Wand und drehte sich auf den Bauch. Sie benötigte alle Tapferkeit, um diese Qualen zu ertragen. Sie hatte sich gerade soweit gedreht, dass sie Charles sehen konnte. Es wäre besser gewesen, wenn er im Schatten geblieben wäre. Das Entsetzen wäre nicht so groß gewesen, wenn nicht das Licht all die Verfärbungen im Gesicht ihres Sohnes noch hervorgehoben hätte.

Rhoda blickte ihren Sohn an. Sie versuchte, so gut es eine Mutter eben kann, ihre Tränen zurückzuhalten, als sie sah, in welch jämmerlichem Zustand ihr Sohn war. Es brach ihr das Herz. Ihr sechsjähriger Kämpfer, der so sehr versuchte, tapfer zu sein, der versuchte, der Beschützer der Familie zu sein. Sie wollte ihn trösten. Sie wollte ihn im Arm halten. Halb sitzend und halb liegend sah sie ihn an und wünschte sich genügend Kraft, um für den einzigen Mann in ihrem Leben von Nutzen zu sein. Doch trotz des ganzen Mitleids, das sie für ihn empfand, war doch das vorherrschende Gefühl, das sie ergriff, Schuld. *Wenn ich nur jemand anderes geheiratet hätte. Wenn ich nur Geld verdienen könnte. Wenn ich nur Daudi glücklich machen könnte, dann würde das alles nicht passieren. Wenn, wenn, wenn.*

Sie nahm all ihren Mut zusammen, stand auf und sah aus, als würde sie gleich zusammenbrechen. Sie strauchelte kurz, und es sah so aus, als würde sie gleich hinfallen. Charles sah an ihr hoch und fragte sich, ob er nicht sein eigenes Spiegelbild betrachtete. Dieses Gesicht. Dieses erbärmlich aussehende Gesicht. Schnittwunden und Blut, Schwellungen und Blutergüsse. Charles wurde bei ihrem Anblick übel. Rhoda wollte ihn küssen, aber sie wusste, dass es für beide schmerzhaft sein würde. Sie streckte ihre Hand aus, berührte ihn und ging nach draußen.

Charles' Brüder fragten nicht viel als sie aufwachten. Sie waren noch in einem Alter, in dem der Schlaf einer Nacht ausreicht, um die Probleme auf der Welt zu vergessen. Sie öffneten die Tür und blickten nach draußen. Dort sahen sie Daudi und Rhoda.

Die beiden saßen auf dem Boden. Vor ihnen war ein lebendiges Huhn. Daudi war beinahe in Trance, seine Augen sahen ins Leere. Charles fühlte sich unbehaglich. Aber er hatte dies bereits früher gesehen.

„Sie beten zu den Ahnen", erklärte Charles seinen Brüdern mit leiser Stimme, als wolle er möglichst nicht den dunklen Geist der vergangenen Nacht wecken. „Sie beten um Hilfe. Sie beten um Segen."

Daudi gab dem Huhn Milch. Er griff nach einer Schüssel *Ugali* – einem Maisbrei, der aussieht und schmeckt wie eine Mischung aus Kartoffel- und Grießbrei – und gab ihn dem Huhn. Obwohl sie nicht genug zu essen für sich hatten, schienen sie immer genügend Nahrung für das Huhn zu haben. Es war ihr Medium, über das sie mit den Ahnen kommunizierten.

Und dennoch: Je öfter sie das taten, desto ärmer wurden sie. Rhoda wusste das, aber man konnte unmöglich mit dem Brauch brechen, vor allem Daudi nicht. Bereits mit seinen sechs Jahren erkannte Charles, wie ihre finanzielle Lage immer misslicher wurde, während sie zu diesem Huhn beteten und hofften, dass ihre Ahnen das Schicksal der Familie Mulli ändern und ihnen Nahrung verschaffen würden.

Bei den Gebeten ging es nie um Vergebung, nie wurden die Schläge gebeichtet. Sie baten auch nicht darum, dass Daudi endlich zumindest einen kleinen Teil des Geldes mit nach Hause bringen würde, das er auf seinen Ausflügen nach Nairobi verdiente, statt es zu vertrinken. Und doch saß er da und gab sein weniges Geld dafür aus, Kontakt mit den Ahnen aufzunehmen, in der Hoffnung, ein besseres Leben zu bekommen.

Daudi und Rhoda blieben über eine Stunde. Für Charles dauerte es ewig. Als es vorbei war, verließ Daudi ihr abgelegenes Grundstück. Das nächste

Haus, das von Rhodas Mutter, war zehn Minuten Fußweg entfernt. Vielleicht war er sie besuchen gegangen. Oder vielleicht hatte er sich auf den langen Weg in die nächste Stadt gemacht, um sich erneut zu betrinken. Aber so sehr Charles auch mit ihm zusammen sein, mit ihm spielen wollte wie in einer normalen Vater-Sohn-Beziehung, so fragte er sich doch, ob es nicht das Beste für alle wäre, ohne ihn zu sein.

Rhoda ging ins Haus und legte ein feuchtes Tuch auf ihr verletztes Gesicht. Es sah jetzt schlimmer aus als vorher. Sie lag den ganzen Tag auf ihrem Bett und versuchte, eine bequeme, schmerzfreie Stellung zu finden. Als der Abend kam, schlief sie als Erste ein. Charles' Brüder schliefen kurz danach ein, während er wach blieb. Er lauschte, er grübelte, er hoffte. Vielleicht wäre Vater heute Abend nicht betrunken. Vielleicht würde Vater heute Abend einfach nur nach Hause kommen und schlafen gehen.

Er hörte Schritte auf die Tür zukommen. Sie waren schlurfend, als ob jemand sein Gleichgewicht verlor. Er hörte einen dumpfen Schlag. Es schüttelte ihn. Er wandte seinen Kopf ab von der Tür und presste seine Augen zu, als könne er damit seine Umgebung ausschließen.

Die Tür ging auf. Charles hielt den Atem an. Daudi ging einen Schritt in die Hütte hinein. *Bitte, bitte, bitte. Nicht heute Abend, nicht schon wieder.* Daudi sagte etwas. Vielleicht war es eine Frage. Vielleicht war es ein Fluch. Vielleicht nur ein Schimpfwort. Aber Charles gab keine Antwort. Daudi wiederholte sich. Immer noch machte Charles keinen Mucks. Es würde keine spätabendlichen Gespräche mit seinem Vater geben.

Daudi fiel auf das Bett, rollte sich weg und war nach wenigen Augenblicken schon im Tiefschlaf. Charles lauschte den tiefen Atemzügen seines Vaters und versuchte, sich selbst davon zu überzeugen, dass Daudi für heute erledigt sei. Er wartete, bis er sicher war, außer Gefahr zu sein. Dann entspannte er seine angespannten Muskeln, schloss seine Augen und schlief ein.

Hätte er gewusst, was am nächsten Morgen auf ihn wartete, wäre er nicht so ruhig eingeschlafen.

Es war still. Das war das erste Anzeichen dafür, dass etwas nicht stimmte. Kein Geräusch war zu hören. Weder von Daudi, noch von Rhoda, noch von seinen Brüdern. Nicht einmal der Wind. Es war eine ungewöhnliche Stille für solch einen hellen, heißen Tag. Charles spürte die Stille und fragte sich, was nicht stimmte. Er öffnete die Augen. Die Schwellung war etwas zurückgegangen. Es tat nicht mehr so sehr weh, seinen Kiefer zu bewegen. Er setzte sich im Bett auf.

Die Hütte war leer.

Dass seine Mutter nicht im Bett lag, war nichts Neues. Sie stand oft sehr früh auf – besonders dann, wenn sie sich nicht gerade von Schlägen erholen musste – um sich um ihre kleine Landwirtschaft zu kümmern. Daudi konnte überall und nirgendwo sein. Aber seine Brüder waren weg. Das war ein weiteres Indiz für Charles. Normalerweise stand er vor seinen Brüdern auf. Aber das Bett war leer.

Er öffnete die Tür. Als sich seine Augen an das Licht gewöhnt hatten, konnte er den lehmigen Fußweg von der Hütte zur Straße ausmachen. Er sah die Bäume auf dem Grundstück, an denen schwere, grüne Blätter hingen. Er sah den trockenen, schwarzen Boden ihres Feldes zur rechten Seite.

Aber er sah niemanden von seiner Familie.

Er bekam es mit der Angst zu tun.

Er rannte den Weg hinunter und suchte seine Mutter, suchte irgendjemanden. Aber niemand war zu sehen. Er rannte zurück und schaute hinter der Hütte nach. Vielleicht spielten sie ihm einen Streich. Vielleicht waren sie draußen und erledigten irgendetwas.

Von Daudi war nichts zu sehen. Das war nicht schlimm. Höchstwahrscheinlich war Daudi am Vorabend noch ins Dorf gegangen, um sich einen spätabendlichen Drink zu genehmigen, war in eine Schlägerei geraten und lag nun mit dem Gesicht nach unten im Straßengraben. Aber Rhoda und seine Brüder waren weg. Das war ein Problem. Das war ein großes Problem.

Er stand mitten auf dem Grundstück, drehte sich um, hoffte, jemanden zu erspähen. Aber er sah niemanden. Es war, als hätten sie sich alle in Luft aufgelöst.

Er kannte die Straße zum Haus seiner Großmutter. Voller Angst machte er sich auf den einsamen und ungewissen Weg. *Wo sind sie? Wo könnten sie hingegangen sein? Sie sind bei Großmutter. Dort werden sie sein.*

Aber als er sich dem Haus seiner Großmutter näherte, schwand seine Hoffnung. Seine Brüder spielten nicht im Hof. Weder Daudi noch Rhoda waren draußen. Er ging den Weg hinauf und öffnete die Tür. Dort fand er seine Großmutter, auf einem kleinen Hocker sitzend, mit einem besorgten Blick. Sie sah auf. Charles wurde schlecht. Er war sicher, dass er schlechte Nachrichten hören würde.

„Wo sind meine Eltern?“, fragte er, und dachte, dass er die Antwort wahrscheinlich tief in seinem Inneren bereits ahnte.

Seine Großmutter zögerte einen Moment, als wolle sie die Nachricht vor ihm verbergen. Aber der verzweifelte Blick in Charles’ Augen veranlasste sie, zu erzählen, was passiert war.

„Deine Familie ist nicht hier“, sagte sie. „Sie haben dich verlassen, Charles. Sie sind weg.“

Verlassen!

„Wann kommen sie zurück?“ fragte Charles.

„Ich weiß nicht.“

„Ich werde auf sie warten.“

„Charles.“

„Wir werden gemeinsam auf sie warten.“

„Charles.“

„Ich werde hier bei dir warten. Bis Mutter und Vater und meine Brüder zurückkommen. In Ordnung? In Ordnung? Ich kann doch hier bei dir warten. Warum siehst du so traurig aus?“

Allmählich begriff Charles die ganze Wahrheit. Dieser Blick in den Augen seiner Großmutter sagte alles, was er wissen musste. Da war dieser Schmerz, den er auch bei seiner Mutter gesehen hatte. Er legte die Hand wieder auf die Tür, als wolle er hinausgehen, die Tür schließen, um dann wieder hineinzugehen und etwas anderes zu erfahren.

„Sie kommen bald zurück“, sagte er und wartete darauf, dass seine Großmutter antwortete. Aber das tat sie nicht. „Sie sind nach Nairobi gegangen, nicht wahr? Um nach Arbeit zu suchen. Sie werden zurückkommen. Sie werden heute Abend zurückkommen.“

Immer noch nichts.

Er schluckte und atmete tief ein. Es musste eine einfache Antwort geben. Es musste einen Weg geben, die Wahrheit herauszufinden, ohne dass dies den Verlust seiner Familie bedeutete.

„Sie ziehen um“, sagte er. „Sie suchen sich ein Haus und kommen dann zurück, um mich zu holen.“

Eine Träne blitzte in ihren Augen auf. Trotz all der vielen Jahre der Hoffnungslosigkeit und Traurigkeit hatte sie ihre Gefühle nicht verloren.

Sie sprach mit einer freundlichen, aber auch überzeugenden Stimme, um bei ihrem Enkel keinen Zweifel darüber zu lassen, dass sie nun die Einzige war, die ihm noch geblieben war.

„Nein, Charles“, sagte sie. „Sie sind weg.“

Das war das Problem mit der Wahrheit. Sie kam mit so einer Wucht, dass sie letzten Endes keinen Platz mehr für Hoffnung ließ.

„Warum?“ fragte er. „Warum sollten sie mich verlassen?“

Seine Großmutter presste ihre Lippen zusammen. Er war so jung und stellte bereits Fragen, auf die es keine Antwort gab. Warum? Warum waren seine Eltern gegangen? Warum schlug sein Vater sie so schrecklich? Warum waren sie in Armut geboren, während andere in reichen Familien oder anderen Teilen der Welt aufwuchsen und wirklichen Mangel nie am eigenen Leib erfahren würden? Warum?

„Du wirst bei mir wohnen“, sagte sie.

Aber das tröstete ihn nur wenig.

Sie beide wussten, dass sie ihn nicht ernähren konnte.

Charles stand vor der Hütte seiner Großmutter. Er trug ein abgetragenes T-Shirt und kurze Hosen. Keine Schuhe. Der glühende Sonnenball über ihnen schien den ganzen Himmel einzunehmen. Seine Stirn war nass vor Schweiß. Es war so heiß wie in einer Sauna.

Aber die Hitze war sein kleinstes Problem.

Er war seit drei Tagen ohne Essen und fragte sich, wie lange er so noch weiter machen konnte. Er legte die Hand auf seinen schmerzenden Bauch. Der Schmerz war lähmend und anhaltend, ganz anders als bei jeder Krankheit, die er bisher gehabt hatte. Wenn jemand krank ist, gibt es teure Ärzte, die helfen können. Es gibt teure Medikamente. Aber das einzige Mittel gegen Hunger ist Essen. Und wenn es keines gibt, dann gibt es keine Heilung.

Er sah in die Ferne, vorbei am ehemaligen Grundstück seiner Familie, zur nächsten Hütte. Er blieb stehen und wartete stundenlang bei der Hütte seiner Großmutter, bis er den Mut aufbringen würde. Was, wenn sie nein sagten? Wenn es dort Kinder gab? Was, wenn sie ihn auslachten? Was, wenn sie ihm erklären würden, er müsse Geld mitbringen? Dies wäre eine unvorstellbare Demütigung für ihn.

Aber der Schmerz in seinem Körper musste gelindert werden ohne Rücksicht auf seinen Stolz. Hunger ist grausam.

Er machte ein paar Schritte in Richtung des nächsten Nachbarn, nur um sich selbst zu beweisen, dass er es schaffen konnte. Er hielt an. Sein Puls schoss nach oben, er schlug ihm bis zum Hals. Vielleicht gab es noch eine andere Möglichkeit. Aber nein, es gab nichts. Und er wusste das. Darum war er hier und bereitete sich auf den Weg vor, vor dem jedem Kind graute. Er schloss die Augen, zwang sich, weiter zu gehen obwohl er sich elend fühlte und das Leben nur als eine große Last empfand

Charles Mulli würde um Essen betteln.

Jeder Schritt fiel ihm schwer, es schien ihm viel länger als normal zu dauern, bis er ankam. Er horchte, ob er Kinder spielen hörte und hoffte, es gäbe dort keine Kinder.

Er hoffte, es würde schnell und leicht vorbeigehen.

Aber es gab Kinder. Sie rannten hin und her und spielten ein Spiel. Er kannte einige von ihnen. Er hatte mit ihnen genau an diesem Ort gespielt. Keines von ihnen hatte Schuhe an. Keines von ihnen konnte sich Schuhe leisten. Sie trugen schmutzige, zerlumpte Kleider, genau wie er. Äußerlich sahen sie genau gleich aus wie er. Aber sie hatten Eltern, und sie hatten Essen. Und das war die größte Kluft zwischen ihnen.

Als sie ihn auf sie zukommen sahen, hörten sie auf zu spielen. Sie kannten Charles. Sie wussten, was ihm passiert war. Sie hatten ihn ein paar Tage nicht gesehen. Einer von ihnen rief ihm zu, mitzuspielen. Er wandte den Kopf von ihnen ab, aber dies konnte seine Scham nicht mindern. *Schaut mich einfach nicht an. Bitte schaut mich nicht an. Spielt weiter und vergesst, dass ich hier bin.* Seine Wünsche wurden nicht erfüllt. Sie starrten ihn weiterhin an – Kinder, die noch nicht gelernt hatten, wie viel Schmerz unschuldige Blicke verursachen können. Charles schluckte. Armut war schrecklich. Kein Zweifel. Aber noch viel schlimmer war, wenn man sie nicht verbergen konnte.

Er spürte ihre Blicke. Es war, als hätte ihm jemand einen Stapel Holz auf seine Schultern gepackt. Wenn er gekommen wäre, um Fußball zu spielen, dann wäre er zu ihnen gerannt. Wenn er auf einen Ausflug an den Fluss hätte mitkommen wollen, dann hätte er ihre Namen gerufen, als er auf sie zukam. Aber das war nicht der Fall. Jetzt war er kein Spielkamerad mehr. Er war verzweifelt. Er war viel weniger wert als sie. Sie hatten Essen. Er hatte nichts. Und das verlieh ihnen unglaubliche Macht über ihn.

Er ging an ihnen vorbei, ohne ihre Grüße zu erwidern. Was hätte er sagen sollen? Wie kann man seinen Freunden erklären, dass man gekommen war, um bei ihren Eltern um Essen zu betteln? Er schaffte es bis zur Hütte, doch er war nicht erleichtert. Der leichte Teil war vorbei. Nun würde der schwere Teil beginnen. Er schwitzte noch mehr. Warum war er hier? Warum sagte er nicht Hallo? Was hatte er getan?

Jetzt gab es kein Zurück mehr. Er hob seine Hand. Er krümmte seinen Finger. Die Zeit stand still. Die Kinder fragten weiter.

Er klopfte an die Tür.

Sein Puls wurde langsamer. Er fühlte sich schwach. Gleich würde er hinfallen. Hätte er die Kraft gehabt, er hätte vermutlich geweint. Nicht dass es geholfen hätte. Es hatte auch in der Vergangenheit nicht geholfen, und er brauchte sich nicht einzubilden, dass es jetzt helfen würde. Wofür waren Tränen schon gut?

Die Tür ging auf. Er erschrak. Vor ihm stand eine Frau. Ihre Augen waren voller Leben, voller Mitgefühl, voller Kraft. Ihr Gesicht hatte einen ganz anderen Ausdruck als den, den er gewöhnlich in den todtraurigen Augen seiner Mutter sah. Er blickte zu Boden und schämte sich für das, was er da tat.

„Charles?“, sagte sie.

Das war ein gutes Zeichen. Sie erinnerte sich an ihn. Natürlich. Er hatte mit ihren Kindern gespielt. Seit sie ihn das letzte Mal gesehen hatte, waren nur wenige Tage vergangen. Aber das schien so lange her. Und die Situation war jetzt natürlich eine ganz andere.

Charles wusste nicht, was er sagen sollte. Einerseits wünschte er sich, sie hätte das Problem von selbst erkannt und Mitleid gehabt. Wie schwer war es, zu erkennen, was vor sich ging? Andererseits erkannte er, dass, so offensichtlich seine Situation für ihn auch war, sie überhaupt nicht offensichtlich für andere sein musste. Er konnte ihr nicht in die Augen sehen. Nicht schon wieder. Irgendwie hatte er den Eindruck, dass zwei Menschen, wenn sie sich anschauten, gegenseitig in sich hineinsehen konnten. Es war nicht leicht für ihn, seine Angst und seine Demütigung zuzugeben. Er brauchte niemanden, der dies auch noch sah.

Fünf Worte. Nicht mehr. Das war alles, was er ihr anzubieten hatte. Hoffentlich würden sie genügen. Aber was, wenn sie Fragen stellte? Was könnte er erwidern? Was, wenn die Kinder anfingen zu lachen? Was, wenn *sie*, die über Essen verfügte, anfinge, zu lachen? Er kehrte sein Innerstes nach außen und öffnete ihr seine Seele.

„Haben Sie etwas zu essen?“, fragte er.

In diesem Moment fühlte er sich, als wäre er gestorben. Eigentlich wäre sterben einfacher gewesen. Alles wäre einfacher gewesen als betteln. Es wäre einfacher gewesen, 14 Stunden am Tag zu arbeiten. Es wäre einfacher gewesen, nach Nairobi zu laufen. Es wäre einfacher gewesen, Aufgaben zu erledigen, die normalerweise Jungen zugewiesen wurden, die doppelt so alt waren wie er.

Und dann kam das Warten. Das war am schlimmsten. Wie war es möglich, dass beim Fußball spielen die Zeit im Nu verging, aber der kurze Augenblick, als er vor einer Frau stand und um Essen bettelte, eine Ewigkeit zu dauern schien?

„Charles“, sagte sie noch einmal. Diese Mal hörte es sich besser an. Er konnte Mitgefühl in ihrer Stimme erkennen. Das beruhigte ihn. Nicht, dass es von Bedeutung gewesen wäre. Es reichte schon, dass sie mit ihm fühlte. Offensichtlich sah sie seine Not. Aber das wäre egal, solange sie ihm nichts zu essen holte.

Er wusste, dass er seinen Blick heben sollte. Das war höflich, älteren Personen ins Gesicht zu schauen. Aber irgendwie ist es schwieriger, Anstandsregeln zu beherzigen, wenn Stolz und Selbstachtung zerstört sind und der Kampf ums Überleben an ihre Stelle getreten ist.

Sie entfernte sich von der Tür. Er konnte nur grübeln, ob sie wieder kommen würde oder nicht. Er hörte die Kinder hinter sich. Er spürte ihre Blicke auf seinem Rücken, stechend wie Messer. Er wollte verschwinden, unsichtbar werden, um zu vermeiden, dass er der Mittelpunkt der Aufmerksamkeit war.

Sie kam zurück. Sie kniete sich nieder, um ihm in die Augen zu schauen. Aber er konnte nicht aufblicken. Er wollte irgendein Zeichen der Dankbarkeit geben für das, was sie für ihn tat. Sie hatte Essen in ihrer Hand. Seine Augen wurden groß. Er schluckte. Ein kleines Päckchen mit genügend Nahrung für zwei Tage. Zwei ganze Tage lang würde er zu essen haben. Das bedeutete, dass er sich zumindest an einem Abend schlafen legen konnte, ohne darüber nachdenken zu müssen, was er am nächsten Tag essen würde. Aber er sagte nichts und schaute ihr nicht in die Augen. Sie legte das Päckchen mit beiden Händen in seine Hand und berührte dabei seinen Arm. Plötzlich schmerzten seine Augen. Er schloss sie für einen Augenblick, um seine Tränen zurückzuhalten. Die Berührung einer Frau. Die Berührung einer Mutter. *Nur eine Umarmung. Das reicht schon. Könnte ich bitte nur einmal umarmt werden? Nur für einen Moment. Auch wenn die Kinder lachen, das ist mir jetzt egal. Ich muss nur wissen, ob ich noch ein Kind bin, das von einer Mutter gewollt ist. Ich muss wissen, dass ich geliebt werde. Werde ich das?*

Er drehte sich um und ging. Sie rief seinen Namen, doch er lief weiter, vorbei an den Kindern, die dastanden, ihn beobachteten und nicht wussten, ob sie ihn grüßen oder weiterspielen sollten. Er wischte die Tränen aus seinen Augen und spürte das Essen in seinen Händen. Heute Abend würde er etwas zu essen haben.

Zwei Jahre lang ging Charles in der Umgebung seines Zuhauses betteln. Oft öffneten ihm die Leute ihre Tür, nur um sie gleich wieder zuzuschlagen, wenn sie den Bettler sahen. Manchmal gewöhnt man sich an Schmerzen. Aber Charles wurde nie immun gegen die Ablehnung, die er erfahren musste. Jeden Tag machte er die schmerzvolle Runde von Hütte zu Hütte, bis jemand Mitleid mit ihm hatte. Manchmal geschah das aus Nächstenliebe. Manchmal geschah es nur, um ihn loszuwerden, ihn aus dem Weg zu haben, aus ihrem Leben, ihren Gedanken.

Aber eines Abends kehrte die Hoffnung zurück, als ein Kind aus dem Dorf auf ihn zugerannt kam. Charles saß auf einem Stein und bemerkte seinen Freund nicht. Er schaute in den stillen afrikanischen Abend. Die gleißende Sonne ging hinter den Hügeln unter und nahm ihre erbarmungslose Hitze mit sich. Morgen würde sie wieder auf- und untergehen. Und übermorgen und überübermorgen. Und ihm wurde klar, dass auch morgen die Suche nach Essen weitergehen würde, wie jeden Tag. Und er fragte sich, was in aller Welt denn der Sinn des Ganzen sein sollte.

Charles hörte die näher kommenden Schritte. Er drehte sich um. Das Kind blieb vor ihm stehen, außer Atem. „Sie ist hier!"

„Wer?", fragte Charles.

„Deine Mutter. Sie ist wieder da. Sie ist wieder da, Charles!"

Charles fuhr auf. Die deprimierenden Gedanken, dass das Leben ein endloser Kreislauf war, waren nun verflogen. Zwar ging die Sonne gerade unter, aber für ihn war es helllichter Tag. Mutter war wieder da. Die Berührung seiner Mutter. Er rannte so schnell er konnte zur Straße.

Seine abgehärteten, bloßen Füße rannten über den steinigen Weg. Sein Herz pochte in seiner Brust. Seine Augen suchten den Horizont nach seiner Mutter ab.

Das Leben war zurückgekehrt.

Er schlug den Weg zur Hütte seiner Großmutter ein. Einige seiner Onkel standen im Freien. Als er an ihnen vorbei rannte, versuchte einer, ihn zu fassen. Aber er wich ihm aus und dachte sich nichts dabei.

Charles stürmte so schnell in die Hütte, dass alle Anwesenden zusammenfuhren. Seine Augen waren weit aufgerissen vor Erwartung, sein Atem ging schwer vom Rennen. Er ließ seinen Blick durch den Raum schweifen. Und was er sah, ließ sein Herz erstarren.

Da war eine Frau. Sie saß neben seiner Großmutter. Aber es war nicht seine Mutter, das konnte nicht sein. Er starrte sie ungläubig an.

Die Frau, die da saß, war nicht wieder zu erkennen. Ihr Kopf war so stark angeschwollen, dass er wie ein Ballon aussah. Schnittwunden, Blutergüsse, Schwellungen. Ihre Augen waren geschlossen. Sie lehnte den Kopf zurück, um möglichst viel mit dem einen Auge zu erkennen, das einen kleinen Lichtschimmer durchließ. An ihren Schläfen waren dicke Kratzer zu sehen, die so aussahen, als wären sie durch ein Stück Metall entstanden.

Ihre Arme waren geschwollen. Sie hatte Beulen am ganzen Körper. Charles spürte einen Kloß im Hals.

Niemand sagte etwas. Die Stille erinnerte ihn an die Nächte, in denen er wach in seinem Bett gelegen und darauf gewartet hatte, dass sein Vater nach Hause kam und sie verprügelte.

Charles weinte hilflos, wie ein verlassenes Kind ohne Essen und ohne Zukunft weint, wenn das kleine Fünkchen Hoffnung, das es noch hat, vor seinen Augen zerstört wird.

Großmutter weinte auch. Aber Mutter nicht. Irgendwie wollten die Tränen einfach nicht fließen, weil ihr Gesicht so zugerichtet war.

Er versuchte, sie nicht anzusehen. So gerne er in stetem Blickkontakt mit ihr gewesen wäre, sein Verstand erlaubte es nicht. Er war wütend. Er war verbittert gegen seinen Vater. Sie hatte sich nicht wehren können. Sie hatte sich nicht verteidigen können. Er wünschte sich so sehr, dass er größer wäre. Dann könnte er es seinem Vater heimzahlen. Wäre er größer und stärker, könnte er mit einem Stock oder einer Schaufel in die Hütte seines Vaters marschieren und seinen Vater so zurichten, wie sein Vater seine Mutter zugerichtet hatte. Er hätte dann keine Probleme mehr. Er biss sich auf die Zähne. Mit seinen acht Jahren hasste er alles in seinem Leben.

„Wakya“, sagte sie (*sprich: wa-**tscha***), was soviel bedeutet wie „Hallo, wie geht es dir?“

Aber Charles hatte nichts zu sagen. Ein Gewirr von Gefühlen brannte in ihm, Schmerz, Wut, Rache. Letzen Endes aber setzte sich der Schmerz durch. Seine arme Mutter. Tränen liefen seine Wangen hinunter, als er die Hilflosigkeit spürte, die sich zeigt, wenn man nicht wieder gutmachen kann, was schrecklich falsch gelaufen ist.

Aber da war noch mehr.

Auf der Seite lag ein Baby, Zachariah. Charles sah genauer hin. Irgendetwas stimmte nicht mit ihm. Das Kind war krank. Oder noch schlimmer. Er ging einen Schritt näher und sah Schrammen. Großmutter erklärte, was passiert war. Rhoda hatte versucht, das Baby während einer Prügelei mit Daudi zu schützen. Sie benutzte ihren Körper als Schild zwischen dem Baby und Daudis Schlägen, der mit geschlossener Faust auf Rhodas Kopf einschlug. Ein Faustschlag nach dem anderen traf sie, während sie versuchte, mit dem Baby vor Daudi zu fliehen und einen Unterschlupf zu finden. Aber, wie bei allen Schlägen, die sie erlitten hatte, konnte sie Daudi nicht entkommen. Sie versuchte, so lange wie möglich durchzuhalten, aber durch die Schläge auf den Kopf verlor sie das Bewusstsein. Das Baby entglitt ihren Händen und fiel ins Feuer. Es erlitt Verbrennungen an Kopf und Händen.

Die ganze Freude, die Charles eigentlich beim Anblick seines neuen Bruders hätte verspüren können, war dahin.

In dieser Nacht nahm Onkel Nzyoka Rhoda und das Baby mit ins Krankenhaus. Als Charles sich ins Bett legte, kreisten seine Gedanken um seine Mutter und seinen Bruder. Angst und Ungewissheit machten sich breit. Dieses Bild seiner Mutter mit den schrecklichen Wundmalen und dem geschwollenen Kopf, ließ ihn nicht mehr los. Sie hatte schon früher Prügel bezogen. Viele Prügel. Aber dieses Mal war es am schlimmsten. Es kam ihm der Gedanke, dass er seine Mutter oder seinen kleinen Bruder womöglich nie wieder sehen würde.

Großvater Kaleli

Charles lebte die folgenden Tage immer in Angst, ein Bote könne zu ihrer Hütte kommen, um ihnen vom Tod seiner Mutter und seines Bruders zu berichten. Jedes Mal, wenn jemand an der Hütte vorbeiging, jedes Mal, wenn er mit den anderen Kindern spielte, jedes Mal, wenn er um Essen bettelte, wusste er, dass er nicht mehr als einen Schritt davon entfernt war, die schlechte Nachricht zu hören.

Doch die schlechte Nachricht kam nicht. Rhoda kam mit Zachariah zurück. Ein Freund teilte es Charles mit. Er rannte zur Hütte mit geringeren Erwartungen als beim letzten Mal. Er öffnete die Tür und hoffte, dass er nicht wieder dasselbe sehen würde wie bei der letzten Begegnung. Er war erleichtert, zumindest für einen Augenblick seines Lebens bekam er Zuversicht. Er blickte in die Augen seiner Mutter und erkannte sie wieder. Sie war geheilt.

Zumindest äußerlich.

Er umarmte sie. Als er ihre Arme um sich spürte, merkte er, was ihm die ganze Zeit gefehlt hatte. Sie hielten einander umarmt und sagten kein Wort. Sie brauchten nichts zu sagen. Mutter war wieder da, und sie waren zusammen. Für wie lange, das wusste er nicht. Aber er hatte bereits erlebt, dass nichts ewig währt, und so erlaubte er sich, für den Augenblick einfach ein Junge mit seiner Mutter zu sein.

Er setzte sich auf einen Hocker neben seinen kleinen Bruder. Zachariahs braune Augen waren so groß, dass Charles teilweise sein eigenes Spiegelbild darin erkennen konnte. Er berührte seine Finger und sah die heilenden Brandwunden.

Wochen später kehrte Daudi zurück. Die Nachricht erreichte Charles, als er gerade Ugali aß, den ein Nachbar ihm gegeben hatte. „Dein Vater kommt." Diese Worte fühlten sich an wie Dolchstöße, die sich ihm mitten ins Herz bohrten. Statt der Freude, die ein Kind normalerweise empfindet, wenn es seinen Vater sieht, verspürte Charles eine lähmende Furcht. *Warum ist er hier? Was will er? Was wird er mit uns machen?*

Daudi war der beste Vater, wenn er nicht da war.

Charles sah ihn auf die Hütte der Großmutter zukommen. Seltsam, wie dieser kleine Mann so schrecklich groß erschien. Sogar unter der gleißenden Sonne wirkte Daudis Gesicht kalt. Charles lief ein Schauer über den Rücken. Daudi warf einen Blick auf Charles, als er in die Hütte ging um die Verwandten zu treffen. Kein Lächeln, keine Umarmung, kein Wort.

Was hätte er auch sagen sollen?

Während Charles draußen wartete, machte Daudi in der Hütte Versprechungen, die er nicht halten konnte. *Ich werde sie nicht schlagen. Ich werde nicht trinken. Ich werde für sie sorgen. Ich werde mich um die Kinder kümmern* und so weiter und so fort. Sie lebten in einer Zeit, in der es keine Regierung gab, an die man sich wenden konnte. Es gab kein offizielles Justizministerium, keine Polizei, keinen Schutzraum. Die einzige Zuflucht bei Gewalt in der Ehe war der Stammesrat. Und wenn dieser eingeschaltet wurde, wurde es sehr ernst. Es war der letzte Ausweg, den man zu Hilfe nahm, weil die Folgen schwerwiegend waren. Wenn man ihn hinzuzog, würde es keinen Mittelweg geben. Schuldig oder nicht schuldig. Nichts anderes. Wer für unschuldig befunden wurde, wurde freigesprochen. Und wer für schuldig befunden wurde, wurde mit dem Gesicht nach unten mit Seilen auf dem Boden festgebunden und mit schweren Stöcken verprügelt, bis der Rücken aufgerissen und man selbst entweder gelähmt, oder – noch viel wahrscheinlicher – tot war. Wenn Charles später an das Treffen zurückdachte, wurde ihm klar, dass sein Vater nicht gekommen war, um von nun an ein ehrlicher Ehemann und verantwortungsbewusster Vater zu sein oder seine Versprechen zu halten, sondern um die Verwandten zu besänftigen, um der Todesstrafe des Stammesrates zu entgehen.

Vorerst zumindest.

Erst Jahre später erfuhr Charles den wahren Grund, weshalb seine Familie ihn verlassen hatte. Rhodas Brüder hatten sie und Daudi vom Grundstück geworfen und Daudi dazu gezwungen, eigenes Land zu suchen.

Rhoda hatte Hühner, die die umliegenden Kaffeepflanzen ihrer Brüder zerstörten und Ärger stifteten. Gemäß der afrikanischen Kultur erben Töchter nichts. Somit gehörte das Land, das Rhoda bewohnte, nur den Brüdern. Rhoda lebte dort nur befristet. Die Brüder hatten genug von ihr und warfen sie und Daudi hinaus. Daudi und Rhoda ließen Charles zurück, weil er bereits in der ersten Klasse war und sie ihn nicht aus seiner Schule nehmen wollten. Aber selbst ein schlimmer Abschied wäre besser gewesen als überhaupt kein Abschied.

Nach dem Aufeinandertreffen mit Rhoda und Zachariah wirkte Daudi weder froh noch traurig. Er nahm seine Familie (dieses Mal auch Charles) und zog weg aus Kathithyamaa.

Sie fuhren mit dem Bus nach Nairobi auf ihrem Weg in einen Ort namens Mollo im Rift Valley, wo Daudi und Charles' Brüder als Arbeiter auf einer Farm beschäftigt waren, die einem Mann namens Kavulu gehörte. Die Busfahrt dauerte sehr lang, besonders für Charles. Sein Vater war während der Fahrt nüchtern. Manchmal, so wie jetzt, wenn er nicht durch den Alkohol zu dieser Ausgeburt des Bösen wurde, schien er Charles geradezu menschlich. Er sprach mit Rhoda auf der Fahrt, aber nur sehr wenig mit Charles.

Als sie in Nairobi angekommen waren, nahmen sie den Bus nach Mollo. Auf der ganzen Reise versuchte Charles, so gut er nur konnte, sein bisheriges Leben auszublenden. Vielleicht könnte er seine Erinnerungen in Kathithyamaa zurücklassen und neu anfangen. Vielleicht könnte der neue Wohnort einen Neuanfang, ein neues Leben für sie alle bedeuten. Mit jedem weiteren Kilometer hoffte Charles, die Vergangenheit vergessen zu können – er war natürlich zu jung, um zu verstehen, dass alte Probleme mit der Entfernung nicht bewältigt werden.

Sie gingen die elf Kilometer von der Bushaltestelle in Mollo zu Kavulus Farm zu Fuß. Als sie dort ankamen, schaute Charles hinaus über eine Vielfalt von kurzen Chrysanthemen, die zur Herstellung von Insektiziden verwendet wurden. Sie sahen aus wie ein dichter, weißer Teppich, der bis zum Horizont reichte. Charles wandte sich nach rechts und sah Hunderte von Kühen. So viele hatte er noch nie gesehen. Soweit das Auge reichte, machte er auf einem mehrere Hektar großen Land Tiere und weiße Blüten aus. Kleine Hütten sprenkelten hier und da das Landschaftsbild. Er sah in alle Richtungen und nahm die Weite in sich auf. Er fragte sich, wie ein einziger Mann so viel besitzen konnte. Wie wurde man so reich? Konnte man wirklich mit nichts anfangen und so reich werden?

In der Ferne sah er drei Jungen gemeinsam arbeiten. Sie waren vornüber gebeugt und gruben um die Pflanzen herum. Einer der Jungen richtete sich auf und wischte sich den Schweiß von der Stirn.

Charles lenkte seinen Blick weg von den Jungen. Er dachte nicht, dass sie die waren, die er suchte. Aber als er wieder hinsah, glaubte er sie zu erkennen. Er sah genauer hin. Es waren tatsächlich seine Brüder. Er lief auf sie zu, fing dann plötzlich an zu rennen und rief ihre Namen. Sie sahen herüber und bemerkten ihn. Sie ließen ihre abgenutzten Werkzeuge fallen und richteten sich auf, als Charles ihnen um den Hals fiel und ihre Hände schüttelte. Sie waren dünn. Zu dünn. Ihre Augen waren eingefallen. Daudi kam zusammen mit Rhoda, die Zachariah auf dem Arm hatte. Hier waren sie also. Zum ersten Mal als Familie vereint.

Die Hütte, in der Daudi, Rhoda und Charles‘ Brüder wohnten, war klein. Deshalb sollte Charles bei Kaleli wohnen, seinem Großvater, der ein Stück die Straße hinunter lebte. Er hatte ihn seit Jahren nicht gesehen und war gespannt. Wie es wohl sein würde, ihn zu treffen? Er ging auf die Hütte zu und fragte sich, ob sein Großvater wohl so wäre wie sein Vater. Ein mittelgroßer Mann von kräftiger Statur kam heraus, um ihn zu begrüßen. Er hatte ein Lächeln auf dem Gesicht. Charles spürte eine Ehrlichkeit, die er bei seinem Vater nie gesehen hatte.

„Hallo Charles. Ich freue mich, dass du da bist“, begrüßte Kaleli ihn auf eine Art, wie es Daudi nie getan hatte.

Statt eingeschüchtert zu sein, fühlte Charles sich willkommen, statt sich zu fürchten, fühlte er sich geliebt.

Charles wollte seine Hand schütteln, doch stattdessen beugte sich Kaleli vor und umarmte ihn, um ihn in seinem neuen Zuhause willkommen zu heißen.

Sie verstauten seine Sachen – die paar wenigen, die er besaß – und danach setzte Kaleli sich im Freien mit Charles auf einen Baumstumpf und erzählte Geschichten von Afrika. Kaleli hatte so eine Leidenschaft, solch ein großes Interesse, sein Leben mit Charles zu teilen, dass Charles sich zunächst überwältigt fühlte. *Warum spricht er mit mir? Warum ist er so sehr daran interessiert, mir diese Geschichten zu erzählen? Hat er nichts anderes zu tun, als seine Zeit mit mir zu verbringen?* Die beiden sprachen oft bis spät abends über seine Schule, Kalelis Arbeit, Afrika und alles Mögliche, was ihnen in den Sinn kam.

Vielleicht konnte ein Vater so sein.

Es war Nachmittag und Charles saß an seinen Hausaufgaben. Kaleli war arbeiten gegangen und hatte Charles alleine zu Hause gelassen, damit dieser seine Schulaufgaben und die Hausarbeiten erledigen konnte. Kaleli besaß ein Rasiermesser, von dem Charles fasziniert war. Seine Gedanken wanderten zwischen dem Messer und seinen Schulaufgaben hin und her, und er fragte sich, ob es wohl auch fürs Schnitzen zu gebrauchen wäre. Er stand auf und betrachtete das Messer genauer. Die Stahlklinge war scharf. Er sah sein Spiegelbild in ihr. Er berührte sie. Sie fühlte sich kühl an. *Nur ein paar Minuten. Das bemerkt niemand. Nur um zu sehen, wie es sich in meiner Hand anfühlt.*

Er nahm das Messer und setzte sich auf einen umgedrehten Eimer, den er als Stuhl benutzte. Er griff mit seiner linken Hand nach einem Stück Holz, das gerade in der Nähe lag, und begann zu schnitzen. Das Messer schnitt gut, geschmeidig und ohne große Kraftaufwendung. Während er die Rinde des Stockes abschälte, um ihn zuzuspitzen, spürte er, wie das Messer mit jedem Schnitt durch das Holz glitt. Gerade wollte er den Stock umdrehen, um auf der anderen Seite weiterzumachen, als ihm das Messer plötzlich aus der Hand glitt. Es rutschte an einer ungünstigen Stelle ab und schnitt ihm in den Daumen.

Ein Schock durchfuhr Charles. Er versuchte, sich zu beruhigen. Es sah nicht schlimm aus. Aber als das Blut herauslief, wurde ihm schwindelig, und er glaubte, er müsse sich übergeben. Er griff nach einem Stofffetzen und wickelte ihn um seine Hand. Er hoffte, dadurch die Blutung stillen zu können.

So gut er konnte säuberte er das Messer und legte es zurück an seinen Platz. Seine Hand pochte und schmerzte. Er setzte sich und versuchte, ruhig zu atmen. Das half ihm, sich zu beruhigen, aber die Wunde schmerzte immer noch. Einerseits wollte er nachschauen, ob es tatsächlich so schlimm war wie er glaubte. Andererseits wollte er den Stofffetzen auf seiner Hand lassen, um einer beginnenden Heilung nicht entgegenzuwirken.

Kaleli würde bald nach Hause kommen. Das machte Charles Angst. Er musste seine Spuren beseitigen. Also machte er Feuer, wie immer, und rannte ins Gebüsch, um sich zu verstecken.

Kaleli kam nach Hause und suchte nach Charles. Aber Charles blieb stumm. Er saß draußen im Gebüsch, sah seinen Großvater an und versuchte, herauszufinden, in welcher Stimmung er war. Es war kalt draußen. Er fröstelte. Aber die Kälte war besser als Schläge. Charles wusste das. Er wartete stundenlang. Es wurde dunkel. Ein Zittern überfiel seinen Körper. Er hatte Hunger. Er war müde. Er hatte Schmerzen. Vielleicht war Kaleli bereits eingeschlafen. Vielleicht könnte er sich hineinschleichen und ins Bett gehen, ohne dass Kaleli etwas merken würde, und morgen würde dann alles vergessen sein. Er wartete noch ein paar Minuten und lauschte auf Geräusche in der Hütte. Als er nichts hörte, beschloss er, es zu riskieren.

Charles lief auf die Hütte zu. Er hielt vor der Tür an und wartete ab, ob er seinen Großvater im Inneren der Hütte hören könnte. Nichts. Er öffnete die Tür und hoffte, sie würde kein Geräusch machen. Er trat ein. Da saß Kaleli.

Wach.

Er wartete auf ihn.

Charles machte die Tür zu und vermied es, Kaleli anzusehen. Er setzte sich auf seinen Eimer. Er verbarg seine Hand hinter seinem Rücken, so gut es eben ging, ohne verdächtig auszusehen.

„Wo bist du gewesen?“, fragte Kaleli.

Keine Antwort.

„Charles?“, sagte Kaleli.

Kaleli hatte das Blut an seinem Messer gesehen. Aber auch wenn er es nicht gesehen hatte, Charles’ verdächtiges Schweigen war genug.

„Ja?“, fragte Charles und hoffte, dass er sich durch dieses Hinauszögern eine Entschuldigung ausdenken konnte.

„Ich habe mir Sorgen um dich gemacht. Wo bist du gewesen?“

Charles sah zu Boden. „Ich habe dein Messer benutzt. Das hätte ich nicht tun sollen“, sagte Charles, und er erwartete, dass jeden Moment ein furchtbarer Schlag sein Gesicht treffen und ihn zu Boden strecken würde.

„Was ist passiert?“

„Ich habe es benutzt, um einen Stock zu schnitzen. Das Messer ist abgerutscht.“ Er zog seine Hand hinter dem Rücken hervor und dachte, dass seine Wunde wohl weniger schmerzte als die Strafe, die er von Kaleli zu erwarten hatte. „Ich habe mich geschnitten.“

Kaleli nahm den Stofffetzen von Charles’ Hand und untersuchte die Wunde. Der Schnitt war tief.

„Wer hat dir das erlaubt?“, fragte Kaleli.

„Niemand.“

Jetzt würden die Schläge kommen. So viel wusste er. Das war sicher. Das taten alle Männer, wenn ihre Söhne oder Enkel etwas falsch gemacht hatten. Sein Vater schlug ihn wegen des geringsten Vergehens. Ein Messer zu benutzen, ohne vorher um Erlaubnis zu fragen, war ein Grund für Schläge, die lebenslang Spuren zurücklassen würden.

Er sah Kaleli nicht in die Augen. Das würde alles nur noch schlimmer machen. Er zog seine Schultern zusammen und wartete auf den ersten Schlag.

Ein Freund

Kaleli war nicht annähernd so stark wie Daudi. Ein Schlag von ihm würde nicht so wehtun wie einer seines Vaters. Aber er fürchtete, dass er seinen Großvater womöglich unterschätzt hatte und dass Kaleli durchaus stark genug war, ihm wirklich weh zu tun. Charles ließ Kalelis Hände nicht aus den Augen, um zu erkennen, aus welcher Richtung der erste Schlag kommen würde.

Aber er kam nicht.

„Tut deine Hand weh?"

Irgendetwas war da im Tonfall seiner Stimme. Die Art, wie er die Frage stellte, hörte sich so ungewohnt an für Charles.

„Nein", sagte Charles.

„Der Schnitt sieht nicht sehr schlimm aus. Das wird schon wieder."

Charles nickte. *Warum schlägt er mich nicht? Warum redet er mit mir?*

„Messer sind gefährlich. Findest du nicht auch?", sagte Kaleli mit einem Lächeln.

Charles warf einen flüchtigen Blick auf seinen Großvater. Er schaute auf seine Hände. Sie ruhten immer noch neben ihm.

„Das sind sie", sagte Charles.

„Du musst Hunger haben, und bestimmt ist dir kalt, nicht wahr?", meinte Kaleli und lachte kurz auf.

Der Raum fühlte sich anders an. Obwohl es spät am Abend war, schien Kalelis Antwort Licht in die Hütte gebracht zu haben. Charles entspannte seine Schultern. Sie taten weh, da sie die ganze Zeit angespannt gewesen waren, als er auf die ersten Schläge wartete.

„Stimmt."

„Also?"

Charles nahm seinen Mut zusammen und sah seinem Großvater in die Augen. Er sah darin keinen Zorn, keine Gewaltbereitschaft. Er sah kein Anzeichen dafür, dass er einen Wutanfall bekommen würde. Stattdessen sah er etwas, dem er sich nicht entziehen konnte. Kalelis Augen sahen anders aus als die seines Vaters, die er gewöhnlich sah.

„Also...?“, erwiderte Charles, der nicht genau wusste, was Kaleli damit sagen wollte.

„Du brauchst ein Abendessen bevor du schlafen gehst. Setz dich.“

Charles setzte sich auf seinen Eimer. Kaleli schöpfte etwas vom täglichen Kohl und Ugali in eine Schüssel für Charles. Er setzte sich ihm gegenüber.

„Und Charles!“

„Ja.“

„Mach das nicht noch einmal ohne meine Erlaubnis. Ich möchte nicht, dass du dich verletzt.“

Ich möchte nicht, dass du dich verletzt. Als Charles zu essen begann, musste er immer wieder an diese Worte denken. Essen statt Prügel. Mitgefühl statt Strafe. Gute Worte statt Gebrüll.

Kaleli erzählte noch mehr Geschichten von Afrika. Er erzählte, wie es war, in Kenia aufzuwachsen und berichtete von den Veränderungen, die sich zugetragen hatten. Als sie fertig gegessen hatten, wusch Kaleli Charles' Wunde aus und wickelte ein Stück Stoff darum. Es waren bereits Anzeichen der Heilung zu erkennen. Charles ging ins Bett und dachte daran, was sein Großvater gerade für ihn getan hatte.

Ich möchte nicht, dass du dich verletzt.

Die Familie blieb drei Monate in Mollo. Das Leben war so normal, wie ein Kind wie Charles es eben erwarten konnte. Seine Familie hatte Arbeit, er ging zur Schule, er lebte in Sicherheit bei seinem Großvater und hatte keine Schläge zu befürchten. Seine einzige große Sorge galt seiner Mutter. Rhoda war Daudi treu ergeben. Warum? Das wusste Charles nicht. Sie lebte unter Daudi, einem brutalen Tyrannen, der sie schlechter behandelte als eine Sklavin. Aber sie blieb bei ihm, sowohl aus Pflichtbewusstsein als auch aus Angst davor, dass sie beim Versuch, ihn zu verlassen, furchtbar verprügelt würde. Sie hoffte, dass Daudi seine Gewohnheiten ändern würde, nun da er feste Arbeit hatte, aber das tat er nicht. Und so hing die stetige Bedrohung der Misshandlung über Rhoda wie Gewitterwolken, die ein unmittelbar bevorstehendes Donnerwetter andeuten.

Charles wachte an einem bewölkten Morgen auf und zog seine Schuluniform an – Khaki-Shorts, ein graues Hemd und eine grüne Strickjacke. Er ging los zur Schule, während sein Vater und sein Großvater auf das Feld gingen um zu arbeiten. Alles war wie immer.

Als er von der Schule nach Hause kam, schaute er bei der Hütte seiner Eltern vorbei. Keiner seiner Brüder spielte draußen. Er ging hinein. Seine Mutter war nicht da. Auch die Habseligkeiten seiner Familie waren verschwunden.

Der Ort war verlassen.

Angst stieg in Charles hoch. Er versuchte, seine Panik unter Kontrolle zu halten. *Sie sind nicht weg. Sie sind irgendwo draußen. Sie sind in eine größere Hütte gezogen, wo wir alle wohnen können. In dieser Hütte war nicht genug Platz. Sie haben einen besseren Ort gefunden, an dem wir alle zusammen leben können.*

Er ging zur Hütte seines Großvaters, setzte sich auf seinen Eimer und fragte sich, was wohl los war.

Als Kaleli am Abend nach Hause kam, öffnete er die Tür und sah in die Augen eines Kindes, das sich fragte, ob sich seine Geschichte des Verlassenwerdens wiederholte. Charles musste nicht fragen. Kalelis Gesichtsausdruck sagte ihm die bittere Wahrheit.

Er schloss die Tür hinter sich und setzte sich auf seinen Holzstuhl. Gemeinsam warteten sie in der Stille. Charles fürchtete die Worte, die er gleich hören würde.

„Sie sind nach Nakuru gegangen“, sagte Kaleli.

„Alle?“

„Ja, alle.“

„Wo wohnen sie?“

„Ich weiß nicht. Sie wissen es auch nicht. Sie hoffen, einen Platz zu finden.“

„Wann kommen sie zurück?“

Das war keine gute Frage. Kaleli war so klug, nicht zu antworten.

Weinen war zwecklos. Sich zu wünschen, etwas wäre nicht so, wie es war, war zwecklos. Charles hatte bereits gelernt, wie überflüssig es war, sich über etwas aufzuregen, wogegen man ohnehin nichts machen konnte.

„Sie sind also weg?“, fragte Charles. Die Ablehnung, die er bereits erlebt hatte, hatte ihn etwas abgehärtet.

„Ja, sie sind weg."

„Dann gibt es wohl nichts mehr zu sagen, nicht wahr?" Er atmete tief ein. Die Tränen würden später kommen. „Ich mache das Feuer für das Abendessen."

Die Tage kamen Charles lang vor. Die Schule war eine Katastrophe. Er strengte sich sehr an und war einer der Besten in der Klasse. Aber natürlich besteht Schule nicht nur aus Noten. Das Problem waren seine Mitschüler. Er hatte nur sehr wenige Freunde als er wirklich welche gebraucht hätte. In den Pausen und nach der Schule machten sich die Kinder über Charles lustig, weil er eine Waise war. *„Bure! Bure!"* riefen sie, was soviel bedeutet wie „Du bist ein Nichts!" Immer und immer wieder hörte er dieses Wort und ein Dutzend ähnliche Worte. Zwar tat es ihm weh, sie zu hören, doch die Reaktionen der Kinder ergaben für ihn durchaus einen Sinn. Wenn seine eigenen Eltern, sein eigen Fleisch und Blut, ihn nicht wollten, warum sollten dann Fremde irgendetwas mit ihm zu tun haben wollen?

An manchen Abenden kam er nach Hause und weinte in seinem Bett. Er wollte seiner Mutter erzählen, was passiert war. Er wollte ihre beruhigenden Worte hören. Er wollte ihre Umarmung spüren. Er wollte erfahren, dass er geliebt wurde, trotz allem, was die Menschen um ihn herum sagten. Aber es gab keine Mutter.

Nicht für Charles.

Manchmal kam Kaleli betrunken, aber nicht aggressiv, nach Hause, und Charles musste – im Alter von zehn Jahren – für sich selbst kochen. Kohl, Ugali, Wasser, und manchmal einen Tee, der *chai* genannt wird. Kein Brot, kein Fleisch. Er lernte, wie man Wasser holte, Feuer machte und für sich selbst sorgte.

Charles stand mit seinem einzigen Freund, Khamisi, auf einem Feld und blickte auf eine Herde Schafe. Die Sonne war im Begriff, unterzugehen. Es war ein warmer Abend. Der Tag war für Charles besonders schwer gewesen. Die Schulkinder waren besonders gemein gewesen. Es war das Ende der Woche, und die Grausamkeit seiner Klassenkameraden, der Verlust seiner Familie und die Betrunkenheit seines Großvaters lagen ihm schwerer auf der Seele als in den vergangenen Wochen. Weil Khamisi ungefähr so alt war wie er und Schafe hütete, gingen die beiden manchmal auf das Feld und spielten oder unterhielten sich.

„Tut mir leid, dass es für dich nicht so gut läuft, mein Freund“, sagte Khamisi.

Charles zuckte mit den Schultern. Er wollte nicht über ein Problem sprechen, für das es keine Lösung gab.

„Ich bin eine Waise. Was habe ich schon zu erwarten?“

„Naja, falls es dir etwas bringt, du bist nicht allein. Man sagt, Afrika ist voller Waisen wie du. Sogar hier in Kenia.“

„Wie viele meinst du, gibt es?“

„So viele wie Sand am Meer, sagte man mir. Man erzählt, dass es Eltern gibt, die ihre Kinder verlassen und sie auf der Straße aussetzen, besonders in den Großstädten. Sie können sich ihre Kinder nicht leisten, also gehen die Kinder weg in der Hoffnung, etwas zu essen zu finden. Auch die Kinder in den Slums, die Eltern haben, sind nicht viel besser dran. Man hört schreckliche Geschichten darüber, wozu Eltern ihre Töchter zwingen.“

„Und das heißt?“

Khamisi wurde still. Er warf einen verstörten Blick auf seinen Freund und schaute dann wieder in die Ferne. „Es ist schrecklich. Die Mädchen. Sie zwingen sie... zwingen sie, Dinge mit Männern zu tun, um so Geld für die Familie zu verdienen. Die Jungs stehlen, sie bedrohen Leute. Sie werden zu Tieren, die ums Überleben kämpfen. Sogar diese Schafe hier haben es besser als sie.“

Charles nickte. Ihm wurde übel, wenn er an diese Waisen, diese Tausende von unerwünschten und verwahrlosten Kindern dachte.

Khamisi grub ein kleines Loch in den Boden. Sie traten ein paar Schritte zurück und warfen abwechselnd Khamisis kleine Münze, um zu sehen, wer näher an das Loch kam.

„Wer hilft ihnen?“, fragte Charles.

„Den Kindern?“

„Ja. Den Jungen und Mädchen auf der Straße. Wer hilft ihnen?“

„Diejenigen, die auch dir helfen, nehme ich an.“

Es regnete, als Charles in die Hütte zurückkam. Er war müde, körperlich und geistig. Er wollte nur noch etwas essen, schlafen gehen und die Sorgen der Woche vergessen. Aber als er hineinkam, sah er Kaleli am Tisch sitzen. In seinem Gesicht lag ein Ausdruck, der Charles sagte, dass die

Woche noch nicht vorbei war.

„Charles, setz dich."

Er hatte nichts falsch gemacht. Er hatte nicht das Messer genommen. Er hatte seine Hausarbeiten nicht vernachlässigt. In diesem Gespräch würde es nicht um eine Rüge gehen. Charles setzte sich auf seinen Eimer. Er fühlte sich unsicher und fragte sich, warum Kaleli mit ihm sprechen wollte.

„Worum geht es?", fragte Charles, der die Antwort nicht hören wollte.

Kaleli zögerte, was Charles' Verdacht bestätigte, dass er etwas Unangenehmes hören würde.

Kaleli schluckte. Obwohl er diese Situation innerlich schon mehrfach durchgespielt hatte, schien sie nun doch viel schwieriger, da sie Wirklichkeit wurde. Er wusste, dass es keinen einfachen Weg gab, die Nachricht mitzuteilen. Er sah Charles in die Augen und sagte es langsam, damit er es nicht wiederholen müsste.

„Ich kann nicht mehr für dich sorgen," sagte er.

Dieses Mal spürte Charles keine Messerstiche in seinem Herzen. Er verfiel nicht in Panik. Keine Tränen schossen in seine Augen. Er hatte das bereits erlebt. Er kannte die Situation.

„Wohin soll ich gehen?", fragte er.

„Du wirst zu deinen Eltern gehen müssen."

„Meine Eltern wollen mich nicht."

„Das werden sie müssen."

„Großvater. Sie wollen mich nicht."

„Sie müssen dich nehmen, Charles."

„Das werden sie nicht."

„Doch, das werden sie. Sie müssen."

Charles sagte nichts mehr. Seine Worte würden nichts mehr ausrichten. Wenn einmal jemand die Entscheidung getroffen hatte, seine Hilfe zu verweigern, konnte man nur wenig tun, um seine Meinung zu ändern. Soviel hatte er bereits gelernt.

„Charles, ich habe kein Geld. Ich kann dich nicht unterstützen. Ich möchte es gerne, aber du musst verstehen, dass ich nicht die Mittel habe."

„Ich weiß nicht, wo sie wohnen."

„Sie sind in Nakuru."

„Da bin ich noch nie gewesen. Ich habe keine Adresse. Wie kann ich sie in so einer großen Stadt finden?"

„Du wirst einen Weg finden."

„Ich kenne dort niemanden. Wie kann ich da einen Weg finden?"

Kaleli hatte keine Ahnung. Er wusste nur, dass Charles zu seinen Eltern gehen musste. Wie er sie finden sollte, war völlig unklar.

„Ich werde dir Geld für den Zug geben."

„Und dann?"

„Dann wirst du deine Eltern suchen."

„Und wenn ich sie nicht finde? Was ist, wenn ich sie nicht finde?"

„Du wirst sie finden. Du musst."

„Was, wenn sie umgezogen sind? Wenn sie nicht mehr dort sind? Was, wenn sie sich weigern, mich aufzunehmen? Was, wenn...?"

Er hielt inne. Es war zwecklos. Morgen würde er auf dem Weg nach Nakuru sein, egal ob er eine Antwort auf diese Fragen hatte oder nicht.

Er nickte, um Kaleli zu verstehen zu geben, dass er, auch wenn er mit dem Ergebnis ihrer Unterredung nicht zufrieden war, doch verstand, dass es Zeit war, zu gehen. Er setzte einen selbstbewussten Blick auf, der für einen Jungen seines Alters viel zu erwachsen war, und dankte Kaleli, dass er ihn so lange bei sich aufgenommen hatte. Er dankte ihm für all ihre hervorragenden Gespräche über Afrika. Er würde sie sein ganzes Leben lang in Erinnerung behalten. Als er an jenem Abend schlafen ging, war er sehr dankbar dafür, dass sein Großvater ihn nie geschlagen hatte. Es war etwas so Beruhigendes, in einer solchen Sicherheit zu leben.

Am nächsten Morgen verabschiedete er sich von seinem einzigen Freund Khamisi. Kaleli brachte ihn zum Bahnhof, wo sie Abschied nahmen. Ihm kam es nicht so vor, als würde er für immer weggehen. Es war, als würde er nur für einen Tag wegfahren und am Abend zurückkommen, um mit seinem Großvater wieder einmal über Afrika zu sprechen.

Er stieg in den stickigen Zug ein und setzte sich auf einen Fensterplatz. Menschen drängten sich herein und füllten die Sitzplätze neben ihm. Ein Signal ertönte. Der Zug setzte sich mit einem Ruck in Bewegung. Die Gebäude begannen, sich rückwärts zu bewegen. Als der Zug auf den Gleisen dahinfuhr, sah er das letzte Mal seinen Großvater, wie er unter den Leuten winkte und allmählich in der Ferne verschwand. Er fragte sich, ob er ihn je wiedersehen würde. Er fragte sich, was Nakuru für ihn bereithielt. Die größte Frage aber war, ob ihn sein Vater, der ihn im Stich gelassen hatte, in seiner hoffnungslosesten Stunde wieder bei sich aufnehmen würde.

Ein noch besserer Freund

Charles sah erstaunt aus dem Zugfenster. Hier in Nakuru gab es viel, viel mehr Leute als er in seinem ganzen Leben je gesehen hatte. Überall waren Autos. Die Straßen waren voller Menschen, die Mais, Getränke, Zeitungen, Schuhe, ja alles Mögliche verkauften. Es herrschte reges Treiben. Leute drängten aneinander vorbei, versuchten die Straßen zu überqueren, kauften dies oder verkauften das. Es war laut. Hupen ertönten, Menschen riefen. Lärm kam von einer Baustelle. Während der Zugfahrt hatte Charles sich in gewissem Maße sicher gefühlt. Aber als der Zug bei seiner Anfahrt auf Nakuru immer langsamer wurde, spürte Charles ein Ziehen in seiner Brust. Zuerst dachte er, es wäre nur eine Zwischenstation, aber als er hörte, wie die Leute um ihn herum bemerkten, dies sei Nakuru, erkannte er, dass die Reise vorbei war.

Es war an der Zeit, mit der Suche zu beginnen.

Er wandte sich vom Fenster ab. Er hatte eine kleine Tasche dabei, die er während der gesamten Fahrt auf dem Schoß gehalten hatte. Er stand auf und bewegte sich in Richtung Gang. Menschen gingen an ihm vorüber. Er wartete, bis alle weg waren und ging dann selbst den Gang hinunter bis zur Tür. Er ging die Stufen hinab und stieg aus. Es gab keinen Zweifel mehr. Charles Mulli war allein in einer fremden Stadt.

Wo sollte er anfangen? Er ging den Bahnsteig entlang und nahm eine Gruppe von Menschen wahr, die sich unterhielten. Als er auf sie zukam, sahen sie ihn an, als würde er gleich um Geld betteln wollen.

„Wissen Sie, wo Daudi und Rhoda Mulli wohnen?“, fragte er. Die ganzen Jahre, in denen er um Essen hatte betteln müssen, machten es ihm nun leichter, bei der Suche nach seinen Eltern um Hilfe zu bitten.

„Nein“, antwortete einer von ihnen.

„Kennen Sie jemanden, der es wissen könnte?“

„Wir können dir nicht helfen. Tut uns leid.“

Wenn es ihnen wirklich leid tat, dann zeigten sie es nicht. Sie nahmen ihr Gespräch wieder auf.

Charles ging weiter die Straße hinunter. Für eine Stadt mit so vielen Einwohnern schien sie sehr sauber zu sein. Kein Müll auf den Straßen, keine Menschen außer Charles, die um Hilfe bettelten.

„Entschuldigen Sie“, sagte er zu einem älteren Herrn, erst gar nicht reagierte. „Sir, entschuldigen Sie.“ Der Mann drehte sich um und schaute Charles an. „Sir, könnten Sie...“

Aber der Mann ging einfach weiter.

Er ging quer durch die Straßen und bat jeden, den er traf um Hilfe. Keiner konnte ihm helfen. Bis zum Abend hatte er in fünf Stunden mit mehr Menschen gesprochen, als je zuvor in seinem Leben. Er hatte kein Geld, um sich etwas zu essen zu kaufen, und der wenige Proviant, den er im Zug dabei gehabt hatte, war schon lange aufgegessen. Menschen in Hotels sahen ihn allein durch die Straßen laufen und manche boten ihm etwas zu essen an. Er bat sie um Hilfe bei der Suche nach seinen Eltern, aber obwohl sie gerne helfen wollten, gab es niemanden, der wusste, wo die Mullis anzutreffen waren.

Spät am Abend ging er zurück zum Bahnhof. Das Gebäude hatte ein Wellblechdach. Er legte sich in die Ecke auf den kalten Beton und versuchte, so gut er konnte, in der fremden Stadt einzuschlafen. Er fragte sich, ob seine Eltern wohl weitergezogen waren und wie er sie in diesem Falle ausfindig machen konnte. Morgen wäre ein neuer Tag. Hoffentlich würde er etwas zu essen finden. Und hoffentlich würde er seine Eltern finden.

Aber der zweite Tag sollte genau gleich verlaufen wie der erste. Ein paar Leute gaben ihm etwas zu essen und wünschten ihm viel Erfolg bei seiner Suche. Aber die guten Wünsche halfen ihm nicht weiter. Immer und immer wieder ging er auf Leute zu.

„Entschuldigen Sie, können Sie mir helfen?“

„Wissen Sie vielleicht zufällig, wo die Mullis wohnen?“

„Haben Sie jemals von Daudi oder Rhoda Mulli gehört?“

„Ich habe nichts zu essen und keinen Schlafplatz. Können Sie mir helfen?“

Als er sich am zweiten Abend schlafen legte, bezweifelte er mehr als zuvor, seine Eltern je zu finden. Die Hoffnung prallte auf die Realität, und er wusste nicht mehr weiter. Er brauchte jemanden, der ihm helfen konnte. Jemanden, der ihn zu seinen Eltern bringen würde. Die Welt war wirklich ein unbarmherziger Ort. Sie war so kalt wie Beton.

Bei seiner ganzen Suche, bei all seinen Sorgen, kam ihm nie der Gedanke an Gott.

Am nächsten Tag nahm ihn jemand mit zur Polizei. Er setzte sich auf einen Holzstuhl, und ein in Uniform gekleideter Mann kam auf ihn zu.

„Du suchst nach deinen Eltern?“, fragte er.

Charles nickte. „Mir wurde gesagt, dass sie hier seien.“ Er gab ihm ihre Namen.

Der Polizist brachte ihm eine Tasse Tee und etwas Brot und erklärte, sie würden nach ihnen suchen. Fünf Stunden später kam der Polizist zurück. „Wir haben ihr Haus gefunden“, sagte er. „Komm mit, ich bringe dich hin.“

Als der Polizist ihn zu dem Haus brachte, wusste Charles nicht so recht, ob er erleichtert oder besorgt sein sollte. Der erste Teil seiner Reise war geschafft. Er hatte das Haus seiner Eltern gefunden. Aber jetzt kam der entscheidende Moment.

„Hier ist es“, sagte der Polizist.

„Danke schön“, erwiderte Charles und fragte sich, was für ein Empfang ihm bevorstand.

Er ging auf das kleine Haus zu. Er drehte sich um und sah den Polizisten weggehen. Charles klopfte an die Tür. Er erhielt keine Antwort. Er klopfte erneut und wartete. Die Tür öffnete sich. Er hoffte, dass es nicht Daudi wäre.

Es war seine Mutter.

Sie sah ihn erstaunt an. Ihr Mund blieb offen. Sie fiel auf ihre Knie und umarmte Charles. Sie fing an zu weinen. Fünf Monate war es her, dass sie sich zuletzt gesehen hatten. In ihrer Umarmung lag Verzweiflung, sie wollte ihn nicht mehr loslassen. „Wie war die Zugfahrt? Geht es dir gut? Wie hast du uns gefunden?“ Er beantwortete ihre Fragen und spürte die innere Wärme, die sich zeigt, wenn man seiner Mutter in die Augen schauen kann, die man so lange vermisst hatte.

Seine Brüder rannten auf das Haus zu und johlten, als sie ihn sahen. Sie lachten und umarmten sich. Als sie gemeinsam beim Essen saßen, erzählte er ihnen von Mollo und sie erzählten ihm von Nakuru. Das Ein-

Zimmer-Haus hatte keinen Strom, darum mussten sie nach Sonnenuntergang Öllampen anzünden, um sich sehen zu können. Sie blieben im Halbdunkel und redeten bis spät in die Nacht miteinander.

Als sich Charles am Abend schlafen legte, fragte er sich, was seine Mutter wirklich davon hielt, dass er wieder da war. Ein weiterer Mund zu stopfen, eine weitere Sorge. Wenn sie ihn wirklich gewollt hätten, wenn sie ihn wirklich liebten, hätten sie ihm gesagt, dass sie weggingen. Und es war nicht nur einmal, es war zweimal passiert – bis jetzt. Was für Eltern lassen ihr Kind im Stich? Das war kein Versehen gewesen. Soviel wusste er. Sie hatten ihn absichtlich verlassen. Und als er unter einer dünnen Decke auf dem Boden lag, fühlte er sich unbehaglich und zugleich verlegen. Er fühlte sich unwillkommen, aber er hatte keine andere Möglichkeit, als bei seinen Eltern zu leben, die nichts mit ihm zu tun haben wollten.

Es war beinahe Mitternacht, als Daudi nach Hause kam. Alle schliefen – auch Charles, der nach all seinen Abenteuern und einem Nachmittag, an dem er mit seinen Brüdern Fußball gespielt hatte, erschöpft war. Daudi war wieder einmal betrunken. Er öffnete die Tür zu ihrem bescheidenen Heim. Als ob er durch seine bloße Anwesenheit gewarnt worden wäre, wachte Charles auf und erblickte seinen Vater.

„Warum bist du hier?“, fragte Daudi, und sein Tonfall ließ erkennen, dass er weder verärgert noch erfreut darüber war, Charles zu sehen. „Du solltest in der Schule sein.“

Charles erklärte, dass Großvater Kaleli ihn hergeschickt hatte.

„Was?“, erwiderte Daudi, und seine Stimme wurde lauter. Das machte Charles Angst, und er wusste, dass jedes weitere Wort Daudi reizen würde. „Warum hat er dich hergeschickt? Warum kümmert er sich nicht mehr um dich?“

Charles wusste nicht genau, was er seinem Vater antworten sollte. Also sagte er nichts.

Daudi wurde nicht gewalttätig. Dieses Mal nicht. Er schloss die Tür. Charles hörte ihn stolpern, gegen eine Wand stoßen und ins Bett fallen.

Die Schulgebühren in Nakuru waren verglichen mit den Gebühren auf dem Land viel zu hoch. Nach nur wenigen Monaten bei seiner Familie sandte Daudi Charles wieder zurück in die Schule nach Kathithyamaa im

Machakos-Distrikt, wo er wieder bei seiner Großmutter mütterlicherseits wohnte.

Wieder einmal verabschiedete er sich von seiner Mutter und seinen Brüdern. Und wieder einmal weinte seine Mutter. Ihre begrenzten finanziellen Mittel zwangen Charles, wieder in den Zug einzusteigen. Als er losfuhr, winkte seine Mutter. Er winkte zurück, bis er sie nicht mehr sehen konnte. Er lehnte sich in seinem Sitz zurück. Er war wieder allein.

Seine Onkel waren nicht gerade erfreut darüber, dass Charles nun wieder auf ihrem Land lebte. *Ihrem* Grundstück. Sie meinten, dass er aus einem bestimmten Grund da sei. Dass er vielleicht wegen seiner Blutsverwandtschaft Ansprüche auf das Stück Land erheben würde. Also erklärten sie ihm, er sei bei ihnen nicht willkommen, und schickten ihn zu seiner Tante Muthikwa, die etwa einen Kilometer entfernt lebte.

„Hallo“, sagte Charles, als er seine Tante sah. Er fühlte sich wie ein Stück Schrott, das immer weitergereicht wurde, bis jemand etwas damit anfangen konnte. Er war darauf gefasst, wieder an einen anderen Ort geschickt zu werden. Aber allmählich gingen ihm die Verwandten aus.

„Willkommen, Charles“, sagte Muthikwa. Alles an ihr – der Blick ihrer Augen, der Tonfall ihrer Stimme, ihr Lächeln – überzeugte ihn davon, dass sie es ernst meinte.

Sie nahm ihn in ihr kleines Zuhause, hieß ihn sich setzen, kochte ihm Ugali und machte ihm ein kleines Bett zurecht. Sie redete mit ihm über sein Leben und seine Schule. Sie strahlte eine natürliche Wärme aus, die Charles davon überzeugte, dass sie ihn akzeptierte. Ja, sie war eine Verwandte. Sie musste ihn doch aufnehmen. Aber die anderen gaben nichts auf ihre eigentliche Verantwortung, und sie tat nun mehr als nur ihre Pflicht. Er spürte, dass sie Mitgefühl für ihn hatte.

Und er hoffte, dass es von Dauer wäre.

Ihr Mann Masyuko allerdings war nicht so froh über den neuen Gast.

„Warum wohnt er hier?“, rief er, als er die Nachricht erfuhr. Er war betrunken (– eine Art eine Familientradition). Es war spät.

„Er kann nirgendwo anders hin“, antwortete Muthikwa.

„Na und? Ich will diesen Jungen hier nicht haben.“

„Er ist unser Verwandter.“

„Er ist Abschaum!“

„Wir sind es ihm schuldig. Wir müssen ihm helfen.“

„Wir sind ihm gar nichts schuldig!"

Masyuko war groß. Er ragte über ihr wie ein Riese. Sie flehte ihn an, Charles bei ihnen bleiben zu lassen, und hoffte, Masyukos Geschrei würde ihn nicht aufwecken. Sie wollte nicht, dass Charles mit anhörte, was sein Onkel von ihm hielt. Aber Charles lag wach und tat nur so, als schliefe er. Er kannte sich mit betrunkenen Männern aus. Es war besser, sie nahmen an, man würde nicht zuhören.

„Bitte lass ihn hierbleiben", sagte sie.

„Es ist nicht meine Schuld, dass sein Vater nicht für ihn sorgen kann!"

„Er kann sonst nirgendwo hin." Sie fing an zu weinen. Sie hielt ihre Tränen zurück so gut sie konnte, aber als sie hörte, wie ihr Mann über ihren kleinen Neffen sprach, konnte sie sich nicht länger beherrschen.

„Ich will den Jungen nicht hier haben, und damit Schluss!"

Aber Muthikwa widersetzte sich dieser Entscheidung. Also weckte sie Charles, hieß ihn aufstehen, und die beiden schliefen im Freien.

Jeden Tag wenn Charles aus der Schule kam, hatte Muthikwa ihm etwas zu essen bereitet und hörte ihm zu. Sie sprachen über Afrika. Sie half ihm mit seinen Hausaufgaben. Sie brachte ihm Kochen bei.

„Ich hab' dich lieb", sagte sie ihm.

Er versuchte sich zu erinnern, wann er diese Worte das letzte Mal gehört hatte. Diese Worte waren in der afrikanischen Kultur nicht sehr üblich. Aber wenn sie jemand sagte, dann meinte er es auch so. Er sah ihr in die Augen und erkannte eine Frau voller Mitgefühl. Sie hatte die Nacht freiwillig mit ihm im Freien verbracht und sich um ihn gekümmert, obwohl es für sie wahrscheinlich besser gewesen wäre, wenn sie ihn einfach weggeschickt hätte.

„Warum?", fragte Charles. „Warum hast du mich lieb?"

Muthikwa lachte. Manche Frauen können mit dem Klang ihres Lachens die ganze Welt in Ordnung bringen. Muthikwa war so eine Frau.

„Brauche ich dafür einen Grund?"

Charles sah ihr in die Augen. Was hatte er getan, um das zu verdienen? Er brachte ihr kein Geld. Er brachte ihr überhaupt nichts. Er kostete sie Essen. Warum sollte sie ihn lieb haben?

Masyuko freundete sich nie damit an Charles bei sich zu haben. Das Fluchen und Schimpfen setzte sich fort und wurde mit der Zeit immer schlimmer. „Du bist nichts wert!“, schrie er ihn immer und immer wieder an. Und schließlich hatte Charles genug.

Dieses Mal beschloss er selbst zu gehen.

Der Abschied von Muthikwa, die ihm wie eine Mutter geworden war, fiel ihm schwer. Von Masyuko verabschiedete er sich nicht.

Charles ging in die Nachbarstädte, wo er sein Geld als Tagelöhner verdiente. Er grub Löcher für Kaffee- und Maispflanzen und erntete Kaffeebohnen. Er bezahlte seine Schulgebühren und fand Unterschlupf bei verschiedenen Leuten, die bereit waren, ihn aufzunehmen. Aber durch die vielen Umzüge ließen seine schulischen Leistungen zu wünschen übrig. Vor Jahren, als er gerade einmal sieben Jahre alt war, hatte er mit der ersten Klasse begonnen. Jetzt, mit seinen elf Jahren, war er immer noch in der ersten Klasse.

Da er keinen Platz in einer normalen Schule bekommen konnte, musste er in eine Abendschule gehen, wo er jeden Tag zwei Stunden mit Lernen zubrachte, nachdem er vorher einen langen Arbeitstag gehabt hatte. In den Klassen eins bis drei war er Klassensprecher. Als er genug Geld mit seiner Arbeit verdient hatte, konnte er tagsüber zur Schule gehen. Mit 14 Jahren, als er in der vierten Klasse war, wählten die Lehrer und Schüler der ersten bis sechsten Klassen Charles zum Vertrauensschüler. Ihm wurde die Verantwortung übertragen, auf das Verhalten der Kinder zu achten und dafür zu sorgen, dass alle Kinder in der Schule waren. Außerdem sollte er sich dafür einsetzen, dass ausschließlich Englisch und nicht Suaheli oder irgendein Dialekt gesprochen wurde.

Nachts lag Charles manchmal wach in seinem Bett und dachte über sein Leben nach. Er dachte an seine Eltern und daran, wie er von Ort zu Ort geschickt worden war. Er war sehr selten irgendwo gewesen, wo er wirklich willkommen gewesen war. Für gewöhnlich landete er immer an einem Ort, an dem er höchstens geduldet war. *Womit habe ich das verdient? Warum habe ich keine Liebe und Fürsorge erhalten? Warum sind die Leute, insbesondere meine Eltern, so grausam zu mir gewesen?* Er bekam keine Antworten auf seine Fragen.

Damals nicht.

Im Mai 1965 lud ein Freund den damals 16-jährigen Charles zu einem Jugendtreffen der Kirche in Kathithyamaa ein. Er hatte von der *African*

Brotherhood Church (afrikanische Brüderkirche) gehört, allerdings hatte er keine Ahnung, worum es dort ging oder warum sein Freund wollte, dass er ihn begleitete. Als sie in die Kirche kamen, sah er 300 Leute, etwa 15 bis 20 Jahre alt, die voller Erwartung waren. Als er das Grundstück betrat, spürte er etwas Merkwürdiges. Es lag etwas Ungewohntes in der Luft. Etwas Fremdes. Einen Augenblick lang erinnerte er sich an die schreckliche Angst, die er gehabt hatte, als sein Vater betrunken nach Hause gekommen war und ihn und seine Mutter verprügelt hatte. Aber nun spürte er etwas viel Stärkeres. Etwas Anziehendes. Eine Kraft, die er noch nie vorher verspürt hatte.

Sie suchten sich Plätze nahe am Mittelgang. Eine Gruppe vorne sang Lieder, die Charles nie zuvor gehört hatte, und lud zum Mitsingen ein. Als sie sich gesetzt hatten, sprach ein Prediger mittleren Alters. Er trug einen schwarzen Anzug mit Krawatte und sprach zu ihnen mit ruhiger Stimme.

Charles hatte den Mann nie zuvor getroffen, nie gesehen, und doch: Als er davon sprach, dass Jesus auf die Erde gekommen und am Kreuz gestorben war für die Sünden aller, und dass jeder Vergebung brauchte, hatte Charles den deutlichen Eindruck, der Prediger würde direkt mit ihm sprechen.

„Er liebt euch“, sagte der Prediger.

Es war als ob die 300 Leute alle verschwunden und nur noch Charles und der Prediger da waren.

„Ihr müsst euer Leben Jesus Christus übergeben, wenn ihr Erlösung erfahren wollt.“

Außer dem Prediger sprach noch ein anderer zu Charles. Zum ersten Mal in seinem Leben hörte er eine Stimme um sich, die ihm sagte, dass dies der Moment sei, an dem er Gott antworten müsse – einem Freund, der bei ihm bleiben würde, ganz anders als die vielen Leute, die ihn in seinem Leben im Stich gelassen hatten.

„Wenn ihr Jesus aufnehmen wollt“, sagte der Prediger, „dann möchte ich, dass ihr die Hand hebt.“

Charles war so sicher, so voller Vertrauen, dass seine Hand hochschoss.

„Macht einen Schritt des Vertrauens und kommt nach vorne.“

Charles ging ohne Angst. Er hatte solchen Mut nie zuvor verspürt. Er kam mit anderen zusammen nach vorne. Die Spannung war spürbar. Es fühlte sich so an, als würde es gleich eine enorme Explosion geben.

„Wenn ihr Jesus Christus als persönlichen Erlöser annehmen wollt, fordere ich euch auf, mir die folgenden Sätze nachzusprechen“, sagte der Prediger.

„Gott, ich brauche Dich. Du liebst mich. Danke, Jesus, dass Du am Kreuz gestorben bist. Ich bitte Dich, mir meine Sünden zu vergeben. Ich gebe Dir mein Leben und bitte Dich, mich zu Deinem Kind zu machen um Dir nachzufolgen.“

Das war es. Kurz. Auf den Punkt gebracht. Aufrichtig. Als Charles sein Gebet beendet hatte, fühlte er eine große Erleichterung, als ob er endlich so frei aufatmen könnte wie nie zuvor. Plötzlich gab es eine Alternative zu seiner Verbitterung, die er seiner Familie und seiner Lebenssituation gegenüber verspürte. Er war kein Abschaum. Er war nicht nur eine wertlose Waise ohne Zukunft. Er war nicht nur ein Gesicht in der Menge. Er war wertvoll. Er war Teil einer Familie.

Er wurde geliebt.

Und ab diesem Punkt wusste Charles, dass Gott sein Freund war.

Schrecklich geizig

Als Charles das Treffen verließ, spürte er noch die Auswirkungen des gerade Geschehenen. Er spürte eine Fülle in sich, die ihm so viel Energie verlieh, dass es ihm fast unnatürlich vorkam. Es war anders als alles, was er bisher erlebt hatte. Irgendwo in seinem Inneren spürte er eine Kraft, die stärker war als alle anderen überirdischen Mächte, die ihm und seinem Vater zugesetzt hatten. Zwar wusste er es damals noch nicht, aber er würde später erkennen, wie entscheidend diese Kraft werden sollte.

Zusammen mit einer Menge Menschen seines Alters, die auch bei der Veranstaltung gewesen waren, ging er die Straße entlang. Ja, die anderen hatten Eltern und er nicht. Und die anderen hatten ein Zuhause und er nicht. Und doch bedrückte ihn das alles nicht mehr, hatte er doch die unverkennbare Zuversicht, dass Gott mit ihm war. Statt Sorgen fühlte er Frieden. Statt Verlassenheit fühlte er Gemeinschaft. Und was am allerwichtigsten war: An Stelle von Verbitterung verspürte er erste Anzeichen von Liebe für seine verantwortungslosen Eltern, so seltsam es auch war.

In jener Nacht kniete er sich neben sein Bett und sprach mit jemandem, den er nicht sehen konnte. Es war leicht, Gott dafür zu danken, dass er ihn liebte. Das war kein Problem. Es war leicht, zu beten, wie erleichtert er war, dass er nicht mehr ein verstoßenes Kind war. Aber für seine Eltern zu beten war nicht so einfach. Gott zu erzählen, wie schrecklich sie waren – das wäre natürlich sehr einfach gewesen. Gott zu erzählen, wie viel besser sein Leben doch wäre, wenn er anständige Eltern gehabt hätte – das wäre auch einfach gewesen. Aber in seinem Innersten wusste er, dass er etwas besaß, was sie nicht kannten. Sein Vater und seine Mutter waren so weit weg von der Beziehung zu Gott, die er nun hatte, dass er sich trotz seiner miserablen Kindheit dazu aufraffen konnte, für sie zu beten.

Er betete darum, dass Gott sie ändern möge, besonders seinen Vater. Charles sah die bittere Armut in ihrem Leben. Es war, als würde ein schrecklicher Fluch seine Eltern umgeben, der sie davon abhielt, Jesus Christus kennen zu lernen. Für Charles gehörte es bald zum alltäglichen Ritual, jeden Abend für seine Eltern zu beten. Darum, dass sie erkennen möchten, wie sehr sie Gott brauchten und darum, dass sein Vater mit den Gewalttätigkeiten und dem Alkoholmissbrauch aufhörte.

Und die Gebete halfen.

Daudi wurde verantwortungsvoller. Er prügelte sich nicht mehr so oft. Er trank nicht mehr so viel. Aber obwohl er Rhoda seit über einem Monat nicht mehr geschlagen hatte, lief sie immer noch voller Angst an ihm vorbei, wie es Frauen tun, die in der Vergangenheit Gewalt in ihrer Ehe erlebt haben.

Die Regierung siedelte Daudi, Rhoda und ihre Kinder (außer Charles) von Nakuru in den Machakos-Distrikt um. Wie auch anderen Armen in den Städten wurde ihnen Buschland zugeteilt, das in einem einsamen Gebiet namens Kathonzweni lag, im heutigen Makueni-Distrikt. Kathonzweni war nichts anderes als ein Lager, in dem verarmten Menschen zu essen gegeben und ein Schlafplatz geboten wurde. Später wurden sie nach Ndalani umgesiedelt, das ca. 100 Kilometer entfernt von Nairobi liegt.

Charles blieb währenddessen in Kathithyamaa. Er ging weiter zur Schule und schloss 1967 die achte Klasse ab. Da er niemanden hatte, der ihm die Schulgebühren bezahlen konnte, die nun beträchtlich höher waren als die bisherigen, konnte Charles den Schulbesuch im nächsten Schuljahr nicht mehr fortsetzen. Einem intelligenten Schüler wie Charles kam das ungerecht vor. Von Klasse eins bis vier war er der Klassenbeste gewesen. Von Klasse fünf bis acht war er immer unter den fünf Besten. Er hatte das unstillbare Verlangen, zur Universität zu gehen. Er könnte es schaffen. Das wusste er. Er hatte die notwendigen Voraussetzungen. Alles was er brauchte war Geld. Er versuchte, seine Armut zu vergessen und fragte sich, ob sein Optimismus wohl anhalten würde.

Er war ein intelligentes Kind auf der Suche nach seiner Chance. Er bat alle seine Verwandten um Geld. Für ihn war es nichts Neues, ein Bettler zu sein, und doch war es schlimmer, zu Leuten zu gehen, die er kannte. Seine Verwandten gaben ihm kein Geld, noch machten sie ihm Hoffnung.

Gott, betete er, *ich habe viel für die Schule gelesen und gelernt. Du hast gesehen, dass ich nie ein Problem damit hatte, Dinge zu verstehen. Bitte Gott, lass mich nicht zu einem Sklaven der Menschen werden, mit denen ich zusammen in der Schule war. Gott, lass mich kein Bettler werden. Gott, benutze mich und mache mich sehr reich. Wenn du das tust, werde ich für dich große Arbeit leisten. Gott, hilf mir und ich werde alles tun, was du willst, und ich werde mich von dir benutzen lassen. Das erste was ich tun werde ist eine Kirche bauen.*

Er hatte erfahren, dass beten half. Es war nicht nur ein Gespräch mit Gott, es bewirkte etwas. Er hatte für seinen Vater gebetet, dessen Verhalten sich nun besserte, obwohl niemand genau sagen konnte, wie lange das anhalten würde. Ganz bestimmt hatte Beten geholfen, und Charles glaubte, dass Gott auch dieses Gebet erhören würde.

In der kurzen Zeit als Anhänger Christi war Charles in der Kirche sehr aktiv. Er wurde Mitglied einer örtlichen Gemeinde, ging in Bibelkreise, besuchte eine Bibel-Fernschule, von welcher er ein Diplom erhielt, und pflegte Freundschaften mit allen möglichen Leuten. Er folgte Gott nach. Gewiss würde Gott das sehen und für ihn sorgen. Gewiss würde Gott sein Gebet um Geld erhören, und zwar durch jemanden, der Ihm nachfolgte.

Aber das Geld kam nie.

Die Gebete, der Einsatz, die Nachfolge Christi, all dies brachte Charles nicht das Geld, das er für die Fortsetzung seiner Schulbildung benötigt hätte. Er weinte zwei Wochen lang. Abends, wenn niemand in der Nähe war, vielleicht nicht einmal Gott selbst (so fühlte es sich zumindest an), lag er wach in seinem Bett und fragte sich, wie Gott, der manchmal so großzügig sein konnte, in diesem Punkt so schrecklich geizig war.

Er konnte nichts weiter tun. Es gab niemanden mehr, der ihm helfen konnte. Es gab keine weitere Einkommensquelle. Also gab Charles sein Streben nach schulischer Bildung auf und suchte sich Arbeit.

Er ging zu benachbarten Farmen, wo er Arbeit fand. Von frühmorgens bis spätabends arbeitete er unter der heißen Sonne, um genügend Geld zu verdienen, um sich zu versorgen. Nach drei Monaten hatte er genug Geld gespart, um sich Schuhe, eine Hose und ein Hemd zu kaufen. Er kaufte Zucker und etwas zu essen für seine Mutter, sparte den Rest und ging nach Ndalani, um seine Eltern zu besuchen.

Zwei Jahre waren vergangen, seit er seine Eltern zuletzt gesehen hatte. Er fragte sich, wie sie wohl aussahen. Er fragte sich, wie sich seine Brüder wohl anhörten, die nun erwachsen waren. Würden sie sich freuen, ihn zu sehen? Hatte Vater ihnen Lügen über ihn erzählt? Kilometerweit ging er die staubige, heiße Straße entlang, die von der Schnellstraße zum Haus seiner Eltern führte. Seine Augen wanderten in die Ferne. Er hoffte, ein Zeichen von ihnen zu erkennen. Überall war Busch. Die Gegend war gefährlich, nicht wegen der Menschen, sondern wegen der Tiere. Giftschlangen versteckten sich im Gebüsch und an Felsen. Nilpferde, so fett und faul sie auch aussahen, stellten eine Gefahr für jeden dar, der ihnen über den Weg stolperte. Und Leoparden, bösartige Wesen, die jede Beute spielend leicht einfangen konnten, durchstreiften die Gegend auf der Suche nach arglosen Menschen, die sie verschlingen konnten.

Die Sonne ging langsam unter. Das rote Leuchten gab kaum genug Licht, dass Charles seine Mutter in der Ferne erkennen konnte. Er fühlte sich sofort anders. Trotz all dem, was passiert war, trotz all der Verlassenheit, spürte er die Verbindung zwischen Mutter und Kind, die nicht so leicht zerstört werden kann. Sie schien nicht verletzt zu sein. Das fiel ihm als Erstes auf. Sein zweiter Gedanke war, wie zerlumpt doch ihre Kleider waren. Ihr Gesicht sah müde aus. Es spiegelte die Auswirkungen des körperlichen und seelischen Elends wider. Sie sah von ihrer Arbeit auf und erblickte ihren Sohn, der auf dem Weg zu ihrem Haus war.

Sie schloss die Augen und hoffte, dass das, was sie sah, nicht nur ihre Fantasie war. Charles lächelte. Sie weinte. Ihr Sohn sah so elegant aus. Schuhe, Hosen und ein Hemd. Alles Dinge, die sie ihm nicht hatte bieten können. Er hatte es alleine geschafft. Er hatte es geschafft, sich selbst zu versorgen, sich selbst zu erziehen. Ganz ohne ihre Hilfe.

In diesem Moment fühlte sie sich wie eine Versagerin.

Er umarmte sie, und obwohl sie sich schämte, nicht mehr für ihn getan zu haben, freute sie sich, ihn nach so langer Zeit wieder zu sehen. Die Tränen machten ihr nichts aus. Mit einem Mann wie Daudi weinte sie nur selten. Wenn überhaupt je einmal. Ob ihr die Tränen wegen ihres Schuldgefühls oder wegen der Freude kamen, wusste sie nicht. Charles nahm an, sie weine vor Freude, denn nach all der bitteren Enttäuschung mit der Schule und seiner langen Reise, die er unternommen hatte, um seine Mutter wieder zu sehen, musste er einfach glauben, dass sie genauso froh war, ihn zu sehen, wie er es war, sie zu sehen.

Seine Brüder wieder zu sehen war so erfrischend wie immer. Seinen Vater wieder zu sehen dagegen nicht. Sie tauschten Grußworte aus und schauten sich in die Augen. Keine Umarmung, kein Lächeln. Kein freudiger Tonfall in ihren Stimmen. Statt einen schimpfenden Vater zu sehen, erkannte Charles einen Mann, der dringend Hilfe benötigte. Während Daudi immer noch Gefahr lief, jederzeit wieder gewalttätig zu werden, sah Charles in ihm die tiefe Hoffnungslosigkeit und Leere. Er war die Hülle eines Mannes ohne Inhalt. Daudi war innerlich bereits tot.

Er wusste es nur nicht.

Charles baute sich ein kleines Haus aus Ziegelsteinen mit einem Strohdach neben das Haus seiner Eltern. Er gab all sein übriges Geld für die Ernährung seiner Familie aus. Aber als ihm das Geld ausging, wusste er, dass es an der Zeit war, weiter zu ziehen. Es war zwecklos, anderen zur Last zu fallen. Dieses Mal jedoch würde er sich anständig verabschieden, zumindest von seinem Vater.

Als Charles seine Eltern verließ, hatte er keine Ahnung, wohin er gehen würde. Er dachte daran, wieder auf Farmen zu arbeiten. Aber wie lange könnte er das tun? Und was würde es ihm auf lange Sicht bringen? Er würde überleben, aber wenn er seiner Familie wirklich helfen wollte, musste er mehr tun.

Er musste in Nairobi nach Arbeit suchen.

Er kam bis an den Fluss und zahlte dem Bootsführer einen halben Schilling für die Überfahrt. Das war alles, was er noch hatte. Hinter ihm war seine Familie und vor ihm war die Zukunft. Wie sie wohl aussehen würde? Er hatte keine Ahnung.

Er verließ das Boot und begann den Dreitagesmarsch nach Nairobi.

„Gott, pass auf mich auf“, betete er. „Ich kenne niemanden in der Stadt.“

Ein Job in der Stadt

Der Marsch nach Nairobi kam ihm länger vor als er tatsächlich war, denn er ging alleine. Die erste Nacht verbrachte er bei seiner Großmutter in Kathithyamaa, und die zweite am Straßenrand neben einem Gebäude. Aber als er am dritten Tag aufstand und sich auf das letzte Stück Weges begab, wurde ihm deutlich, wie schwierig es werden würde, Arbeit und einen Schlafplatz zu finden. Es war nicht mehr eine Reise in die Hauptstadt des Landes, es war ein Kampf ums Überleben. Er betete weiter, war weiterhin tapfer und versuchte so gut er konnte, Gedanken zu unterdrücken, die ihn als Bettler in dieser Großstadt enden sahen, die Neuankömmlinge nicht gerade herzlich empfing.

Je näher er der Stadt kam, desto mehr Menschen sah er. Sie waren überall, drängten sich auf den Straßen, füllten die Marktplätze. Es war brechend voll. Überall schrien Leute, die etwas verkaufen wollten, um die Passanten zum Kauf zu überreden. Überall an den Straßenrändern hatten Menschen ihre kleinen Geschäfte. Manche hatten ihre Waren auf Decken vor sich ausgebreitet, andere hatten kleine Stände mit Blechwänden. Getreide, Getränke, Schuhe und Obst wurden verkauft. Es gab alles für den Reisenden.

Zumindest für denjenigen, der Geld hatte.

Er kam mitten am Tag an und blieb am Rand einer Straße in der Nähe der heutigen Methodist Avenue stehen. Er schaute in alle Richtungen und sah nichts Vertrautes, nichts Einladendes. Auf dem Weg in die Stadt hatte er sich vorgestellt, was er arbeiten, wo er wohnen, was für Freunde er haben würde. Aber jetzt, da er in der Stadt war, war die Träumerei zu Ende. Es war an der Zeit, herauszufinden, was die Zukunft für ihn bereithielt.

Er ging die Straße entlang und sah ein großes Haus, das von einem Zaun und einem Tor umgeben war. Je größer, desto besser, dachte Charles. Wenn sie so reich waren, wie es aussah, dann hatten sie Diener, und vielleicht suchten sie noch mehr Hilfe.

Er stand am Tor und betrachtete die Aktivitäten im Inneren. Es gab einen großen Hof um das schöne Haus. Weiter entfernt sah er ein kleines Haus, von dem er annahm, dass es wohl die Unterkunft der Bediensteten wäre. Auf der anderen Seite sah er Leute, die Essen zubereiteten, jemand anderes faltete Wäsche zusammen. Er klopfte an das Tor und fragte sich, wie viele Häuser er wohl abklappern müsste, bis er Arbeit fände.

Ein Diener kam an die Tür. Er sah älter aus als Charles und musterte ihn einen Moment lang, als ob er dadurch herausfinden könnte, warum dieser erschöpfte junge Mann am Tor stand.

„Hallo“, sagte der Diener mehr fragend als grüßend.

„Hallo“, antwortete Charles. „Könnte ich mit dem Besitzer sprechen?“

„Kennst du die Leute?“

„Nein“, sagte Charles. „Ich möchte um Arbeit bitten. Bitte hole mir den Besitzer.“

Der Mann wartete einen Augenblick und drehte sich ohne ein weiteres Wort um. Charles sah ihn im Haus verschwinden und wartete darauf, dass der Besitzer sich zeigen würde. Es dauerte so lange, bis jemand kam, dass er sich schon fragte, ob der Mann ihn mit Absicht vergessen und stehen lassen hatte.

Dann sah er sie. Eine junge indische Frau mit lockigen schwarzen Haaren, die einen Rock und eine marineblaue Bluse trug. Sie kam aus dem Haus und gab einem Diener Anweisungen, bevor sie an das Tor kam. Er versuchte, ihr in die Augen zu schauen, während sie noch ein Stück entfernt war, und was er darin erblickte, gab ihm Hoffnung. Während die äußere Erscheinung oft nichts über den Charakter einer Person aussagt, hatte Charles sofort den Eindruck, dass diese Frau sowohl selbstbewusst als auch mitfühlend war. Es lag an ihrer Art zu gehen, sich zu bewegen. Da war etwas an ihr, das Charles ein Fünkchen Hoffnung gab. Dieses Fünkchen, das entsteht, wenn man den Eindruck hat, dass alles so laufen könnte, wie man es sich gewünscht hat.

Sie kam ans Tor und lächelte. Charles war erleichtert.

„Junger Mann“, sagte sie. „Was kann ich für dich tun?“

„Ich suche Arbeit", sagte er und fragte sich, ob das Tor wohl geschlossen bleiben würde oder ob sie es in Kürze für ihn aufschließen würde.

„Was für eine Arbeit?"

„Ganz egal", sagte Charles selbstbewusst, um zu demonstrieren, dass er jede Arbeit machen wollte und auch konnte.

„Wie alt bist du?"

„Achtzehn."

All diese Fragen waren ein gutes Zeichen. Wenn es keine Arbeit gab, hätte sie ihm das inzwischen mitgeteilt und er würde weiterziehen. Aber sie sprach immer noch mit ihm, und seine Antworten, sogar so eine Kleinigkeit wie der Tonfall seiner Stimme, ließen sie ihre Meinung über den Charakter der Person bilden, die auf der anderen Seite des Tores stand. Obwohl zwischen seiner Antwort und der nächsten Frage nur wenige Sekunden lagen, kam es Charles bedeutend länger vor. Würde sie ihn hinein bitten, oder hielt sie ihn nur hin, weil sie bereits ihre Entscheidung gefällt hatte? Er sah ihr in die Augen.

„Könntest du Gras mähen?"

Ein Stromstoß durchfuhr Charles. Sie war interessiert. Er stand kurz davor, eine neue Arbeit zu bekommen. Es kam ihm so vor, als würde er bereits dort arbeiten.

„Ja", sagte er. „Ich kann Gras mähen. Ich habe oft eine Sichel für diese Arbeit benutzt.

„Kannst du meinen Garten jäten?"

„Auf jeden Fall."

„Die Hecken stutzen?"

„Ja."

Sie nickte leicht, als wollte sie sowohl seinen Mut, nach Arbeit zu fragen, als auch seinen Arbeitswillen anerkennen.

„Sag mir, kannst du Kleider waschen?"

„Ja," sagte Charles. „Ich würde jede Arbeit tun."

Sie lächelte. Charles fühlte sich gut. Sie öffnete die Tür.

„Willkommen in meinem Zuhause", sagte sie. „Bitte, komm herein."

Charles verließ die Straße, und durch das Tor betrat er das Anwesen. Nicht schlecht, dachte er. Eine Bewerbung, ein Angebot.

„Du kannst bei den Bediensteten wohnen", sagte sie. „Ich werde mich um ein Bett für dich kümmern."

„Danke“, sagte Charles. *Ein Bett? Hat sie das gerade gesagt? Gibt sie mir mein eigenes Bett?*

„Und du wirst hier auch essen. Die Mahlzeiten werden für dich zubereitet.“

„Danke“, sagte er, und er hatte den Eindruck, als würde er viel mehr bekommen, als er sich je vorgestellt hatte. *Essen? Sie sorgt auch für mein Essen?*

„Und du wirst einen US-Dollar pro Monat bekommen. Ist das für dich in Ordnung?“

Sie blieb stehen und schaute ihn an. Charles konnte es kaum glauben. Er sagte zunächst nichts. Wie könnte er auch?

„Das ist wunderbar“, flüsterte er.

„Ich bin Mrs. D'Souza“, sagte sie. „Mein Mann und ich wohnen hier mit unseren beiden Kindern Eric und Colin.“

„Ich heiße Charles Mulli.“

„Willkommen, Charles. Der hauptverantwortliche Bedienstete wird dir erklären, was du zu tun hast.“

Sie ließ ihn im Hof stehen. Er sah sich um. Keine zehn Minuten zuvor hatte er überhaupt nichts gehabt. Und jetzt hatte er alles. Ein Bett, Arbeit. Was könnte er sich noch wünschen?

Gott hatte für ihn gesorgt.

Seine erste Mahlzeit war Reis. Er nahm sie zusammen mit den anderen Bediensteten ein, und gegen Ende des Mittagessens hatte er sich mit ihnen angefreundet. Ihm wurden unzählige Aufgaben zugeteilt. Er musste mehr als einen Hektar Gras mit einer Sichel mähen, die Hecke stutzen, Kleider waschen, sie zum Trocknen aufhängen und Geschirr spülen.

An jenem Abend traf er Cirion D'Souza. Er war Geschäftsführer in einem Unternehmen, das Sisal- und Kaffeeplantagen besaß. Er und seine Frau waren Christen und redeten und scherzten oft mit ihm, so dass er sich nicht nur wie eine bezahlte Hilfskraft vorkam, sondern wie eine Person, die es lohnte, kennen zu lernen. Sie erlaubten ihm, gelegentlich nach Hause zu fahren und zur Kirche zu gehen.

Es war Abend, als Mrs. D'Souza herauskam, um mit Charles zu sprechen. Er war bereits seit fünf Monaten bei ihnen und hatte sich schon als bester Bediensteter erwiesen. Er war in allem, was er tat, sehr zuverlässig.

Er hörte sie kommen, als er gerade die letzte Wäsche von der Leine nahm. Er drehte sich um und lächelte. Sie setzte sich auf eine Bank und bedeutete ihm, sich neben sie zu setzen. Es war ein ruhiger Abend. Ihre ruhigen Stimmen waren das einzige, was man in der Stille hören konnte.

„Was möchtest du in deinem Leben erreichen, Charles?", fragte sie.

Er war total perplex. Nicht, dass er keine Antwort gewusst hätte. Er wusste, was er wollte, es war nur neu für ihn, dass ihn jemand nach seinen Zukunftsplänen fragte.

„Ich möchte studieren", sagte er.

„Studieren?"

„Ja."

„Das bewundere ich. Es ist wichtig, Träume zu haben."

„Manchmal glaube ich, dass es ein Traum bleiben wird."

„Du bist intelligent, Charles."

„Reicht es, intelligent zu sein?"

„Du hast eine großartige Zukunft vor dir."

„Woher wissen Sie das?"

„Weil ich dich kenne."

„Aber ich habe keine Chance."

„Denkst du, dass die einzige Chance im Studieren liegt?"

Charles dachte über seine Antwort nach. Diese absolute Stille fühlte sich an wie ein gläsernes Meer. „Ich muss studieren. Ich liebe es zu lernen. Wie soll ich sonst Arbeit finden?"

„Dein Plan ist also, zu studieren um eine bessere Arbeit zu finden?"

„Ja, Mrs. D'Souza."

„Was, wenn die Möglichkeit besteht, eine bessere Arbeit zu bekommen, ohne zu studieren?"

„Wie ist das möglich?"

„Nichts ist unmöglich für den, der glaubt."

„Aber alle Unternehmen suchen nach Leuten, die einen Universitätsabschluss haben."

„Die Universität ist ein langer und schwieriger Weg. Du müsstest zuerst deinen Schulabschluss machen, und wenn du dann unter den Besten wärst, könntest du erst auf die Universität. Es ist keine leichte Aufgabe."

„Ich würde es schaffen", sagte Charles.

„Das würde acht, vielleicht zehn Jahre dauern."

„Es ist ein langer Weg."

„Aber es ist nicht der einzige Weg."

Charles wandte seinen Kopf und schaute sie an. Sie deutete irgendetwas an, das spürte er, aber er wusste nicht genau, was es war. „Wie könnte ich sonst eine gute Anstellung bekommen?"

„Du bist viel zu intelligent, um hier für immer zu arbeiten, Charles. Das ist kein Platz für dich."

„Ohne Universitätsabschluss kann ich nicht vorankommen."

Sie stand auf, legte ihre Hand auf seine Schulter und sah ihm tief in die Augen. „Das werden wir noch sehen."

Einen Monat später rief ihn Mr. D'Souza in den Hinterhof und bat ihn, sich zu ihm an den Tisch zu setzen. Charles setzte sich.

„Ich habe gute Nachrichten für dich", sagte er.

Charles lächelte. Er erwartete, dass Mr. D'Souza vielleicht von einer Beförderung sprach.

„Du hast eine neue Arbeit", sagte er. Das waren in der Tat gute Nachrichten. „In Makuyu."

„Makuyu?"

„Ich habe eine Arbeit als Vorsteher auf dem Feld für dich organisieren können. Du wirst dafür zuständig sein, auf das Feld zu gehen und die Namen der Leute aufzuschreiben, die zur Arbeit gekommen sind. Du musst die Anwesenheit notieren, die Zahlungen vorbereiten und sicherstellen, dass alles in die Bücher eingetragen wird. Wie klingt das?"

Charles konnte nicht antworten. Eine Arbeit als Feldvorsteher? Ohne sich überhaupt für den Job beworben zu haben? Er sah Mr. D'Souza an und spürte den Nervenkitzel einer neuen Herausforderung und die Verwunderung darüber, etwas völlig Unerwartetes bekommen zu haben.

„Danke", sagte er.

Im September 1968 begann Charles seine Arbeit für Kakuzi Fibreland Ltd. Er war jung und begabt, was von allen Angestellten bemerkt wurde, die befürchteten, der Neue würde ihre Jobs übernehmen. Er arbeitete härter und länger als die anderen. Es dauerte nicht lange, bis er Obervorsteher wurde und kurz darauf wurde er zum stellvertretenden Geschäftsführer befördert. Er kletterte die Karriereleiter schneller hinauf als jeder andere. Und mit jedem Schritt kam auch eine Gehaltserhöhung. Zum ersten Mal konnte er in Erwägung ziehen, ein Auto zu kaufen.

Tag und Nacht lebte er für seine Arbeit und versuchte alles zu tun, um voran zu kommen. Er arbeitete immer länger und nutzte seine Zeit immer sinnvoller. Er nahm mehr Herausforderungen an und erweiterte sein eigenes Aufgabengebiet, um sich selbst und seinen Chefs zu beweisen, dass er der beste Mann für diese Arbeit war. Die viele Arbeit machte es ihm schwer, an etwas anderes zu denken.

Eine junge Frau, der er bald begegnen würde, sollte das ändern.

Esther

Charles ging einen Weg zwischen den Feldern entlang und hielt sein Buch mit den Namen der Feldarbeiter in der Hand. Er kontrollierte ihre Anwesenheit. Zwar war er erst seit sechs Monaten hier, doch hatte er sie alle kennen gelernt. Alle 1200. Er kannte ihre Namen und blieb oft stehen, um mit den Leuten über ihr Leben, ihre Familien und ihre Interessen zu reden. Aber dieses Mal, als er auf eine junge Frau zukam, die Ananas erntete, bemerkte er, dass sie ihn mehr interessierte als irgendjemand zuvor.

Sie war schlank. Und sie war anders als alle anderen Arbeiter auf der Plantage. Das Feld war voll von Leuten, aber für Charles war sie die einzige dort. Er schaute ihr zu und empfand die Anziehung, die ein Mann verspürt, wenn er von einer Frau fasziniert ist. Sie bemerkte ihn zunächst nicht. Er stand da, starrte sie an und konnte seine Aufmerksamkeit nicht von ihr abwenden. Unter der gleißenden Sonne war Charles wie erstarrt, als er ihr beim Arbeiten zusah.

Sie sah von ihrer Arbeit auf und bemerkte, dass er sie anschaute. Sie war jung. Hatte wunderschöne Augen und ein fesselndes Gesicht. Er ging auf sie zu und spürte das Pochen in seiner Brust. Sie kennen zu lernen war Teil seiner Arbeit. Er hatte sie nie zuvor gesehen, und er musste ihren Namen herausfinden, um sicherzustellen, dass sie ordentlich bezahlt wurde. Er wurde ja letzten Endes dafür bezahlt, darüber Buch zu führen, wer auf dem Feld war. Es war seine Pflicht, mit ihr zu sprechen.

„Hallo“, sagte er, leiser als er eigentlich gewollt hatte. Es klang nicht sehr eindrucksvoll, nicht so, als sei er im Dienst. Aber er konnte nichts machen. Sie hatte kein Wort zu ihm gesagt, sie hatte noch nicht einmal auf ihn reagiert, und doch hatte sie etwas vermittelt, wodurch er sich fragte, ob dies eine Begegnung wäre, die er niemals vergessen würde.

„Hallo", antwortete sie.

Ihre Stimme war sanft und ruhig. Ein stilles Vertrauen umgab sie, das Charles wünschen ließ, er hätte keine Fragen zu stellen, die mit der Arbeit zu tun hatten.

„Ich habe dich hier noch nie gesehen", sagte Charles, um sie davon zu überzeugen, dass er froh war, dass sie gekommen war.

„Es ist mein erster Tag hier", sagte sie. „Ich arbeite hier für meine Mutter. Sie ist heute krank."

Charles wollte sagen, dass es ihm Leid tat, das zu hören. Aber an diesem Tag, und bei dieser Frau, war die Erkrankung ihrer Mutter das Beste was ihm passieren konnte.

Sie hatte ein graues Kopftuch auf und trug ein langes Kleid. Er fragte sich, was solch eine Frau wohl auf dem Feld machte.

„Tut mir leid, das zu hören", schaffte er schließlich zu sagen. „Wie alt bist du?"

„Fünfzehn."

Etwas in Charles verband sich mit dieser jungen Frau. Und er hoffte, dass er sie nicht zum letzten Mal gesehen hatte.

„Ich heiße Charles Mulli."

Sie lächelte wieder. „Ich bin Esther."

Am folgenden Tag rannte er durch das Feld. Er beeilte sich, die Namen zu kontrollieren und schaffte es in Rekordzeit. Manche versuchten, ihn aufzuhalten, seine Aufmerksamkeit auf sich zu lenken, aber vergeblich. Er war nicht zu bremsen. Er grüßte die Leute schneller und lächelte ihnen kürzer zu und tat alles, um ein Gespräch zu vermeiden. Er musste mit jemand anderem sprechen, und als er zu dem besagten Feld kam, ließ er seine Blicke über die Arbeiter streifen, auf der Suche nach einer bestimmten Person.

Da war sie. Esther. Sie arbeitete auf dem Feld. Die Sonne schien auf sie, als leuchte sie für ihn allein. Er war so erleichtert, dass er eine weitere Gelegenheit hatte, die Frau, an der er interessiert war, näher kennen zu lernen. Als er näher kam, nahm er kaum noch die Grüße der Arbeiter wahr. Sein Blick war von ihr gefesselt. Mit jedem Schritt, den er näher auf sie zuging, spürte die große Anziehungskraft, die von ihr ausging. Und in dem Augenblick, als sie sich von ihrer Arbeit zu ihm umdrehte, verspürte er plötzlich Angst, und er fragte sich, ob da wirklich etwas zwischen ihnen gewesen war, oder ob der gestrige Tag nur Zufall gewesen war.

Ihr Lächeln flößte Charles Vertrauen ein. Ohne ein einziges Wort hatte sie den Weg zu seinem Herzen gefunden.

Sie erzählte ihm, dass ihre Eltern wegen Problemen mit der Aussteuer geschieden waren, und die daraus resultierenden finanziellen Probleme hatten zur Folge, dass sie nicht zur Schule gehen konnte. Charles bewunderte sie dafür, dass sie ihre Familie finanziell unterstützte und fühlte mit ihr, weil sie – wie ja auch er selbst – ihre Ausbildung nicht weiter fortsetzen konnte.

Sie erzählte ihm, dass sie bei ihrer Mutter in der Nähe von Charles wohnte. Ihr Haus befand sich in einer ärmlichen Gegend, in der die Unterschicht wohnte. Es war nur wenig besser als im Slum.

Nicht viel später stellte das Unternehmen Esther als feste Arbeiterin an, so dass sie sich nun öfter sehen konnten.

Charles und Esther trafen sich oft zum Radfahren. Sie redeten viel, besonders Esther, die zeigte, dass sie eine begehrenswerte Mischung aus Ernsthaftigkeit und Heiterkeit besaß. Als sie den Markt besuchten, sah Esther, wie bekannt er war. Er war der junge Chef, den jeder mochte. Die Leute hielten ständig an, um sich mit ihm zu unterhalten und um seinen Rat bei persönlichen Problemen zu hören. Eine Gruppe junger Mädchen, etwa dreißig an der Zahl, tanzten in einem Kreis um ihn herum und sangen „*Mulli, Mulli, Mulli,*" und riefen laut „*Kori!*", was soviel bedeutet wie „kleines Lamm". Von ihrem Haus aus sah Esther den Tanz und freute sich, dass Charles von allen Frauen, die ihn anhimmelten, ausgerechnet sie ausgewählt hatte.

Charles nahm geschäftlich oft den Bus in die Innenstadt von Nairobi. Er kümmerte sich morgens immer um geschäftliche Angelegenheiten, und selbst wenn sich die Arbeit stapelte, nahm er sich Zeit, um mit den Straßenjungen zu reden. Sie gehörten zur wachsenden Zahl der vernachlässigten Kinder in Nairobi. Ihre Eltern waren entweder gestorben, drogenabhängig oder zu arm, um sie zu versorgen. Viele Kinder gingen auf die Straße, um zu überleben, um jede erdenkliche Einnahmequelle zu nutzen. Manche schlossen sich Gangs an, mit denen sie stahlen, um an Essen zu kommen. Manche Mädchen arbeiteten als Prostituierte, um sich ihre jämmerliche Existenz zu sichern. Abends schliefen sie manchmal auf den Gehwegen unter den Vordächern der Supermärkte, wenn die Sicherheitskräfte das zuließen.

Einmal sah Charles eine kleine Gruppe von Straßenjungen. Zerrissene, zerlumpte Kleider kaputte Schuhe, schmutzige Gesichter. Aber das Markanteste war der hoffnungslose Ausdruck in ihren Augen. Ihre Augen waren matt, bestenfalls mit einem schwachen Glanz. Diese Augen erzählten ihre Lebensgeschichten und wie sie über ihre Chancen dachten, je aus dieser gesellschaftlich niedrigsten Position herauszukommen. In diesen kleinen Fenstern zu ihren Seelen sah Charles denselben Schmerz, dieselbe Enttäuschung und Hoffnungslosigkeit, die er so oft in seinem eigenen Leben gesehen hatte, wenn er, noch als Junge, in den Spiegel gesehen hatte.

Er ging auf sie zu, lächelte, streckte seine Hände aus, mit den Handflächen nach oben, und grüßte sie mit dem Gruß, der später sein Markenzeichen werden sollte. *„Oo-ee!"*

Sie sahen ihn an und fragten sich, was dieser gut gekleidete Mann, der nicht viel älter war als sie selbst, von ihnen wollte.

„Hallo", sagte er.

Keine Antwort. Kein Lächeln. Kein Gruß. Nur ein Blick aus ihren leblosen Augen.

„Warum seid ihr auf der Straße?", fragte er.

Der Kleinste schaute zu seinem Nebenmann auf, als wolle er ihn um Erlaubnis fragen, bevor er eine Antwort gab. Er sah wieder zu Charles.

„Wo sollen wir sonst hin?", fragte er.

„Habt ihr genug zu essen?", fragte Charles.

Einer von ihnen schüttelte den Kopf.

„Einen Schlafplatz?"

Sie brauchten ihm keine Antwort zu geben.

Als er mit ihnen redete, spürte er ihren Schmerz. Er wusste, dass sie an einem Ort waren, an dem sie nicht sein wollten, und sie hatten keine Kraft, das zu ändern. Er ging in einen nahe gelegenen Laden und kaufte etwas Brot. Er gab es ihnen. Sie rissen es ihm beinahe aus der Hand. Charles sah zu, als sie zu essen begannen. Dann drehte er sich um und ging.

Aber er konnte die Straßenkinder nicht vergessen.

Als Esther nach Nairobi ging, um dort als Dienstmädchen zu arbeiten, wusste Charles, dass sie die Richtige für ihn war. Weil er sie so oft gesehen hatte, war er überzeugt, dass sie anders war als alle, die er zuvor kennen gelernt hatte. Jetzt da sie weg war, war er nur noch fester davon überzeugt, dass er sie liebte.

Er setzte sich auf seinen Stuhl und spürte die Einsamkeit, die sich bemerkbar macht, wenn ein Mann eine Frau vermisst. Er betete, ob sie wirklich die Frau in seinem Leben wäre. Wie kann sich ein Mann je sicher sein? Aber etwas tief in seinem Innern, dort, wo man etwas sicher weiß, sagte ihm, dass sie nicht nur die Frau war, die er wollte, sondern auch die Frau, die er brauchte. Er nahm seinen Stift und Papier und schrieb ihr einen Brief, in dem er sie einlud, ihn zu besuchen.

Er hatte diesen Satz, die große Frage, mehrfach vor sich hingesagt. Er übte ihn immer wieder laut, so dass er, wenn die Zeit gekommen war, richtig klingen würde. Hin und her lief er in seinem Wohnzimmer und fragte sich, wie sie wohl reagieren würde. Es klopfte an der Tür. Sein Herz pochte. Er atmete tief ein, um seine Nerven zu beruhigen. Er hatte alles durchgeplant. Alles war bereit. Aber als er die Tür öffnete und in die Augen der Frau sah, von der er glaubte, sie würde seine zukünftige Ehefrau werden, war sein Gehirn auf einmal leer.

Hier war sie. Esther stand da mit ihrem ansteckenden Lächeln und ihren funkelnden Augen. Er wollte etwas sagen, aber er zögerte. In Anwesenheit dieser faszinierenden Frau konnte er die richtigen Worte nicht finden.

„Esther“, sagte er.

„Hallo, Charles.“ Die Art, wie sie seinen Namen sagte, hatte etwas Einzigartiges.

„Ich bin froh, dass du gekommen bist.“

„Vielen Dank für die Einladung.“

„Möchtest du mit mir spazieren gehen?“

Acht Menschen versammelten sich am 22. Dezember 1970 in Esthers Haus, um die Hochzeit von Charles und Esther zu feiern. Sie war siebzehn, er war einundzwanzig. Daudi und Rhoda waren gekommen, da Charles ihnen das Geld für die Fahrt gegeben hatte. Das Eheversprechen erfolgte unter der Aufsicht von Esthers Großmutter, und als Charles sagte

„Ich will“, hatte er das Gefühl, dass Esther für ihn ein Geschenk war.

Und er für sie.

Gemäß der Stammestradition der Kambas musste die Ehefrau bei ihren Schwiegereltern wohnen, also zog Esther zu Daudi und Rhoda. Charles bekam einen Posten bei Strabag und zog von Makuyu nach Eldoret. Die Gehaltserhöhung ermöglichte es Charles, sich sein erstes Auto zu kaufen, einen gebrauchten Ford Cortina. Er war der erste in seiner Familie und in Ndalani, der ein eigenes Fahrzeug besaß. Er kam seine Frau und seine Familie jeden Monat besuchen und brachte eine Jukebox mit, auf der er seine Lieblingsmusik spielte. Oft saß er mit seiner jungen Frau zusammen und sie redeten über ihr Leben zu Hause und seine Arbeit , während sie Jimmy Reeves lauschten, der einen von Charles' Lieblingssongs sang: „*This world is not my home. I'm just a-passing through*" (Diese Welt ist nicht mein Zuhause. Ich bin nur auf der Durchreise).

Unheilvolle Konsequenzen?

Als ihr erstes Kind, Jane, auf die Welt kam, wurde Esthers Leben bei Daudi und Rhoda immer unerträglicher.

Daudi war in seine alten Gewohnheiten zurückgefallen. Er trank, war wütend, gewalttätig. Das, wovon Charles angenommen hatte, es läge nun hinter ihnen, drang wieder in ihr Leben ein. Tradition hin oder her, es gab keinen Grund mehr, noch länger dort zu bleiben.

„Wo ist das restliche Geld?“, schrie Daudi. Er war wieder einmal betrunken. Und wieder einmal schrie er.

Rhoda versuchte ihn zu beruhigen. Aber ihr Flehen bewirkte bei ihm nie etwas, besonders nicht in diesem Zustand.

„Charles schickt jeden Monat Geld, Daudi“, sagte sie und hoffte, ihn zu beruhigen. „Nächsten Monat gibt es wieder Geld.“

„Nächsten Monat! Nächsten Monat!“ Das war eine lange Zeit ohne Geld für Alkohol (oder Essen). Er biss sich auf die Zähne. Aber das machte Rhoda nichts aus. Das war kein Problem. Geballte Fäuste waren da etwas ganz anderes.

Esther machte einen Schritt von Daudi weg und nahm die kleine Jane aus dem Bett. Die anderen Söhne waren zu Hause. Sie würden eingreifen, wenn Daudi gewalttätig würde. Ob sie ihren wütenden Vater bezwingen würden, konnte niemand sagen.

„Nächsten Monat bringt er wieder Geld“, sagte Rhoda erneut.

„Das sollte er auch! Er bringt nie genug! Nie!“

Charles gab seinen Eltern 60 Prozent seines Gehalts, so dass er in der teuren Stadt kaum noch über die Runden kam. Und Daudi? Er steuerte nichts bei. Keinen Cent. Er konnte keine Arbeit finden (er suchte auch keine), und während sein Sohn achtzehn Stunden am Tag schuftete, um zwei Haushalte zu ernähren, gab Daudi Charles' Geld für Alkohol aus und ließ seine Frau, seine Söhne, seine Schwiegertochter und seine Enkelin leiden.

„Ich werde mit ihm sprechen", sagte Rhoda. Sie folgte Esther, schloss die Tür hinter sich und seufzte erleichtert, weil er nicht gewalttätig geworden war.

Fürs Erste.

Esther begann zu weinen. Sie kniff die Augenlider zusammen und versuchte, ihre Gefühle zurückzuhalten und sich an den Rest dessen zu klammern, was sie einmal von ihrer Ehe erhofft hatte. Aber diese Träume verschwanden und sie spürte den Schmerz, da sie erkennen musste, dass das Leben, das sie sich gewünscht hatte, außer Reichweite war.

Rhoda legte einen Arm um Esther und den anderen auf Jane, die friedlich schlief und den ganzen Tumult, in dem sie aufwuchs, nicht mitbekam. Rhoda weinte nicht. Sie hatte das alles bereits erlebt. Sie hatte das erlebt, als Charles ein kleiner Junge war. Sie hatte das mit ihren anderen Söhnen erlebt. Jetzt schlossen sich Esther und Jane der alten Familientradition des Elends und des Schmerzes an. Am Himmel leuchteten die Sterne. Rhoda sagte nichts zu Esther. Was hätte sie schon sagen können? Sie wollte sagen, dass alles besser würde.

Aber Rhoda war keine Lügnerin.

Die drei schliefen draußen unter einem Baum auf einer Decke. Es war kalt und ungemütlich.

Aber es war viel besser, als mit Daudi unter einem Dach zu leben.

„Ich kann hier nicht bleiben", sagte Esther zu Charles bei einem seiner allmonatlichen Besuche. Ihre Stimme war voller Angst, die einen befällt, wenn man einen Ausweg aus einer Situation sucht, die man nicht mehr unter Kontrolle hat. „Dein Vater...," begann sie.

„Was?", fragte Charles, dem noch die lange Fahrt von seinem neuen Arbeitsplatz in Eldoret nahe der Grenze zu Uganda in den Knochen steckte.

„Dein Vater stiehlt das Geld, das du herbringst."

Sie gingen hinunter zum Fluss. Es war still. Es wurde Abend. Er hatte keinen Grund, seiner Frau nicht zu glauben. Und er hatte keinen Grund, eine hohe Meinung von seinem Vater zu haben.

„Er gibt das Geld für Alkohol und Zigarren aus", sagte sie. Jedes Wort, das sie sagte, strengte sie an. Es war, als würde sie Charles anflehen, endlich etwas zu tun. „Für uns bleibt nichts übrig. Das ist schlimmer als Armut.“

Das erste, was Charles an der Situation Sorgen machte, waren die Umstände, in denen seine Frau und sein Kind lebten. Sie hatten das nicht verdient. Seine eigene Frau und sein Kind lebten so, wie er selbst aufgewachsen war. Kein Essen. Ein schrecklicher Vater. Die Geschichte wiederholte sich. Das zweite, was ihm Sorgen machte war das schwer verdiente Geld, das sein Vater verschwendete. Wofür? Für nichts. Das Geld, das er nach Hause brachte, machte alles für seine Familie nur noch schlimmer. Sie hatten fast nichts, und Daudi gab das Wenige auch noch für Alkohol aus, der dessen schreckliche Seite zum Vorschein brachte und alles nur noch unerträglicher machte.

Nun war es genug.

„Wir müssen reden“, sagte Charles.

Sie saßen alleine an einem Tisch draußen auf dem Gelände. Außer Hörweite der restlichen Familie. Daudi war nüchtern, oder wenigstens so nüchtern wie ein Trinker noch werden kann, der ständig Geld und Alkohol bekommt.

„Wie läuft die Arbeit?“, fragte Daudi. Aber Charles wusste, was er eigentlich meinte. Dieser Kommentar hätte eigentlich ein Zeichen ehrlichen Interesses eines Vaters am Wohlergehen seines Sohnes sein sollen. Aber Daudi wollte nur wissen, ob er nächsten Monat genügend Geld für seinen Alkohol bekommen würde.

„Die Arbeit läuft gut. Wie sieht es bei dir aus?“

Das saß. Daudi errötete. Er wollte den Tisch umschmeißen und sich auf seinen Sohn stürzen, um ihn bewusstlos zu prügeln. Und das hätte er auch geschafft, aber er behielt die Kontrolle über sich. Es wäre unklug, seine einzige Einkommensquelle zu zerstören.

„Du weißt doch, wie es ist“, sagte Daudi mit aufgesetztem Lächeln. „Schwierige Zeiten.“ Er lachte kurz auf. Aber die Leere in seinen Augen sagte Charles, was wirklich im Leben seines Vaters vor sich ging. Diese Augen waren so leer. Eigentlich nur Hüllen. So leblos wie die Augen einer Puppe.

„Ihr habt das Geld bekommen, das ich euch geschickt habe?“

„Ja. Das hat uns sehr geholfen.“

„Geholfen?“

„Ja, sehr."
„Inwiefern?"
„Inwiefern?"
„Ja, Vater. Inwiefern hat mein Geld euch geholfen?"

Daudi grinste wieder sein zahnloses Grinsen, aber dadurch wurde die Stimmung auch nicht besser. „Dein Geld hilft uns."

„Ich will wissen, wie es euch hilft." Charles' Stimme wurde lauter. Befehlender. Er war wie ein Polizist bei einem Verhör, bei dem es nicht mehr darum ging, Fragen zu stellen, sondern Antworten zu fordern. „Sag mir, Vater, wie genau hilft das Geld der Familie?"

Daudi war still. Es war das erste Mal, dass jemand aus der Familie es wagte, ihn herauszufordern. Und Daudi fühlte sich bedroht, wie jemand, der weiß, dass er gelogen hat und merkt, dass er auffliegt.

„Wir kaufen Sachen."
„Was zum Beispiel?"
„Sachen für die Familie."
„Kleider?"
„Ja, Kleider."
„Nahrungsmittel?"
„Ja, Nahrungsmittel."
„Zahlt ihr Schulgebühren?"
„Ja, all das."

Charles beugte sich vor. Er sah genau in die eiskalten Augen seines Vaters. Er beobachtete sie einen Augenblick, als könne er dadurch direkt mit Daudis Seele sprechen.

„Du lügst."

Daudi schauderte. Er wusste nicht, was er tun sollte. Eine Prügelei anfangen oder sich mit Worten aus der Situation winden? Würde das bedeuten, dass es kein Geld mehr gäbe?

„Ich lüge nicht", sagte Daudi in einem Tonfall ohne große Überzeugungskraft.

„Wofür gibst du das Geld aus?"

„Das habe ich dir gesagt."

„Nein. Du hast mir nur das gesagt, was ich deiner Meinung nach hören wollte." Charles atmete tief durch, um sich zu beruhigen. „Jetzt sag mir genau: Wie gibst du das Geld aus, für das ich so hart und lange arbeite? Tag und Nacht schufte ich bei der Arbeit, und wofür?" Er schlug mit der

Faust auf den Tisch. Daudi bekam es mit der Angst zu tun. Er fühlte sich von einem der Seinen bedroht.

Aber obwohl der Beweis praktisch auf dem Tisch lag, konnte Daudi nicht die Wahrheit sagen. Es war der Alkohol, das wusste er. Charles wusste es. Alle wussten es. Aber irgendetwas in Daudi wollte es nicht zugeben. So offensichtlich es auch war, die Wahrheit würde verborgen bleiben. Er würde sie nicht herauslassen, auch wenn der einzige Grund dafür war, weiter an seine eigene Lüge glauben zu können.

„Und wenn du dir deinen Alkohol besorgst, was machst du, wenn du betrunken bist?"

Stille. Jedes Wort, das Charles sagte, fühlte sich an wie ein Schlag auf Daudis Rücken.

„Du betrinkst dich und dann schlägst du Mutter wieder. Ich höre diese Geschichten. Ich weiß, was hier vor sich geht. Und jetzt hab ich genug von dir."

Daudi fand plötzlich in seinem Inneren eine Entschlossenheit, die bis jetzt verborgen geblieben war. Er sammelte das letzte bisschen Selbstachtung, das er noch besaß und blickte seinem Sohn in die Augen. „Du redest nicht in diesem Ton mit mir auf meinem eigenen Land. Du wirst mir weiterhin mein Geld bringen."

„Ruhe!"

Und in diesem Moment verlor Daudi all seine Macht über Charles. Daudi sah weg und fühlte sich mehr als straffälliger Sohn denn als egozentrischer Vater.

„Das geht schon viel zu lange so. Du behandelst Mutter schlechter als ein Raubtier seine Beute. Folgendes wird passieren. Hörst du mir zu?" Daudi sagte nichts. Er sah so erbärmlich aus, so geschlagen, wie er da auf seinem Stuhl saß. „Ich nehme Esther und Jane mit mir nach Eldoret." Das zerriss Daudi. Es war sein Recht, Esther bei sich zu Hause zu haben. Und dass Charles sie mitnehmen wollte bedeutete, dass Daudi ihn enterben konnte. Aber diese Tradition hatte nur wenig Macht, wenn man daran dachte, wer hier für wen sorgte. „Und das ist das letzte Mal, dass ich dich wegen Mutter warne."

Daudi hatte auch das bereits zuvor gehört. Leere Drohungen gefolgt von seinen leeren Versprechungen, er würde sich ändern, was er nie tat. Zumindest nie lange. Und deshalb hörte Daudi Charles nicht länger zu.

Bis er hörte, wie Charles seine Anweisungen, er solle aufhören, Rhoda zu schlagen, bekräftigte.

„Du kennst die Stammesregeln, nicht wahr?“

Daudi war wie gelähmt. Stammesregeln. Das Wort hallte in seinem betrunkenen Kopf wider. Er kannte die Stammesregeln. Jeder kannte sie. Seine Finger begannen zu zittern als sein Körper realisierte, was ihm passieren könnte, wenn er der Sippe gegenüber stehen müsste. Er schluckte und wünschte, er könne aus der Gegenwart seines Sohnes verschwinden.

„Wenn ich davon höre, dass du Mutter geschlagen hast, schreibe ich der Sippe und die kümmern sich dann um die Angelegenheit.“

Es war, als hätte jemand in Daudis Ohr geschrien, und ihn erzittern lassen.

„Sie werden dich zur Versammlung schleppen und Zeugenaussagen anhören. Und jeder von ihnen wird gerne von deinen grausamen Taten gegenüber deiner Frau berichten.“

Daudi zuckte zusammen. Er wandte sich von Charles ab, aber die Wirkung der Worte, die er gleich hören würde, konnte das nicht abmildern.

„Und wenn die Sippe dich für schuldig befindet – und das werden sie – dann werden sie dich auf den Boden legen und dich mit Seilen mit dem Gesicht nach unten festbinden. Dann werden die jungen, starken Männer aus dem Dorf dich abwechselnd auspeitschen mit sorgfältig ausgesuchten schweren Ruten. Deine Haut wird aufplatzen. Blut wird in alle Richtungen spritzen. Du wirst so laut schreien wie Mutter in all diesen Jahren, aber niemand wird sich darum scheren. Niemand wird dir zu Hilfe kommen. Eigentlich wird die Hilfe nur ein paar Meter entfernt sein, aber statt dir zu helfen wird die Gemeinde Beifall klatschen, während sie dich leiden sieht. Sie werden dir in deiner Pein zusehen und froh darüber sein. Dann, wenn die Ruten deine Haut weggepeitscht haben, werden sie gegen deine bloße Wirbelsäule schlagen und du wirst einen Schmerz spüren, den nur wenige Menschen auf dieser Erde je verspürt haben. Dein Körper wird unkontrolliert zittern. Du wirst dich wegen der Qualen übergeben müssen. Du wirst schreien, wirst sie anflehen, aufzuhören. Aber sie werden nicht aufhören. Es wird weitergehen. Und wenn die Stöcke schließlich deine Wirbelsäule durchschlagen, wirst du sterben. Und das ganze Dorf wird deinen widerlichen, leblosen Körper anschauen und die Genugtuung verspüren, dass ein Frauenschläger endlich das bekommen hat, was er verdient hat."

Daudi zitterte wie Charles früher, wenn er spät abends in seinem Bett darauf gewartet hatte, dass Daudi nach Hause kam, um sie zu verprügeln. Sie warteten still. Es gab nichts mehr zu sagen.

Charles stand vom Tisch auf und ging. Minuten vergingen. Daudi saß da und realisierte die möglichen Folgen seiner Unfähigkeit, irgendwelche Versprechen zu halten. Charles fuhr in seinem Auto davon. Daudi blickte nicht auf. Er konnte nicht. Er spürte lediglich die Last seines Gewissens und wusste, dass sein Leben nun von seiner Willenskraft abhing, dem Alkohol und Rhoda fern zu bleiben.

Esther und Jane kamen mit dem Zug nach Eldoret. Die Tagesreise verlief ohne Zwischenfall. Jane schlief die meiste Zeit. Mit jedem Kilometer fühlte Esther sich freier. Sie war einer entsetzlichen Situation entkommen. Die Luft kam ihr sauberer vor. Das Atmen fiel ihr leichter. Ein richtiges Leben stand ihr bevor. Eine echte Ehe mit dem Mann, den sie liebte und bewunderte rückte näher mit jeder Umdrehung der Eisenbahnräder.

Als der Zug bei seiner Anfahrt auf Eldoret langsamer wurde, lehnte sich Esther näher an das Fenster. Sie hielt Jane fest in ihren Armen und hielt Ausschau nach Charles. Der Zug hielt an. Menschen hatten sich am Gleis versammelt und suchten nach Freunden und Familienangehörigen. Sie sah ihn in der Menschenmenge stehen. Das Leuchten in seinen Augen überzeugte sie, dass sie nun von vorn beginnen würden. Die Sorge, in ständiger Angst zu leben, lag hinter ihr.

Was vor ihr lag, war ein Abenteuer, das sie sich nie hätte träumen lassen.

Das erste Matatu

Charles kündigte seinen Posten bei Strabag. Das Unternehmen bekam einen Bauauftrag im Jemen und wollte, dass Charles dorthin ging. Aber er wollte sich unbedingt in Kenia mit seiner jungen Familie ein Heim schaffen und sein eigenes Geschäft aufbauen. Darum blieb er in Eldoret.

Er dachte darüber nach, wie reich er von Gott gesegnet worden war. Seine Familie. Seine Karriere. Sein Wohlstand. Er hatte so viel erreicht. Von einem verwaisten Bettler war er zum Geschäftsführer eines Unternehmens geworden. Wie passiert so etwas, wenn nicht durch Gottes Wirken? Aber trotzdem wusste Charles, dass es für ihn noch mehr gab. Er nahm seine Abfindung, ging zur Tür hinaus und begann, sein erstes eigenes Unternehmen zu planen.

„Was willst du machen?“, fragte Esther.

„Ein Matatu-Unternehmen gründen“, erwiderte Charles.

„Du hast deine Arbeit gekündigt?“, fragte Esther, während sie versuchte, die aufkeimende Angst in ihrer Stimme zu unterdrücken. Sie wusste, dass ihre Familie ohne sicheres Einkommen war.

„Ja.“

„Ein Unternehmen gründen?“

„Genau. Ich werde unseren Kleinwagen zu einem Matatu umbauen.“

Es gibt Matatus in allen möglichen Größen, aber normalerweise sind es Kleinbusse, die von Privatpersonen gefahren werden, und die Menschen auf verschiedenen Strecken durch eine Stadt transportieren. Eine Kreuzung zwischen Bus und Taxi also. Matatus konnten bequem vierzehn Personen befördern, aber es war nicht unüblich, dass sich mehr als zwanzig Leute in ein Matatu drängten. Manchmal hingen die Fahrgäste auch an den Seiten oder auf der hinteren Stoßstange.

Im April 1973 baute Charles seinen Kleintransporter zu einem Matatu um, indem er ein Zelttuch darüber spannte und Bänke als Sitze einbaute. Dann mietete er ein Gebäude direkt neben einer Siedlung von Häusern, die den Strabag-Angestellten gehörten und gründete seine erste Linie von dort nach Eldoret. Er stand am ersten Morgen sehr früh auf und fuhr sein neues Matatu zur ersten Haltestelle. Eine kleine Gruppe von Arbeitern stieg ein, bezahlte und setzte sich. Er legte den Gang ein, ließ die Kupplung kommen und fuhr die Straße entlang.

Charles Mulli war im Geschäft.

Innerhalb weniger Tage war das Matatu voll. Menschen drängelten sich in Schlangen, um bei Charles mitzufahren. Er spielte christliche Musik, was zu der Zeit sehr selten war. Das verlieh der Fahrt mit seinem Matatu einen außergewöhnlichen Charakter. Er lernte seine Kunden mit Namen kennen und machte es sich zur Gewohnheit, jeden beim Einsteigen persönlich anzusprechen. Um seinen Bus noch deutlicher von den anderen abzugrenzen, pinselte er sein neues Firmenlogo auf die Seite: Mullyways.

Während sein Familienname mit *i* geschrieben wird, schrieb Charles den Firmennamen mit *y*, um die privaten und geschäftlichen Finanzen besser auseinander halten zu können.

Wenn er nun in sein Matatu einstieg, war er stolz darauf, seinen eigenen Namen mit seinem Betrieb in Verbindung bringen zu können. Sein Traum war wahr geworden. Er fing klein an. Sein gesamter Betrieb bestand aus nur einem einzigen Kleintransporter.

Aber er hatte keine Ahnung, wie weit er es noch bringen würde.

Als er den ersten Gewinn machte, benutzte Charles das wenige Geld, das er entbehren konnte, um den Straßenkindern in Eldoret zu helfen. Sowohl das Unternehmen als auch seine Familie hätten zwar von dem zusätzlichen Geld profitiert, aber er entschloss sich dazu, ein wachsames Auge für jeden zu haben, der seine Hilfe brauchen konnte.

„Hallo“, sagte er zu drei Jungs, die um einen Mülleimer herumstanden. Mit Lumpen hatten sie ein Feuer darin gemacht, um sich daran zu wärmen. Es war frühmorgens und ihnen war kalt. Sie waren schmutzig.

Sie hatten Hunger.

Sie gaben keine Antwort. Warum auch? Was sprang für sie heraus? Wenn dieser Verrückte aus seinem Wagen stieg, würden sie ihn vielleicht niederschlagen, seine Uhr mitnehmen und seine Kleider durchsuchen, um Geld zu finden.

Charles hatte den Wagen angehalten. Es waren nicht viele Leute unterwegs. Weiter weg begannen Ladenbesitzer, ihre Geschäfte zu öffnen. Aber dort wo die Jungs standen, am Ende der Straße, weit entfernt von allem anderen, sah es anders aus. Sie waren allein, in ihrem Revier. Wenn etwas schief ging, könnte es für Charles zu spät sein, um Hilfe zu rufen.

„Habt ihr Hunger?“, fragte er.

Immer noch keine Antwort. Die Jungs sahen sich an. *Wer ist dieser Mann? Was ist sein Problem? Geh doch zurück in dein Matatu und verdien dein Geld. Was willst du von uns?*

Charles war nahe genug herangekommen, um die Leere in ihren Augen zu erkennen. Hüllen der Hoffnungslosigkeit, die das bisschen Licht widerspiegelten, das von den Flammen kam. Sie blinzelten, als könnten sie einen Hoffnungsschimmer in Charles erkennen. In diesem Moment bemerkten sie die Tüte, die er in der Hand hielt. Aber ihr Misstrauen ihm gegenüber machte sie unfähig oder unwillig irgendetwas Wohlwollendes in diesem Päckchen zu sehen.

„Ich habe etwas für euch, Jungs“, sagte er.

Sie blickten auf die Tüte. Vielleicht war er ein Polizist, der ihnen eine Falle stellen wollte, indem er ihre Aufmerksamkeit auf diese Tüte lenkte, während sie von anderen Polizisten umzingelt wurden. Einer drehte sich um und suchte mit seinen Blicken die Gegend ab, um sicherzustellen, dass dem nicht so war. Oder vielleicht war dieser Mann einfach nur verrückt, betrunken nach einem langen Abend und wollte etwas von seinem Alkohol mit ihnen teilen. Das wäre schon in Ordnung. Das wäre noch das Beste. Alkohol, Marihuana. Das war für sie eine Möglichkeit, das Elend auszublenden. Eine Chance zu entkommen, eine Chance, den Schmerz über die Verlassenheit und Hoffnungslosigkeit zu betäuben.

Aber das sollte nicht passieren.

Nicht heute.

Stattdessen griff Charles in die Tüte und zog zwei Laib Brot heraus. „Ich habe die hier für euch gekauft. Ihr müsst doch Hunger haben. Es ist so kalt früh am Morgen, oder nicht? Wo habt ihr übernachtet?“

Der Blick in ihren Augen war ihre Antwort.

„Hier“, sagte er und reichte ihnen das Brot.

Der größte Junge streckte zurückhaltend seine Hand aus, um sich die

Möglichkeit zu wahren, sie wieder zurückzuziehen, falls es Ärger geben sollte. Er berührte die Brote. Es war mehr als sie in drei Tagen gegessen hatten.

Zwei ganze Laibe.

Der Junge nahm den ersten und gab ihn seinem Nebenmann. Dann griff er nach dem zweiten. Charles lächelte, und dann lachte er.

„Es ist gutes Brot. Frisch. Ich habe es gerade eben gekauft."

Warum? Warum tut dieser Mann das? Was stimmt nicht mit ihm? Ist er ein Ladenbesitzer? Erkennt er uns wieder als Diebe, die etwas bei ihm gestohlen haben? Versucht er, uns genauer anzuschauen, damit er uns bei der Polizei anzeigen kann? Warum verschenkt er einfach so Brot?

„*Asante*", sagten sie. „Danke."

„Bitte sehr", sagte er.

Sie schwiegen lange, beide Seiten fragten sich, was die andere über sie dachte. Manchmal kann sich so eine lange Zeit der Stille peinlich anfühlen, wenn man nach Worten sucht. Die drei Straßenjungs waren der Großzügigkeit eines Fremden begegnet, der für das, was er ihnen gegeben hatte, nichts zurück erwartete. Das machte sie sprachlos.

„Wir sehen uns wieder", sagte Charles. „Und dann bringe ich noch mehr Brot."

Sie nickten. Sie waren es nicht gewohnt, dass man nett zu ihnen war und wussten nicht genau, wie sie reagieren sollten.

Charles stieg wieder in sein Matatu und begann seinen Vierzehn-Stunden-Tag.

Das Geschäft lief gut für Charles. Tag und Nacht war sein Matatu überfüllt, die Fahrgäste quetschten sich dichter und dichter zusammen, um immer noch mehr Mitreisenden Platz zu bieten. Mit dem Geld, das er mit seinem Matatu-Betrieb verdiente, mieteten er und Esther ein Geschäft am Ende der Straße in Nyaru, wo sie Gemüse, Limonade, Lebensmittel und Kleidung verkauften. Obwohl er der einzige aus dem Stamm der Kamba in Nyaru war, wurde er kulturell akzeptiert.

Mit Hilfe eines Investitionsplans kaufte er zusätzliche Fahrzeuge, um der wachsenden Nachfrage auf seinen Linien gerecht zu werden. Wie bei einem großen Fang in einem Fischernetz, waren Charles' Matatus brechend voll von Leuten. Es war, als wären die Fahrgäste Eisenspäne und seine Fahrzeuge Magneten.

Aber als er gerade dachte, sein Geschäft wäre stabil, musste er sein gesamtes Geld für Fahrzeugreparaturen ausgeben. Alles, was er gespart hatte, war weg. Eine Frau, ein Kind, der geschäftliche Druck, alles war ihm eine große Last, wie schweres Gepäck bei einer Bergtour. Doch hatte er unglaubliches Gottvertrauen. Irgendwie würde Gott ihm helfen, ja, das würde er. Sogar als sich die Ausgaben häuften und die veranschlagten Einnahmen zu übersteigen drohten, besaß er die außergewöhnliche Fähigkeit, zu glauben, dass wider dem Augenschein alles gut werden würde.

1976 zwang er sich, drei Tage und drei Nächte am Stück Matatu zu fahren. Ohne Schlaf und ohne Pause. Der fröhliche, lächelnde Charles Mulli wurde zu einem Mann, der kaum noch seinen eigenen Namen kannte. Die Fahrgäste stiegen ein, er nickte, nahm ihr Geld an und fuhr los nach Kisumu. Er zwang sich, die Augen offen zu halten, aber wie ein Kind lang nach Schlafenszeit konnte Charles nicht mehr wach bleiben. Er fuhr an den Straßenrand und erklärte seinen Fahrgästen, er brauchte Schlaf.

Er schlief nur eine halbe Stunde.

Um drei Uhr morgens machte er sich wieder auf den Weg und fuhr nach Eldoret, wo er am 24. Dezember ankam. Er ließ seine Fahrgäste aussteigen und – unfähig, den Morgen vom Abend zu unterscheiden – gelang es ihm, nach Hause zurück zu fahren. Er stieg aus, seine Beine trugen ihn fast nicht mehr, und er stolperte zu seinem Haus.

Esther kam zur Tür. Als sie den Wagen vorfahren hörte, hatte sie erwartet, ihren Mann voller Energie und in Feiertagslaune anzutreffen. Stattdessen sah sie einen Mann, der die Grenzen der Müdigkeit weit überschritten hatte. Er war erschöpft und völlig erledigt. Sie legte ihre Arme um ihn und brachte ihn ins Haus und nach oben in ihr Schlafzimmer. Das Letzte, was Charles noch sah, war das sich rasant nähernde Bett, auf das er fiel. Da lag er, mit seinen Schuhen an den Füßen, im Tiefschlaf. Für die Welt war er tot. Er schlief dreizehn volle Stunden.

Als er um zehn Uhr abends aufwachte, nahm er eine Dusche und aß mit Esther. Er sprach mit ihr über ihren Tag, die Kinder und sein Drei-Tages-Abenteuer. Dann stand er auf, ging nach draußen, stieg in sein Matatu und fuhr zurück zur Arbeit.

Im April 1976 schloss er sein Geschäft in Nyaru und eröffnete eines in Eldoret. Bis Dezember hatte er genügend Geld, um sich ein mehr als drei Hektar großes Grundstück zu kaufen, auf dem er ein Haus baute und die ersten Bananen-, Orangen-, Mango- und Maracujabäume in Eldoret anpflanzte.

Bis 1977 besaß er bereits vier Matatus. Er kaufte drei weitere Grundstücke in Eldoret, um Häuser zu bauen, die er dann vermieten wollte. Alles was er anpackte, gelang. Jedes Geschäft, das er abschloss, erwies sich als günstig. Manchen gelingt nichts, weil sie Angst vor dem Versagen haben. Charles jedoch kannte keine solche Angst. Der große Zusammenbruch würde nicht kommen. Das konnte gar nicht sein. Er hatte gebetet. Er hatte Vertrauen.

Er hatte Erfolg.

Die Herausforderungen in Charles' Leben reichten über die Ehe, die Kinder und das Geschäft hinaus. An oberster Stelle stand hierbei das Schicksal seiner Eltern.

Daudi, ein Mann, der in seinen Gewohnheiten gefangen war, begann wieder, Rhoda zu schlagen.

Es war offensichtlich, jedes Mal, wenn Daudi kam, um Charles zu besuchen. Manchmal brachte er Rhoda mit, manchmal ließ er sie zu Hause, weil er befürchtete, die Spuren der Prügel wären zu deutlich. Charles bezahlte Daudi die Fahrten für seine Besuche. Wenn er kam und sein zahnloses Grinsen aufsetzte, wusste Charles, dass es nicht aus Zuneigung geschah. Wenn ihm Daudi erzählte, wie stolz er auf seinen Sohn war, wusste Charles, dass seine Worte nicht ehrlich gemeint waren. Wenn Daudi von dem Elend in Ndalani erzählte und wie schwierig es sei, Geld zu verdienen und wie sehr er es versuchte, hörte Charles immer nur dieselbe alte Leier heraus.

Daudi wollte Geld.

Was an sich nicht schlimm gewesen wäre, wenn Daudi das Geld dafür verwendet hätte, der Familie zu helfen und es nicht versoffen hätte. Und wenn er trank, wurde er immer noch gewalttätig.

Und wenn er gewalttätig wurde, hatte er ein Lieblingsopfer.

Charles hatte Kühe, Schafe, einen Tisch, Stühle und andere Dinge für das Haus seiner Eltern in Ndalani gekauft. Als das Geld der Familie (das Daudi für Alkohol ausgegeben hatte) zur Neige ging, verkaufte er die Tiere, und mit ihnen ihren Lebensunterhalt, um seine Sucht zu finanzieren.

„Hör auf damit!“, hatte Rhoda ihn angefleht, denn sie wusste, dass ihr Ehemann ihren finanziellen, gesellschaftlichen und verwandtschaftlichen Ruin verursachte.

„Halt den Mund!“

In seinem Inneren wusste Daudi, dass er nicht der Mann war, der er sein sollte. Tief drinnen, dort wo die Identität eines Mannes sitzt, war bei Daudi nur eine hohle Leere. Er war ein Nichts. Er war ein Niemand. So schlimm sich diese Wahrheit tagsüber anfühlte, hatte sie doch eine unheimliche Art, spät in der Nacht zum Vorschein zu kommen, nachdem er getrunken hatte.

Charles fuhr hinunter, um Daudi zu treffen. Er hatte den unbändigen Drang, seine Aombe-Sippe des Kamba-Stammes zusammen zu rufen, die ein endgültiges Urteil über Daudis Leben sprechen sollte. Das hatte Daudi verdient.

Das hatte er sich selbst eingebrockt.

Charles sah zuerst nach seiner Mutter. Er hatte sie oft gesehen, nachdem sie verprügelt worden war, und dachte, er sei an diesen Anblick gewöhnt. Aber das war er nicht. All diese Blutergüsse und Schnittwunden auf dem verunstalteten Gesicht seiner Mutter zwangen ihn jetzt zum Eingreifen.

„Wir setzen dem ein Ende“, sagte Charles.

Rhoda sagte nichts. Es war, als fürchtete sie, ihre zerbrechliche Stimme könnte durch den Wind direkt in Daudis Ohren getragen werden und ihn in einen teuflischen Zorn versetzen.

„Jetzt reicht es“, sagte Charles.

„Ich habe dich gewarnt“, sagte Charles mit strenger und konsequenter Stimme.

Daudi gab sich unschuldig und presste die Lippen zusammen. „Ich hatte so viele Probleme. Wir hatten schwierige Zeiten hier.“

„Sei still! Du hast jetzt nichts mehr zu sagen“, sagte Charles und versuchte so gut er konnte, gefasst zu bleiben. So gefasst wie ein Mann eben sein kann, dessen Vater schlimmer als ein Verbrecher ist. „Ich habe dir nur noch eines zu sagen.“

Daudi sah nicht auf. Er hatte nicht den Mut dazu.

„Du solltest besser ganz genau zuhören, was ich dir nun sage." Charles beugte sich vor. Er wartete, bis sein Vater es schaffte, ihm in die Augen zu sehen. Was für ein erbärmlicher Mann. Was für ein wertloses, verängstigtes menschliches Wesen. Charles blickte in diese kalten Augen, in denen er nichts als Leere erkannte. „Wenn es noch ein einziges Mal passiert, melde ich dich der Sippe."

Das war es. Das war alles, was er sagte. Kein Zorn, keine Aufregung. Manchmal kann man in einer schlimmen Situation daran glauben, dass noch Hoffnung auf Veränderung besteht. Aber Charles war darüber hinweg. Der Himmel allein wusste, dass auch Rhoda schon lange nicht mehr daran glaubte. Der Tonfall in Charles' Stimme ließ Daudi nicht erkennen, dass Charles hoffte, sein Vater würde sein Leben ändern. Stattdessen spürte Daudi die Furcht vor der blutigen Hinrichtung, wenn er noch einmal im Rausch seine Frau misshandeln würde.

Daudi verspürte Bedauern, etwas völlig anderes als Reue. Er bedauerte seine Umstände, nicht seine Taten, seine persönliche Gefährdung, nicht den Schaden, den er bei seiner Frau angerichtet hatte.

Er hatte schlecht über seine Nachbarn gesprochen, die zu ihm kamen, und ihm sagten, er solle sich ändern. Er hatte seine Söhne weggeschickt, als sie versuchten, mit ihm vernünftig zu reden. Er vertrank das Geld seines Sohnes. Er verkaufte ihren Lebensunterhalt, um mehr Alkohol zu beschaffen. Er schlug seine Frau. Die Entscheidung war einfach. Flasche oder Sippe?

Drei Monate später erfuhr Charles, dass Rhoda und Muthikwa nach Eldoret gekommen waren. Er traf sie am Bahnhof und hoffte entgegen aller Vernunft, dass es sich um eine freudige Überraschung handelte, dass sie kamen, um ihn zu sehen und ihm zu seinem Erfolg zu gratulieren.

Aber als er Rhoda sah, änderte sich das alles.

Ihr Gesicht sah so schlimm aus wie bereits oft zuvor. Muthikwa hatte ihren Arm um sie gelegt, um sie zu stützen. Rhodas Kopf war so geschwollen, dass er aussah wie ein Ballon, der jederzeit platzen konnte. Die Verfärbungen in ihrem Gesicht sahen in der Sonne aus, als hätte sie jemand überall mit dunkler Farbe beschmiert.

Charles umarmte seine Mutter so gut es ging, ohne ihr noch mehr Schmerzen zuzufügen. Die Tränen in Rhodas Augen brannten in den Wunden.

Zu Hause angekommen setzten sie sich und erzählten, was passiert war. Es gab nicht viel Neues zu erzählen. Wie viele Varianten des - *er hat sich betrunken und mich geschlagen* - gab es eigentlich? Ja, es tat Rhoda gut, darüber zu sprechen. Charles hörte ihr zu, als sie die Schläge beschrieb. Er wusste, dass er soeben den letzten Beweis erhalten hatte, das zu tun, was so schwer auf seinen Schultern lastete.

Er ging aus dem Zimmer und setzte sich an seinen Schreibtisch. Es war still. Nur das Weinen seiner Mutter war überall im Haus zu hören. Er nahm einen Stift. Er fühlte sich in seiner Hand an wie eine Waffe. Vielleicht war er das auch. Er nahm ein Blatt Papier. Seinen eigenen Vater. Wie konnte Charles das tun? Seinen eigenen Vater.

Nein, nein. Keineswegs. Er war kein Vater. Und er war mit Sicherheit kein Ehemann. Er konnte vieles genannt werden, aber nicht Vater oder Ehemann.

Aber er bestand aus Fleisch und Blut. *Seinem* Fleisch und Blut. Er war Teil seiner Familie.

Aber entschuldigte das irgendetwas? Machte es ihn immun gegen die Folgen dessen, was er getan hatte und weiter tun würde?

Das Verlangen nach Gerechtigkeit lag schwer auf Charles. Aber er war der Aufgabe gewachsen.

Er atmete tief ein, setzte sich auf seinen Stuhl und begann, einen Brief an den Obersten der Sippe zu schreiben, in dem er um die Einberufung des Stammesgerichts bat. Er wusste, dass dies seinem Vater das Leben kosten würde.

Gerechte Strafe?

Daudi stand allein im Schatten. Es war kühl draußen. Er wusste, was auf ihn zukommen würde. Heute sollte der längste Tag seines Lebens sein, auch wenn er dessen Ende nicht erleben würde. Normalerweise schlief er so früh am Morgen noch seinen Rausch aus. Normalerweise würden seine Hände nicht unkontrolliert zittern und seine Zähne würden nicht klappern, kein Schweiß würde über sein Gesicht laufen. Angst würde nicht jeden einzelnen Gedanken beherrschen.

Was für seltsame Auswirkungen ein bevorstehendes Treffen mit den Anführern einer Sippe doch haben kann.

Ganz unerwartet fühlte er plötzlich, wie sich sein Magen verkrampfte. Brocken von Erbrochenem flogen aus seinem Mund. Er fiel auf die Knie und spuckte den Rest aus. Eine Hitzewelle raste durch seine Stirn. Er zog ein nahe stehendes Wasserbecken zu sich heran, schöpfte etwas Wasser und spritzte es über sein Gesicht, um sich abzukühlen. Seine Atmung, seine Gedanken, sein Gewissen, alles wurde schwerer, als trüge er doppelt so viel Gewicht wie noch vor wenigen Minuten. Er blickte in das Becken und sah sein Spiegelbild.

So sieht der Tod aus.

„Es ist soweit", sagte eine Stimme hinter ihm.

Schon? Wie kann es schon soweit sein? Ich bin doch gerade erst aufgestanden.

Aber er war nicht gerade erst aufgestanden. Er war nicht einmal schlafen gegangen. Wer zum Tode verurteilt war, konnte nicht schlafen.

Zumindest nicht die Nacht davor.

„In Ordnung", sagte er. Er stand auf. Seine Beine fühlten sich schwach an, als würden sie jeden Augenblick nachgeben. „Ich komme."

Er drehte sich um und sah sie da stehen. Sechs starke, junge Männer. Ihre Augen sagten Daudi, dass man gut mit ihnen verhandeln konnte, wenn man kooperativ war, aber dass sie auch gnadenlos sein konnten, wenn man Ärger machte.

Er hatte an Weglaufen gedacht. Mitten in der Nacht. Er könnte einfach abhauen, irgendwohin. Aber wie weit würde er kommen? Ohne Geld und ohne Essen. Er wäre höchstens sechs Stunden weit gekommen. Und das wäre gar nichts, wenn nach ihm gefahndet und er aufgespürt würde, weil er vor seiner gerechten Strafe geflohen war. Wenn er gefasst worden wäre – was sicher war – wären seine Chancen auf Überleben gleich null gewesen. Vielleicht würde die Sippe ja Gnade vor Recht ergehen lassen. Vielleicht würden sie ihm noch eine Chance geben.

Aber als er mit den starken Männern ging, wusste er, was ihn erwartete. Er wusste, was auf solchen Sippenversammlungen passierte. Alle wussten es. Und er wusste, warum er sich dorthin begab. Es war wegen seines Sohnes. Dieser schreckliche, miese Charles. Warum konnte er ihm nicht einfach Geld geben, wie immer? Warum hatte er bloß diesen Brief schreiben müssen? Was ging es ihn an? Wie konnte er es wagen, sich in die Angelegenheiten seiner Eltern einzumischen?

Alles war Charles' Schuld.

Charles wartete mit den anderen unter einem großen Baum. Die Gemeinde, seine Brüder, seine Onkel und Tanten sowie die Anführer der Sippe standen alle da und warteten darauf, dass Daudi hergebracht wurde. Für die Anführer ging es nur um Gerechtigkeit. Für die Gemeinde war es ein Fest. Für die Onkel, Tanten und Brüder ging es darum, dass Rhoda die Freiheit bekam, die sie nach all den Misshandlungen verdient hatte.

Für Charles ging es darum, einen Mann zur Verantwortung zu ziehen für das Böse, das er angerichtet hatte.

Die jungen, starken Männer brachten Daudi vor die Versammlung. Die Menge wurde still, als ihnen bewusst wurde, zu welcher Belastung ein Leben werden konnte.

Es war ein schöner Tag. Kinder sollten eigentlich spielen, Menschen sollten auf den Feldern arbeiten. Aber nichts von alledem. Nichts als Stille, während ein todgeweihter Mann vor ihnen erschien.

Charles hatte als einziger den Mut, Daudi anzuschauen. Und als sich ihre Blicke trafen, konnte Charles Daudis Zorn spüren. Daudi warf ihm einen wütenden Blick zu. Er biss seine Zähne zusammen, als wolle er sagen: *Wenn ich von den Männern hier loskommen könnte, würde ich dich dafür in Stücke reißen, dass du mich so hintergangen hast. Sieh, was du angerichtet hast!*

Ein Bulle wurde hinter dem Baum festgebunden. Wie Daudi stand auch er vor seiner Hinrichtung. Wenn die Männer erst Daudis Wirbelsäule zertrümmert und ihn umgebracht hätten, wäre es an der Zeit, den Bullen zu schlachten. Dann wäre es an der Zeit, die Vergangenheit ruhen zu lassen. Es wäre Zeit für ein Fest.

„Charles Mulli“, sagte der Anführer. Er war ein kleiner Mann, aber trotz seiner geringen Körpergröße genoss er bei seinen Untergebenen höchsten Respekt. Charles ging einen Schritt nach vorne auf seinen Vater zu, der von den starken, jungen Männern umringt war. Das beruhigte Charles. Wenn Daudi wieder durchdrehte, würde er nicht lange brauchen, um Charles umzubringen.

„Du bist der Sohn dieses Mannes. Kannst du sein Problem erklären?“

Seite an Seite. Vater und Sohn. Angeklagter und Ankläger. Todgeweihter und freier Mann.

„Das ist mein Vater. Solange ich denken kann, hat er meine Mutter geschlagen.“ Charles machte eine Pause. Er tat es wirklich. Er hielt sein Versprechen tatsächlich. Nur wenige Monate zuvor hatte er unweit von hier mit seinem Vater gesprochen und ihm erklärt, dass dieser Tag kommen würde. Und jetzt war es soweit. „Wir haben ihn jahrelang gewarnt. Mit ihm geredet, ihn angefleht, ihn aufgefordert, sich zu ändern.“

Charles blickte nach links, um zu sehen, ob sein Vater den Stolz, die Arroganz besaß, ihn jetzt, da die Fakten auf dem Tisch lagen, anzusehen. Jede Aussage war wie ein Ziegelstein, der auf ein sinkendes Boot geladen wird.

„Er hat bei mehreren Anlässen alle Besitztümer verkauft, um zu trinken. Und wenn er trinkt, wird er gewalttätig.“

„Euch allen gegenüber?“

„Ja.“ Eigentlich ging es ja nicht darum. Charles war nicht hier, um sich zu beschweren oder über die Schläge auszusagen, die er und seine Brüder abbekommen hatten. Sie waren schlimm, gewiss. Aber er wollte, dass klar war, dass dieses Urteil auf Grund dessen gefällt würde, was Daudi seiner Mutter angetan hatte.

„Es gibt drei Bedingungen“, sagte der Anführer.

„Kennst du sie?“

„Ich habe von ihnen gehört“, sagte Charles.

„Es sind folgende drei Regeln. Du musst ihnen zustimmen.“

„Das tue ich.“

„Du hast sie noch nicht gehört.“

„Ich stimme schon jetzt zu.“

„Erstens: Wenn er für schuldig befunden wird, werden die jungen Männer deinen Vater mit Seilen auf dem Boden festbinden, wo er geschlagen wird.“

„Einverstanden.“

„Ich bin noch nicht fertig. Er wird so lange geschlagen, bis alle der Meinung sind, dass er genug hat. Wenn auch nur einer weitermachen will, egal wer, dann wird es weitergehen. Wir erlauben nur dann nicht weiterzumachen, wenn er bereits tot ist.“

Charles schluckte. Er schloss für einen Moment seine Augen. Alles, was er vor seinem inneren Auge sehen konnte, war sein Vater mit dem Gesicht nach unten mit schweren Seilen gebunden, die ihn zwangen, flach zu liegen, während mit dicken Ruten und Stöcken, die das Fleisch von seinem Körper peitschten, auf ihn eingeschlagen wurde. Er öffnete die Augen, aber es half nur wenig.

„Bist du damit einverstanden?“

Charles hörte den Anführer nicht. Das einzige, was er hören konnte, war das knackende Geräusch der Knochen seines Vaters, während die Holzprügel sich ihren Weg durch seine Haut und seine Muskeln schlugen und anfingen, seine Wirbelsäule zu zerschlagen und die verletzlichen Nervenstränge im Inneren offen legten.

„Bist du damit einverstanden?“

Charles sah seinen Vater an, dann wandte er seinen Blick wieder dem Anführer zu. „Ich bin einverstanden.“

„Zweitens. Ein Bulle wird zur Feier deines Vaters geschlachtet werden.“

Daudi blickte nach dem Bullen, der nichtsahnend dastand. Er fand es sonderbar dass sie dasselbe Schicksal ereilen sollte. Aber als Daudi den Bullen ansah, verspürte er Bedauern über sein erbärmliches Leben. Er hatte bisher niemandem Freude bereitet. Erst jetzt – mit seinem Tod – würde er endlich die Leute beglücken.

„Ich bin einverstanden.“

„Drittens. Die Schläge können deinen Vater zum Krüppel machen, unfähig, sich selbst zu nähren, anzuziehen oder zu versorgen.“ Daudi erschauderte. Wenn er einen Wunsch frei hätte, dann wollte er lieber sterben als zum Krüppel zu werden. Besser tot als ohne Verstand, oder ein Krüppel, oder beides zusammen – ein Mann, den man für immer vergessen konnte. „Falls der Tod eintritt, kann kein Einspruch erhoben werden.“

Charles nickte, aber der Anführer akzeptierte diese Antwort nicht.

„Wenn er an den Schlägen stirbt, kann kein Einspruch erhoben werden. Bist du einverstanden?“

Charles erinnerte sich an die Prügel, die er als Kind erhalten hatte, wenn sein Vater betrunken nach Hause gekommen war und die Familie terrorisiert hatte. Er dachte zurück an die Stunden, in denen er in seinem Betrieb geschuftet hatte, um Geld nach Hause zu schicken, nur um mit anzusehen, wie es für Alkohol verschwendet wurde, was weitere Prügel für seine Mutter zur Folge hatte. Und er dachte an all die Male, als er seinen Vater gebeten hatte, aufzuhören.

„Ich bin einverstanden.“

Esther war nicht anwesend. Charles hatte es so gewollt. Es gab keinen Grund, seine Frau mit der Anwesenheit bei solch einem Ereignis zu belasten. Rhoda jedoch nahm die Gelegenheit wahr, bis ins Detail den Horror zu schildern, den sie hatte erleiden müssen. Die Prügel, mit denen er sie aus dem Haus gejagt hatte, wie er ihre Möbel und ihr Vieh verkauft und damit gedroht hatte, diejenigen umzubringen, die ihm bei einer Prügelei Einhalt gebieten wollten.

Die Brüder schwiegen. Was wäre dem auch noch hinzuzufügen gewesen?

„Charles, wir haben diese Zeugenaussage gehört. Möchtest du noch irgendetwas hinzufügen?“

Charles ging einen Schritt nach vorne, während Rhoda weinend zurück zu den Onkeln und Tanten ging.

„Es reicht. Dieser Mann hat nichts als Ärger verursacht. Ich habe die ganze Zeit geholfen, aber nichts hat sich geändert. Er hat auf nichts und niemanden reagiert, und jetzt soll die Sippe Daudi bestrafen, um der ganzen Familie zu helfen.“

Wenn sich das Ganze Jahre später ereignet hätte, wäre die Justiz vielleicht eingeschritten. Vielleicht hätte es eine Möglichkeit gegeben, Daudi zu isolieren, indem man ihn in ein Gefängnis gesteckt hätte, bis er wieder in die Gesellschaft eingegliedert werden konnte. Aber zu dieser Zeit gab es noch keine Gerichte. Der Stammesrat war die höchste Instanz. Und wenn alle anderen Mittel Rhoda und den Kindern keinen Frieden brachten, dann musste sich der Stamm der Sache annehmen, und zwar nachhaltig.

„Sind diese Anklagepunkte korrekt?"

Daudi weinte und bestätigte es. Der Anführer nickte den jungen, starken Männern zu, die auf Daudi losstürzten und ihn so schnell und so fest sie konnten, fesselten. Daudi schrie, als würde ihm nun die bevorstehende Folter bewusst. Sie drückten ihn nach unten. Er versuchte aufzustehen, aber sie pressten sein Gesicht wieder auf den Boden. Einer von ihnen band ein Seil um seine Knöchel, ein anderer eines um seine Handgelenke. Sie zogen sein Hemd aus und zerrten ihn hinaus in die erbarmungslose Sonne.

Sein Körper wand sich wie ein Fisch an der Angel, der verzweifelt versucht, sich loszumachen. Die Menge johlte, die Leute schrieen und kreischten vor Spannung darüber, was sie gleich zu sehen bekommen würden. Daudi schwitzte. Er atmete unregelmäßig und laut. Sein Keuchen schien beinahe das Geschrei der Menge zu übertönen. Seine Augen wurden weit, als wolle er sich auf die bevorstehenden Schläge gefasst machen. In seinem Gesicht machte sich Panik breit. Das Johlen wurden lauter. Die Menge verlieh ihrer Vorfreude Ausdruck. Blut würde schon während der ersten zehn Hiebe spritzen. Obwohl es manchmal eine Stunde dauerte, bis jemand starb, war das Opfer nach den ersten zehn Minuten dem Tod schon sehr nahe.

Daudi gelang ein letzter Blick auf Charles. Charles sah seinem Vater in die Augen und erblickte etwas, das er noch nie gesehen hatte. Es sah aus wie das, was er in den Augen der Straßenjungs an dem brennenden Mülleimer erblickt hatte – dieser Ausdruck der Hoffnungslosigkeit in ihren Augen, dieser Blick voll äußerster Verzweiflung.

Charles sah einen Mann, der in all seiner Sünde sterben würde. Sein Gewissen wurde von all dem Bösen so gequält, dass er in seiner Verzweiflung nicht wusste, was gut war. Charles hörte die ohrenbetäubenden

Schreie der Dorfbewohner und Familienmitglieder, die riefen, dass er zu Tode geprügelt werden sollte. Einen Augenblick lang hielt er inne und überlegte. Er war der einzige Christ hier, davon war er überzeugt. Warum war man hier eigentlich zusammengekommen? Sie waren bereit, einen Mann umzubringen, weil er seine Frau verprügelt hatte. Aber was für eine Art Gerechtigkeit war das?

Der erste junge Mann nahm seinen Platz ein und machte sich bereit, Daudis Rücken einen Hieb zu versetzen. Die Menge begann zu klatschen und zu singen. In einer Stunde würden sie das Fest mit dem Bullen feiern.

Daudi sah aus wie ein Irrer, sein Kopf schnellte vor und zurück, er ahnte den Horror des ersten Schlages.

Rhoda sah ihn an und spürte eine seltsame Mischung aus Bedauern und Erleichterung. Charles zwang sich zur Entschlossenheit und sah zu. Der junge Mann wartete auf das Zeichen. Alle Augen ruhten auf dem Chef. Er nickte.

Das Prügeln konnte beginnen.

Das nicht gehaltene Versprechen

Die jungen Männer zerrten an den Seilen und pressten Daudis Gesicht auf den Boden. Er schrie auf. Die Menge brüllte in fieberhafter Erwartung. Sie wären selbst hingerannt und hätten ihn mit bloßen Händen tot geprügelt, wären da nicht die jungen Männer gewesen, die die Strafe ausführen sollten. Daudi warf seinen Kopf hin und her und hoffte irgendwie auf Befreiung. Aber unter den Leuten fühlte keiner mit ihm.

Etwa hundert Menschen scharten sich um ihn herum. Einige standen so nahe dabei, dass das Blut auf sie spritzen würde.

Charles schluckte. Er wünschte, es wäre bereits vorbei. Er wünschte, er wäre in seinem Auto auf der Heimfahrt zu seiner Frau und seiner Familie in Eldoret. Er wünschte, der Leichnam seines Vaters wäre bereits begraben und alle könnten in ihr normales Leben zurückkehren. Aber er war hier, musste warten und zuschauen und machte sich Gedanken. Die bangen Augenblicke vor dem ersten Schlag kamen ihm wie Stunden vor. Er fragte sich, wie lange die Hinrichtung wohl dauern würde.

In seinem Inneren tobte ein Kampf zwischen zwei Überzeugungen: einerseits wusste er, dass sein Vater den Tod nicht nur verdient hatte, sondern dass er auch sterben *musste*, und zwar wegen seiner Mutter – und andererseits kämpfte er darum, zu erkennen, dass sein Vater immer noch ein Mensch war, der dringend Hilfe brauchte, so verachtet er auch war. Die Spannung zwischen den beiden Überzeugungen baute sich in seinen Gedanken auf wie zwei Männer, die miteinander stritten.

Er muss sterben. Nur so können wir Mutter retten. Er muss genau jetzt gehen. Genug ist genug. Die Entscheidung wurde gefällt. Die Sippe hat bereits entschieden. Der Prozess wurde gemacht und sie haben das Urteil „schuldig“ gefällt. Selbst wenn du es aufhalten wolltest, du könntest es nicht. Wer das Strafverfahren zu diesem Zeitpunkt unterbricht, muss den Preis einer Kuh bezahlen, und auch dann wird die Sippe ihr Urteil nicht umkehren. Lass es bleiben. Das ist das Richtige für alle.

Aber er ist mein Vater. Er ist mein Dad. *Sieh ihn an. Wie erbärmlich er aussieht. Er ist voller Sünde. Wohin geht er? Niemand hier versteht, was mit ihm passiert, wenn er stirbt. Er ist nur eine Stunde von der Hölle entfernt. Man muss etwas tun, um ihn aufzuhalten.*

Charles sah, wie der junge Mann mit dem dicken Stock auf Daudi zuging. Ein Raunen der Erleichterung und Erregung ging durch die Menge. Endlich würde es losgehen. Endlich würden sie ihre Show bekommen. Der junge Mann hob den Stock in die Luft. Alles wurde still. Es war die Stille vor dem ohrenbetäubenden, leidenschaftlichen Geschrei. Die Zeit stand still. Es war, als hätte man ein Foto gemacht und alle wären erstarrt. Es war ein entscheidender Augenblick. Ein Wendepunkt.

Dann passierte es.

Der Stock schnellte hinunter.

Alle hörten das Geräusch, das er machte, als er durch die Luft fuhr. Es hörte sich an wie ein geschmeidiges, schnelles Zischen, als er auf das Ziel hinunterschnellte.

Dann hörten sie den widerlichen Laut, der entsteht, wenn Holz auf Fleisch trifft. Der Todeskandidat war auf seinen Vollstrecker getroffen, der Gebundene auf den freien Mann, der Frauenschänder auf den Gesetzeshüter.

Daudi stieß einen gellenden Schrei aus. Obwohl die Menge vor Rachsucht grölte, übertönte sie Daudis schrecklicher, durchdringender Aufschrei. Er warf seinen Kopf zurück so weit er konnte und spannte seine Muskeln an, als könne er dadurch den Schmerz dämpfen. Tränen liefen aus seinen leblosen Augen als wäre etwas oder jemand tief in seinem Inneren bereits gestorben.

Ich muss etwas unternehmen. Ich kann das nicht weitergehen lassen. Er wird sterben! Er wird in die Hölle kommen! Wer wird ihm dann helfen? Was für eine Chance hat er, wenn sie ihn umbringen? Er wird in einer Ewigkeit ohne Christus sein. Ich kann das nicht geschehen lassen. Ich kann ihn nicht sterben lassen.

Und was ist mit Mutter? Was ist mit ihr? Wenn du jetzt einschreitest, wird sie es sein, die letzten Endes sterben muss. Und wie würde dir das gefallen? Wie würde dir ein Brief in einem Monat oder einem Jahr gefal-

len, in dem steht, dass deine Mutter gestorben ist, weil dein Vater sie zu Tode geprügelt hat – nur weil dein weiches, schlechtes Gewissen den Helden spielen wollte und diesen bösen Mann retten musste? Vergiss es. Lass ihn sterben. Hier geht es nicht um eine Affekthandlung. Hier geht es um Gerechtigkeit. Und du musst dich dafür entscheiden, zu deinem Wort zu stehen. Wie oft hast du ihn gewarnt? Du hast zahllose Stunden gearbeitet, um ihm Geld zu geben, das er für Alkohol ausgegeben hat. Danach ist er immer gewaltbereit zurückgekommen und hat deine Mutter geschlagen. Du hast getan, was du konntest. Du hast mehr als deinen Anteil getan. Du hast viel mehr getan als jeder andere. Es ist nicht deine Schuld. Es ist seine. Du musst das nicht verstehen. Du bringst ihn nicht um. Die jungen Männer mit den Stöcken bringen ihn auch nicht um. Das tut er selbst. Er bringt sich letztendlich selbst um.

Aber er kommt in die Hölle. Er ist voller Sünde. Er ist ein furchtbarer Mensch. Und das einzig Gute an ihm ist, dass das Böse, das er angerichtet hat, auf dieses Dorf beschränkt ist. Er ist ein Mann, der Hilfe braucht. Ich muss ihm helfen. Ich muss einschreiten und die Sache beenden. Ich kann es nicht weiter gehen lassen.

Sie werden nicht aufhören, das weißt du. Es ist gegen die Regeln. Wenn du jetzt einschreitest, musst du die Strafe bezahlen und sie werden trotzdem weitermachen. Was passiert ist, ist passiert. Hör auf, dich einmischen zu wollen. Und hör auf zu denken, dass es darum geht, dass jemand stirbt. Hier geht es nicht darum, dass dein Vater umgebracht wird. Hier geht es darum, dass deine Mutter am Leben bleibt.

Das ist nicht richtig.

Was ist nicht richtig? Wie kann das nicht richtig sein? Ich sage dir, was nicht richtig ist – jetzt einzuschreiten und das Elend und den wahrscheinlichen Tod deiner Mutter zu besiegeln, das ist nicht richtig.

Ich muss etwas unternehmen.

Bleib, wo du bist.

Ich muss eingreifen.

Bleib stark, eine Stunde lang, dann wird alles zu Ende sein.

Auch sein Leben.

Besser seines als das Leben deiner Mutter.

Der Stock hob sich. Daudi sah nach einem einzigen Schlag bereits erschöpft aus. Er krümmte seinen Rücken in eine seltsame Position, um sich auf den nächsten Schlag vorzubereiten. Hoffentlich würde er Glück haben, und der zweite Schlag würde ihn an einer anderen Stelle treffen. Mehrere Schläge an dieselbe Stelle würden seine Haut aufspringen lassen. Einige Dutzend weitere Schläge würden seine Wirbelsäule bloßlegen. Und dann wären nur noch wenige weitere Schläge notwendig, um...

„Charles!“, rief Daudi. „Charles, bitte tu etwas!“

Beachte ihn gar nicht. Sieh ihn gar nicht erst an.

„Bitte! Charles! Ich flehe dich an!“

Du musst die Sache beenden.

Warum all das Abwägen? Wenn du jetzt einschreitest, wer wird dann Mutter helfen, wenn sie das nächste Mal von diesem Ungeheuer einen Schlag nach dem anderen in ihr entstelltes Gesicht bekommt? Der zweite Schlag wird ihn ruhigstellen.

„Charles, es tut mir leid! Bitte verzeih mir!“

Es tut ihm nicht leid. Glaub ihm nicht. Er hat nur Angst vor der Strafe. Er will nicht als Krüppel enden. Er will nicht sterben. Das ist verständlich. Aber dass er seine Frau schlägt, ist nicht verständlich.

Aber sieh ihn dir doch an. Wie er um Hilfe bettelt. Ich muss einschreiten.

Du musst nichts mehr für deinen Vater tun.

„Bitte, Charles! Ich flehe dich an! Hilf mir!“

„Ich kann nichts für dich tun“, sagte Charles. „Es liegt nicht in meiner Macht.“

Gut. Das ist genau richtig. Es liegt nicht in deiner Macht. Weder du noch sonst jemand kann noch irgendetwas tun. Lass die Dinge ihren Lauf nehmen.

„Bitte!“

„Es liegt nicht in meiner Macht“, sagte Charles in einem nicht sehr überzeugenden Ton.

Ich muss etwas tun. Ich kann nicht zulassen, dass das hier weiter geht.

Der junge Mann hob seinen Stock.

Bleib, wo du bist, und alles wird gut. Deine Mutter wird von nun an in Sicherheit sein. Denk an deine Mutter. Liebst du sie denn nicht? Willst du nicht, dass sie in Sicherheit ist? Wie kannst du zulassen, dass deine Mutter weiterhin unter solch einer Grausamkeit leben muss? Wie kannst du sie zurück in die Hölle schicken, aus der sie nun befreit wird?

„Aufhören!“

Charles schrie so laut, dass der Junge mit dem Stock erschrak. Alle Gesichter wandten sich ihm zu und sahen ihn finster an. Ihre Blicke durchdrangen ihn wie Pfeile.

„Bitte“, sagte Charles und sah den Anführer an. „Ich möchte Sie inständig bitten. Ich werde für ihn einstehen. Bitte schlagen Sie ihn nicht weiter.“

Es war das erste Mal, dass jemand versuchte, einzuschreiten. Die Leute der Sippe schauten einander überrascht an und schließlich wandten sie ihre Blicke wieder Charles zu.

„Kannst du wiederholen, was du gesagt hast?“

„Ich möchte, dass ihr aufhört.“

Daudi fing an zu weinen. Er schloss seine Augen, während Tränen der Hilflosigkeit über sein Gesicht strömten. Er schluchzte auf dem Boden und fühlte sich erleichtert, da er wusste, dass der unwahrscheinliche Fall gerade eingetreten war: Jemand war eingeschritten.

Charles sah auf seinen Vater hinunter. Er sah einen Mann, der nie eine Mutter gehabt hatte und in üblen Verhältnissen aufgewachsen war. Nein, das entschuldigte sein Verhalten überhaupt nicht. Es überzeugte Charles nur davon, dass das ganze Leben seines Vaters für ihn selbst und für alle anderen Unglücklichen, die es mit ihm teilen mussten, schrecklich gewesen war.

Der Anführer sah erst Daudi an, danach Charles. Er würde Charles so oder so bestrafen. Die Frage war nur, ob er die Schläge fortsetzen würde oder nicht. Er blickte auf Rhoda, die niemandem in die Augen schauen konnte. Er fragte sich, ob sie ihren Mann wohl lieber tot oder lebendig sehen würde.

Der Anführer ordnete an, das Schlagen zu beenden. Die Menge protestierte. Sie war enttäuscht, verstimmt, verärgert. Sie waren um ein Vergnügen gebracht worden.

„Ist dir klar, was dein Sohn hier für dich tut?“, fragte der Anführer Daudi. „Er versucht, das Gericht umzustimmen.“

„Ich werde es nie wieder tun! Bitte!“, rief Daudi.

Der Anführer legte Charles für die Einmischung eine Strafe von einer Kuh auf. Eine Kuh für ein Leben. Das schien Charles und Daudi ein guter Handel. Ein schrecklicher Handel für den Rest, außer für seine Tante Muthikwa, die Charles später offenbarte, dass sie der Meinung gewesen war, er habe die richtige Entscheidung getroffen.

Der Anführer gab Anweisung, Daudi loszubinden und befahl ihm, sich auf den Boden zu setzen. Sie ließen ihn eine halbe Stunde lang dort sitzen, redeten mit ihm und warnten ihn, dass sie das nächste Mal das Schlagen nicht mehr unterbrechen würden. „Das ist das allerletzte Mal. Wenn du es noch ein einziges Mal tust, werden wir dich mit dem Tod bestrafen." Er befahl ihm, aufzustehen und schickte ihn dann fort. „Du solltest dir ein Beispiel an deinem Sohn Charles nehmen, der sich um die ganze Familie gekümmert hat. Es ist nicht gut, dass sich dein Sohn um deine Familie kümmert."

Als Daudi dieses Mal versprach, sich zu bessern, lag eine aufrichtige Ernsthaftigkeit in seinen Worten. In dem Moment, als der erste Stockhieb seinen Rücken getroffen hatte, hatte er gespürt, wie es sich für seine Frau anfühlte, wenn er sie schlug – dass ihn jemand überwältigte, während er um Hilfe schrie.

Die Menge verließ die vermeintliche Hinrichtungsstätte, aber sie feierten trotzdem ein gemeinsames Mahl. Viele von ihnen waren verärgert, als hätten sie viel Geld für eine Veranstaltung ausgegeben, die nicht hielt, was sie versprochen hatte. Sie versammelten sich dort, wo der Bulle geschlachtet wurde, und ließen Daudi alleine. Ihm wurde bewusst, dass er zu diesem Zeitpunkt genauso gut das Auseinanderbrechen seiner Wirbelsäule hätte hören können. Stattdessen hatte er eine zweite Chance bekommen.

Schon wieder.

„Ich hege keinen Groll gegen dich", sagte Charles zu seinem Vater. „Ich werde dich nicht verstoßen. Aber du musst dein Verhalten ändern. Die Prügel, der Verkauf von Besitz, der Alkoholgenuss, das Verschwenden von Geld. All das muss aufhören."

Mit diesen Worten ließ Charles seinen Vater auf der Erde sitzen. Er stieg in sein Auto und fuhr den langen Weg zurück nach Eldoret. Und während der Fahrt fragte er sich, ob die Schläge wohl einen bleibenden Eindruck bei seinem Vater hinterlassen hatten. Vielleicht würden sie ihm so große Angst machen, dass er keine Schreckenstaten mehr begehen würde. Aber in jedem Fall würde dadurch nicht Daudis eigentliches Problem gelöst werden. Es bestand darin, dass sein Inneres von einer Macht beherrscht wurde, die in ihm unkontrollierten Zorn und Gewalt auslöste.

Die Geschäfte in Eldoret florierten weiterhin, allerdings kosteten sie ihn auch viele Stunden, große Mühen und schwierige Entscheidungen. Charles baute Mullyways aus und schaffte sich noch einige weitere

Matatus an. Sein Lebensmittelladen lief hervorragend. Er hatte bei allem, was er tat, Erfolg.

Sechs Monate nach der Sache mit Daudi erblickte Charles einen Brief auf seinem Schreibtisch. Er war von seiner Tante Muthikwa. Er setzte sich auf seinen Stuhl, den Stuhl, in dem er auch den Brief an die Sippe geschrieben hatte, und hielt den Umschlag in der Hand. Ohne den Brief zu öffnen, hatte er ein unerklärliches Gefühl, das ihm sagte, dass der Brief nichts Gutes enthalten konnte.

Er riss ihn auf und las: *Du musst schnell kommen. Dein Vater ist wieder los, um zu trinken. Wir glauben, dass er in sein altes Leben zurückfällt. Daudi und ich haben einen Arzt konsultiert, um herauszufinden, woher die Probleme kommen. Wir haben herausgefunden, dass Daudi von bösen Geistern der Ahnen besessen ist. Die ganze Familie könnte so werden wie er. Daudi könnte sogar noch schlimmer werden. Und dein Geschäft könnte deswegen schlechter laufen. Komm nach Ndalani. Der Medizinmann wird uns sagen, was wir tun können, um die Geister zu vertreiben und reich zu werden.*

Als Charles den Brief noch einmal durchlas, dachte er bei sich, *ich kenne nur* ***eine*** *Macht, eine, mit der nichts zu vergleichen ist.* Sein Vater hatte Probleme, mit denen er alleine nicht fertig wurde.

Es war an der Zeit, dass Daudi mit der Macht des lebendigen Gottes bekannt gemacht wurde.

Wer hat die Macht?

„Wir *müssen* gehen“, sagte Daudi.

„Warum?“, fragte Charles.

„Um herauszufinden, warum die Ahnen das tun. Um herauszufinden, warum das passiert.“

„Die Betrunkenheit? Die Wut?“

„Ja.“

„Und du meinst, du wirst es dort herausfinden?“

„Ja.“

„Wie kannst du das wissen?“

„Wie meinst du das, ‚wie kann ich das wissen'? Dort erhält man alle wichtigen Antworten. Das weißt du.“

„Nein, das stimmt nicht.“

„Doch. Das weiß jeder!“

„Und du meinst wirklich, dass es uns hilft, wenn wir dorthin gehen?“

Daudis Blick veränderte sich: Er war angespannt gewesen, jetzt war er verzweifelt. Er wollte dieses brennende Verlangen nach Alkohol loswerden. Soviel stand fest. Und er wollte auch von seiner Gewalttätigkeit befreit werden, die sich immer dann zeigte, wenn er betrunken war. Auch das stand fest. Aber obwohl er wusste, welchen Schaden er im Rausch anrichtete, waren die Motive seines Verlangens nach Hilfe alles andere als uneigennützig. Das Bedauern, das er möglicherweise verspürte, wenn er Rhoda wieder geschlagen hatte, wurde weit übertroffen von der Angst davor, dass er dem Sippenanführer wieder gegenüber stehen würde, wenn es noch einmal passierte. Es wäre das letzte Mal.

Er wollte aufhören. Er *musste* aufhören. Sein Leben hing davon ab. Er wusste das, seit er von der Sippe die letzte Verwarnung erhalten hatte.

Und er hatte gut verstanden: Kein Alkohol, keine Betrunkenheit. Keine Betrunkenheit, keine Gewalt. Keine Gewalt, keine Prügelstrafe. Keine Prügelstrafe, kein Tod. Es war alles so klar. Aber so sehr er es auch versuchte, Daudi blieb in dem unstillbaren Verlangen nach Alkohol gefangen. So sehr er es auch wünschte, er konnte nicht damit fertig werden.

Er war nicht fähig, sich selbst von seiner Sucht zu befreien.

„Ja", sagte Daudi in einem Tonfall, der Charles mitteilte, dass er die Wahrheit nicht zugeben wollte. „Weil mein Leben davon abhängt."

Charles sah zu den riesigen, dichten Wolken auf, die den kenianischen Himmel bedeckten. Dann schüttelte er seinen Kopf und senkte seinen Blick, um seinem Vater in die Augen zu schauen.

„Bei Menschen gibt es keine Hilfe."

„Doch, es gibt sie! Es muss!" Daudi hatte wieder diesen verzweifelten Blick in seinen Augen. „Das ist meine einzige Chance!"

„Das wird nichts bringen. Das wirst du schon sehen."

„Doch. Und wir gehen dort hin. Wir müssen den Medizinmann treffen."

Sie wollten früh am nächsten Morgen losgehen. Charles stand lange vor seinem Vater auf. Daudis Situation belastete ihn. Ein Mann, der in Schwierigkeiten ist, ist eine Sache. Ein Mann, der in Schwierigkeiten ist und nicht selbst herauskommt, ist eine andere.

Der Mond war nicht zu sehen. Es war so dunkel draußen, dass ihm eher seine Erinnerung half, den Weg zu finden, als seine Augen. Er kam auf ein gerodetes Feld und kniete sich nieder. Er schloss die Augen und hob seine Hände.

Gott, Du bist mächtig. Du bist der Stärkste. Deine Macht geht weit, weit über die des Medizinmannes hinaus.

Plötzlich wurde die Luft kühler. Zuerst kam es Charles vor, als wäre es nichts als ein frischer Luftzug, aber auch als der Windstoß vorüber war, blieb es kalt.

Du kennst seine Probleme, Du weißt…

Ganz sicher. Das war mehr als nur ein Luftzug. Ein Windhauch wirkt beruhigend. Er kühlt ab. Aber das war etwas anderes. Charles schluckte. Er wollte seine Augen öffnen und hinter sich schauen. Aber warum? Was würde er schon erkennen? Es war so früh am Morgen. Hier konnte sonst niemand sein.

Er kämpft mit einem bösen Geist. Der Medizinmann kann ihm nicht helfen. Nur Du kannst das. Ich bete darum, dass Dein Wille und Deine Pläne geschehen. Ich bete darum, dass Du Dich ihm offenbarst.

Charles öffnete die Augen. Er wandte seinen Kopf und sah hinter sich. Da war nichts.

Zumindest nichts, was er sehen konnte.

Sie hätten das Auto nehmen können, aber sie beschlossen, das nicht zu tun. Sie wollten unter keinen Umständen Aufmerksamkeit erregen. Stattdessen gingen sie die sieben Stunden bis zum Grundstück des Medizinmannes zu Fuß. Es bestand aus sechs Häusern. Er hatte drei Frauen, die bei ihm wohnten. Aus den Hunderten von Leuten, die sich auf seinem Grundstück aufhielten, konnte man schließen, dass der Medizinmann entweder die Macht hatte, ihnen zu helfen, oder dass sie zumindest glaubten, er habe die Macht, ihnen zu helfen.

Schwarze, Asiaten, Weiße, Araber. Charles und Daudi hörten ein Sprachengewirr, als sie zu der Menge stießen. Menschen unterhielten sich und fragten sich, wie lange es wohl dauern würde, bis sie an der Reihe waren. Es gab kein bestimmtes System, dass diejenigen, die als erste gekommen waren, auch als erste an die Reihe kamen. Es konnte sein, dass man kam und sofort hineingerufen wurde, noch vor Leuten, die womöglich schon viele Stunden, ja sogar Tage warteten.

Charles und Daudi kannten niemanden. Die Kranken, Abhängigen und Armen waren alle gekommen, um sich vom Medizinmann helfen zu lassen.

„Charles“, sagte ein Mann. „Du bist Charles, und das ist Daudi.“ Es war keine Frage, sondern eine Bestätigung dessen, was er bereits wusste.

„Ja“, sagte Charles und prüfte das Gesicht des Mannes. Er verspürte wieder dieses schaurige Gefühl, das er beim Beten am Morgen empfunden hatte.

„Ihr seid dran.“

„Wir?“, fragte Charles und versuchte, seinem Gedächtnis auf die Sprünge zu helfen. „Wir sind doch gerade erst angekommen.“

„Herzlich willkommen, Charles“, sagte der Mann und bedeutete ihnen mit seiner Hand, ihm zu folgen.

Sie gingen mit ihm zum Haus des Medizinmannes und kamen an Leuten vorbei, die schon ewig zu warten schienen. Sie wollten gerade hineingehen, als Charles den Mann noch einmal ansah.

„Kenne ich Sie?"

„Nein", sagte der Mann und schüttelte den Kopf. „Wir haben uns noch nie getroffen. Bitte, tretet ein."

Die Hütte hatte ein Reetdach, Lehmwände und einen Lehmboden. Ein Leopardenfell lag auf dem Boden. Seitlich brannte ein kleines Feuer. Es gab keine Fenster, also breitete sich der Rauch im Raum aus. Die Hütte lag in einem Dunst, so dass es ihnen vorkam, als befänden sie sich in einem Traum.

Der Medizinmann sah nicht so aus wie Charles ihn sich vorgestellt hatte. Charles hatte angenommen, einen gebrechlichen alten Mann vorzufinden, der in einer Ecke saß und einen schmerzvollen Ausdruck in seinem Gesicht hatte. Stattdessen sah er einen robusten Mann mittleren Alters, der eine Decke trug und kalte Augen hatte. Er saß nur da und sagte nichts, er sah mehr aus wie eine Statue als ein Mann. Als der Medizinmann ihnen zunickte zum Zeichen, dass er ihre Anwesenheit wahrgenommen hatte, bekam Charles beinahe Angst.

Sie setzten sich ihm gegenüber auf dreibeinige Schemel. Daudi blickte den Medizinmann voller Erwartung an. Aber der Medizinmann sah ihn nicht an.

Stattdessen schaute er Charles an. Ihre Blicke trafen sich. Zuerst schien sich der Medizinmann für Charles zu interessieren. Aber je länger sie sich in dem schaurigen Dunst anschauten, desto mehr sah Charles, wie die Macht in den Augen des Medizinmannes ins Wanken geriet, zuerst erschüttert wurde, dann zu Unsicherheit zusammenbrach. Angst machte sich im Herzen des Medizinmannes breit. Sein Pochen fühlte sich an wie ein unregelmäßiges Trommeln. Er schluckte und versuchte, wegzuschauen. Aber irgendwie wurde er von Charles' Blick wie von einer höheren Macht gefesselt. Er fühlte sich, als säße er auf dem elektrischen Stuhl, ein Stromstoß durchfuhr ihn und versetzte jede Zelle seines Körpers in Angst und Schrecken.

Sein Körper begann zu zittern. Zuerst seine Finger. Es begann mit einem Zucken, dann wurde es aber intensiver. Seine Hände zitterten und warfen sich willkürlich gegen seinen Körper. Charles und Daudi hörten ein klapperndes Geräusch, als seine faulen Zähne begannen, gegeneinander zu schlagen. Diese Augen. Diese dunklen, hohlen Augen wurden weit, als wären sie kurz davor, zu explodieren. Er atmete in kurzen, unregelmäßigen Zügen. Er versuchte, etwas zu sagen, aber was er in Charles'

Augen gesehen hatte, machte es ihm unmöglich, auch nur das kleinste Wort zu sprechen. Er stotterte, als er versuchte, das, was ihn zurückhielt, zu durchbrechen. Dann gelang es ihm doch, etwas zu sagen.

„Warum bist du hier? Warum bist du gekommen? Warum tust du mir das an? Uns? Wie kannst du das tun?“ Dieses schreckliche, klappernde Geräusch war wieder da. Seine Augen wurden größer, sie sahen unnatürlich aus. Er wandte sich an Daudi: „Dein Sohn hat keine Probleme. Überhaupt keine.“

Klack, klack, klack. Die Augen des Medizinmannes konnten nichts mehr anvisieren. Sie wurden in dem Dunst hellgelb.

„Geht weg und kommt übermorgen wieder.“

Charles wollte nicht gehen. Er wollte hören, was der Medizinmann über Daudi zu sagen hatte. Nicht seinetwegen, sondern um seines Vaters willen. Er wartete darauf, dass der Medizinmann weiterredete. Aber dem Medizinmann gelang es nur noch, Tränen aus seinen hohlen Augen zu pressen und sie winselnd und weinend anzuflehen, zu gehen.

Daudi stand zuerst auf. Er packte Charles' Arm und hoffte, sich darauf stützen zu können. Charles erhob sich und rechnete halb damit, dass der erbärmliche Mann vor ihm zusammenbrach. Aber das geschah nicht. Er blieb nur auf seinem Stuhl sitzen, zitternd und weinend, und es war ihm nicht möglich, mit seinen großen, versteinerten Augen zu blinzeln.

„Gehen wir“, sagte Charles.

„Verstehst du jetzt?“, fragte Charles, als sie zurück nach Ndalani liefen. „Siehst du jetzt, dass dieser Mann keine Macht hat?“

Daudi sagte nichts. Das gespenstische Bild des Medizinmannes war so real als stünde er direkt vor ihnen.

„Wenn alles vorbei ist“, sagte Charles, „dann wirst du erkennen, dass dieser Mann keine Macht hat.“

Nachdem sie sich einen Tag erholt hatten, gingen sie erneut los, um dem Medizinmann erneut einen Besuch abzustatten. Sie brachen morgens um zwei Uhr auf. Der Schauplatz war derselbe geblieben. Immer noch saßen Hunderte von Leuten in Gruppen zusammen in der Hoffnung, ihr Name würde als nächster aufgerufen. Kühe und Ziegen drängten sich auf den Wegen, als Daudi und Charles näher kamen. Sie setzten sich und fragten sich, ob sie wohl als Nächste aufgerufen würden.

An diesem Morgen wurden sie nicht aufgerufen. Und als die Sonne bereits hoch am Himmel stand, nahm Charles an, dass sie wegen des Vorfalles vor zwei Tagen überhaupt nicht mehr an die Reihe kommen würden. Er stand auf, um sich die Beine zu vertreten, und in diesem Augenblick spürte er, wie die Menge unheimlich still wurde. Zwar redeten die Menschen weiter, aber er hörte nichts. Eine merkwürdige Stille überkam ihn. Daudi sagte ihm etwas, aber er antwortete nicht. Er hatte das Gefühl, als würde etwas Schreckliches passieren.

Es ist nichts, sagte er sich. *Es liegt nur daran, dass ich in der heißen Sonne war. Nichts, worüber man sich Sorgen machen müsste.*

Aber es lag nicht nur an der Sonne.

Und es gab sehr viel, worüber man sich Sorgen machen konnte.

Er wollte sich gerade wieder setzen, als es passierte. Er nahm es aus den Augenwinkeln wahr. Zuerst dachte er, es sei nur seine Fantasie. Aber als Charles seinen Blick darauf konzentrierte, erkannte er, dass er etwas Reales gesehen hatte.

Feuer barst aus dem Haus des Medizinmannes. Es schlug die Tür auf. Die Flammen breiteten sich auf dem Gras aus und stoben auf die Leute zu. Die Hitze und der Rauch schnitten allen, die in der Nähe waren, die Luft ab. Das Feuer pulverisierte das Haus des Medizinmannes und verbrannte ihn augenblicklich. Wie gefangene Löwen, die aus ihrem Käfig ausbrachen, fielen die Flammen über die Leute her. Panik machte sich unter der Menge breit. Schreie erfüllten die heiße Luft. Die Menschen rannten hin und her und suchten wie im Wahn nach ihren Freunden und Verwandten.

Das Feuer breitete sich so schnell aus, dass diejenigen, die am nächsten am Haus des Medizinmannes gewesen waren, nicht mehr fliehen konnten. Zuerst standen sie wie gefesselt da und starrten auf das Haus des Medizinmannes, das ein schrecklicher Feuersturm erfasst hatte. Aber was als Faszination begann, wurde schnell zum Entsetzen, als die Flammen über sie herfielen. Das Feuer verbrannte zunächst ihre Kleidung. Dann, als sie verzweifelt wegrannten, fing ihre Haut an zu brennen und sie schrien vor Schmerzen. Ihre Gesichter fingen Feuer und ihre Haut brannte. Sie konnten ihre schmelzenden Muskeln nicht mehr kontrollieren und fielen als hilflose rote Knäuel zu Boden, während die Flammen sie verschlangen.

Charles und Daudi rannten zurück auf die Straße. Sie hielten nur einmal an, um zu sehen, wie das Feuer auf dem Gras wütete. Das Grundstück des Medizinmannes war zerstört.

Stundenlang sagten sie kein einziges Wort. Sie waren ganz alleine auf ihrem Rückweg nach Ndalani. Ihre knirschenden Schritte waren das einzige Geräusch, das sie vernahmen.

„Und?“, sagte Charles schließlich. Er sagte es ruhig, und doch wirkte das Wort in der Stille sehr laut.

„Siehst du es jetzt? Siehst du jetzt, dass der Gott, an den ich glaube, mächtiger ist?“

Daudi gab keine Antwort. Das war auch nicht nötig. Er hatte das Feuer gesehen. Aber das hatte ihn nicht überzeugt. Was ihn überzeugt hatte, war das gewesen, was er in den Augen des Medizinmannes gesehen – oder vielmehr *nicht* gesehen hatte. Er kannte diesen Blick, diese Hilflosigkeit. Es war derselbe Blick wie der seiner eigenen Augen.

Jahrelang hatte Daudi Götzen verehrt. Jetzt, da er neben seinem Sohn herging, sah er, dass sein Leben eigentlich keines war. Charles besaß etwas, das er nicht besaß.

Charles fuhr zurück nach Eldoret und spürte, dass er der Macht Gottes vertrauen konnte. Er war stolz auf seine Beziehung zu Gott, nicht wegen des Infernos, das sie gesehen hatten, sondern weil die Hoffnung seines Vaters auf den Medizinmann zerstört war.

Drei Monate später wurde Charles zum Verkaufsleiter von Total Oil Products in Eldoret ernannt. Sein Geschäft lief besser als je zuvor. Es war, als wäre sein Treffen mit dem Medizinmann ein Katalysator gewesen.

Ein Jahr später kam Daudi wieder nach Eldoret. Er hatte aufgehört zu trinken, und dieses Mal wollte er nicht um Geld betteln, sondern seinen Sohn besuchen.

„Dir geht es so gut, mein Sohn“, sagte Daudi.

„Ich habe noch einen Bus für 62 Fahrgäste für meinen Matatu-Betrieb gekauft,“ sagte Charles.

„Und du bist der Verkaufsleiter für ... was war es noch gleich?“

„Ölprodukte.“

Daudi grinste Charles an und zeigte seine Zahnlücken. „Du bist gesegnet worden, mein Sohn. Du bist gesegnet worden."

„Ja."

„Gott hat das für dich getan?"

„Ja."

„Wenn man bedenkt, wo du herkamst. Ein Kind ohne irgendetwas. Und nun das? Hat Gott das für dich getan?"

„Ja."

Daudi kehrte nach Ndalani zurück und war erstaunt, wie Gott sich so um seinen Sohn kümmern konnte, wie er selbst es nicht geschafft hatte. Obwohl er ihn so oft verprügelt und wiederholt ausgesetzt hatte, war sein Sohn nicht böse auf ihn. Sein Sohn hatte ihm das Leben gerettet. Warum tat er das?

Es gab eine Kirche in Ndalani, die Rhoda oft besuchte. Daudi ging an einem Sonntag mit. Und während des Gottesdienstes stand er auf. Alle hielten inne. Sie kannten diesen Mann. Sie wussten, was er getan hatte. Der Trinker. Der Frauenschänder. Der Geldverschwender. Sicher, er hatte all dies seit über einem Jahr nicht mehr getan, aber sie kannten seine Vergehen. Er war nicht Daudi Mulli. Er war Charles' Vater.

„Gott hat zu mir gesprochen", sagte er.

Die Gemeinde wurde still.

„Er hat mit mir auf vielfältige Weise gesprochen."

Er suchte nach Worten. Jeder in der Kirche kannte ihn. Und doch sprach er mit einer Aufrichtigkeit, die ihnen allen neu war.

„Er hat zu mir durch meinen Sohn Charles gesprochen."

Er machte eine Pause. Öffentliche Auftritte waren nicht seine Sache. Er atmete tief ein und fand den Mut, den Leuten in die Augen zu sehen, während er sprach.

„Ich habe meine Frau geschlagen, das wisst ihr. Ich habe das Geld meines Sohnes verschwendet. Auch das wisst ihr." Er biss sich auf die Lippen und versuchte, die Tränen zu verdrängen. All diese Dinge – dass er Rhoda geschlagen hatte, dass er die Kinder verprügelt hatte, dass er das Geld genommen hatte, das seinen Kindern zugedacht war, und davon Alkohol gekauft hatte – lagen schwer auf ihm wie eine unerträgliche Last.

„Ich möchte, dass mir meine Sünden vergeben werden."

Ein anderer Vater

Charles setzte sich an seinen Schreibtisch. Es war das Ende eines wie gewöhnlich langen Tages. Er hatte sein Geschäftsimperium noch um einen Zweig erweitert und verkaufte nun Versicherungen für Autos, Berufsunfälle sowie Diebstahl- und Feuerversicherungen. Es war ihm gelungen, die Mullyways Agencies Ltd. zu expandieren, so dass sie nun aus einem Transportunternehmen, einem Betrieb für den Vertrieb von Gas, Reifen, Schmierfett usw. und einem Unternehmen für Versicherungen und Vermögensverwaltung bestanden. Das hatte es in Eldoret zuvor noch nie gegeben. Charles war einer der erfolgreichsten Geschäftsleute in Kenia. Alles was er tat, erwies sich als günstig.

Er sah auf den Stapel Papier, der vor ihm lag. Er ging ihn durch. Ein Brief von seinem Vater war auch dabei. Er riss ihn auf.

Mein Sohn, du bist mehr ein Vater für mich gewesen als ich für dich. Du hast zu mir gestanden, als ich dich verstoßen habe. Du hast mir geholfen, als ich dich verletzt habe. Aber ich habe gute Nachrichten für dich. Ich habe Jesus Christus angenommen. Es fällt mir schwer zu glauben, wie eine einzige Entscheidung ein Leben so sehr ändern kann, aber es war so. Und ich muss dir dafür danken. Du hattest mit allem Recht. Es fällt mir nicht leicht, das zu schreiben. Es ist schwer, daran zu denken, wer ich war. Deshalb möchte ich dich bitten, mir zu verzeihen, was ich dir angetan habe. Es tut mir leid, Charles, ich war im Unrecht.

Du hast viel Segen in deinem Leben erfahren. Gott ist gut zu dir gewesen. Du hast eine gute Familie und du bist deinen Kindern ein guter Vater.

Ich bin stolz auf dich, mein Sohn.

Charles starrte den Brief an. Das hatte er nicht erwartet. Das war ein Wunder. Kein spektakuläres Wunder wie eine Heilung oder eine Dämonenaustreibung. Solche Wunder würde er erst noch erleben. Aber es war ein verändertes Leben. Das war ein neuer Mensch. Das war der Beweis, dass all die Gebete, all die Vergebung und die Verantwortung, die er seinem Vater gegenüber gezeigt hatte, nicht umsonst gewesen waren.

Ich bin stolz auf dich.

Mit 29 Jahren wurde Charles zum Kirchenältesten in einer Kirche in Eldoret gewählt und gebeten, zusammen mit einem britischen Missionar eine neue Kirche zu gründen. Sie fingen mit nur drei Familien in einem kleinen, heruntergekommenen Gebäude auf einem großen Gelände an. Sie konzentrierten sich auf die jungen Leute, durch die die Kirche erstaunlich schnell wuchs. Sie unterstützten den Wunsch der jungen Leute, einen Gottesdienst auf Englisch abzuhalten, der nicht länger als anderthalb Stunden dauern sollte. Sie veranstalteten wöchentliche Treffen von Jugendgruppen, zu denen immer mehr Leute kamen. Ihre Kinder sangen jeden Sonntag, und Charles führte entweder durch den Gottesdienst oder predigte. Einige Monate später wurde er zum Superintendenten von elf Kirchen in Eldoret gewählt. Die Verantwortlichen der Gemeinde liebten Charles.

Aber das sollte nicht immer so bleiben.

Bis 1985 wurde Charles zum Superintendenten von 41 Kirchen in einem weiten Gebiet außerhalb von Eldoret gewählt, zu dem mehr als 100 Pastoren gehörten. Normalerweise musste jemand, der diesen Posten innehatte, Pastor sein und ein abgeschlossenes Studium haben. Auf Charles traf keines von beidem zu. Und dennoch wurde er zum jüngsten Superintendenten aller Zeiten gewählt. Außerdem wurde er zum ehrenamtlichen Vorsitzenden von zwei weiterführenden Schulen und zum Kassier einer christlichen Schule gewählt.

Kurz darauf wurde Charles von einer Gruppe von zwanzig angesehenen Kirchenvorsitzenden eingeladen, mit ihnen zusammen den kenianischen Präsidenten Daniel Arap Moi zu besuchen. Charles war mit seinen 37 Jahren bei weitem der Jüngste in der Gruppe. Sie gingen nach Kabarak und fuhren die Auffahrt hinauf, wobei sie die ganze Zeit von den

Wachen beobachtet wurden. Sie stiegen aus ihren Fahrzeugen, und ein Mitarbeiter des Präsidenten führte sie hinein. Als Moi den Raum betrat, lief Charles ein Schauer über den Rücken. Er hatte den Präsidenten oft im Fernsehen gesehen. Er hatte von ihm in den Zeitungen gelesen. Er respektierte ihn, so wie die meisten Kenianer. Aber diesen Mann in natura zu sehen war etwas ganz anderes. Er schien mehr als nur ein gewöhnlicher Mann zu sein, und Charles verspürte Ehrfurcht, als er den mächtigsten Mann des Landes traf.

Moi sprach mit den älteren Mitgliedern der Abordnung, von denen er die meisten kannte. Charles stand im Hintergrund und schaute zu. Er fragte sich, wie es möglich war, dass er hier sein konnte. Er drehte sich um, um mit einem anderen Abgeordneten zu sprechen. Sie sprachen darüber, wie erstaunlich es war, dass sie mit Präsident Moi zusammen im selben Raum waren. Plötzlich hörte sein Freund auf zu sprechen. Er schaute an Charles vorbei. Jemand kam auf sie zu. Charles folgte seinem Blick.

Es war Präsident Moi.

„Wie geht es dir, junger Mann?“, fragte der Präsident, als er vorbeiging.

Der Gruß Mois durchfuhr Charles wie ein Schock. Sie sahen sich in die Augen. „Es geht mir gut“, sagte Charles, der sich nicht sicher war, ob Moi ihn gehört hatte. Der Präsident ging den Gang entlang und entschwand seinem Blick.

Zwei Monate später traf unerwarteter Besuch in der Kirche von Charles und seiner Familie ein. Charles' Kinder sangen, er saß in einer der hinteren Reihen. Charles saß nie ganz vorne. Er saß lieber mitten in der Gemeinde. Hätte er vorn gesessen, so wäre es ihm vorgekommen, als würde er sich auf eine höhere Ebene stellen als die Leute um ihn. Also setzte er sich jede Woche mitten unter die Leute, zu denen er predigte.

Die Leute strömten in die neu gebaute Kirche, bei deren Planung Charles mitgeholfen hatte. Sie wurde jeden Sonntag durchschnittlich von mehr als 900 Menschen besucht. Der Gottesdienst sollte gerade beginnen, als plötzlich ein Ruck durch die Menge ging. Die Leute drehten sich um und blickten auf den Haupteingang, der hinter ihnen lag. Diejenigen, die noch draußen waren, sahen, wie sich eine Autokolonne der Kirche näherte. Die Fahrzeuge hielten an. Männer in Anzügen stiegen aus und hielten die Tür auf.

Präsident Moi war in Charles' Kirche gekommen.

Er ging die Stufen hoch und näherte sich dem Eingang. Die Gemeinde verstummte. Er setzte sich in eine der vorderen Reihen und der Gottesdienst begann. Moi schaute sich um und suchte nach jemandem. Schließlich ließ er jemandem in seiner Nähe eine Nachricht zukommen: *Wo ist Charles Mulli?*

Ein junger Mann kam nach hinten und sah Charles in die Augen.

„Präsident Moi möchte dich sehen!“, sagte der Mann halb flüsternd.

Charles schluckte. Er ging auf Moi zu. Er sah ihn bei seinen Würdenträgern sitzen. Warum war er in diese Kirche gekommen? Warum schaute er bei ihm vorbei? Er ging zu seiner Reihe, lächelte und begrüßte ihn.

„Schön, dich wieder zu sehen, Charles. Ich freue mich, hier in deiner Kirche zu sein.“

Charles ging auf das Podest und stellte Präsident Moi vor, der dann ebenfalls das Podest betrat und zur Gemeinde sprach. Charles setzte sich, und während er dem Präsidenten lauschte, fühlte er erstaunt und demütig, dass er ein Gesegneter Gottes war. Er hatte eine unglaubliche Familie. Er hatte geschäftlichen Erfolg. Seine Kirche wuchs. Er reiste von einer Kirche zur anderen und predigte das Evangelium und sah, wie Leute ihr Leben Jesus übergaben. Und jetzt wurde er sogar vom Präsidenten beehrt.

Streik

„Sie wollen nicht bezahlen“, sagte Charles’ Stellvertreter.

„Das geht nicht. Wir sind für diese Grundstücke zuständig. Die Mieten sind schon lange überfällig. Sie bezahlen, und damit Schluss“, sagte Charles, der hinter dem Schreibtisch in seinem Büro saß.

Die Situation war schon seit ein paar Wochen am Brodeln gewesen, und er hatte gehofft, dass sie sich jetzt klären würde. Charles’ Unternehmen fungierte als Verwalter für einige Mietsachen, darunter auch Reihenhäuser in der Nähe eines Slums. Die Mieter, etwa vierzig an der Zahl, weigerten sich, ihre Miete zu zahlen und brachten schlechte Ausreden vor, warum sie das Geld nicht aufbringen konnten. Charles hatte seinen Stellvertreter mit zwei Sicherheitskräften und zwei Kleintransportern dorthin geschickt, um die Situation zu klären, aber es hatte nichts gebracht. Die Mieter hatten sich verbündet und waren sich einig, dass sie nicht zahlen würden.

„Sie hören nicht auf mich“, sagte der Stellvertreter.

„Sie müssen.“

„Wir waren schon zum zweiten Mal dort“, sagte er Stellvertreter.

Charles hörte den Ärger in seiner Stimme. Es war ohnehin ein anstrengender Tag gewesen, jetzt kam auch noch dieses Problem dazu. „Aber sie haben so eine Art Pakt geschlossen – eine Übereinkunft. Charles, ich weiß keine Lösung mehr. Was soll ich tun?“

„Ich habe keine Zeit, mich darum zu kümmern“, sagte Charles mehr zu sich selbst als zu seinem Stellvertreter.

„Bitte. Du bist der einzige, der das Problem lösen kann.“

Charles sah auf die Uhr. Er nickte. „Also gut. Gehen wir.“ Er stand auf und verließ das Büro gemeinsam mit seinem Stellvertreter. „Bring zwanzig Sicherheitskräfte und sechs Angestellte mit. Wir treffen uns draußen in zehn Minuten. Wir werden ihnen einen Besuch abstatten", sagte Charles, der nicht wusste, in was er da hineingezogen worden war.

Als sie zu den Grundstücken fuhren, empfand Charles ein Gefühl der Beklommenheit. Er versuchte, es nicht zu beachten und nahm an, es käme daher, dass er noch einen weiteren Termin in einen ohnehin bereits vollen Tag packen musste. Er sah aus dem Fenster. Müll lag auf der Straße. Menschen drängten sich an den Straßenrändern und verkauften alles von T-Shirts über Schuhe bis zu Süßigkeiten. Je weiter sie fuhren, desto ärmer wurden die Menschen auf der Straße.

Der Kleintransporter hielt vor den Reihenhäusern. Sie stiegen aus. Charles nahm an, dass die Leute, die er mitgebracht hatte, genügen würden.

Aber bald sollte sich herausstellen, dass sie zahlenmäßig weit unterlegen waren.

Eine Gruppe von zwanzig Mietern kam auf sie zu. Einer von ihnen rannte zu den anderen Häusern, vermutlich um die anderen Mieter zu holen und ihre Freunde.

„Hallo", sagte Charles, der seine Gruppe auf die Grundstücke führte.

„Wir bezahlen nicht!", rief eine Frau. Beide Gruppen hielten an, als wären sie zwei Banden, die einen Kampf anfangen wollten.

„Tut mir leid, dass Sie wütend sind", sagte Charles. „Als Sie eingezogen sind, hatten Sie sich verpflichtet, die Miete zu bezahlen."

Die Frau schrie eine Antwort zurück, aber er hörte sie nicht. Seine Aufmerksamkeit wurde auf eine Gruppe von Leuten gelenkt, die sich um die Mieter herum versammelte. Er blickte zu seiner Linken, dann zu seiner Rechten. Immer mehr Menschen aus dem Dorf und aus den Slums kamen scheinbar aus dem Nichts und umzingelten sie. Innerhalb weniger Minuten standen 300 Menschen um sie herum und stellten Charles' Abordnung von weniger als 30 Leuten in den Schatten. Dieses Gefühl der Panik in seiner Brust kam zurück, als wäre das vorige eine Art Vorwarnung gewesen, die Charles – wie er nun erkannte – hätte beachten sollen.

„Wir weigern uns zu zahlen!", sagte ein Mann. „Wir wollen Sie hier nicht sehen. Wir werden niemals zahlen. Wir werden kämpfen!"

Zwar hatten sie keine Argumente und keinen Grund für ihr Vorgehen, jedoch sprach die Zahl der Leute für sich. Zehn zu eins. Das sprach Bände.

Charles wollte gehen. Es hatte keinen Zweck. Selbst wenn sie die Polizei riefen, würde diese nicht rechtzeitig da sein, falls es zu Ausschreitungen kommen sollte.

Es wurde dunkel. Das schwindende Licht erhöhte das Gefühl der Unsicherheit. Die Sonne verschwand und mit ihr Charles' Chancen auf eine friedliche Lösung. Zunächst war er mit der Absicht gekommen, die Mieter davon zu überzeugen, zu bezahlen. Dann wollte er einfach keine großen Probleme bekommen. Aber jetzt war er an dem Punkt, an dem er nur noch weg wollte.

Lebend.

Er wollte ihnen gerade mitteilen, dass er jetzt gehen würde, als er einen wilden Schrei hörte, der irgendwo aus der Gruppe kam. Was ihn erschreckte war nicht der Klang der Stimme, sondern das, was gerufen wurde.

„Wir werden euch verbrennen!"

Angst durchfuhr Charles und seine Männer. Die Menge ließ sich aufhetzen und schrie.

„Bringt einen Reifen und Benzin und verbrennt sie!"

Als ob Töten an sich nicht schon schlimm genug wäre, in den Slums wurden Menschen oft auf die abscheulichste Art und Weise hingerichtet. Eine ihrer Vorgehensweisen war, dem Opfer einen Reifen über den Kopf zu stülpen, ihn bis zur Hüfte hinunterzuziehen und die Hände innen festzustecken. Dann wurde das Opfer geschlagen, in Benzin getaucht und schließlich angezündet. Die Menge sah zu und johlte (ähnlich wie die Dorfbewohner, wenn eine Hinrichtung mit den Knüppeln erfolgte), während der Geruch von brennendem Fleisch die Luft erfüllte. Sie verhöhnten den Brennenden während dessen gellende Todesschreie allmählich in ein verzweifeltes Schnappen übergingen, und schließlich ein einst gesunder Körper auf verkohlte Knochen und verkohltes Fleisch reduziert wurde.

Als der Schrei durch die Menge ging, wurde Charles und seinen Mitarbeitern bewusst, dass ihr Leben auf dem Spiel stand.

Gott. Gott, was soll ich tun? Ich habe gedacht, ich könne das hier lösen. Ich dachte, ich sollte hier herkommen und alles in Ordnung bringen. Ich dachte, ich könne helfen. Wir sind in Schwierigkeiten, Gott. Wir sind in großen Schwierigkeiten. Es liegt nicht in meiner Hand, Gott. Sie wollen uns umbringen. Und Du weißt, dass sie das auch tun werden.

Charles schluckte. Die Menge kam näher.

„Mnangonjea nini?“ rief einer aus der Menge. „Worauf wartet ihr noch?“

„Choma! Choma!“ riefen sie, „Verbrennt sie!“

Charles’ Herz pochte so stark, dass er daran denken musste, wie er als Kind nachts wach in seinem Bett gelegen und darauf gewartet hatte, dass sein betrunkener Vater nach Hause kam. Sie sahen die Leute an. Viele von ihnen waren betrunken von *Changa’a*, einem illegalen, zu Hause gebrauten, alkoholischen Getränk. Adrenalin schoss mit solch einer Heftigkeit durch seinen Körper, dass es sich anfühlte, als würde ihm jemand sein Blut absaugen.

Gott? Gott, was soll ich tun? Sie werden uns umbringen!

Die Menge kam näher. Ihre schrecklichen Rufe *Choma! Choma! Choma!* übertönten alle seine Gedanken.

Die Sonne ging unter. Die wilden Augen der Menge kamen immer näher. Charles’ Stellvertreter rief so laut er konnte. „Hören Sie mich an! Hören Sie mich an!“ Aber es half nichts. Überhaupt nichts. Die Schreie wurden nur noch lauter. Sie brüllten mit solch einer Wut, dass Charles die Ohren gellten.

Gott, wir sind in einer sehr, sehr schwierigen Situation. Du siehst, was hier vor sich geht. Rette uns vor diesen Leuten. Bedecke uns mit dem Blut Jesu Christi.

In diesem Moment überkam Charles eine plötzliche Kühnheit und Mut. Es war, als hätte er gerade eine starke Droge eingenommen, die sämtliche Furcht auslöschte und ihm neue Kraft verlieh. *Warum sollte ich mich vor diesen Leuten fürchten? Wer sind sie, dass sie mich erschrekken wollen?*

Charles bahnte sich einen Weg durch seine Leute und sprang auf einen Lastwagen. Alle sahen ihn an, besonders seine Mitarbeiter, die wussten, dass ihr Leben davon abhing, was er jetzt sagen würde.

„Leute!“, rief er. Die Menge verstummte. Wie ein tobendes Meer, das sich in einem Augenblick spiegelglatt wird. Es war für alle Anwesenden ein Schock. Von fürchterlicher Ekstase zu friedlicher Stille. „Wir sind nicht zum Kämpfen hergekommen. Ich bin hergekommen, um die Probleme und den Konflikt zu lösen.“ Niemand bewegte sich. Sie waren wie eine Person geworden. „Ich möchte euch sagen, dass es nichts mehr zu bereden gibt.“ Charles spürte ein unglaubliches Vertrauen zu Jesus Christus. Etwas, das er vorher noch nie gespürt hatte. Nicht so.

Die Kraft der Menge ließ nach. Ihre Überzahl kam ihnen plötzlich nebensächlich vor. Es war ihm, als würde jeden Moment ein Feuer aus Charles' Mund losbrechen und jeden hier auf dem Grundstück verzehren. Sie warteten auf seine Worte und befürchteten das Schlimmste.

„Im Namen Jesu Christi befehle ich euch, auseinander zu gehen!"

Plötzlich rannten sie in alle Richtungen los, als wären wilde Löwen auf sie losgelassen worden. Innerhalb weniger Sekunden waren sie verschwunden. Sie flüchteten in ihre Häuser, zogen sich in den Slum zurück, suchten ein Versteck vor dem Mann, der mit nicht gekannter Macht vom Dach eines Lastwagens gesprochen hatte.

Charles stand da und sah seine Mitarbeiter an, die voller Erstaunen auf ihn blickten. Einige von ihnen hatten ihren Mund weit geöffnet. Einige hatten mehr Angst vor ihm als vor der Menge. Charles kletterte vom Lastwagen herunter. Sie stiegen in ihre Fahrzeuge und fuhren nach Hause.

Danke Gott, betete er. *Du hast uns gerettet. Du hast uns gerettet.*

Am nächsten Tag saß Charles wieder an seinem Schreibtisch, an dem er auch gesessen hatte, als sein Stellvertreter am vergangenen Abend hereingekommen war. Er zog die Akte über die Grundstücke heraus und entnahm die Adressenliste. Er schrieb an jeden der Mieter einen Brief und erklärte, was er von ihnen verlangte.

Und alle Mieter bezahlten die Miete in voller Höhe.

Parkhilfe abgelehnt

Charles Mulli stand vor einem Tag, der eigentlich nichts Besonderes erwarten ließ, der aber im Rückblick sein ganzes Leben verändern sollte. Für manche Leute ist es die erste zufällige Begegnung mit ihrer großen Liebe, für andere ein Bestätigungsschreiben, dass sie einen Studienplatz oder die Arbeitsstelle bekommen haben, die sie sich gewünscht haben.

Für Charles begann der Tag mit einer gewöhnlichen Fahrt nach Nairobi.

Er fuhr die Kenyatta Avenue entlang und suchte nach einem Parkplatz in der Nähe des Nyayo House, wo er die Zulassung seiner Busse erneuern lassen musste. Es war später Vormittag und die meisten Parkplätze waren bereits belegt. Weiter vorn sah er Straßenjungen am Straßenrand stehen. Es waren acht Jungen, siebzehn bis zwanzig Jahre alt. Sie trugen dunkle Kleidung, hatten schmutzige Gesichter. Sie winkten ihm zu und gaben ihm zu verstehen, dass sie ihm helfen wollten, einen Parkplatz zu finden. Charles verringerte seine Geschwindigkeit und folgte ihren Anweisungen. Sie rannten voraus und zeigten ihm, wo er sein Auto abstellen konnte. Tatsächlich, ein freier Parkplatz. Charles parkte seinen Wagen und stieg aus.

„Geben Sie uns einen Schilling“, sagte einer der Jungs.

„Nur einen Schilling, mehr wollen wir nicht“, sagte ein anderer. „Dafür, dass wir Ihnen geholfen haben.“

„Wir werden auf Ihr Auto aufpassen.“

Charles wollte ihnen helfen. Und warum auch nicht? Sie hatten ihm geholfen. Ihr Blick war hoffnungslos, und sie rochen nach Klebstoff beziehungsweise Benzin. Es war ihm klar, dass sie schnüffelten und jegliches Geld, das er ihnen gab, dafür ausgeben würden, sich selbst zu schaden. Für kurze Zeit würde das Schnüffeln sie vergessen lassen, wie sie aufgewachsen waren und ihre Gedanken vom Leben in dieser Misere ablenken, wenn auch nur für eine kleine Weile. Aber wenn die Wirkung der Drogen nachlassen würde, müssten sie nur wieder nach einem Mann suchen, dem sie bei der Suche nach einem Parkplatz helfen könnten und der ihnen einen Schilling bezahlen würde, und das Ganze würde von vorne losgehen.

„Tut mir leid", sagte Charles, der bemerkte, dass er zu spät dran war, aber er wollte den Jungs trotzdem helfen.

„Wir haben Ihnen geholfen. Wir haben Ihnen geholfen, einen Parkplatz zu finden."

Ihr Geruch war eine unangenehme Mischung aus Körpergeruch, Klebstoff und Benzin. Es war schwer für Charles, es zu fassen. Sie standen um ihn herum mit ausgestreckten Händen und bettelten um eine Chance, dieser Welt zu entfliehen, wenn auch nur für eine kleine Weile.

Er könnte ihnen etwas zu essen kaufen. Er sah sich um, aber er konnte keinen Laden sehen. Bestimmt gab es einen in der Nähe, aber das Gedränge von Bettlern um ihn herum ließ ihn außer den hoffnungslosen Augenpaaren nichts erkennen.

Er drängte sich an ihnen vorbei in das Gebäude hinein.

Eine halbe Stunde später kam er mit den neuen Zulassungen wieder heraus. Er ging die Straße hinab, aber als er an die Stelle kam, an der er sein Auto geparkt hatte, sah er einen leeren Platz. Er ging wieder zurück und dachte, er sei womöglich zu weit gegangen. Immer noch nichts. Er ging in die andere Richtung und wieder zurück mit dem flauen Gefühl, sein Auto sei entweder abgeschleppt oder gestohlen worden.

Weiter vorn sah er einen der Straßenjungen, die ihn um einen Schilling gebeten hatten. Er war groß und stark. Sehr stark. Er trug ein öliges, abgetragenes Hemd mit einer alten Strickjacke.

„Hast du mein Auto gesehen?", fragte Charles.

Der Junge gab zunächst keine Antwort. Er sah Charles mit einem schadenfrohen Blick an und schien beinahe froh, ihn wiederzusehen.

„Hast du mein Auto gesehen?", fragte Charles erneut.

„Haben Sie mich als Wachmann angestellt?"

Der Junge sah weg von Charles und sagte nichts mehr.

Charles ging in das nahe gelegene Büro seines Cousins und rief Esther an, um ihr zu erzählen, was ihm passiert war. Dann fuhren er und sein

Cousin zur Polizeiwache, um nachzufragen, ob man dort etwas darüber wusste. Ein Polizist erklärte ihm, dass kein Auto, auf das die Beschreibung zutraf, gemeldet worden war. Er nahm Charles' Aussage zu Protokoll. „Wenn das Fahrzeug gefunden wird, werden wir Sie informieren", sagte er.

Aber niemand fand je heraus, was mit Charles' Auto passiert war.

Charles saß hinten in einem vollen Bus auf dem Weg zurück nach Eldoret. Seit der Gründung seines Matatu-Unternehmens hatte er keine öffentlichen Verkehrsmittel mehr benutzt. Wie in jedem anderen Bus, der von Nairobi abfuhr, gab es immer noch Platz für einen weiteren Fahrgast. Menschen zwängten sich neben ihn, so dass schließlich sechs Personen auf einer Bank saßen, die eigentlich für vier Personen gedacht war. Aber der voll gestopfte Bus war nicht Charles' Problem. Nicht einmal sein gestohlenes Auto machte ihm zu schaffen auf seiner Heimreise auf der staubigen Straße in der drückenden Hitze.

Er machte sich Gedanken über die Jungen, die er abgewiesen hatte.

Der Blick ihrer Augen war so verzweifelt, absolut hoffnungslos, beinahe panisch. *Warum sind sie auf der Straße? Warum kümmert sich niemand um sie? Wo sind ihre Eltern? Was ist mit ihren Eltern passiert, dass sie kein Zuhause haben?*

Ihre abstoßende Kleidung und ihr fauliger Geruch blieben Charles in Erinnerung. Er erinnerte sich an den widerlichen Gestank. *Wie können sie so schmutzig geworden sein? Wo schlafen sie nachts? Was machen sie, wenn sie nichts zu essen haben?*

Er hatte das Auto völlig vergessen. Er hatte den Stress durch sein Unternehmen vergessen. An diesem Morgen, als er in Nairobi angekommen war, waren seine Gedanken voll mit all den Problemen, die er zu lösen hatte. Jetzt, auf dem Rückweg, beschäftigte – oder eher vereinnahmte – ihn der Versuch, zu verstehen, wie die Straßenkinder dort landen konnten, wo sie jetzt waren.

Wessen Schuld ist es, dass diese Jungs auf der Straße sind? Sind ihre Eltern schuld? Vielleicht hatten sie Eltern, die sich nicht um sie kümmerten. Vielleicht hatten ihre Eltern sie auch einfach im Stich gelassen. Charles konnte das verstehen. *Aber haben sie alle so schlimme Eltern? Vielleicht war auch der Vater an Aids gestorben und die Mutter arbeitete als Prostituierte und konnte nicht für alle ihre Kinder sorgen, so dass sie gezwungen waren, auf der Straße zu betteln, um sich eine Existenz aufzubauen.*

Vielleicht war die Regierung schuld. Es gab nicht genug Hilfsprojekte, für die Kinder. Viel zu wenig Zeit und Geld wurden in Kinderheime investiert, um dadurch diesen Kindern eine Rückkehr in die Gesellschaft zu ermöglichen, in der sie dann auf sinnvolle Art und Weise mitwirken konnten. Das Problem war so vielschichtig. Straßenkinder waren nur ein Teil der außer Kontrolle geratenen Seuche der Armut in Kenia. Hunderttausende von Menschen lebten von weniger als einem US-Dollar am Tag in den Slums in ganz Nairobi, ganz zu schweigen von den anderen Teilen Kenias, Afrika oder der ganzen Welt.

Warum leben sie auf der Straße?

Der Bus hielt an. Charles blieb sitzen. *Warum sind sie auf der Straße?* Leute stiegen aus. Sie waren in Eldoret angekommen. *Wer hilft ihnen?*

„Eldoret", sagte der Busfahrer.

Was passiert mit ihnen? Bleiben sie ihr ganzes Leben lang auf der Straße? Wer bringt sie von der Straße weg?

Die letzten paar Fahrgäste verließen den Bus, außer Charles, der auf seinem Platz immer noch gedanklich mit den Straßenjungen beschäftigt war – diesen schmutzigen, stinkenden Straßenjungen ohne Essen, ohne Unterkunft, ohne Zukunft.

Ohne Hoffnung.

„Eldoret!" rief der Busfahrer.

Charles sah vom Fenster auf. Der Bus war leer.

Er nahm seine Mappe und stand von seinem Sitz auf. Sein Rücken schmerzte, weil er zu lange in der gleichen Position gesessen war. Er stieg aus.

Wer bringt sie von der Straße weg?

Es war spät. Seine Familie schlief bereits. Charles stand draußen und betrachtete die Sterne, die den Himmel von einem Horizont zum anderen übersäten. Es ging eine frische Brise. Es war ein vollkommener Abend. Charles hätte eigentlich Ruhe verspüren müssen. Aber stattdessen fühlte er eine Last auf seinem Herzen, die er nicht ignorieren konnte.

Es war drei Jahre her, seit sein Auto gestohlen worden war. Die Sorge um die Straßenkinder war an jenem Tag in seinem Herzen gepflanzt worden und seitdem so stark angewachsen, dass sie ihm immer wieder schlaflose Nächte bereitete.

Er hatte häufig Leute unterstützt, indem er ihnen Geld für die Schule oder für Essen gegeben hatte. Er ging mit allem, was Gott ihm geschenkt hatte, großzügig um. Und doch ließ ihn der Gedanke, dass er etwas Konkreteres für die Straßenkinder tun musste, nicht mehr los.

Was kann ich tun? Das Problem ist gewaltig. Was kann ich nur tun? Wie kann ich helfen?

Er kämpfte innerlich. Einerseits wollte er den Straßenkindern helfen, andererseits wollte er sich mit seinem bequemen Leben begnügen.

Ich muss ihnen helfen. Ich muss etwas unternehmen. Ich. Ich muss etwas tun. Die Regierung tut was sie kann. Die Eltern dieser Kinder haben getan, was sie konnten. Wer weiß, was mit ihnen passiert ist. Aber jetzt muss ich reagieren. Ich muss mich engagieren. Gott, ich muss mich engagieren.

Moment, Moment. Denk mal gründlich darüber nach. Mach nichts Verrücktes. Du hast schwer für deine Familie und für dich gearbeitet. Du hast einflussreiche Freunde. Du hast ein florierendes Unternehmen. Wenn du jetzt etwas Unkluges tust, dann gefährdest du deine ganze Familie. Willst du das? Willst du sie in Gefahr bringen? Denk doch an deine Kinder, deine Frau an. Sie brauchen dein Geld. Sie brauchen deine Aufmerksamkeit. Welches Recht hast du, deine eigenen Kinder zu vernachlässigen und denen auf der Straße zu helfen? Schick den Bedürftigen weiter Geld. Aber übertreib es nicht. Warum solltest du auch? Jemand anderes wird sich um sie kümmern.

Aber ich muss es tun. Es liegt mir auf dem Herzen. Ich kann es nicht vergessen. Es ist ein Ruf. Ich weiß es. Tief in meinem Inneren weiß ich, dass das meine Bestimmung ist. Ich kann es nicht erklären. Ich weiß nur, dass ich es weiß. Bin ich nicht genau dafür verantwortlich? Für das, was Gott mir aufgetragen hat?

Hat Gott dir das aufgetragen? Hat Er wirklich gesagt, dass du das tun sollst? Hat er dir wirklich befohlen, ausgerechnet auf die Straßen zu gehen und diesen Kindern zu helfen? Du hast doch nur dieses Bauchgefühl. Diese Intuition.

Aber ich weiß, dass es richtig ist.

Richtig für wen? Für sie oder für deine Familie? Du tust doch schon jetzt so viel. Du bist so großzügig. Du gibst mehr Geld, als man von dir verlangen kann. Wenn du so etwas Extremes tust, um diesen Kindern zu helfen, wie zum Beispiel. dein Unternehmen aufzugeben, wie lange wird es Be-

stand haben? Du wirst dein ganzes Geld verlieren, und dann? Wer wird dich unterstützen? Du wirst anderen Leuten zur Last fallen. Wer wird sich um deine Frau und deine Kinder kümmern? Denk doch daran, was mit ihnen passiert, wenn dir das Geld ausgeht. Dann hast du ihre Zukunft zerstört. Wer bezahlt dann ihre Schulgebühren? Und ihre Kleidung? Wer finanziert ihre Karriere? Wie gerecht ist das? Sie werden sich gegen dich wenden, weil du so verrückt warst, diesen Straßenkindern zu helfen und deine eigenen Kinder verleugnest.

Aber wie kann etwas misslingen, wenn ich dem Ruf Gottes folge, den Er in mein Leben schickte? Wird Gott mich in den finanziellen Ruin führen? Wenn ich das tue, wird Er mich dann im Stich lassen? Wie kann jemand keinen Erfolg haben, wenn er Gott folgt?

Es gibt viel zu viele Straßenkinder. Hast du gezählt, wie viele es allein in Eldoret gibt? Tausende. Und in Nairobi? Noch unzählige mehr. Wie kann irgendetwas, was du tust, wirklich etwas bewegen? Wie kann irgendetwas was du tust, bei diesem riesigen Problem der Armut etwas bewirken?

Es wird für diejenigen, denen ich helfe, etwas bewirken.

„Denkst du schon wieder darüber nach?", fragte Esther, als sie zu ihrem Mann nach draußen kam. Sie lächelte und hoffte, ihm Erleichterung zu verschaffen.

„Ich muss etwas tun", sagte er.

Sie stand neben ihm und war stolz auf ihren Mann, wie jede Ehefrau, die ihren Mann bewundert. „Ich weiß nicht, was du vorhast, Baba Kaleli." Sie benutzte den Ausdruck *Baba Kaleli* und folgte damit der alten Tradition, dass Frauen ihre Männer nicht beim Vornamen rufen, sondern beim Namen ihres erstgeborenen Sohnes.

„Mach dir keine Sorgen", sagte Charles. „Ich bin mir nämlich auch noch nicht sicher, was ich vorhabe."

Sie lachte innerlich und sah ihm in die Augen. „Du bist wahrscheinlich der einzige Mensch in ganz Eldoret, der nachts aufsteht, um über die Straßenkinder nachzudenken. Weißt du das?"

„Es ist ein Anfang."

„Ein Anfang? Wofür?"

„Ich ... ich weiß nicht. Noch nicht. Aber bald. Das spüre ich. Bald weiß ich es."

Sie blieben eine Weile dort in der Stille stehen und fühlten die frische Brise in ihren Gesichtern, die sie umgab.

„Ich stehe zu dir, Charles. Das weißt du."

„Das weiß ich", sagte er.

Er umarmte sie, und sie ging zurück ins Bett.

Charles blickte wieder in den Himmel. *Gott, ich muss mir sicher sein, dass es von dir kommt. Ich war noch nie in der Innenstadt, um zu predigen, Gott. Ich weiß noch nicht einmal, was ich tun soll. Und wer soll mein Unternehmen führen? All diese armen Kinder. Sie können einflussreiche Leute werden, Gott. Sie können das werden, was du für sie geplant hast. Sieh dir an, was du aus mir gemacht hast. Hinausgeworfen, abgelehnt. Ich war nur bis zur achten Klasse in der Schule, und sieh was du für mich getan hast. Wenn du das für mich getan hast, warum kannst du das dann nicht auch für diese Kinder tun? Aber sie brauchen jemanden. Jemand muss ihnen helfen.*

Er fing an zu weinen. Sein unternehmerischer Erfolg war für jeden Kenianer – wie für die meisten Menschen auf der Welt – ein Traum. Und doch fand er bei der Arbeit, die er tat, keine Ruhe mehr. Ja, er diente Gott in der Kirche mit seinen Predigten, und er engagierte sich in vielen Bereichen. Aber es gab noch so viel mehr zu tun. Irgendetwas wartete auf ihn. Und Charles glaubte fest daran, dass es sein Einsatz für die Straßenkinder war. Er konnte sein Gefühl nicht erklären, und doch konnte er es nicht unterdrücken.

Gott, ich brauche Urteilsvermögen. Dein Urteil darüber, was ich tun soll. Soll ich mein Unternehmen weiterführen, oder soll ich diesen Straßenkindern helfen? Du wirst mich leiten, Gott. Ich bete um deine Führung, in Jesu Namen.

Charles öffnete die Augen. Die Entscheidung lag ihm schwer im Magen.

Wie kann ich ihnen helfen? Was ist mit meinem Unternehmen? Wer könnte es führen? Was passiert mit meiner Familie? Gefährde ich die Zukunft meiner Kinder? Wie soll ich mich entscheiden?

Charles betete. Aber die innere Unruhe blieb. Er hatte so viele Fragen, so wenig Frieden, so wenig Vertrauen in den Weg, den er einschlagen sollte.

Aber all das sollte sich am 17. November 1989 ändern.

Die Entscheidung

Charles war übel. Sein Magen schmerzte. Sein Herz pochte. Er schwitzte. Alles widerte ihn an. Schwindel, Orientierungslosigkeit, Erschöpfung. Er trank ein Glas Wasser, aber es half ihm nicht. Er lehnte sich in seinem Bürostuhl zurück, atmete ein paar Mal tief ein und versuchte sich zu entspannen. Es war keine Malaria. Vielleicht eine Grippe? Er schloss die Augen und hoffte, das Gefühl würde vorübergehen, er dachte, wenn er die Welt für einen Moment aussperren könnte, dann würde wieder Normalität einkehren und er könne wieder an die Arbeit gehen. Einen Augenblick lang ließ der Schmerz nach und Charles glaubte, er könne seinen Tag wie gewohnt fortsetzen.

Aber er hatte keine Ahnung, was an diesem Tag noch passieren würde.

Er stand vom Schreibtisch auf. Er fühlte sich nicht gut. Es war, als würde er seekrank werden. Er legte die Hände auf den Tisch um sich zu stützen. Das war keine Grippe. Das war etwas anderes. Etwas, das er noch nie erlebt hatte.

„Ich...", sagte er zu seiner Sekretärin, als er an ihrem Schreibtisch vorbei den Gang hinunter auf die Tür zuging. Sie konnte sehen, dass etwas nicht stimmte. Der für gewöhnlich optimistische und positive Charles war zu einem Mann geworden, den so viel belastete, dass er es nicht einmal schaffte, sie im Vorbeigehen anzulächeln.

„Mr. Mulli?", fragte sie.

„Ich gehe."

„Wann werden Sie zurückkommen?"

„Ich werde den Rest des Tages weg sein", sagte er, während er sich ihr zuwandte und ihr zulächelte, so gut er konnte. „Ich gehe nach Hause."

Das dachte er zumindest.

Charles in seinem Matatu Anfang der 1970er Jahre

Charles in seinem Büro über der Buchhaltung seines Unternehmens

Charles Mulli mit einem Teil seiner leiblichen Kinder. V.l.n.r.: Miriam, Charles mit Kaleli auf seinem Schoß, Grace, Jane, vor Charles sitzend: Ndondo

Charles Mulli als Kirchenältester und Vorsitzender mehrerer Schulausschüsse 1985. Charles ist der 4. von links.

Charles auf der Schnellstraße an der Stelle, an der er beschloss, dem Ruf Gottes zu folgen

Straßenkinder nach einem Einsatz. Charles nahm sie zum Two Rivers Dam, wo sie sich waschen konnten. Er predigte ihnen das Wort Gottes und gab ihnen zu essen. Danach machten sie Sport.

Charles mit einem Teil seiner Familie. V.l.n.r.: Mueni, Grace, Charles, Isaac, Ndondo, Esther, Kaleli, Dickson.

Charles Mulli bei der Arbeit

Eldoret: diese Autoreifen dienen den Straßenkindern als Bleibe für die Nacht

Straßenkinder

Charles' Haus in Eldoret, in das er die ersten Straßenkinder aufnahm. Im Hintergrund rechts sein Wagen aus früheren Zeiten.

Einsatz im Slum von Kitale. Die Kinder werden auf ein Gelände gebracht, wo Charles Essen ausgibt, Spiele mit ihnen macht und biblische Geschichten erzählt.

Straßenkinder beim Essen. Auf Charles' Grundstück in Eldoret wurde es allmählich eng.

Bau einer provisorischen Unterkunft in Ndalani

Erste provisorische Gebäude in Ndalani

Provisorischer Schlafraum für die Straßenjungen

Charles, Daudi und Esther mit einigen Straßenkindern in Ndalani

Das neue Schulgebäude in Ndalani aus massivem Stein wurde von Charles selbst entworfen.

Bauarbeiten

Die Steine für die neuen Gebäude werden von den ehemaligen Straßenjungen bearbeitet

Mädchen beim Abwasch in Ndalani

Glückliche, gerettete Straßenkinder

Er stieg in seinen Mercedes und fuhr los. Plötzlich verspürte er wieder diese Müdigkeit, ähnlich wie damals, als er in seinem Matatu-Unternehmen drei Tage und Nächte durchgearbeitet hatte. Das Schwindelgefühl war wieder da, die Erschöpfung. Das war nicht nur Unwohlsein. Das war etwas anderes. Warum fühle ich mich so schlecht? Er hielt bei der Ausfahrt des Parkplatzes an und wartete darauf, dass sich die Schranke öffnete. Er atmete tief durch, schloss die Augen und versuchte, sich zu entspannen.

Das nächste, was er wahrnahm, war, dass er auf der Schnellstraße fuhr. Geschockt darüber, dass er sich dort wiederfand, umklammerte er das Lenkrad, als könne er dadurch die Realität fassen. Er sah nach vorne auf die Straße, auf der er fuhr. Er sah sich nach allen Seiten um. Das war nicht der Weg zu seinem Haus. Wo war er? Und wie war er hergekommen? Er schaute kurz in den Rückspiegel und dann wieder nach vorne. Nichts kam ihm bekannt vor. Er schaute auf seine Uhr. Er war bereits seit einer halben Stunde unterwegs.

Und er erinnerte sich an nichts.

In der Ferne sah er ein Schild. Er war in Turbo. Er blinzelte. *Turbo? Stand das wirklich auf dem Schild?* Er sah genauer hin, als er daran vorbeifuhr. Tatsächlich. Turbo.

Charles war auf der Straße nach Uganda. Weit weg von Zuhause.

Er fuhr an den Straßenrand und hielt an. Sein Herz fing wieder an zu pochen. Was war in der letzten halben Stunde passiert? Er hatte keine Erinnerung daran. Es war, als wäre er verschwunden und jemand anderes hätte seinen Platz eingenommen.

Angenommen ich hätte während der Fahrt einen Bus oder einen Anhänger gerammt. Was wäre dann passiert? Ich hätte sie töten können. Ich hätte selbst ums Leben kommen können.

Tränen schossen ihm in die Augen. Er versuchte, das Geschehene einzuordnen. Und dann liefen ihm in einem Gefühlsausbruch die Tränen über das Gesicht. Drei Stunden lang blieb er an jener Stelle und weinte. Er dachte über sein Leben nach. Über seine Entscheidung.

Bleibe ich im Geschäft oder lasse ich alles hinter mir und helfe den Straßenkindern? Ich muss meine Entscheidung heute fällen. Hier und jetzt. Entweder mache ich diese Vision zu meiner Berufung, oder ich lehne ab und mache weiter wie bisher.

Er schloss den Mund und meinte, er müsse sich übergeben. Diese Kopfschmerzen waren wieder da. Tränen tropften auf sein Hemd.

Ich muss mich entscheiden. Welchen Weg soll ich einschlagen, Gott?

Aber statt Gottes Stimme zu hören, verspürte er eine enorme Spannung in seinem Inneren. Zwei Mächte trafen aufeinander, es war wie bei einem großen Tauziehen, bei dem die eine Seite wollte, dass er im Geschäft blieb und die andere Seite versuchte, ihn dazu zu bringen, den Straßenkindern zu helfen.

Sieh doch, wie es dir geht! Das ist doch verrückt! All das Gerede davon, das Unternehmen aufzugeben und dem, womit Gott dich gesegnet hat, den Rücken zu kehren. Du hast dich selbst krank gemacht. Du halluzinierst. Du hättest umkommen können auf dieser Schnellstraße, als du herumgefahren bist, ohne zu wissen, was du tust. Du bist dabei, dich umzubringen, verstehst du das? Du und nur du alleine machst dich verrückt, weil du das alles aufgeben willst. Siehst du nicht, was für eine Gefahr du für dich selbst geworden bist?

Aber das ist meine Berufung. Ich spüre es. Wie kann ich dem den Rücken zuwenden, wozu Gott mich berufen hat? Er hat mich aus der Armut geführt. Er hat mich aus meinem Schicksal als mittellosem Kind befreit und aus mir eine Erfolgsgeschichte gemacht. Es gibt nichts, aber auch gar nichts in meinem Leben, was mir nicht gelungen ist. Alles was ich anfange, ist gesegnet. Warum also sollte Gott wollen, dass ich all das hinter mir lasse? Warum bin ich innerlich so unruhig?

Weil Gott dich zu gar nichts beruft, deshalb. Wenn Gott wirklich wollte, dass du das tust, warum solltest du dann diese Unruhe verspüren, warum solltest du dich dann so krank fühlen? Wo ist dieser berüchtigte Schalom – dieser Frieden Gottes? Er ist nicht da, weil Gott bei dieser Entscheidung nicht dabei ist.

Doch. Ich folge Ihm Tag und Nacht. Er hätte mir diese Leidenschaft nicht gegeben, wenn Er nicht einen Plan hätte. Er hätte nicht diesen Traum, hilflosen Kindern zu helfen, in mich gepflanzt, wenn Er nicht wollte, dass er sich weiter entwickelt.

Wenn Er wollte, dass du das tust, dann hätte Er dich nicht diesen Lebensweg einschlagen lassen. Denk doch daran, wie viel du für die Armen tust. Wenn du dein Geld hergibst, was kannst du dann noch für sie tun? Du wirst gemeinsam mit ihnen tief fallen und deine Familie noch mitreißen. Dann wirst du dumm dastehen. Deine politischen und geschäftlichen

Beziehungen wirst du verlieren, und du wirst eine Schande sein, und zwar nicht nur für Gott und deine Familie, sondern auch für dich selbst. Du wirst dort enden, wo du angefangen hast, als Bettler auf der Straße. Deine Entscheidung, das aufzugeben, was Gott dir geschenkt hat, wird den Leuten zeigen, was es bedeutet, Gott den Rücken zu kehren.

Aber Gott hat mich doch nicht ohne Grund auf diesen Lebensweg geführt. Ich war eine Waise. Ich war ganz unten. Auf mir wurde herumgetrampelt. Und was ist jetzt? Ich habe eine Bestimmung. Ich habe eine Beziehung zu Jesus Christus. Ich habe ein Leben, das einen Sinn hat.

Deshalb solltest du so weitermachen wie bisher.

Nein, deshalb sollte ich aussteigen.

Aussteigen?

Niemand versteht diese Kinder besser als ich. Wenn andere Leute diese Kinder sehen, sehen sie hoffnungslose Fälle. Aber ich nicht. Wenn andere Leute sie sehen, sehen sie Diebe und Prostituierte und Drogendealer und Bettler. Aber ich nicht, ich sehe...

Was, was siehst du in ihnen?

Ich sehe...

Was siehst du?

Ich sehe mich.

Alles wurde still in ihm. Die vielen langen Nächte, die er draußen unter dem Sternenhimmel verbracht hatte, wenn er nicht schlafen konnte, ergaben allmählich einen Sinn. Dieses Gefühl, das er in seiner Seele trug, seit sein Auto gestohlen worden war, wurde ihm jetzt klar. Seine Leidenschaft, Kindern zu helfen, fügte sich in das Bild.

Du siehst dich selbst in den Straßenkindern?

Es geht nicht um mein Leben, es geht um ihres. Es geht nicht darum, wie sehr mich Jesus Christus gesegnet hat. Es geht darum, wie Er mich dazu benutzen kann, diese Kinder zu segnen. Sie haben Talente, so wie ich. Sie haben eine Zukunft, so wie ich. Ich kann nur einige von diesen Kindern erreichen. Aber wenn die Leute, die ich erreiche, wiederum andere erreichen... geht es nicht genau darum? Soll ich nicht genau das tun?

Du bist auf dem falschen Weg. Und du wirst nur dir selbst die Schuld geben können.

Ich will deine Stimme nicht mehr hören.

Das wirst du aber. Und du wirst dieses Auto wenden und zurück an die Arbeit gehen. Die Armen brauchen Geld.

Die Straßenkinder brauchen mich.

Die Armen brauchen deine finanziellen Mittel.

Die Kinder brauchen die Liebe Gottes durch mich.

Die Armen müssen sich aus diesem Elend befreien.

Die Kinder brauchen mich, um sie herauszuholen. Definitiv!

Er zitterte. Tränen flossen in solchen Strömen über sein Gesicht, dass er nicht mehr richtig sehen konnte. Der Schmerz in seinem Körper wurde immer schlimmer, und es kam ihm so vor, als würde er jeden Moment explodieren.

„Gott", rief er laut. „Hier bin ich. Sag mir, was Du mit meinem Leben anfangen willst."

Plötzlich war sein Körper wieder heil. Er hörte auf zu schwitzen. Seine Magenbeschwerden verschwanden. Er hatte keine Schmerzen mehr. Stattdessen spürte er Frieden. Es war, als hätte jemand sein Leben von Chaos in Ordnung verwandelt, aus Ungewissheit Zuversicht gemacht.

Obwohl Autos an ihm vorbeifuhren, empfand er eine merkwürdige Stille am Straßenrand.

„Gott, zeig mir den Weg. Hier bin ich, Herr. Ich bin bereit, mich durch den Glauben leiten und mich von Dir benutzen zu lassen. Ich bin bereit, alles zu geben, was in mir steckt. Gott, benutze mich."

Der innere Kampf war vorbei. Die Luft schien wie gereinigt. Er betrachtete die prachtvollen Bäume mit ihrem vollen Laub, die er gar nicht beachtet hatte, als er an den Straßenrand gefahren war. Eine Energiewelle durchlief seinen Körper.

Das ist meine Entscheidung. Ich werde die Geschäftswelt verlassen und den Straßenkindern helfen.

Die Angst davor, wie er seine Familie versorgen sollte, war abgefallen. Die Fesseln der Sorge waren gesprengt. Er lachte, während er noch in seinem Auto saß. Dann sang er ein Lied der Zuversicht, die Menschen haben, die mit Gott gehen, und um Seinetwillen alles aufgeben.

Danke Herr, ich werde diesen Weg mit Dir gehen. Und Du mit mir. Ich werde nur Dir dienen. Ich werde mein Bestes geben.

Er fuhr über die nahe gelegene Brücke, wendete den Wagen und fuhr zurück nach Eldoret, um seiner Familie die Neuigkeit mitzuteilen.

„Du kommst früh nach Hause“, sagte Esther, als Charles das Haus betrat. Sie wollte gleich auf den Markt gehen und war damit beschäftigt, ihre Sachen zusammenzusuchen. Deshalb war sie an Charles' Antwort nur halb interessiert. Er machte eine Pause. Da hätte Esther verstehen müssen, dass der Grund, warum er so früh nach Hause kam, etwas Unvorhergesehenes war. Charles nickte. Er musste es ihr sagen.

„Es war ein interessanter Tag“, sagte Charles und suchte nach den richtigen Worten.

„Worum geht es?“, fragte sie. Charles suchte nach Worten. Sie küsste ihn auf die Wange. „Lass uns darüber reden, wenn ich zurück bin“, sagte sie mit einem Lächeln. Sie legte ihre Hand auf seine Stirn. „Geht es dir gut?“ Sie sah ihn genauer an. „Baba Kaleli, geht es dir gut?“

Wird sie sich aufregen? Wird sie sich fühlen, als würde ihr der Boden unter den Füßen weggezogen? Wird sie mich unterstützen? Ich weiß, dass sie zu mir stehen will, aber das ist das Höchste, was ein Mann von seiner Frau verlangen kann. Wie wird sie reagieren?

Er sah sie an und fühlte sich unsicher während er vor der Frau stand, die er liebte. Er hoffte, dass das, was gleich passieren würde, nicht alles verändern würde.

Sie lächelte wieder. „Charles, du siehst so...“ Sie sah sein Gesicht genau an, schaute ihm in die Augen. „Du siehst so... ich habe diesen Blick noch nie zuvor gesehen.“ Sie hörte auf zu lächeln. Ihre Neugierde wurde abgelöst von einem tiefen Gefühl der Verwunderung. Da war etwas in seinen Augen, etwas anderes, etwas Gewinnendes.

Etwas Unbezwingbares.

„Wir sprechen darüber, wenn ich wieder da bin,“ sagte sie noch einmal flüsternd, betrachtete seine Augen und fragte sich, was hinter ihnen vorgehen mochte.

Dann drehte sie sich um und verließ das Haus.

Familie Mulli versammelte sich zum Abendessen. Charles saß oben am Tisch. Er dankte Gott für die Mahlzeit und sie fingen an zu essen. Die Kinder redeten durcheinander über die Schule, Mädchen, Jungen, über Fußball. Es war ein gewöhnliches Abendessen bei Familie Mulli.

Dann kam der Moment.

„Ich muss euch etwas mitteilen“, sagte Charles. Eine plötzliche Stille erfüllte den Raum. Es war, als wären sie alle zu Statuen geworden, sie starrten Charles an und wussten in ihrem Unterbewusstsein, dass die Worte, die er gleich an sie richten würde, ihr Leben für immer verändern würden.

Charles räusperte sich. Sie sahen ihn immer noch wie gebannt an und versuchten, irgendeinen Hinweis auf das Bevorstehende zu erhaschen. In seinen Augen lag so ein bestimmter Ausdruck. Wenn sie später daran zurückdachten, hatten sie ihn bereits bemerkt, als er an jenem Tag nach Hause kam. Das, zusammen mit der Tatsache, dass er an jenem Tag früher nach Hause kam, hätte ihnen ein Zeichen sein müssen. Aber nun da sie beim gemeinsamen Abendessen saßen und ihm wieder in die Augen schauten, erkannten sie, dass das, was ihm auf dem Herzen lag, ihr Leben genauso stark beeinflussen würde wie seines.

Auch Esther sah ihn genau an. Irgendetwas an ihm war anders. Der junge Mann, den sie zum ersten Mal gesehen hatte, als sie auf der Ananasplantage gearbeitet hatte, sah nun ganz anders aus.

„Wir sind in dieser Familie gesegnet worden“, sagte er, während er jeden einzelnen ansah. „Aber gesegnet zu werden ist nicht das oberste Ziel im Leben. Ich kann schwer arbeiten, um euch ein größeres Haus und größere Autos und längere Ferien zu verschaffen, aber geht es wirklich darum? In dieser Familie dienen wir Gott. Und wenn Gott uns in eine andere Richtung führt, dann müssen wir uns entscheiden, entweder Ihm zu folgen oder bei dem zu verharren, was wir bereits zuvor hatten.“

Sie ahnten es alle. Das war keine Mitteilung darüber, dass er ein neues Geschäft anfangen würde oder dass sie umziehen würden. Das war etwas Ernstes, etwas Tiefgreifendes, ein radikaler Kurswechsel.

„Wie ihr wisst, mache ich mir schon seit Jahren Gedanken über die Straßenkinder.“

Dieses Wort war der erste Hinweis. Sie fragten sich, ob es etwas Gutes oder etwas Schlechtes für sie bedeutete. Straßenkinder. Straßenkinder. Es hallte in ihren Gedanken wider als Vorbote für das, was ihnen bevorstand.

„Ich wurde als Kind im Stich gelassen. Und jetzt, da ich älter bin, passiert etwas in meinem Inneren, wenn ich verlassene Kinder sehe, und das kann ich nicht ignorieren. Ich habe nachgeforscht. Ich habe gebetet. Jahrelang. Und doch habe ich keine klare Antwort bekommen. Bis heute. Ein Mann kann seine Berufung nicht ignorieren. Er kann es versuchen. Aber sie wird ihn nicht loslassen. Und wenn er ihr nicht folgt, wird er nicht die Erfüllung finden, die Gott ihm eigentlich zugedacht hatte. Deshalb habe ich eine Entscheidung getroffen. Es ist eine Entscheidung, die unsere ganze Familie betrifft."

Das war das entscheidende Wort. Die eigentliche Frage war *wie sehr* sie als Familie davon betroffen sein würden. Sie warteten still. Charles atmete tief durch und wartete einen Augenblick, bevor er die Worte sprach, die nicht nur auf sie selbst, sondern auch auf unzählige andere ihre Auswirkung haben würden.

„Ich habe beschlossen, alle meine Unternehmen zu verkaufen und mein Leben der Hilfe für die Straßenkinder zu widmen."

Erste Kontaktaufnahme

Stille kann betäubend sein. Die Kinder der Familie Mulli können ein Lied davon singen. Nachdem Charles seine Mitteilung gemacht hatte, sagte niemand auch nur ein Wort oder ließ erkennen, wie er sich fühlte. Kein Freudenausbruch, keine hängenden Schultern der Verzweiflung. Nur Schweigen. Nun, da er sein Vorhaben offengelegt hatte, konnten sie darüber nachdenken und sich fragen, wie sehr es nicht nur Charles' Leben, sondern auch ihr eigenes verändern würde. *Den Straßenkindern helfen? Wie? Müssen wir da mitmachen? Warum müssen wir die Unternehmen verkaufen, um ihnen zu helfen?* Sie hätten die Entscheidung in Frage gestellt, wenn sie nicht gespürt hätten, mit welcher Überzeugung er diese Worte gesprochen hatte.

Je länger sie warteten, desto unsicherer fühlte sich Charles. Der anfängliche Schock über die Neuigkeit war wieder verflogen. Und mit jedem weiteren Augenblick fühlten sie sich alle zusammen immer unbehaglicher. Die Erlösung kam durch die älteste Tochter Jane.

„Wir werden für dich beten, Dad“, sagte sie und brach damit die Sprachlosigkeit, in die er sie versetzt hatte.

Ihre Worte brachten das Leben zurück an den Tisch.

„Das ist eine ziemliche Veränderung“, flüsterte Esther. Die Art, wie sie es sagte, ließ Charles nicht erkennen, ob sie das Vorhaben befürwortete.

„So ist es“, sagte er und versuchte erfolglos, ihrem Blick zu begegnen.

Dann wurde alles wieder still. Jeder hatte die Möglichkeit, die Tragweite der Entscheidung zu begreifen. Manche brauchten etwas länger. Aber für die anderen stellte sich die bange Frage, wie diese Entscheidung ihr Leben verändern würde.

„Wie kann er uns das antun?“, fragte Jane mit Nachdruck, um Grace klar zu machen, dass sie sich nicht nur Sorgen machte, sondern auch verärgert war über das, was passieren würde. Sie schloss die Tür hinter sich und ging im Zimmer auf und ab, während sich ihre Schwester auf das Bett setzte. „Weißt du, was das bedeutet? Hast du eine Ahnung? Was ist los mit ihm?“

Grace sagte nichts. Das war auch nicht nötig. Sie dachte dasselbe wie ihre Schwester.

„Und warum hat er uns nicht zuerst gefragt? Und warum *alle* Unternehmen verkaufen? Warum kann er nicht nur einen Teil seiner Zeit auf das neue Projekt verwenden und einen Kompromiss machen? Aber alles verkaufen?“

Grace versuchte, zu begreifen, was da passierte. Die Nachricht war nicht das Problem. Das Problem war, dass ihre Zukunft nach dem, was ihr Vater gesagt hatte, nun in Gefahr geraten war.

„Und die Schule? Überleg doch mal. Wo soll das Geld herkommen? Und was passiert, wenn wir die Unternehmen verkaufen? Wovon sollen wir leben?“ fragte Jane und machte eine kurze Pause. „Woher hat er das? Hat Gott ihm das wirklich gesagt? Würde Gott unser Leben so in Gefahr bringen?“ Der Tonfall ihrer Stimme veränderte sich von Neugier über Enttäuschung zu Verzweiflung. Es gab keinen Ausweg. Sie konnten an der Entscheidung ihres Vaters nicht rütteln. Das wussten sie alle. Sie fühlten sich wie im falschen Zug, der nun in eine Richtung fuhr, die sie nie erwartet oder gar gewollt hatten.

„Und was ist mit unseren Freunden?“, fragte Jane. „Wenn wir keine schönen Autos mehr haben, keine schicken Kleider, keine schönen Dinge mehr. Meinst du, sie werden noch mit uns sprechen?“ Sie hielt inne, und eine Welle der Angst erfasste sie. „Werden wir noch Freunde haben?“

Jane setzte sich und vergrub ihr Gesicht in den Händen, als könnte sie dadurch die Realität ausblenden, wenn auch nur für einen Augenblick, und in das Leben zurückkehren, das sie noch vor wenigen Stunden geführt hatte. Sie schüttelte den Kopf und hoffte, sie könne sich dadurch die Wirklichkeit wegwünschen, die ihr gerade eröffnet worden war und hoffte aufzuwachen und zu merken, dass all das Elend nur ein Traum gewesen war.

Sie sah Grace an, die geradeaus starrte. Dass ihr die Worte fehlten, war Beweis genug, dass es in ihr arbeitete. „Grace?“, fragte Jane. „Grace, woran denkst du?“

„Ich habe Angst“, sagte sie.

„Ich auch.“

„Alles verkaufen?“, fragte Esther, als sie auf den Hof hinauskam, um Charles unter dem Nachthimmel zu treffen. Die Kinder schliefen. Sie hatte sich den Moment sorgfältig ausgesucht, denn sie wollte in der Familie keinen Streit heraufbeschwören.

„Es ist das Richtige, Esther“, sagte Charles. Er streckte seine Hand aus. Er wollte, dass sie sich neben ihn stellte. Aber sie zögerte und zeigte damit, dass sie diese Entscheidung weder erwartet hatte noch unterstützte.

„Kannst du dich von deinem Geld trennen? Von deinem Haus? Deiner Familie?“

Deiner Familie? Charles wandte sich um und sah in ihr besorgtes Gesicht. „Es geht nicht darum, mich von meiner Familie zu trennen, Esther. Ich würde niemals... Das könnte ich nicht. Nicht dich, nicht die Kinder. Niemals.“

Er war sich seiner Entscheidung sicher. So war das eben bei Männern wie Charles. Wenn sie sich für etwas entschieden hatten, gab es keine Diskussion mehr. Kein Zurück. Und dieses Mal war es stärker als je zuvor.

„Und hast du dir überlegt, wie du uns versorgen willst? Hast du eine Ahnung, wie du ohne Geld leben willst? Hast du dir Zeit genommen, diese Entscheidung zu planen, bevor du uns so damit überfällst?“

Charles hatte darauf keine Antwort. *Wir wollen auf den Herrn vertrauen* schien ihm jetzt nicht zu passen. Er hatte keinen Plan. Aber trotz allem, was ihn das Geschäftsleben gelehrt hatte, brauchte er hierfür keinen, momentan noch nicht, nicht im Voraus. Er musste seine Zukunft nicht ordentlich geplant vor sich sehen, um den ersten Schritt zu tun. Das Vertrauen zu Jesus Christus, das er in sich trug, hatte ihn bisher durchgetragen. Aber nun lagen neue Herausforderungen vor ihnen. Doch während Charles überzeugt davon war, dass das was vor ihnen lag, um vieles großartiger sein würde, als das, was sie zurückgelassen hatten, konnte er sehen, dass diese Leidenschaft verständlicherweise nicht sofort auf seine Frau übergesprungen war.

„Du stehst doch hinter mir, oder?“, fragte Charles mit einem Anflug von Sorge in der Stimme.

„Baba Kaleli, was machst du da? Dein ganzes Geschäft? Alles, wofür du gearbeitet hast? Weißt du nicht mehr, wo du herkommst? Wer du warst? Willst du wieder dort landen?“

„Darum muss ich es tun. Nicht für uns. Für sie.“

„Sind sie wichtiger als wir?“ Das war keine Frage. Sie stand nun unmittelbar neben ihrem Mann und hatte ihn vor eine Entscheidung gestellt. Sie wollte eine eindeutige Antwort auf die Frage, ob Straßenkinder, die er nicht kannte, ihm in seinem Leben wichtiger geworden waren als seine Familie, die er kannte.

„Natürlich nicht.“

„Und doch bist du bereit, mehr für sie zu tun als für uns.“

„So ist es doch nicht.“

„Wie ist es dann, Baba Kaleli? Wie ist es dann?“

Sie verdiente eine Antwort auf all diese Fragen. Sie hatte ein Recht darauf. Sie musste mit Zuversicht den Weg beschreiten können, auf den ihr Mann sie mitnehmen wollte. Es gab da nur einiges, das schwer zu erklären war. Wenn er nur ihr Herz erreichen und ihr die Gewissheit vermitteln könnte, die er hatte, dass das, was auf einer unteren Ebene keinen Sinn ergab, auf höchster Ebene sehr wohl zusammenpasste.

„Stehst du zu mir, Esther?“, fragte er.

Sie sah zu den Sternen auf. Noch vor wenigen Tagen hatten sie genau hier gestanden und dieselben geheimnisvollen Lichter im Universum betrachtet. Damals war sie davon überzeugt gewesen, dass sie mit ihrem Mann zusammen ein Team bildete. Aber jetzt hatte sie ein anderes Gefühl – nicht Hass, sondern Zweifel, was manchmal genauso schlimm ist.

„Esther“, sagte er noch einmal. „Stehst du zu mir?“

Charles ging nach oben in sein Bett und dachte über die Stimme des Herrn nach, die er am Nachmittag gehört hatte. Esther schlief. Und als er sich hinlegte, schien es ihm, dass sie trotz der körperlichen Nähe noch nie so weit entfernt voneinander gewesen seien.

Ich bin nichts Besonderes, Gott. Ich bin wie jeder andere. Du weißt, dass das die schwierigste Entscheidung meines Lebens ist. Und doch mache ich mir keine Sorgen. Warum ist das so, Gott? Warum verspüre ich weder

Panik noch Angst, obwohl sich mein Leben bald von Grund auf ändern wird?

Morgen fangen wir mit der Planung an, Du und ich. Wir werden einen Plan für die Straßenkinder aufstellen. Für die, die verstoßen wurden. Du wirst sie retten.

Aber Gott, ich will auch für meine Familie beten. Ich bin für sie verantwortlich. Das weißt Du. Und Du kennst ihre Herzen. Du hast mich gerufen. Du hast uns gerufen. Du bist treu.

Ich frage mich, was morgen sein wird.

Der nächste Morgen fing an wie jeder andere Tag auch. Charles stand als erster auf. Esther machte Frühstück für die Familie. Nach und nach standen die Kinder auf. Die älteren machten sich für die Schule fertig. Alles schien wie immer.

Aber es fühlte sich anders an.

Diese bedrohliche Frage hing über ihnen: Wie würde diese Entscheidung ihr Leben verändern? Das Frühstück verlief sehr still. Charles verabschiedete sich von Jane, Grace, Miriam, Ndondo, Kaleli und Mueni, als sie das Haus verließen. Esther räumte das Frühstück ab, während Isaac und Dickson ins Nebenzimmer gingen, um zu spielen.

„Das ist also der erste Tag“, sagte Charles mit einem Lächeln.

„Ja“, sagte Esther ohne von ihrer Arbeit aufzusehen.

„Ich bin oben, ich plane, wie ich das Geschäft auflösen will.“

Esther nickte zum Zeichen, dass sie es gehört hatte, nicht zum Zeichen der Zustimmung.

„Heute Nachmittag werde ich losfahren. Auf die Straße. Zum ersten Mal,“ sagte Charles mit einer Stimme, die seine Vorfreude nicht leugnen konnte.

Wieder ein Nicken.

„Also sehen wir uns zum Mittagessen?“

Charles wartete, aber er bekam keine Antwort.

Bis zum Mittag war es Charles gelungen, eine Strategie für seinen Ausstieg aus dem Geschäftsleben zu entwickeln. Er dachte, dass es doch seltsam war, wie viele Jahre er damit zugebracht hatte, alles aufzubauen, und nun gab er alles in nur wenigen Stunden auf.

Charles arbeitete sich danach einen Plan aus, wie er auf die Straßenkinder zugehen wollte. Die Straße und die Schulen waren die besten Orte, sie zu erreichen. Auf den Straßen waren die Kinder, die nichts zu essen und kein Zuhause hatten. Die Kinder in den Schulen hatten wahrscheinlich genug zu essen und ein Zuhause, bei ihnen würde er sich auf das Predigen konzentrieren. Er plante die Details noch genauer. Und als er seinen Plan fertig ausgearbeitet hatte, legte er seinen Stift nieder und stand von seinem Schreibtisch auf.

Es war Zeit, auf die Straße zu gehen.

Am Nachmittag des 19. November fuhr Charles die Straßen der ärmeren Gegenden von Eldoret entlang und suchte nach bedürftigen Kindern. Es war nicht schwer, sie ausfindig zu machen, denn sie waren überall. Schmutzige Kleider, schmutzige Gesichter, die Hoffnungslosigkeit in ihren Augen. Er hielt seinen Wagen an. Fünf Jungen saßen am Straßenrand und sahen ihn argwöhnisch an. Drei Mädchen auf der anderen Straßenseite warfen ihm denselben Blick zu.

Charles stieg aus. Er lächelte. Er streckte seine Hände mit den Handflächen nach oben aus und grüßte sie mit dem Gruß, den er erfunden hatte: *„Oo-ee!“* Es war weder Suaheli noch Englisch. Nur ein Gruß, den er sich ausgedacht hatte, um sich für die Kinder erkenntlich zu machen. Die Kinder gaben keine Antwort. Charles griff auf die Ladefläche seines Wagens, wo er Brot, Milch und Limonade hatte. Er zog die Nahrungsmittel heraus.

Das verstanden die Kinder.

„Wollt ihr etwas zu essen? Kommt, esst mit mir.“

Ihr Hunger war größer als ihre Angst. Ihre ersten paar Schritte waren vorsichtig. Sie ließen nie den Blick vom Essen ab. *Warum macht er das? Was will er von uns?*

„Ich heiße Mulli,“ sagte Charles. „Hier, das ist für euch.“ Er brach das Brot für sie in kleinere Stücke. Sie streckten ihre schmutzigen Hände nach dem Brot aus und nahmen es von ihm an. Sie stopften es in ihre hungrigen Münder, und noch bevor sie die erste Handvoll geschluckt hatten, streckten sie ihre Hände schon nach mehr aus. Eine Hand nach der anderen griff nach dem Brothaufen, bis nichts mehr übrig war.

Sie sahen zu ihm auf und fragten sich, ob er wohl noch mehr hatte. Ihre Augen sahen nun anders aus. Es lag etwas in ihrem Blick, das vorher nicht dort gewesen war. Vielleicht ein Anflug von Hoffnung.

„Natürlich!", sagte Charles lächelnd. „Es gibt noch mehr Brot."

Er zog noch einen Laib hervor, der in wenigen Augenblicken verschlungen wurde. Er lachte, während die Kinder das Brot aßen. Auch die Kinder lachten und stopften ihre Münder so voll bis nichts mehr hinein ging. Sie kicherten, als sie immer mehr Brot in ihre ausgehungerten Körper hineinstopften.

Charles griff auf die Ladefläche seines Wagens, schenkte Milch in Becher ein und gab jedem der Kinder einen.

„Das ist für euch", sagte Charles. Als sie die Milch ausgetrunken hatten, nickten sie und sagten ein schnelles *Asante*.

„Möchtet ihr ein paar Geschichten hören?", fragte Charles.

Die Kinder sahen sich an als ob sie darüber nachdachten, was seine Beweggründe waren.

„Warum wollen Sie uns Geschichten erzählen?", fragte einer von ihnen.

„Weil ich euch erzählen möchte, dass Jesus euch lieb hat."

„Jesus?"

„Ja, Jesus."

„Er hat uns lieb?"

„Genau", sagte Charles lächelnd.

„Sie wollen uns Geschichten erzählen von Jesus, der uns lieb hat?"

„Ganz genau", sagte Charles mit einer Stimme, die seine Gewissheit darüber ausdrückte, dass sich die Kinder ihm anschließen würden. „Und es gibt auch etwas zu essen. Es ist nicht weit von hier. Wir können gleich hingehen, außer ihr habt andere Pläne für den Tag heute. Wenn ihr keine Zeit habt, kann ich das verstehen."

„Wir haben nichts anderes vor."

Charles hörte nicht hin. „Denn, wenn ihr keine Zeit habt..."

„Wir kommen", sagten sie. „Wir können gleich mitkommen."

„Das ist großartig", sagte Charles. Der erste Kontakt war gleich ein Erfolg. „Vielen Dank, dass ihr mitkommt."

Sie gingen zu der Kirche, die Charles und der britische Missionar gegründet hatten. Sie setzten sich auf den Rasen, tranken Limonade, aßen Brot und hörten Geschichten. Charles sprach von Jesus, der ein makelloses Leben geführt hatte und gestorben war, damit sie eine Beziehung zu Gott haben konnten. Sie lauschten ihm bis spät am Abend.

„Was kann ich für euch tun?“, fragte Charles. Sie verstummten. Sie spürten, dass der Wind zunahm.

„Für uns?“, fragte der Junge.

„Ja, was braucht ihr? Ich kann euch morgen wieder etwas zu essen bringen, und ich kann euch noch mehr Geschichten erzählen oder euch ein paar Lieder beibringen. Ich will euch helfen. Was kann ich tun?“

Sie sagten ihm, sie bräuchten Kleider und einen Schlafplatz.

„Ich werde mir etwas einfallen lassen“, sagte Charles. „Es dauert vielleicht eine Weile, aber wir werden eine Lösung für euch finden.“

Sie nahmen noch mehr Brot als sie das Kirchengelände verließen und dankten Charles, dem Mann, der aus dem Nichts aufgetaucht war, um ihnen zu helfen, den vergessenen Straßenkindern. Einer der Jungen blieb stehen und kam zu Charles zurück.

„Ja,“ sagte Charles.

„Kann ich Sie etwas fragen?“

„Natürlich.“

„Warum tun Sie das?“

„Euch Essen geben?“

„Essen geben, Geschichten erzählen, uns einladen, wiederzukommen. Warum machen Sie das für uns?“

„Weil Jesus euch lieb hat.“

„Und Sie?“

„Ich auch.“

„Sie kennen mich doch gar nicht.“

„Ich muss dich nicht kennen, um dich lieb zu haben“, sagte Charles.

„Hat Jesus mich auch so lieb wie Sie?“

„Er liebt dich noch viel mehr.“

Diese Worte blieben dem Jungen die ganze Nacht im Gedächtnis.

Ein neues Zuhause

Charles baute sein gutes Verhältnis zu den Straßenkindern weiter aus, brachte ihnen Nahrung und Kleidung. Die meisten Kinder kamen zur Kirche, um mit ihm Zeit zu verbringen, seinen Geschichten zu lauschen über den Mann namens Jesus, und sie erkannten die Beziehung zwischen Gott im Himmel oben, der sie liebte, und Charles Mulli hier unten auf der Erde, der ihnen das klar machte.

Sie spielten Fußball und Volleyball auf dem Kirchengelände und aßen am Mittag zusammen ihr Brot, tranken ihre Milch und die Limonade. Ein Teil des Problems bei Straßenkindern war, dass ihr Magen keine feste Nahrung verdauen konnte, und Charles musste ihnen ganz allmählich ihre bisherige Ernährungsweise abgewöhnen, mit der sie gerade noch überleben konnten und sie an tägliche Nahrung gewöhnen. Er bat Esther, ihm zu helfen, die Kinder mit Essen zu versorgen.

„Ich möchte, dass du die Kinder triffst", sagte er.

Zwei Wochen waren vergangen seit Charles seine neue Aufgabe begonnen hatte. Er hatte Esther die Zeit gegeben, die sie brauchte, um sich des Ausmaßes der Veränderung bewusst zu werden. Sie kämpfte zwischen den beiden verschiedenen Leben – dem Leben, das sie kannte als Mutter und Frau eines erfolgreichen Geschäftsmannes, und dem anderen Leben, von dem sie überhaupt nichts wusste.

Sie nickte.

„Vielleicht könntest du etwas für sie kochen?"

Sie nickte wieder.

„Danke", sagte er. „Das wird den Kindern gefallen. Sie werden dein Essen lieben."

Esther ging in die Küche und bereitete ihre erste Mahlzeit für die

Straßenkinder zu. An diesem Nachmittag nahm Charles Esther mit und stellte sie den Kindern vor. Sie sahen so krank aus, so müde und unsauber. So verlassen. Sie brauchten etwas zu essen. Sie brauchten jemanden, der ihre Kleider wusch. Sie brauchten einen Schlafplatz.

Sie brauchten eine Mutter.

Sie schaute still zu, als die Kinder aßen. Es war ein verzweifeltes Essen, nicht das ruhige, entspannte Tempo, mit dem Leute essen, die wissen, dass sie eine weitere Mahlzeit bekommen werden. Sie dankten ihr und gingen mit Charles. Esther räumte die Überreste auf und sah zu, als Charles mit den Kindern ein Spiel machte. Als sie wieder nach Hause kam, fragte sie sich, wie es wäre, allein zu sein. Auf der Straße zu sein.

Ohne Familie zu sein.

Zwei Monate später kamen dreißig Kinder täglich auf das Kirchengelände. Esther brachte immer etwas zu essen mit, und während des Essens hatte sie auch die Gelegenheit, etwas über die Kinder zu erfahren. Sie begann, Mädchen zu beraten, die versuchten, sich aus der Prostitution zu befreien. Zuerst war es schrecklich, die Geschichten aus dem Leben zu hören, dem sie entkommen wollten. Aber je länger sie ihnen zuhörte, desto mehr stellte sie fest, dass sie ihnen unbedingt helfen wollte. Sie wollte das Neue wagen.

Sie wollte dazu beitragen, sie positiv zu verändern.

Charles erschloss eine etwa 40 Ar große landwirtschaftliche Fläche auf dem Kirchengelände und brachte den Kindern bei, Kraut, Karotten, Zwiebeln und Tomaten anzupflanzen. Die Jungen schliefen in einem kleinen Gebäude auf dem Kirchengelände, was eine willkommene Veränderung gegenüber dem Schlafen im Freien bei Regen und Kälte war. Jeden Tag spielte Charles mit ihnen, brachte ihnen Lieder bei und erzählte ihnen Geschichten von Jesus Christus.

„Wir können sie nicht in unser Haus mitnehmen", sagte Esther zu Charles, als sie am Rand des Rasens standen und den Kindern beim Fußball spielen zuschauten. Sie waren zwischen sieben und zwanzig Jahre alt und spielten alle wie Freunde zusammen, fast als wären sie Geschwister.

„Sollen wir sie etwa zurück auf die Straße schicken?", fragte Charles und wünschte sich, es gäbe eine Lösung, sie alle bei sich aufzunehmen und sie vor den Drogen, den Straßenbanden, der Prostitution und der

Gewalt auf den Straßen beschützen zu können. „Es sind so viele. So viele."

„Ich kann diese Kinder nicht...," ihre Stimme versagte. Sie sah die jungen Mädchen hinter dem Fußball her rennen und erkannte, dass bereits in wenigen Stunden die Dunkelheit einsetzen würde und einige von ihnen dann wahrscheinlich mit anderen Dingen beschäftigt sein würden. „Ich kann diese Mädchen nicht zurück auf die Straße lassen." Sie schlug sich die Hand auf den Mund. „Wir müssen etwas unternehmen. Wir sollen sie nicht alle aufnehmen. Aber wir können mit Sicherheit einige aufnehmen."

„Wir können heute Abend drei mitnehmen", sagte Charles. „Ich denke, das würde gehen."

„Ja. Wir nehmen drei mit." Sie sah die Kinder an. „Aber welche drei? Wie können wir entscheiden, wer mitkommen darf und wer zurück auf die Straße muss?"

Nachdem sie gebetet hatten, wählten sie einen siebenjährigen Jungen namens Wanjohi und zwei Mädchen namens Susan Wanjiku und Washeke aus.

Sie brachten die drei Kinder am Abend mit nach Hause. Es war das erste Mal, dass ein Straßenkind das Haus der Familie Mulli betrat. Sie kamen durch die Tür ins Haus und betraten eine völlig neue Welt.

Charles' eigene Kinder kamen nach unten, um sie zu treffen, ihren neuen Bruder und ihre neuen Schwestern.

„Hallo", sagte Kaleli, der genug Mut hatte, das Eis zu brechen.

Die Neuankömmlinge schwiegen. Sie hatten solch ein Haus noch nie zuvor gesehen, geschweige denn von innen. Und sie waren noch nie in einer Familie mit acht Kindern gewesen.

„Das sind eure neuen Freunde", sagte Charles zu den drei Neuankömmlingen. „Das sind meine Kinder."

Er stellte ihnen seine leibliche Familie vor und nahm sie mit nach oben in ihre Schlafzimmer. Die Zimmer im oberen Stockwerk waren umgeräumt worden, so dass die Kinder, die früher ihr eigenes Zimmer gehabt hatten, nun ihr Zimmer mit einem ihrer Geschwister teilten.

Als es Zeit zum Schlafengehen war, brachte Charles die drei neuen Mitglieder seiner Familie zu Bett.

„Leben wir jetzt hier bei Ihnen?", fragte Susan.

„Ja, das ist euer neues Zuhause."

„Kann ich morgen auch hier bleiben?"

„Ja, Susan. Morgen kannst du auch hier bleiben."

„Wann muss ich wieder gehen?"

„Du musst nicht wieder gehen. Du kannst hier bleiben."

„Mir gefällt es hier", sagte sie. „Es ist besser hier. Ich fühle mich hier sicher, Mr. Mulli."

„Darüber bin ich sehr froh. Und du musst mich nicht mehr Mr. Mulli nennen. Du kannst mich Daddy nennen."

Das war neu. Es war etwas Fremdes für Susan.

„In Ordnung. Bist du mein neuer Daddy?"

„Ja, Susan. Ich bin sehr, sehr stolz darauf, dein Daddy zu sein."

Er gab ihr einen Gute-Nacht-Kuss, machte das Licht aus und schloss die Tür.

„Was macht ihr da?", fragte sie, mit einem Nachdruck in ihrer Stimme, der Esther zu verstehen gab, dass sie es für verrückt hielt. „Euer Geld weggeben? Warum hältst du deinen Mann nicht davon ab?"

Esther stand im Freien unter dem Abendhimmel mit der Frau eines Geschäftsfreundes. Sie kannten sich schon lange über ihre Männer, die zusammen gearbeitet hatten.

„Wir helfen ihnen", sagte Esther. Es klang mehr wie das Eingeständnis einer Niederlage als die überzeugte Mitteilung, dass man etwas Gutes tat.

„Meinst du, das ist das Richtige? Alles herzugeben, wofür ihr gearbeitet habt?"

„Es ist wichtig für die Kinder."

„Welche Kinder? Eure oder die auf der Straße?"

Esther atmete tief durch und versuchte, sich zu beruhigen. Sie war bereit, ihrer Freundin zu erklären, dass sie selbst es auch für einen Fehler hielt. Dass das, was Charles tat, verrückt war. Was für einen Weg hatten sie da eingeschlagen?

Dieselbe Situation hatte sie mit anderen Geschäftsfreundinnen auch schon erlebt. Sie hatte versucht, ihnen zu erklären was sie taten und warum sie es taten. Aber keine ihrer Freundinnen hatte sie verstanden. Woche um Woche schrumpfte die Zahl ihrer Freunde. Die Mullis wurden von ihren Freunden abgelehnt, als ob sie eine ansteckende Krankheit hätten. Nun war Esthers letzte Freundin zu Besuch gekommen.

Aber es kam ihr mehr wie eine Warnung vor: Ändere deinen Lebensstil oder wir sind fertig miteinander.

„Die Straßenkinder sind auch wichtig“, sagte Esther.

„Das glaubst du doch selbst nicht, und das weißt du auch. Du machst das jetzt seit zwei Monaten. Du kennst eure finanzielle Lage. Wie lange könnt ihr das noch machen? Ein Jahr? Vielleicht zwei Jahre? Und dann werdet ihr genauso sein wie sie. Du wirst mich um Hilfe bitten.“

Esther fühlte sich schlecht. Sie wusste, dass alles, was ihre Freundin sagte, stimmte. Je nachdem, wie viele Kinder sie aufnahmen, würden sie bis Ende nächsten Jahres bankrott sein. Und was dann? Wer würde sich um *sie* kümmern? Was würde aus ihrer Familie werden, wenn das Geld ausging und die Kinder zurück auf die Straße gingen?

„DU musst Charles davon überzeugen, es bleiben zu lassen“, sagte sie. „DU musst ihm deutlich machen, dass das, was er tut, falsch ist.“

Leichter gesagt als getan, dachte Esther. Sie wollte ihrer Freundin anvertrauen, dass sie darüber auch nicht glücklich war. Aber sie war nicht nur unglücklich. Sie machte sich Sorgen. Sie hatte große Angst. Sie und Charles wussten, wie es war, ganz von unten anfangen zu müssen. Warum hätten sie sich hocharbeiten sollen, um dann freiwillig wieder in die alte Armut zurückzukehren?

„Es war wirklich schön, dich zu sehen“, sagte ihre Freundin. „Ich muss jetzt aufbrechen.“

„Wir treffen uns bald wieder“, sagte Esther und wollte sich höflich verabschieden. Aber stattdessen klang es mehr wie eine Frage, als erkenne sie tief in ihrem Inneren, dass sie sich womöglich zum letzten Mal gesehen hatten.

Ihre Freundin zögerte. Die gewöhnliche Antwort wäre gewesen: *Natürlich treffen wir uns bald wieder!*, aber ihr Schweigen sprach Bände. Und Esther war enttäuscht. Sie musste erfahren, dass ihre Freundschaft nur auf ihrem finanziellen Status basierte.

„Auf Wiedersehen“, gelang es ihrer Freundin schließlich zu sagen, als sie die Auffahrt zu ihrem Auto hinabging. Sie legte den Rückwärtsgang ein und fuhr davon, ohne noch einmal zu winken. Esther hörte das Auto davonfahren. Sie drehte sich um, ging an Charles vorbei und ging zurück ins Haus, um ihren Pflichten als Mutter von noch drei weiteren Kindern nachzukommen.

„Wir müssen noch einen weiteren Teil unseres Unternehmens verkaufen“, sagte Charles.

„Dann verkauf es.“ Esther wusch einen Topf ab und stellte ihn neben den wachsenden Stapel Teller.

„Wir werden das letzte Stück Land verkaufen.“

„Nein“, sagte sie während sie eine nicht enden wollende Menge an Besteck spülte. „DU wirst es verkaufen.“ Sie bereute diesen Satz. Es tat ihr leid, wie er herausgekommen war. Sie wünschte, sie hätte ihn nicht gesagt und machte mit dem Abwasch weiter.

Charles wartete ab bis er den Zeitpunkt für günstig hielt. „Es ist die Farm mit den Orangen, den Bananen, dem Gemüse und den Quellen. Du kennst sie.“

„Ja. Ich habe sie mit dir zusammen angelegt.“

„Ich wollte, dass du Bescheid weißt, bevor wir sie hergeben.“

„Wann hört das auf? Oder machst du immer weiter, bis...“ Ihre Stimme wurde lauter. Es war spät. Er war froh, dass die Kinder schon im Bett waren. Das Haus war voll, nachdem er noch mehr Kinder aufgenommen hatte. Eine von ihnen war Nduku, auch Faith genannt, ein fünfjähriges Mädchen mit einem unwiderstehlichen Lächeln.

„Wir müssen das tun“, sagte er.

Esther ließ alles aus den Händen gleiten. Ihr Körper schien vor dem Spülbecken zu Boden zu gehen. Sie hing über dem Becken, als wäre es das einzige, was ihr noch Halt geben konnte. Tief aus ihrem Inneren brach etwas hervor und sie begann zu weinen. Charles sah und spürte ihren Schmerz. Er ging auf sie zu und nahm sie in die Arme. Sie spürte die Spannung, entweder bei ihm zu bleiben oder zu gehen. „Du treibst uns in den Ruin“, flüsterte sie.

Ihre Hände fingen an zu zittern. Sie schien in einem regelrechten Kampf zu sein, es war als versuche sie, mit zerbrechlichem Griff an ihrem alten Leben festzuhalten.

„Ich zwinge dich nicht, diesen Weg zu gehen“, versicherte er. „Ich kann nur sagen, dass ich weiß, dass wir in die richtige Richtung gehen.“

„Es ist nicht leicht. Diese Kinder sind nicht einfach.“

„Das stimmt.“

„Sie sind nicht so, wie ich es erwartet hatte.“

„Macht es dir keine Freude?“

Sie presste die Lippen zusammen. „Freude?“ Sie sah ihn mit einem müden Ausdruck im Gesicht an, und versuchte in seinen Augen die Zuversicht zu finden, die sie aus ihren Zweifeln reißen konnte. „Was heißt da Freude? Unsere Kinder werden in der Schule beschimpft und ausgelacht. Ihre Zukunft ist gefährdet. Unsere Freunde sind weg. Unser Geld ist weg." Sie schüttelte den Kopf. „Hörst du?" Sie sprach so leise, dass Charles auf ihre Lippen sehen musste, um zu verstehen, was sie sagte. „Hörst du mir zu oder bist du so von deiner großartigen und unmöglichen Vision vereinnahmt, den Straßenkindern zu helfen, dass du deinen Verstand verloren hast?"

„Ich höre dir zu."

„Wir haben kein Geld mehr." Sie biss sich auf die Lippe und schloss die Augen. Sie spürte die enorme Last einer Mutter, die ahnt, dass sie nicht mehr für ihre Kinder sorgen kann.

„Ich weiß, dass Gott mich hier haben will – dass er UNS hier haben will. Ich weiß, dass ich es weiß. Er wird für uns sorgen. Glaub mir bitte."

Sie wandte sich wieder ihrem Abwasch zu und hoffte, dass die sanfte Berührung mit dem Wasser sie irgendwie beruhigen würde.

„Ich versuche es ja. Ich habe es von Anfang an versucht. Ich versuche zu glauben. Aber hier sind Kinder in meinem Haus, die nicht auf mich hören. Sie machen Dinge kaputt und es kümmert sie nicht. Ich weiß, dass uns einige bestehlen. In unserem eigenen Haus. Sie bestehlen uns. Ich habe das nicht mehr unter Kontrolle. Ich bin am Ende."

„Das war ich auch. Ich war auch am Ende. Und ich habe festgestellt, dass es genau hier anfängt."

„Am Ende?"

„Ja, wenn wir bemerken, dass wir keinen Rückhalt mehr haben, wissen wir, dass nun alles in Gottes Hand ist."

„Genau darum geht es mir. Wird er sich zeigen? Wenn all das Geld weg ist, wird er uns dann im Stich lassen?"

„Nein."

„Wird Gott unsere Kinder im Stich lassen?"

„Nein."

„Wie kannst du dir so sicher sein? Wie kannst du bis ans Ende des Weges sehen und wissen, wie es ausgehen wird?"

„Ich kann es nicht. Und das muss ich auch nicht."

„Warum nicht?"

„Weil ich die Zusage von Gott habe. Ich weiß, was er mir aufgetragen hat."

Sie wandte sich wieder ihrem Abwasch zu und sah in den Abendhimmel. Sie erinnerte sich an den Tag, an dem sie Charles zum ersten Mal getroffen hatte und fand es erstaunlich, wie sich ihr Leben durch diese Begegnung verändert hatte. Sie erinnerte sich noch an den Tag, an dem er sein Unternehmen gegründet hatte. Sie erinnerte sich, wie es sich anfühlte, nicht mehr arm zu sein, sich in einer stabilen finanziellen Lage zu befinden. Eine Familie, Freunde und eine sichere Zukunft zu haben.

Und dann fragte sie sich, ob sie, dadurch dass sie ihr bisheriges Leben aufgab, anderen vielleicht auch Hoffnung vermitteln könnte.

„Glaubst du, sie werden sich ändern?“

„Die Kinder?“

„Glaubst du das?“

„Ich denke, das werden wir herausfinden.“

Sie nickte. Sie hörte immer noch die Stimme ihrer Geschäftsfreundin, die sich verabschiedete und wegfuhr. Dann hörte sie aus einem anderen Zimmer das Weinen eines Straßenkindes.

Eines *ihrer* Kinder.

„Ich muss nachsehen, was los ist“, sagte sie und ging an ihm vorbei in das Zimmer.

„Unterstützt du mich hierbei?“, fragte Charles.

Lebt wohl, Freunde. Leb wohl, Geld. Leb wohl, Ansehen.

„Ich unterstütze dich“, sagte sie.

Das Kirchenareal war voll von Straßenkindern. Fünfzig Kinder rannten herum, spielten und lachten. Ein paar von ihnen spielten Fußball. Einige der Mädchen flochten sich gegenseitig ihre Haare. Charles saß bei den jüngeren Kindern, scherzte mit ihnen und warf einen Ball hin und her. Er stand von seinem Spiel auf.

„*Oo-ee!*“, rief Charles.

Die jüngeren Kinder riefen zurück. „*Oo-ee!*“

Er musste ein weiteres Mal rufen, damit die Fußball spielenden Kinder merkten, dass er sie zusammenrief.

„*Oo-ee!*“, rief er noch einmal.

„*Oo-ee*!“, antworteten die Kinder. Sie versammelten sich um ihn.

„Heute war ein guter Tag“, sagte Charles. „Wir hatten viel Spaß beim Spielen, Singen und Erzählen von Geschichten.“ Die Kinder klatschten. „Wer will noch ein Lied singen?“ Sie jubelten alle. „Wer will noch ein Lied singen?“ Sie jubelten noch lauter. „Wer will noch ein Lied singen?“ Sie standen auf, klatschten und jubelten. Einer der Jungen blieb auf dem Boden sitzen und drehte einen Eimer um. Er griff nach einem in der Nähe liegenden Stock und fing an, auf dem Boden des Eimers einen Rhythmus zu trommeln. Die Kinder fingen an, sich im Rhythmus hin und her zu wiegen. Sie klatschten in die Hände. Charles lachte und tat es ihnen nach. Es war seine Aufgabe, sie im Gesang anzuführen. Aber plötzlich konnte er das nicht mehr. Es war etwas, das er in ihren Augen sah. Es war etwas, das er an der Art, wie sie klatschten, spürte. Er biss auf die Zähne und versuchte, seine Tränen zurückzuhalten. Er nickte einem Mädchen in der ersten Reihe zu, die zu ihm kam und sie im Gesang anführte.

Nimegundua siri	Ich habe ein Geheimnis entdeckt
Nimegundua siri	Ich habe ein Geheimnis entdeckt
Nimegundua siri	Ich habe ein Geheimnis entdeckt
Ya kukaa ndani ya yesu.	Und das liegt in Jesus.

Dieser Gesang war anders als die Lieder der Kirchenchöre, die Charles bisher gehört hatte. Diese Kinder hatten alle keinen kirchlichen Hintergrund, und doch war ihr Singen so leidenschaftlich und aufrichtig, dass sich Charles fragte, warum es sich so anders anhörte. Er lauschte den Kindern, die so laut sangen, dass die Menschen auf dem Gehweg am anderen Ende des Kirchengeländes auf sie aufmerksam wurden.

Charles betrachtete die kleine Schar von Kindern. Prostituierte, Abhängige, Diebe, Bandenmitglieder. Hier standen sie nun und lobten Gott. Einige von ihnen zeigten schon Anzeichen dafür, dass sie von ihren Problemen befreit worden waren. Viele von ihnen würden an diesem Abend von hier weggehen und wieder mit ihren Problemen konfrontiert sein. Aber noch war Zeit, sie zu ändern. Noch hätten sie die Gelegenheit, geheilt zu werden. Und zumindest jetzt gerade waren sie hier, wo Gott sie haben wollte.

Und Charles war auch, wo Gott ihn haben wollte.

Tembea tembea	Ob ich gehe, ob ich gehe,
Zunguka zunguka	mich nach allen Seiten drehe
Inama Inama	ob ich mich bücke, ob ich mich bücke,
Yesu ndiye bwana.	Jesus bleibt der HERR.

Charles' Aufmerksamkeit wurde auf eine Reihe Autos gelenkt, die sich auf dem Kirchengelände versammelten. Ein Auto nach dem anderen parkte in der Nähe des Haupteingangs. Männer in Anzügen stiegen aus und gingen in die Kirche. Charles erkannte sie. Es waren Kirchenälteste und andere Kirchenführer. Er fragte sich, was sie hier machten. Er war im Ausschuss. Wenn ein Treffen stattfand, hätte er eingeladen werden sollen. Er nahm an, dass es sich um etwas sehr Kurzfristiges handeln musste. Einer der Männer kam auf ihn zu.

„Hallo", sagte Charles und reichte ihm seine Hand.

Der Mann nickte nur. Er versuchte, das Singen zu überhören.

„Wir halten ein Treffen ab", sagte der Mann. „Wir hätten dich gerne dabei."

„Wir sind fast fertig."

„Das Treffen findet jetzt statt."

„Ich komme, wenn wir hier fertig sind."

„Die Ältesten und die Pfarrer sind gekommen."

„Dann komme ich sofort, wenn die Kinder gegangen und die Jungen, die in dem kleinen Haus hier auf dem Gelände wohnen, hineingegangen sind."

Dem Mann war es sichtlich unangenehm, als er das hörte. „Charles, komm jetzt mit. Sie treffen sich deinetwegen."

Charles hörte auf zu klatschen. Er hatte schon geahnt, dass das passieren würde. Monatelang hatten ihn Leute aus der Kirche schon gemieden und waren ihm ausgewichen, hatten nach dem Gottesdienst nicht mit ihm gesprochen. Erst dachte er sich nichts dabei, aber im Lauf der Wochen war ihm aufgefallen, dass die Leute nicht mehr so freundlich und offen ihm gegenüber waren. Einige waren direkt auf ihn zu gekommen und hatten ihn gefragt, was er mit den Straßenkindern mache. Das war zu erwarten gewesen. Sie brauchten nur noch einmal die Bestätigung, dass den Kindern wirklich geholfen werden musste.

„Wir sind fast fertig", sagte Charles noch einmal.

„Wir erwarten dich sofort", sagte der Mann erneut und ging auf die Kirche zu.

Aber Charles blieb bei den Kindern. Er sang mit ihnen, bis sie fertig waren.

„Das war ganz unglaublich", sagte Charles. „Ihr habt mich heute sehr berührt mit der Art, wie ihr gesungen habt und wie ihr auf dem Feld gearbeitet habt und wie ihr alle so schön miteinander gespielt habt. Ich habe euch sehr, sehr lieb. Ihr seid für mich etwas ganz Besonderes. Jeder einzelne von euch. Und Gott hat euch auch lieb. Wenn ihr von hier weggeht und bis ihr morgen wiederkommt, kann ich nicht bei euch sein, aber Gott hat euch immer lieb."

Die Kinder wurden still. Sie waren nicht mehr unruhig. Alles wurde still auf dem Kirchengelände.

„Charles!", rief der Mann von der Kirchentür aus.

Charles sah nicht hin, obwohl die Kinder von den Geschehnissen abgelenkt wurden. Sie drehten sich um und fragten sich, was da vor sich ging.

„Ihr wisst alle, dass Gott euch liebt", sagte Charles. Stille kehrte wieder ein. Die Kinder sahen wieder auf ihn. „Aber einige, die heute hier sind, kennen Jesus noch nicht. Ihr wisst, dass Jesus am Kreuz für euch gestorben ist und dass er auferstanden ist, weil er euch ein neues Leben schenken und euch alles verzeihen will, was ihr getan habt. Er will euch zu neuen Menschen machen und euch in eurem neuen Leben leiten.

Einige von euch haben keine Eltern, aber Gott will euer neuer Vater sein. Einige von euch haben nicht besonders viele Freunde, aber Jesus will euer ganz besonderer Freund sein. Einige haben schlechte Erinnerungen an das, was ihr getan habt oder was euch angetan wurde. Jesus will in euch wohnen. Er will eure Gedanken reinigen und Vergebung in euer Leben bringen für die Dinge, die ihr anderen angetan habt und für die Dinge, die euch angetan wurden."

Der Älteste an der Kirchentür hörte nicht, was Charles sagte. Enttäuscht öffnete er die Tür und ging hinein.

„Jesus hat gesagt: ‚Ich bin gekommen, um euch Leben zu schenken und euch so viel zu schenken, dass ihr mehr als genug habt.' Das will Gott euch schenken. Wer von euch will also heute Abend sein Leben Jesus Christus geben und ihm nachfolgen?"

Die Hälfte der Kinder hob ihre Hand. Charles war überwältigt. Hier stand er auf offenem Feld in Eldoret und sprach zu Straßenkindern, von denen er einige heute zum ersten Mal getroffen hatte, und sie wollten ihren Weg mit Jesus Christus antreten.

Er betete mit ihnen und ermutigte sie, am nächsten Tag wieder zu kommen – diese Einladung wäre allerdings nicht notwendig gewesen. Er war die einzige Anlaufstelle in der Stadt, die kostenlos Nahrungsmittel verteilte. Er brauchte nicht viel Überzeugungskunst.

Nachdem die Kinder gegangen waren, ging Charles zur Kirche. Er ging hinein in den Raum, in dem die Versammlung stattfand. Als er die Tür öffnete, hörten sie auf zu reden. Es wurde still im Raum. Alles, was Rang und Namen hatte, war versammelt. Die Kirchenältesten, Pastoren, Universitätsdozenten, die politischen Verantwortlichen und Geschäftsleute. Sie saßen um einen großen Tisch herum und hatten ihre Hände gefaltet, als hätten sie ein Abkommen getroffen. Einige von ihnen sahen zu ihm auf, wandten sich dann aber ab und warteten darauf, dass ihn jemand anderes förmlich begrüßte. Nach einer peinlichen Stille stand einer der Ältesten auf und schenkte Charles ein gezwungenes Lächeln.

„Setz dich, Charles“, sagte er und deutete auf einen Stuhl.

Wieder dieses Schweigen. Charles versuchte zu verstehen weshalb. Sie kannten sich alle. Sie waren schon seit Jahren Freunde. Und doch hatte er das Gefühl, als würde er sie zum ersten Mal treffen, als wären sie alle Fremde, obwohl ihre Gesichter ihm bekannt vorkamen. Es lief ihm kalt über den Rücken, als er erkennen musste, dass die vermeintlich freundschaftliche Begegnung etwas ganz anderes sein würde.

„Hallo“, sagte Charles und wollte fast schon lieber mit seinem begeisterten *Oo-ee* grüßen. Er setzte sich auf einen wackeligen Stuhl am Tischende. „Wie geht es euch?“

Ein paar nickten. Sie gaben keine richtigen Antworten. Sie vermieden es, ihm in die Augen zu schauen. Der vorsitzende Kirchenälteste fuhr fort.

„Wir wollen mit dir sprechen, Charles.“

„Großartig“, sagte Charles. „Ich will auch mit euch sprechen. Wir haben eine tolle Zeit mit den Kindern. Sie lachen und spielen und erfahren von Jesus. Und heute Abend – Dank sei dem Herrn – wurden einige gerettet. Straßenkinder haben ihr Leben Jesus Christus gegeben.“

Die Stimmung im Raum wurde eisig. Ihre Gesichter wurden zu Stein. Einer presste seine Lippen zusammen. Unbehagen erfüllte den Raum. Es war, als wären die Männer vor ihm von irgendetwas hypnotisiert oder neu programmiert worden. Leute, die für gewöhnlich fröhlich waren, sahen plötzlich besorgt und böse aus. Ärger lag in der Luft. Es war etwas im Gange. Irgendetwas war faul.

Charles sah dem Ältesten in die Augen und was er sah machte ihm Sorgen. Hinter diesen leeren Hüllen war kein Feuer. Kein Mitgefühl. Sie schienen hohl.

„Wir heißen nicht gut, was du tust“, sagte der Älteste. „Du musst die Straßenkinder loswerden.“

Fortgejagt!

Niemand rührte sich. Sie verharrten in Schweigen. Die Luft war drückend – eine schwere Last auf ihren Schultern. Zumindest war es jetzt raus. Es war offiziell. Es hatten so viele geheime Treffen hinter seinem Rücken stattgefunden, viele Sitzungen spät in der Nacht, um darüber zu diskutieren, wie und wann sie es ihm sagen würden. Und das hatten sie nun alles hinter sich. Es war ihnen gelungen, ihm die Botschaft zu übermitteln. Diese widerlichen Kinder. Diese abscheulichen Räuber, Prostituierten, Diebe und Bandenmitglieder, die das Kirchengelände mit ihrer schmutzigen Anwesenheit verunreinigten. Sie würden die guten Kinder der Gemeinde verderben. Sie würden den hart verdienten Zehnten der Gemeindemitglieder erbetteln. Sie hätten freie Bahn und würden die rechtschaffenen Gemeindeglieder mit sich nach unten ziehen.

Welches Recht hatten sie, sich auf ihrem Gelände aufzuhalten? Welches Recht hatte Charles, die Kirche mit diesen Leuten zu beschmutzen?

„Sie loswerden?“, fragte Charles in der Hoffnung, dass er sich verhört hatte. Aber das war nicht der Fall, und tief in seinem Inneren wusste er es auch. Ihm war ihre fehlende Begeisterung aufgefallen, wie auch ihr mangelndes Interesse daran, seine Arbeit mit den Kindern zu unterstützen. Sie waren ihm alle schon seit Monaten ausgewichen. Jetzt wusste er, warum.

„Sie müssen gehen“, sagte der Älteste.

Charles zog die Augenbrauen zusammen. Alle gegen einen. Er sah über den Tisch in die düsteren Gesichter. Sie waren Richter, die ihm gerade das Urteil „schuldig“ gesprochen hatten.

„Warum?“

Die Spannung nahm zu. Charles spürte, dass ihn einer von ihnen am liebsten angeschrien hätte. Einige von ihnen bissen sich auf die Lippen. Sie waren nicht an einer Diskussion interessiert. *Wir wollen diese Kinder nicht. Schick sie weg. Das Treffen ist zu Ende.*

„Charles, wir haben darüber diskutiert“, sagte der Älteste.

„Was diskutiert? Die Armen zurück auf die Straße zu schicken?“

„Darum geht es nicht.“

„Worum geht es dann?“

„Charles.“

„Seht euch doch an. Kirchenälteste, Pastoren, Geschäftsleute. Sagt mir, warum ihr die Kinder zurück auf die Straße schicken wollt.“

„Es ist falsch“, sagte einer von ihnen.

Charles konnte nicht sagen, wer es gewesen war, aber er hatte für die ganze Gruppe gesprochen.

„Ich bin hier, seit die Kirche gegründet wurde“, sagte Charles. „Wir sind von drei Familien auf über 1800 Mitglieder angewachsen. Damals habe ich nichts falsch gemacht, oder? Wie könnt ihr dann sagen, dass ich jetzt etwas falsch mache?“

„Charles!“, sagte ein Geschäftsmann zu seiner Linken mit genügend Nachdruck, um alle davon zu überzeugen, dass es bei diesem Treffen nicht darum ging, zu diskutieren. Er atmete tief ein und versuchte, das letzte bisschen Fassung nicht zu verlieren. „Du bringst diese Kinder auf das Kirchengelände. Prostituierte. Hörst du? Huren von der Straße. Was wird aus unseren Kindern? Hast du das bedacht? Sie werden sich ihre Sitten aneignen. Sie werden wie die Straßenkinder werden.“

„Tut mir leid, dass ihr das denkt“, sagte Charles.

„Mir tut es leid, dass du nicht so denkst.“

Der Älteste sprach so ausgewogen wie möglich. „Charles, das geht einfach nicht.“

„Ich will nicht euer Geld“, erwiderte Charles. Diese Äußerung schien der Gruppe einiges an Munition zu nehmen. „Ich will ihnen helfen. Den Waisen, den Ausgestoßenen. Ich verstehe sie. Ich war einer von ihnen. Und jetzt wurde ich von Jesus dazu berufen, ihnen zu helfen. Von Jesus höchstpersönlich. Wer seid ihr, dass ihr mich aufhören heißt?“

„Stelle unsere Entscheidung nicht in Frage!“, forderte der Älteste und blickte immer ärgerlicher. Auf seiner Stirn bildeten sich Schweißtropfen. Die Angelegenheit hätte eigentlich schnell und einfach geklärt werden sollen. Kurz und schmerzlos. Ohne Diskussion. Dann hätten sie sich auch nicht diesem Vorwurf aussetzen müssen, der sie wie ein Keulenhieb traf, dass sie Jesus nicht gehorchten, weil sie die Armen wegschickten. „Die Mitglieder stehen hinter uns, mindestens zu 95 Prozent."

Sie befanden sich in einem Pattzustand; keine der beiden Parteien wusste, wie sie die andere davon überzeugen sollte, dass sie im Recht war. Charles betete im Stillen und bat um Weisheit, Hilfe und eine Lösung.

„Als ich noch jünger war, da fragte ich Gott: *Was habe ich getan, um solch ein Leben zu verdienen?*, und ich habe nie eine Antwort bekommen. Ich habe es nie herausgefunden. Aber Gott hat mich aus dem Elend befreit und mir Erfolg geschenkt, und nun sehe ich diese Kinder – meine Spiegelbilder – die auf der Straße umherstreunen und sich fragen, wer sie sind, woher sie kommen, wo sie hingehen, was mit ihnen passieren wird, ob es irgendwelche Hoffnung gibt. Ich frage mich: *Was haben sie getan, um solch ein Leben zu verdienen?* Ich weiß die Antwort nicht. Aber ich weiß, dass Gott mir aufgetragen hat, ihnen zu helfen."

Niemand wusste, was er sagen sollte. Der vorsitzende Älteste fühlte sich am ehesten verpflichtet, etwas zu erwidern.

„Wir versuchen alle, Gottes Ruf in unserem Leben zu folgen. Aber woher wissen wir, ob Gott uns wirklich zu etwas Bestimmten berufen hat? Wie können wir sagen, dass wir Gott ehren wenn wir die Kirche in Gefahr bringen, vor allem ihre Jugendlichen?"

„Wenn wir nicht sagen *‚hier bin ich'*, dann können wir nicht von Gott benutzt werden."

Das eigentliche Problem waren sowieso nicht die Jugendlichen. Es ging um den gesellschaftlichen Stand. Charles sah es in ihren Augen. Es ging nicht darum, Kinder zu beschützen, sondern ihr Ego. Es ging nicht um ihre Gottesfurcht, ihre Religiosität. Es ging um Prestige, Ansehen, gesellschaftliche Stellung, Image. Und wenn Charles sich dafür einsetzte, den armen, abhängigen und kranken Kindern zu helfen – falls sie als Kirchenälteste es dulden würden – dann könnte es womöglich bedeuten, dass sie sich auch mit den Straßenkindern beschäftigen müssten.

Und das möge der Himmel verhüten!

„Ich glaube, du hast unsere Entscheidung gehört", sagte der Älteste. Dieses Mal sahen alle auf Charles. Diese Augen blickten gemeinsam auf ihn wie bei einer Exkommunikation, einer Verbannung.

Charles schluckte. Was gab es da noch zu sagen?

Da saß er. Fassungslos. Keine fünfzehn Minuten zuvor hatte er sich mit den Straßenkindern unterhalten, die gerade ihr Leben Jesus anvertraut hatten. Sie waren froh. Sie hatten Hoffnung, den ersten Funken Hoffnung auf eine Zukunft entdeckt. Und jetzt sah Charles in wütende Gesichter von Menschen, die Gott eigentlich kannten.

Bis zu einem gewissen Grad.

Charles nickte. Er schloss einen Augenblick seine Augen, als könne er dadurch das Geschehene ausradieren. Er stand auf, wandte sich um und ging zur Tür. Bevor er sie öffnete, drehte er sich noch einmal um und blickte die Gruppe an. Nur wenige erwiderten seinen Blick. Charles öffnete die Tür.

Er ging.

Das Krankenhaus ist leer

Es waren erst zweieinhalb Jahre vergangen, seit Charles seine Arbeit mit den Straßenkindern angefangen hatte, aber sein Vermögen war bereits aufgebraucht. Esther hatte den Tag kommen sehen. Die Zahl der Kinder wuchs, und mit ihnen auch die Ausgaben. Schließlich hatten sie den letzten Obstgarten verkauft, was das Ende ihrer Selbstversorgung bedeutete. Der Brunnen war trocken. Es war, als hätten sie überhaupt noch nie Geld gehabt.

Es war still im Wohnzimmer. Charles stand neben seiner Frau, die einen Flicken auf eine alte Hose nähte. Vor zwei Jahren hätte sie die Hose ohne Zögern weggeworfen und eine neue gekauft. Aber jetzt nicht mehr. Jetzt wurde jede Hose benötigt.

„War's das?", fragte sie. „Sind wir jetzt am Ende?"

„Ja." Es laut auszusprechen, beziehungsweise zuzugeben, war für Charles wie ein Offenbarungseid, als wäre nun klar, dass er keinerlei finanzielle Mittel mehr hatte, um sich zu retten.

„Machst du dir jetzt Sorgen?", fragte sie.

„Nein."

„Nicht?"

Charles sah sie an und schüttelte den Kopf. „Warum sollte ich mir Sorgen machen?"

„Weil wir kein Geld mehr haben, Baba Kaleli, " sagte Esther.

„Gott gehört das Vieh auf tausend Bergen. Er wird für uns sorgen."

Esther legte die Hose zur Seite. Angst stieg in ihr hoch. Sie wollte glauben, aber es war ein Glaubenskampf, wie ihn ein Mensch empfindet, der durch stürmisches Meer segeln soll. „Weißt du das sicher? Oder sagst du das nur, weil du denkst, dass ich das von dir erwarte?"

„Du wirst schon sehen, Esther. Wir wurden nicht dazu berufen, um gedemütigt zu werden. Bescheiden, ja. Aber nicht gedemütigt."

Sie sah ihn mit einem hilfesuchenden Blick an, der seinem Glauben alles abverlangte. Sie wollte gewiss sein, dass sie mit ihrer Entscheidung den richtigen Weg eingeschlagen hatten. Er kam näher und legte den Arm um sie.

„Ich habe diese Entscheidung nie bereut." Er sah sie an. „Es ist kein langweiliges Leben, oder?" Auf diese Worte war sie nicht gefasst. Sie konnte nicht antworten. Charles lächelte. „Wir sind jetzt am Limit. Das ist das echte Leben. Die Last auf unseren Schultern ist zu groß, als dass wir sie tragen könnten. Deshalb wissen wir, dass wir am richtigen Platz sind. Hab keine Angst. Gott muss für uns sorgen. Wir haben keine andere Hoffnung."

In Eldoret hatte sich die Nachricht verbreitet, dass Charles nicht nur Straßenkinder aufnahm, sondern auch für die Kranken betete. 1992 kam er eines Tages um sechs Uhr abends von einem Treffen nach Hause, und Esther sagte ihm, dass Leute vom Krankenhaus wollten, dass er für ihre Patienten betete.

Er nahm ein Team von drei weiteren Mitarbeitern mit und ging in das Uasingishu-Krankenhaus. Es war dunkel, als sie aus dem Schatten auf das Licht des Haupteingangs zugingen. Charles ging voraus und stellte sich bei der Krankenschwester am Empfang vor. Sie schien erleichtert zu sein, als er hereinkam. Als hätte seine bloße Anwesenheit sie beruhigt.

„Ich bin so froh, dass Sie kommen konnten." Sie sah nicht gut aus und war erschöpft vor Kummer. „Wir haben so viele Kranke, denen wir nicht helfen können. Ich habe gehört, dass Sie für Menschen beten und sie geheilt werden. Stimmt das? Wurden wirklich Menschen von ihren Krankheiten geheilt?"

„Wo kann ich für die Patienten beten?", fragte Charles.

„Wir haben drei Stationen", sagte sie. „Dreißig Patienten pro Station. Die Patienten leiden an Malaria, Typhus, einige wurden bei Unfällen verletzt." Ihre Stimme versagte während sie versuchte, ihrem Gedächtnis auf die Sprünge zu helfen. Es gab noch andere Krankheiten, von denen die Patienten geplagt wurden. Sie hatte mit einigen dieser Krankheiten am selben Tag zu tun gehabt, aber sie konnte sich nicht mehr daran erinnern. Sie spürte die Anstrengung eines langen Tages in ihren Gliedern.

„Heute Morgen ist bereits ein Patient gestorben. Heute Morgen. Viele weitere werden wohl auch bald sterben. Wir haben ihnen die entsprechenden Medikamente gegeben, aber es hat nichts geholfen. Es geht ihnen nicht besser."

„Führen Sie mich zu ihnen", sagte Charles.

Sie stand auf und blinzelte ein paar Mal, um ihren trockenen Augen Erleichterung zu verschaffen und bemerkte erst jetzt, wie müde ihre Augen waren. Sie führte die Gruppe den Korridor entlang zum ersten Seitengang. Sie hielt an und drehte sich zu Charles um. „Wird es klappen?"

„Meine Gebete?"

„Ja."

„Sie werden helfen. Aber ich weiß nicht, in welchem Maße."

„Aber warum wissen Sie das nicht?"

Charles schenkte ihr ein kurzes Lächeln und wandte sich dann wieder dem Ernst der Lage zu, die sie umgab. „Ich muss das nicht wissen. Ich soll das gar nicht wissen. Ich soll gehorsam sein. Deshalb bin ich gekommen. Deshalb haben Sie mich gerufen. Ich bin auf Ihren Wunsch gekommen, um für die Kranken zu beten, dass sie von ihren Krankheiten geheilt werden."

Charles öffnete die Tür zum ersten Zimmer. Als er den Griff berührte, schmerzten seine Knöchel. Es war ein vorübergehender Anfall von Arthritis, der ihn überkam. Er dehnte seine Finger und ging in das Zimmer. Vier Kinder lagen auf den Betten. Zwei auf jeder Seite. Sie sahen ihn an und fragten sich, wer er war und was er hier machte.

„Oo-ee!", flüsterte Charles. Seine ruhige Stimme brach die unheimliche Stille im Zimmer. Seine Stimme schaffte es, eine willkommene Abwechslung in ihre Situation zu bringen. Die Kinder schwiegen. Ihre Blikke blieben auf ihm haften und sie beobachteten ihn, als er in die Zimmermitte ging.

„Ich bin hier, um für euch zu beten", sagte er. „Ich weiß, dass ihr krank seid." Als er sprach, kamen die Beschwerden, die er wenige Augenblicke zuvor in seinen Händen gehabt hatte, plötzlich in all seinen Gelenken wieder. In seinen Knöcheln, Knien, Hüften, Schultern, Ellbogen. Sie schmerzten so heftig als hätte ihn jemand mit Nadeln gestochen und ihm ein entsprechendes Medikament gespritzt.

„Ich weiß, dass die Ärzte alles für euch tun, was in ihrer Macht liegt. Sie arbeiten schwer für euch."

Die Schmerzen wurden schlimmer. Am eigenen Leib spürte er die körperlichen Schmerzen der Kranken und ihre Verzweiflung, ihre Sorgen und Ängste. Er spürte die Furcht ihrer Ungewissheit.

„Aber ich glaube an Jesus“, sagte er. „Ich glaube, dass Er für uns gestorben ist, um uns heil zu machen. Er kann uns gesund machen. Ich bin hier, um für euch zu beten, dass ihr von eurer Krankheit befreit werdet.“

Die Kinder schauten einander an und versuchten herauszufinden, ob sie ihren Ohren trauen konnten. Geheilt werden? Von Typhus? Konnte das sein? Wurden Menschen von tödlichen Krankheiten geheilt?

Er ging an jedes einzelne Bett, legte den Kindern seine Hand auf und sprach ein einfaches Gebet, dass Jesus sie heilen möge. Als er fertig war, ging er ohne eine Besserung ihres Zustandes feststellen zu können.

Er machte mit seinem Team weiter und besuchte alle Patienten im Krankenhaus.

Einem nach dem anderen legte er die Hand auf, beschwor die Krankheit zu weichen und bat um Gottes Berührung, die sie gesund machen würde.

Als er ging, lief die Krankenschwester hinter ihm her. „Hat es geklappt? Woher wissen Sie, ob es geklappt hat? Es geht ihnen nicht besser. Sollten sie nicht geheilt werden?“

„Ich habe getan, was ich konnte.“ Charles wusste nicht, was er sonst sagen sollte. Er wusste nicht, was er noch tun sollte.

„Was passiert jetzt?“, fragte sie. In ihrem müden Gesicht sah er den Wunsch, den Patienten ein bisschen Hoffnung zu vermitteln. „Werden sie sterben? Werden sie überleben? Was soll ich ihnen sagen?“

„Wir werden weiter für sie beten und abwarten was passiert.“

Es war am Nachmittag des folgenden Tages, als Charles erfuhr, dass das Krankenhaus ihn noch einmal sehen wollte. Er und sein Team gingen auf den Eingang zu. Es war ruhiger als für gewöhnlich um diese Tageszeit im Krankenhaus. Nichts regte sich. Er ging hinein. Er sah nicht einen Menschen. Keine Ärzte, keine Krankenschwestern.

Keine Patienten.

Hinter sich hörte er Schritte. Jemand rannte auf ihn zu. Eine bekannte Stimme rief ihn.

„Mulli!“ Er drehte sich um. „Mulli!“

Es war die erschöpfte Krankenschwester vom Vortag. Sie schien von neuer Energie erfüllt. Sie blieb vor ihm stehen und versuchte, wieder zu Atem zu kommen. „Wie?“, fragte sie. „Wie haben Sie das gemacht?“

Charles schüttelte den Kopf. „Wo sind sie denn alle?“

„Die Ärzte haben es bestätigt. Sie haben es bei allen bestätigt.“

Ihre Augen waren weit aufgerissen. Sie starrte ihn voller Erstaunen an, wie einen berühmten Schauspieler oder Sänger.

„Was bestätigt?“

Tränen waren in ihren Augen zu sehen. Dann lächelte sie. „Es ist leer. Das Krankenhaus ist leer.“

„Leer“, flüsterte Charles und verstand jetzt ihr Erstaunen.

„Sie sind geheilt“, sagte sie. „Die Patienten sind nicht mehr hier.“

Befreit

Trotz der höheren Ausgaben und dem wachsenden Druck, den Straßenkindern, die er aufgenommen hatte, Kleidung und Nahrung zu geben, wuchs in Charles das Bedürfnis zu evangelisieren. Er gründete einige Kirchen. In ganz Eldoret sprach er an verschiedenen Schulen und in Kirchen, zumindest in denen, die ihm gestatteten, seine Botschaft weiterzugeben. Er reiste oft in andere Landesteile, um die Liebe und die Macht Jesu Christi zu predigen, und er tat das mit derselben Überzeugungskraft wie der Prediger bei dem Jugendtreffen vor vielen Jahren, auf dem er sich bekehrt hatte.

„Wo ist diese Schule nochmal?“, fragte Esther, als sie in den Bus stieg. Hinten im Bus übte ein Kinderchor der Mully Children's Family (MCF) die Lieder, die sie im Gottesdienst singen wollten. Auch ein Team aus Übersee war dabei. Wie andere Gruppen aus aller Welt waren sie gekommen, um die Kinder der MCF zu unterrichten und an Einsätzen in Slums teilzunehmen.

„Lugulu“, sagte Charles, als er und seine Frau sich setzten. Der Bus fuhr los. Die Kinder klatschten. Das Team sang mit. Die Sonne schien. Es war ein perfekter Tag.

„Geht es dir gut?“, fragte Esther, da sie merkte, dass ihr Mann etwas unruhig war.

Er nickte. „Es geht mir gut. Danke.“ Er lächelte sie an und hielt ihre Hand. Und doch konnte er das Gefühl des Unbehagens nicht abschütteln. Beim Predigen musste er immer die Attacken des Feindes abwehren. Er kannte dieses Gefühl – diese Ungewissheit, dass etwas im Dunkeln auf eine günstige Gelegenheit wartete, um zuzuschlagen.

Sie reisten in den Westen des Landes auf einer Schnellstraße voller Schlaglöcher. Immer, wenn sie durch eine kleine Stadt fuhren, bremsten sie ab. Oft rannten Leute vom Straßenrand oder unter ihren kleinen Sonnenschirmen hervor auf sie zu. Sie boten Papayas, Bananen, Ananasstücke oder Limonade in Flaschen an. Sie liefen zu den Fenstern und strecken die Waren in die Hände der Fahrgäste, besonders der Weißen, in der Hoffnung, ihre dürftige Ware gegen Geld einzutauschen.

Als sie schließlich an der Schule in Lugulu ankamen, sahen sie fünf Mädchen, die in einer Reihe standen, um sie zu begrüßen. Weitere Schüler hatten sich hinter ihnen versammelt, um einen Blick auf die Besucher zu werfen. Jubel brach aus. Sie klatschten, als der Bus auf den Parkplatz fuhr und anhielt.

Charles stieg aus dem Bus, gefolgt von den Kindern. Er begrüßte einen der Lehrer und ging dann die ganze Reihe entlang. Er schüttelte die Hand des ersten Mädchens und fragte nach ihrem Namen. Er lächelte und dankte ihr für ihr Kommen. Danach begrüßte er die übrigen Mädchen. Als er beim letzten Mädchen ankam, wollte er ihr die Hand geben. Sie zögerte einen Augenblick, als ob sie nicht sicher sei, was sie tun sollte. Sie hob ihre Hand. Charles lächelte. Er streckte die Hand aus, um sie ihr zu reichen. Als er sie gerade zu fassen kriegte, verließen sie plötzlich ihre Kräfte. Es war, als wäre jegliches Leben aus ihr gewichen. Sie erstarrte und fiel dann wie tot zu Boden.

Die anderen Mädchen rannten kreischend in alle Richtungen davon. Panik brach aus. Charles spürte das Böse in der Luft. Er beugte sich über das Mädchen. Sie atmete.

Sie trugen sie in den Erste-Hilfe-Raum und legten sie auf ein Bett. Einige der Kinder der MCF versammelten sich um Charles, um zu sehen, ob sie helfen konnten.

„Was hat sie?", fragte einer der Lehrer. „Das Mädchen ist sonst gesund. Was ist los mit ihr?"

Charles stand neben dem Mädchen. Er legte die Hand auf ihre Stirn und betete. „Jesus, das ist Teufelswerk. An dieser Schule sind 1200 Mädchen. Das ist passiert, damit die Leute nicht auf dich hören sollen. Ich bitte dich, einzugreifen. Lass dieses Mädchen aufstehen und befreit sein."

Sein Team betete zwanzig Minuten lang. Sie baten Jesus, das Mädchen zu befreien. „Herr", fuhr Charles fort. „Du weißt, dass der Teufel diese

Schülerinnen daran hindern will, den Heiligen Geist anzunehmen." In diesem Augenblick setzte sich das Mädchen auf, als wäre sie aus dem Schlaf erwacht.

„Dem Herrn sei Dank!", riefen Charles und die anderen.

Sie sah sich im Raum um und fragte sich, wie sie hier hergekommen war.

„Was ist passiert?", fragte Charles.

„Ich kann mich nur daran erinnern, dass Sie gekommen sind. Danach kann ich mich an nichts mehr erinnern."

Charles nahm ihre Hand. „Im Namen Jesu Christi, steh auf!"

Sie stand auf. Alle fingen an zu singen und zu klatschen. Freudenschreie waren zu hören. Sie verließen den Erste-Hilfe-Raum. Das Mädchen war wieder völlig gesund.

Sie gingen in die Versammlungshalle in einen Speisesaal, wo sich alle Mädchen und die Lehrer versammelt hatten. Ihr Singen weckte bei den anderen Schülerinnen, die erst eine halbe Stunde zuvor in Panik weggelaufen waren, großes Interesse. Dann fingen die Mitglieder des Teams an, von ihrem Glauben Zeugnis abzulegen. Das Team spielte einen Sketch über Jesu Gleichnis vom klugen und törichten Mann. Anschließend sang wieder der Chor der MCF, bestehend aus 20 Schülern und Mr. Mulwa, einem langjährigen Lehrer.

Charles kam nach vorne und predigte von der Erlösung durch Jesus Christus und seiner Liebe zu den Menschen. Während die Schüler ihm an ihren Essenstischen zuhörten, zitierte Charles aus der Offenbarung 3,20:

Siehe, ich stehe vor der Tür und klopfe an. Wenn jemand meine Stimme hören wird und die Tür auftun, zu dem werde ich hineingehen und das Abendmahl mit ihm halten und er mit mir.

Es war so still im Speisesaal, dass jedes Wort am Wellblechdach widerhallte. Er machte eine Pause. „Jesus ist am Kreuz für unsere Sünden gestorben. Ihr könnt nichts tun, um die schlechten Dinge, die ihr in eurem Leben getan habt, loszuwerden. Die Bibel sagt, dass wir sogar in Sünde geboren wurden. Und man kann sich nicht selbst befreien. Man braucht Jesus Christus als persönlichen Erlöser. Er liebt euch. Egal aus was für einer Familie ihr kommt, egal, was ihr bisher gemacht habt. Jesus liebt euch.

Wenn ihr euer Leben Jesus Christus geben wollt, dann bitte ich euch, nach vorne zu kommen. Wenn ihr Seine Stimme hört, dann wartet nicht. Kommt nach vorne und gebt euer Leben Jesus Christus."

Und sie kamen.

Über 300.

Sie standen von ihren Plätzen auf, um ihr altes Leben hinter sich zu lassen und kamen nach vorne, um Jesus Christus in ihrem neuen Leben zu anzunehmen.

Die Rückfahrt im Bus verlief ruhig. Die meisten der Kinder der MCF und das Team saßen still da. Sie waren beeindruckt, jedoch nicht überrascht über das Geschehene. Charles saß mit Esther vorne im Bus und dachte an diese Befreiung und die Hunderte von Kindern, die gerettet worden waren. Ihm wurde klar, dass diese Gelegenheit verpasst worden wäre, wenn er weiter als Geschäftsmann gearbeitet hätte. Hätte er nicht alles hinter sich gelassen und wäre an jenem Tag im November vor vier Jahren nicht Jesus gefolgt, dann wäre keiner der Leute hier im Bus an die Schule in Lugulu gekommen.

Charles lächelte. „Danke, Gott", flüsterte er. „Du hast heute wirklich etwas vollbracht."

Amerika- und Europareise

„Du kommst zu spät, Dad“, sagte Miriam.

„Ich weiß, ich weiß. Aber ich musste meine Töchter noch einmal sehen,“ sagte Charles lächelnd. Er umarmte Jane, Grace und Miriam. Sie fühlten sich so gut an in seinen Armen. Seine geliebten Töchter. Es war acht Uhr abends und sein Flugzeug nach Chicago sollte in einer Stunde von Nairobi abfliegen. Auch wenn er jetzt losfuhr, würde er es vielleicht nicht rechtzeitig schaffen. Das Matatu, das ihn nach Nairobi fahren sollte, hatte um vier Uhr nachmittags eine Panne gehabt. Drei Stunden später lief es immer noch nicht. *Gott*, betete er. *Wenn du willst, dass ich die Jugend für Christus-Konferenz in Chicago besuche, dann bitte ich dich, dass das Fahrzeug repariert werden kann.*

Und wenige Augenblicke später fuhren sie los.

„Wiedersehen, Dad“, sagten die Mädchen.

„Wiedersehen, meine Mädchen. Ich liebe euch, und wir sehen uns, sobald ich zurück bin.“

Er küsste sie alle und wandte sich Esther zu. „Ich liebe dich.“

Sie umarmte ihn. Sie waren einen Moment lang still. „Ich liebe dich auch“, sagte sie. „Pass auf dich auf!“

Er nickte und ging.

Er war der letzte Passagier, der den Flugsteig erreichte. Die Flugbegleiterin schaute auf die Passagierliste.

„Das Flugzeug ist voll“, sagte sie und schaute auf sein Ticket. Es war wieder so ein Problem in einer ganzen Reihe von Problemen auf dieser Reise. Die Botschaft in Nairobi hatte anfänglich sein Visum in die USA verweigert. Esther hatte für ihren Mann gebetet, und die Botschaft hatte ihre Meinung geändert. Jetzt wurde ihm erklärt, die Maschine sei überbucht. „Aber“, sagte die Flugbegleiterin, „ich kann Ihnen einen Sitz in der ersten Klasse anbieten.“

Charles lächelte. „Das wäre großartig.“

Sie schickte ihn schnell in das Flugzeug, wo sie ihm seinen Sitzplatz zeigte. Er hatte kein Gepäck dabei. Vor langer Zeit hatte er den größten Teil seiner Kleidung den Kindern gegeben. Er hatte nur eine kleine Tasche und eine Bibel dabei. Er setzte sich und die Maschine rollte auf die Startbahn. Er schaute auf seine Uhr und dachte daran, dass er in etwa vierzehn Stunden, je nach Verbindung, seinen guten Freund Glenn Parish wiedersehen würde. Die Maschine hob ab. *Alles liegt in Deiner Hand, Herr*, betete er. *Du weißt, dass ich Typhus habe – ich bitte Dich, mach mich gesund. Was auch immer du willst, was ich auf dieser Reise tue – es ist in Deiner Hand.*

Und von diesem Augenblick an ging auf der Reise nichts mehr wie geplant.

Bei seiner Ankunft in London bekam er ein weiteres Erste-Klasse-Ticket nach Chicago. Ein Freund holte ihn vom Flughafen ab, gab ihm etwas Geld und nahm ihn mit zur Konferenz. Nach der siebentägigen Konferenz flog er nach South Carolina, wo er Glenn und Jen Parish besuchte. Er legte in einem Bibelkreis vor zehn Leuten Zeugnis ab. Er sprach über seine Leidenschaft für Straßenkinder, seine Liebe zur Bibel und die Macht Gottes. Die Leute, die sich in diesem Wohnzimmer versammelt hatten, hörten einem Mann zu, der jedes Wort lebte, das er predigte. Sie spürten den Sinn für Mission in seinem Geist, die Berufung in seinem Leben. Charles war jemand einzigartiges, so etwas hatten sie bisher noch nie erlebt. Was war das für ein Mann, der all seine Sicherheiten, sein Geld, aufgab, um Straßenkindern zu helfen? Warum brachte ein Mann sich und seine Familie in so große Gefahr?

Als er wieder abreiste, gaben sie ihm drei Umschläge. Er hatte nicht über Geld gesprochen, er hatte noch nicht einmal erwähnt, dass er stets auf finanzielle Unterstützung angewiesen war, und dennoch hatten sie ihm etwas gegeben. Das machte ihm Mut. Er setzte sich ins Auto und winkte den Leuten zum Abschied zu. Als Glenn zum Columbia Bible College fuhr, erkannte Charles, dass die Leute dann etwas spenden, wenn sie von einer Arbeit berührt werden. Und wenn sie so spenden, dann geben sie das Geld gerne. Er öffnete den ersten Umschlag. Sechzehnhundert US-

Dollar. Bar auf die Hand. Sein Herz setzte beinahe aus. Er öffnete den zweiten Umschlag. Sechshundert US-Dollar in Bar. Er schloss dankbar die Augen. Wie viele Hundert Mahlzeiten würden sie davon zubereiten können? Er hielt den dritten Umschlag in der Hand. Er hatte bereits jetzt viel mehr bekommen als er erwartet hatte. Er brauchte jeden Cent. Und dann eigentlich gleich so viel. Aber er war nicht mit der Erwartung hergekommen, etwas zu bekommen. Und doch war da das Geld.

Und es sollte noch mehr kommen.

Er öffnete den nächsten Umschlag. Statt eines weiteren Bündels von Geldscheinen fand er ein kleines Stück Papier. Er zog es heraus.

Zehntausend US-Dollar.

Er schwieg. Er war sprachlos. Zehntausend? Er spürte wie die Tränen in seine Augen schossen. Er schloss sie. Er hörte das Singen seiner Waisenkinder Tausende von Kilometern entfernt. Die tiefe Überzeugung in ihren Stimmen, wenn sie ihre Lieder von Herzen sangen. Er spürte ihre Arme um sich. Er sah die Hoffnung in ihren Augen. Die Mahlzeiten, die Schulbücher, die Medikamente, das Material für die Schlafräume aus Wellblech. Und er sah den Scheck in seiner Hand.

Er sprach zu den Studenten am Columbia Bible College über die Macht Gottes. Als er seinen Vortrag beendet hatte, standen sie auf und spendeten ihm Beifall. Er sprach im Campus-Radio. Eine Woche blieb er dort und gab den Studenten seine Erfahrungen, die er mit Jesus Christus gemacht hatte, weiter. Er ermutigte sie, auf Gottes Stimme in ihrem Leben zu hören.

Eine Amerikanerin, die in Kenia gewesen war, hörte sein Zeugnis und lud ihn ein, nach New Jersey zu kommen. Er hatte nicht geplant, dorthin zu reisen. Wie fast die gesamte Reise sollte auch diese Fahrt ein ungeplanter Zwischenstop werden. Eigentlich sollte er als nächstes nach Winnipeg in Kanada reisen. Aber sie bestand auf einem Besuch. In ihren Augen lag die Verzweiflung einer Mutter, die alles versucht hat und begreift, dass es keine Hoffnung mehr gibt.

„In Ordnung“, sagte Charles. „Wenn ich hier fertig bin, komme ich zu Ihnen nach Hause.“

„Das bedeutet mir wirklich viel“, sagte sie. Charles’ Zusage, sie zu besuchen, hatte sie so optimistisch gestimmt, wie sie lange nicht mehr gewesen war.

Sie bezahlte ihm die Anreise. Er reiste zunächst per Flugzeug und fuhr dann mit dem Zug weiter. Es regnete, als sie ihn am Bahnhof abholte.

„Vielen Dank für Ihr Kommen“, sagte sie, als sie ins Auto stiegen.

„Wie geht es Ihrer Familie?“, fragte Charles, nicht aus Höflichkeit, sondern aus aufrichtigem Interesse an ihrem Befinden.

„Darum habe ich Sie gebeten zu kommen“, sagte sie. „Ich habe gehört, dass Sie ein Mann sind, der Wunder bewirkt.“

Als sie bei ihr zu Hause ankamen, machte sie ihm eine Tasse Tee. Die Anspannung stand ihr ins Gesicht geschrieben. Charles kam es so vor, als hätte sie den ganzen Tag auf diesen Augenblick gewartet.

„Mein Mann arbeitet als Bankdirektor in New York“, begann sie. „Er wird bald nach Hause kommen. Er ist froh, dass Sie gekommen sind. Ich auch.“

„Vielen Dank für die Einladung.“

Sie erzählte, dass sie zwei Söhne hatte. Einer sei an der Universität. Sie und ihr Mann hätten regelmäßigen Kontakt mit ihm. „Mein anderer Sohn heißt Andrew.“ Sie hielt einen Moment inne. Was sie sagen wollte, ging ihr schwer über die Lippen. „Er ist in der High School. Das denke ich zumindest.“ Sie hielt erneut inne und Charles schien, als wolle sie ihre Tränen zurückhalten. „Er lebt in New York.“ Sie holte Atem und fand, dass nun ein günstiger Moment gekommen war, um mit der ganzen Wahrheit herauszurücken. „Er ist in einer Gang, Charles. Wir haben seit Ewigkeiten nichts mehr von ihm gehört. Das letzte Mal, dass ich seine Stimme hörte, war...“ Sie schloss ihre Augen und setzte ihre Tasse ab.

Über den Tee machte sie sich im Moment sicher keine Gedanken.

„Ich weiß auch nicht, was passiert ist. Vor sechs Monaten ist er abgehauen und hat sich einer Jugendbande angeschlossen. Er ist ein... ich weiß gar nicht, wie ich es nennen soll. Er bedroht Menschen mit Gewalt und Waffen. Wir haben für ihn gebetet. Aber nichts ist passiert. Ich habe für ihn keine Hoffnung mehr. Wir tun alles was in unseren Möglichkeiten steht.“

Charles spürte ihren Schmerz. Er kannte Familien in schweren Situationen. Er kannte sich aus mit Kindern, die von zu Hause weggerannt waren. Und während sie ihre Hoffnung aufgegeben hatte und ihre Situation unerträglich fand, kannte er Dutzende von Beispielen, bei denen die schlimmsten Situationen gemeistert worden waren.

Wie zum Beispiel in seinem eigenen Leben.

„Ich weiß, dass Sie für Menschen beten“, sagte sie. „Dass Sie um ihre

Heilung beten. Ich weiß, dass Sie sich der Rettung von Straßenkindern widmen. Darum bat ich Sie zu kommen. Ich möchte, dass Sie darum beten, dass mein Sohn nach Hause zurückkommt."

In diesem Moment fing Charles beinahe an, seine Reise nach New Jersey zu bereuen. Was, wenn er betete und das Wunder nicht geschah? Sie hatte sich solche Mühe gemacht, ihn zu überreden, sie zu besuchen. Was, wenn es nicht funktionierte? Was würde das für ihren angeschlagenen Glauben bedeuten?

Es war eine schwere Prüfung. Er betete mit ihr und ging dann alleine in ein Zimmer, in dem er auf seine Knie fiel. Er fing an zu weinen. *Gott, Du siehst, dass diese Frau darauf vertraut, dass Du etwas Großartiges bewirkst, wenn ich bete. Ich bete nun in Jesu Namen, dass Du Deinen Diener nicht beschämst. Lass es geschehen, damit diese Frau weiterhin auf Dein Wort vertraut.*

Später aßen sie zusammen mit einigen Freunden zu Abend. Sie hatten gerade einmal fünf Minuten am Tisch gesessen, als das Telefon klingelte. Die Mutter ging ans Telefon.

„Hallo?"

Am anderen Ende der Leitung folgte ein Schweigen.

„Hallo?", sagte sie noch einmal.

„Ich bin's, dein Sohn Andrew", sagte die Stimme. „Es ist schon lange her, seit wir das letzte Mal gesprochen haben."

Sie weinte, als sie das Gespräch mit ihrem Sohn begann. Sie unterhielten sich ein paar Minuten, und sie fragte ihn, wie es ihm gehe und ob er genug zu essen und ausreichend Geld habe. „Ich habe hier einen Freund aus Afrika", sagte sie. „Kannst du vorbei kommen? Ich würde ihn dir so gerne vorstellen."

Andrew sagte, er könne nicht kommen, aber er schlug vor, dass der Freund aus Afrika doch ihn besuchen kommen solle.

Sie stiegen ins Auto. Es war sieben Uhr und allmählich wurde es dunkel. Sie folgte der Wegbeschreibung, die er am Telefon gegeben hatte, und sie fuhren in ein dunkles, abgelegenes Gebiet.

Als sie bei der genannten Adresse ankamen, sahen sie ein altes, heruntergekommenes Haus mit schummriger Beleuchtung. Es war stockdunkel draußen, und Charles überkam ein Gefühl der Unsicherheit, das man verspürt, wenn man an einem verrufenen Ort ist.

„Das ist er", sagte sie und verspürte eine große Erleichterung, als sie ihr lange verlorenes Kind wiedersah. „Das ist Andrew."

Andrew stand auf der Veranda mit einem Freund. Er winkte nicht. Er nahm ihre Ankunft gar nicht wahr. Charles wurde nervös. Vielleicht glaubte Andrew die Geschichte gar nicht, die seine Mutter ihm am Telefon erzählt hatte. Vielleicht hielt er Charles für einen Polizisten, der einem Hinweis über Andrews Straftaten nachging. Charles überkam die Befürchtung, dass er – sollte hier etwas schief gehen – in Kenia seine Frau und Familie zurücklassen würde, die sich dann allein um all die Waisen kümmern müssten.

„Ich möchte ihn alleine sprechen", sagte Charles und stieg aus. Obwohl ihm sein Verstand sagte, dass das Selbstmord war, versicherte ihm sein Glaube, dass es die richtige Entscheidung war. Charles wusste, dass es hier nicht um ihn ging. Er war hier, um so gut er konnte zu helfen. Durch Gebete hatten sie Andrew gefunden, und als Charles den Fuß auf den Boden setzte, war seine Angst weg und er wurde stattdessen von der Zuversicht erfüllt, dass Gott über ihn wachte.

„Hallo. Wie geht es euch?" fragte Charles die beiden.

Die Mutter hielt es nicht im Auto aus. Sie öffnete die Tür und hielt ihren Blick auf ihren Sohn gerichtet. *Ist er gesund? Wie geht es ihm? Hat er Probleme? Geht es ihm gut?*

Die jungen Männer nickten Charles leicht zu, gaben aber keine Antwort.

„Ich heiße Mulli. Charles Mulli." Charles und die Mutter kamen so nah heran, dass sie im Licht standen. Sie spürte die Last von ihren Schultern schwinden, als sie ihren Sohn vor sich sah. All diese angsterfüllten Nächte, in denen sie darüber gegrübelt hatte, ob er tot oder verprügelt worden war oder unter dem Einfluss von Drogen stand, all diese Sorgen legten sich. Zumindest für den Augenblick.

„Ich war selbst ein Straßenkind. Meine Eltern haben mich verlassen und ich habe gelernt, auf eigenen Beinen zu stehen. Meine Eltern haben mich gehasst."

Andrew hörte ihm zu, während sein Freund das Gespräch allerhöchstens tolerierte. Die Befürchtung, Charles könne ein Polizist sein, hatte sich nicht bestätigt.

„Ich habe erkannt, dass es Jemanden gibt, der mich sehr liebt. Ich habe mein Leben Jesus gegeben. Gott hat mein Leben verändert und mir einen Plan für mein Leben gezeigt."

Andrews Freund hatte genug. Er wollte gehen. Gott. Jesus. Lebensplan. Nein, das war nichts. Das war nichts für ihn. Aber Andrew war gefesselt. Es waren nur einfache Worte eines einfachen Mannes, und doch spürte er die Leidenschaft in seiner Stimme und erkannte, dass dieser Afrikaner etwas hatte, was ihm fehlte.

„Kann ich für euch beten?“, fragte Charles und erwartete eine positive Antwort.

„Nein“, sagte der Freund mit einer kühlen, monotonen Stimme, als hätte er nur darauf gewartet, ihn abzuweisen. Er bedeutete Andrew, dass sie hinein gehen sollten.

„Ich möchte, dass Sie für mich beten“, sagte Andrew. Sein Freund stand da und war entsetzt.

Charles schloss die Augen. Andrew und seine Mutter taten es ihm nach. Der Freund nicht. Er würde an dieser Dummheit nicht teilnehmen.

„Gott, du hast diesen Augenblick geschaffen. Du hast uns zusammengeführt. Segne diese beiden Jungen.“

Als er sein Gebet beendet hatte, kam Andrew ins Licht und umarmte seine Mutter. Sie brach in Tränen aus und spürte die Verbundenheit, die bei körperlicher Berührung entsteht.

„Morgen komme ich nach Hause, Mom“, sagte er.

„Okay“, flüsterte seine Mutter tränenüberströmt.

„Ist das in Ordnung?“

„Das ist in Ordnung.“

„Auch nach allem, was passiert ist?“

„Auch nach allem, was passiert ist.“

Er umarmte auch Charles. Sie verabschiedeten sich. Der Freund ging als erstes ins Haus. Andrew wartete, bis seine Mutter und Charles ins Auto gestiegen waren und davon fuhren.

Charles hatte unzählige Wunder erlebt, Heilungen, Befreiungen. Aber als er im Auto saß und die Freude der Mutter sah über ihren Sohn, der nach Hause kommen würde, wurde ihm deutlich, dass eine wieder hergestellte Beziehung das größte Wunder von allen war. Von der erhörten Bitte einer Mutter in South Carolina nur einen Tag zuvor zu einer wiederhergestellten Beziehung in New York am nächsten Tag. Charles bewunderte Gott wieder einmal für das, was er bewirkt hatte. *Danke, Gott.*

Andrew kam wirklich am nächsten Tag nach Hause. Und während er sich gegen den Druck seiner ehemaligen Freunde wehren musste, die ihn zurück auf die Straße locken wollten, ging er wieder zur Schule, wo er schließlich zum Schulsprecher gewählt wurde. Später besuchte er die Mully Children's Family in Kenia für einen Monat, um seinen „Vater" zu treffen, der ihn von seinem Weg nach unten gerettet hatte. Später studierte er und fand Arbeit als Sozialarbeiter. Er half Kindern in problematischen Situationen.

Am nächsten Tag stieg Charles in ein Flugzeug nach Kanada. Von dort aus flog er weiter nach Deutschland, wo er eine befreundete Familie besuchte. Als sie gemeinsam beim Essen saßen, hörten sie ein Klopfen an der Tür, das einem sofort zu verstehen gibt, dass irgendetwas nicht stimmt.

Die Frau des Hauses ging an die Tür. Sie öffnete und wünschte sich im selben Augenblick, es nicht getan zu haben. Eine Frau stand davor, die schreiend und kreischend Dinge berichtete, die keinen Sinn ergaben. Ihre Augen blickten verrückt. Sie bahnte sich ihren Weg ins Haus. Ihre Stimme hallte an den Wänden wider und brachte das friedliche Mittagessen durcheinander. Die Familie kannte diese Frau. Sie war eine Freundin der Familie, die an einer psychischen Krankheit litt.

Als sie sich etwas beruhigt hatte, erklärte sie ihnen, dass sie wieder in die Nervenklinik eingeliefert werden sollte. Ihr Zustand hatte sich zusehends verschlechtert. Zuvor war es ihr gelungen, aus dieser Einrichtung zu fliehen. Jetzt hatte sie regelrechte Panik vor einem Aufenthalt in einer geschlossenen Anstalt.

Ihre Hände zitterten. Die Unruhe ihrer Augen zeugte von ihrer inneren Verfassung. Man würde sie nicht finden. Nicht hier. Nicht jetzt. Aber was wenn doch? Was würde mit ihr passieren?

Charles und seine Freunde legten ihr die Hände auf.

„Gott, Du siehst diese Frau, die so schrecklich leidet", betete Charles. „Ich bitte Dich in Jesu Namen, dass Du sie berühren mögest und sie heilst."

In diesem Augenblick verließ sie ihre Furcht. Die Atmosphäre im Raum wechselte von Furcht und Ungewissheit in Frieden und Hoffnung. Die Frau blickte nicht mehr misstrauisch. Sie atmete wieder normal. Die anderen stellten ihre veränderte Verfassung fest und fragten sich, wie sie sich so schnell hatte ändern können.

Man brachte sie dennoch in die Klinik. Die Ärzte kannten sie bereits. Nach einigen Untersuchungen wurde sie entlassen, ohne eine weitere

Nacht im Krankenhaus verbringen zu müssen, unter der Voraussetzung, dass sie die ihr verschriebenen Medikamente regelmäßig einnahm.

Charles predigte und berichtete an vielen Schulen und in zahlreichen Kirchen in Deutschland. In einer Schule rannten die Kinder nach seinem Vortrag hinaus und riefen „Mulli! Mulli!" Polizisten sahen das und hielten Charles an, so ähnlich wie die Polizisten in Eldoret, wenn sie ihn über seine Arbeit mit den Straßenkindern befragten und warum er Leuten half, die wegen Raubes angeklagt waren. Charles erklärte ihnen, dass er hier war, um über Jesus Christus zu predigen. Aber die deutschen Polizisten waren daran nicht interessiert. Sie nahmen ihn mit auf die Polizeiwache. Nach weiterer Befragung fanden sie keinen Grund zur Beanstandung, und so konnte er wieder gehen.

Viele Menschen hießen Charles auf seiner Reise durch Nordamerika und Europa willkommen. Viele spendeten Geld, ohne dass er sie darum gebeten hatte. Er benutzte das Geld später, um Lebensmittel zu kaufen und die Renovierungen an seinem Haus vorzunehmen. Sie wurden immer notwendiger, da Kinder, die auf der Straße großgeworden waren, nicht besonders sorgsam mit den Dingen umgingen.

Er bestieg das Flugzeug in London und dachte an all die Menschen, die er auf seiner Reise in den Westen getroffen hatte. In den folgenden Jahren fand er Unterstützung für sein Projekt in Nordamerika, Europa, Australien und Israel. All diese Menschen spendeten und beteten für die Arbeit, der er sein Leben gewidmet hatte.

Der Präsident

Charles las den Bericht im *Standard Paper*. Er war von einem Mitarbeiter der Zeitung zu seiner Arbeit mit den Straßenkindern interviewt worden. Als er den Artikel las, erkannte er, dass er selbst zwar eine klare Vorstellung von seinem Auftrag hatte, allerdings gab es andere, die seinen Standpunkt nur schwer nachvollziehen konnten.

„Mr. Mulli, Sie haben all ihren Reichtum vor die Hunde geworfen. Wie kamen Sie darauf, den Straßenkindern zu helfen, die Ihnen nie helfen werden und sich niemals ändern werden?"

Er legte die Zeitung wieder auf den Tisch. *Hunde? Habe ich meinen Reichtum wirklich vor die Hunde geworfen? Das denke ich nicht.* Es machte ihm zu schaffen, dass die Leute so über die Straßenkinder sprechen konnten. Wo war der angeborene Wert eines Menschenlebens? Wo war das Mitgefühl? Was gab einem Reporter das Recht, auf die Straßenkinder hinabzublicken, die nicht dieselben Möglichkeiten gehabt hatten wie er? Und diese Aussage darüber, dass ihm die Kinder nie helfen würden. Was war der Zweck des Lebens? Nur denen zu helfen, die einem auch wieder helfen konnten? Der Reporter lag außerdem völlig falsch darin, dass sich die Kinder nie ändern würden. Die meisten – nicht alle – Kinder, die Charles von der Straße holte, änderten sich sehr wohl, direkt vor seinen Augen. Sie gingen zur Schule, seiner Schule mit dem staatlichen Lehrplan. Sie hörten von Jesus Christus. Jeden Tag gab es eine Andacht, bei der sie Lieder über Jesus sangen und ermutigende Worte von Charles, Esther oder einem der leiblichen Kinder hörten. Sie hatten Liebe kennen gelernt, echte Liebe. Liebe, die gewillt ist, die Viertel der Reichen zu verlassen und auf die Straßen zu gehen, um die zu treffen, die dort leben. Gott veränderte sie wirklich.

Die Reporter und Kirchenleute, die ihn beschimpften, hatten keine Ahnung, wovon sie redeten.

Aufgrund seiner Arbeit mit den Straßenkindern und seines Talents als Prediger wurde Charles allerdings auch weiterhin eingeladen, an verschiedenen Schulen und in Kirchen zu sprechen.

1993 forderte er eine Gruppe von sechs jungen Leuten aus verschiedenen Kirchen auf, mit ihm nach Baringo im Rift Valley (etwa 150 Kilometer von Eldoret entfernt) zu fahren. Sie sollten dort den Abend mit Verkündigung, einem Anspiel und Gesang gestalten. Eine Schule mit 1200 Schülern hatte ihn zu einem Wochenend-Seminar eingeladen, um sie in ihrem Glauben zu ermutigen.

Sie kamen um vier Uhr nachmittags an, und Charles fragte den Verantwortlichen, ob sein Team an den Bogoria-See fahren könne, der sich etwa 15 Kilometer von der Schule entfernt befand. Dort wollte er am Ufer eine Andacht halten. Sie kamen am Wasser an und beteten, Gott möge etwas Mächtiges bei den Kindern bewirken. Er betete um Vollmacht für die Predigt und dass der HERR sie für alles, was vor ihnen lag, mit seinem Geist ausrüsten möge. Sie sangen unter den Bäumen, während sie von Tausenden von Käfern, die es nur in Afrika gibt, umringt wurden. Rosa Flamingos flogen in Wassernähe vorbei. Und während sie noch sangen, spürte Charles, dass die Kraft des Heiligen Geistes über ihn kam.

Hinter sich – oben auf der Straße – hörten sie, wie einige Autos ihre Geschwindigkeit verlangsamten. Charles sah sich um und erblickte eine Autokolonne, die näher kam. Ein vornehmer Mann stieg aus. Charles erkannte ihn.

Es war der kenianische Präsident Daniel Moi.

Er kam zum Seeufer herab und blieb in der Nähe der Flamingos stehen. Er ging den Strand entlang und, als er die Gruppe singen hörte, kam er näher. Sie hörten auf zu singen.

„Hallo“, sagte der Präsident.

Charles begrüßte ihn. Moi konnte sich noch an Charles erinnern. Nach so langer Zeit konnte er sich noch an den Mann erinnern, den er bei der Pastorenkonferenz in einer Kirche in Eldoret getroffen hatte. Charles erklärte, warum er hier war.

„Ich bin sehr froh, dass jemand wie du mit diesen jungen Leuten hier her gekommen ist, um für die Schüler zu beten. Das brauchen wir in unserem Land."

Sie redeten noch eine Weile, und als Moi gerade gehen wollte, sagte er: „Ich möchte dir ein kleines Geschenk machen. Könntest du mit mir zum Auto kommen?"

Charles folgte ihm zur Autokolonne. Der Fahrer öffnete die Tür für Moi, der sich auf die Rückbank setzte und ein paar Augenblicke später wieder auftauchte. In seiner Hand hielt er einen Umschlag, den er Charles überreichte.

„Ich möchte dir das hier geben", sagte er.

Charles fühlte das Gewicht des Umschlags. Er fragte sich, wie viel wohl darin war.

„Hier sind 20000 Schilling"[1], sagte Moi. „Es ist nicht viel, aber das kann ich dir anbieten."

„Das ist eine Menge", sagte Charles. „Das wird die Waisenkinder über einen Monat lang satt machen."

Moi lachte. „Dann bin ich froh, dass es für einen guten Zweck verwendet wird."

Moi stieg wieder in sein Auto und fuhr davon. Charles ging zu seinem Team zurück und erzählte ihnen, was gerade passiert war. Es war das erste Mal, dass ein Afrikaner ihn in seiner Arbeit finanziell unterstützt hatte.

Um halb sieben verließen sie die Käfer und Flamingos und kehrten an die Schule zurück. Sie fühlten sich von Kraft erfüllt. Das Vertrauen in die Gegenwart Jesu Christi brannte in ihnen. Die Zeit mit Gebet und Gesang hatte sie auf die Begegnung vorbereitet. Und diese Zurüstung sollte sich noch als notwendig erweisen.

Sie wurden bereits erwartet. Ein Junge, ein Mädchen und eine Lehrerin warteten auf sie. Sie standen vor dem vollen Hörsaal und hielten Ausschau nach dem Mann, von dem sie hofften, er könne die Lösung für ihre Probleme sein. Charles und sein Team betraten die Schule.

„Mr. Mulli!", rief die Lehrerin und eilte auf sie zu. „Mr. Mulli!"

Charles drehte sich um, und sah die Lehrerin, die zwei Kinder an der Hand hielt und auf ihn zu gerannt kam.

---

[1] etwa 200 Euro

„Bitte helfen Sie ihnen“, sagte sie außer Atem. Ihr Gesicht war voller Angst. Sie sprach schnell, als wolle sie allen Einwänden entgegenwirken.

„Worum geht es?“

„Diese Kinder. Sie brauchen Ihre Hilfe. Gottes Hilfe. Ich habe gehört, was Sie bewirkt haben. Wir alle haben davon gehört. Wir wissen, dass Gott Sie benutzt, um Menschen zu helfen, die...“ Sie unterbrach sich, als würde die Erwähnung des Problems das Ganze noch schlimmer machen. Sie blickte ihm fest in die Augen und sprach mit ruhiger Stimme, als wolle sie die Kinder nicht durcheinander bringen. „Wir glauben...“ Sie brachte die Worte nicht heraus. Sie sah zu ihrer Linken und zu ihrer Rechten, als würde sie von irgendetwas belauert, das nur darauf wartete, auf sie zu stürzen, wenn sie das Problem beim Namen nannte. Sie schluckte. Die Kinder brauchten Hilfe. Dringend. Und nicht nur die beiden Kinder. Es betraf auch sie. Und es betraf sie alle. Sie atmete tief ein. „Ich glaube, sie sind besessen“, sagte sie.

Sie biss sich auf die Lippen, als wolle sie sich zwingen, nicht noch mehr zu sagen.

Charles schwieg. Er nickte nur und kniete sich hin, um auf Augenhöhe mit den Kindern zu sein. Sie kamen näher. Alles bis auf ihre Augen schien normal zu sein. Ihre Augen waren leblos und ausdruckslos. Kein Glanz, keine Energie, keine Freude.

„Wie geht es euch?“, fragte Charles mit sanfter Stimme.

Die Kinder gaben keine Antwort.

„Wie fühlt ihr euch?“, fragte Charles, der hoffte, ein Gespräch in Gang zu bringen.

„Ich habe Angst“, flüsterte das Mädchen.

Und als sie das sagte, schien sich der Korridor zu verdunkeln. Alles wurde still. Es war, als wären sie die einzigen Menschen in der ganzen Schule.

„Wovor hast du Angst?“, fragte Charles.

Sie sah auf den Jungen neben sich und fragte sich, ob es wohl in Ordnung war, über ihr Problem mit einem Fremden zu sprechen. Der Junge gab keine Antwort, also fuhr sie fort.

„Ich sehe Bilder“ sagte sie. Sie konnte nicht älter als zehn sein, war klein gebaut und hatte eine sanfte, nervöse Stimme.

„Was für Bilder?“, fragte Charles.

Sie schloss die Augen und presste die Lippen zusammen. Die Lehrerin kniete sich nieder und schlang ihre Arme um sie. „Jetzt passiert es wieder. Bitte, bitte, sie müssen etwas tun."

„Siehst du die Bilder gerade jetzt?", fragte Charles.

Sie nickte und begann, ihren Kopf hin und her zu schleudern, um das, was sie in ihrem jungen Gehirn sah, loszuwerden.

Charles legte seine Hand auf ihren Kopf und spürte wie ihr Körper bei diesen schrecklichen Bildern zusammenzuckte. „Vater, im Namen Jesu Christi, du siehst, wie dieses Mädchen leidet. Im Namen Deines Sohnes Jesus Christus befehle ich diesen Geistern, die sie anfallen, zu verschwinden."

Sie hörte auf, sich zu schütteln. Ihre Augen blieben geschlossen, und ihr Gesicht war angespannt, als wartete sie auf einen weiteren Anfall. Aber er kam nicht. Sie wartete und spürte zum ersten Mal, wie es war, frei von diesen Schreckensbildern in ihrem Kopf zu sein.

Sie öffnete die Augen und sah Charles.

„Wie fühlst du dich?", fragte er.

Sie blinzelte. Sie waren weg. Die Bilder waren wirklich weg. Sie konnte sich nicht einmal daran erinnern, wie es war, unter diesem Fluch zu stehen. Ein schwacher Hoffnungsschimmer flammte in ihren Augen. Ein Augenblick ohne Furcht. Ein Augenblick ohne Bilder.

„Sie sind weg. Sie sind tatsächlich weg." Sie sah zu Charles auf. „Kommen sie wieder?"

„Nein. Sie kommen nicht wieder. Hast du eine Bibel?"

„Ja."

„Liest du darin?"

„Ja."

„Das ist gut."

„Wie können Sie wissen, dass sie nicht mehr wiederkommen?"

„Weil Jesus sie weggenommen hat und weil du dich entschieden hast, ihm nachzufolgen."

Sie nickte. Charles wandte sich dem Jungen zu.

„Hallo", sagte Charles.

Der Junge rollte mit den Augen, als versuche eine unsichtbare Macht in seinem Inneren, den direkten Blickkontakt mit Charles zu vermeiden.

„Ich heiße Charles Mulli, und ich liebe dich sehr."

Der Junge begann mit den Zähnen zu klappern. Ihm war kalt. Sein Atem ging kurz und langsam, als würde er ahnen, dass gleich etwas Schlimmes passieren würde.

„Geht es dir gut?“, fragte Charles.

Der Junge sah hinter sich. Dort war nichts. Er sah wieder nach hinten. Wieder nichts.

„Ich sehe es“, sagte er.

Charles sah an dem Jungen vorbei und erblickte einen leeren Korridor.

„Was siehst du?“, fragte Charles.

„Ich sehe es, wirklich.“

„Da ist nichts. Da ist nichts hinter dir.“

„Doch. Es ist überall. Ich sehe es überall, wo ich hingehe.“

„Was siehst du?“

Der Junge schluckte. Sein Atmen wurde lauter. Seine Augen konnten nicht still stehen, als er um sich blickte.

„Ich sehe es seit zwei Jahren. Es kommt und ich kann nichts dagegen tun.“

„Was kommt? Du kannst es mir sagen. Was kommt?“

Ein Zucken durchfuhr den Jungen. Es sah aus als würde ihn ein elektrischer Schock durchfahren. Das war nicht menschlich. Panik machte sich in den Augen des Jungen breit.

„Es kommt aus dem Nirgendwo. Es will mich umbringen. Es kommt aus dem Schatten. Wenn ich im Bett liege. Wenn ich in der Schule den Korridor entlang laufe. Wenn ich auf dem Feld bin. Es kommt vor allem nachts. Es ist hinter mir her. Es kommt, um mich umzubringen.“ Er schloss die Augen um das Bild des Bösen aus seinem Kopf zu bekommen. Aber sich in diese innere Welt zurückzuziehen machte alles nur noch schlimmer. Er öffnete die Augen.

„Es wird mich umbringen.“

„Nein, das wird es nicht.“

„Doch. Letzten Endes wird es das. Ich kann nicht ewig davor davonlaufen.“

„Ich kenne eine größere Macht als das, was du siehst.“

„Nicht einmal im Krankenhaus konnten sie mir helfen.“

„Ich kenne Jemanden, der dir helfen kann.“

„Es ist zu mächtig. Es kennt mich. Es kennt meine Gedanken. Es ist nur noch eine Frage der Zeit.“

„Jesus Christus kann dich befreien."

Plötzlich ging der Junge zu Boden. Es war, als hätte ihm ein unsichtbarer Mann einen Schlag versetzt, der ihn so fallen ließ. Sein Körper krümmte und bog sich. Er wand sich vor Schmerzen.

Die Lehrerin kreischte. Sie hatte das schon ein Dutzend Mal erlebt, aber jedes Mal verspürte sie dieselbe Angst. Sie trat zurück und versuchte, diesen Geist, der das Kind angriff, nicht auf sich zu lenken.

Der Junge schrie und brüllte in einer abscheulichen und heiseren Sprache, die Charles nicht verstand.

Er streckte seine Hand aus und legte sie dem Jungen auf den Kopf.

„Vater," sagte er. „Du hast die Macht. Du bist mächtiger als das, was in den Gedanken des Jungen vor sich geht. Dein Blut hat den Satan vernichtet. Dein Blut hat das Böse vernichtet. Im Namen Jesu Christi befehle ich diesem bösen Geist, zu verschwinden."

Der Junge stieß einen abscheulichen Schrei aus, der ihre Ohren schmerzen ließ.

Dann wurde alles still.

Die Ruhe nach dem Sturm.

Der Junge begann zu weinen. Charles hob ihn vom Boden auf und stellte ihn wieder auf die Füße. Die Lehrerin sah dem Geschehen erstaunt zu. Wie hatte solch ein unlösbares Problem, mit dem sie sich schon seit zwei Jahren beschäftigte, innerhalb so kurzer Zeit gelöst werden können?

Der Junge sah Charles direkt an. Seine Blicke waren nicht mehr nervös und ohne Angst. Es waren klare braune Augen, die Charles anblickten, weil der Junge erleichtert war, befreit worden zu sein.

„Es ist weg", flüsterte der Junge.

„Und es kommt nie wieder", antwortete Charles. Er streckte dem Mädchen seine Hand hin. Sie gab ihm ihre Hand und kam näher. „Ihr beide habt ein Wunder erlebt."

„Wie haben Sie das gemacht?", fragte sie.

„Ich habe gar nichts gemacht", sagte er. „Das war Jesus Christus. Die Macht Jesu, der am Kreuz für uns gestorben ist, hat die Bilder in euren Gedanken vertrieben. Er hat das für euch beide getan, und er möchte sein Leben in euch leben."

„Jesus hat das gemacht?"

„Ja."

„Weil Er uns liebt?“ fragte der Junge.
„Das ist richtig.“
„Warum liebt Er uns?“, fragte das Mädchen.
„Weil Gott das auch tut.“

Nach dem Singen und dem Theaterstück stand Charles auf, wandte sich an das große Publikum und erzählte ihnen von der Liebe und der Macht Gottes. Er lud die Kinder ein, die ihr Leben Jesus geben wollten, nach vorne zu kommen. Sie sollten Gott bitten, ihre Sünden zu vergeben und sie zu Seinen Kindern zu machen. Einhundertfünfundachtzig Kinder gaben an diesem Abend ihr Leben Jesus Christus.

Auch der Junge und das Mädchen.

Es wird eng

1994 war das Heim in Eldoret zu klein geworden. Die Mullis kümmerten sich um etwa 200 Kinder, und es war unmöglich, sie alle auf ihrem Grundstück unterzubringen. Sie hatten Schlafräume aus Wellblech und provisorische Klassenzimmer gebaut, die schon längst nicht mehr für alle Kinder reichten. Sie brauchten mehr Geld und sie brauchten vor allem auch mehr Platz. Charles und Esther hatten all ihre Unternehmen verkauft und all ihren Besitz, bis auf zwei Grundstücke. Sie besaßen lediglich noch ihr Haus in Eldoret und ihr Grundstück in Ndalani, wo sie sich im Alter niederlassen wollten.

Das Grundstück lag am langen und gewundenen Thika-Fluss, unberührt, unbesiedelt, unentwickelt. Aber Charles Mulli sah das enorme Potential, das in dem Stück Land steckte. Er hatte einen Plan für das ganze Gelände entworfen. Er wollte ein großes Haus für seine Familie bauen, nur einen Steinwurf vom Fluss entfernt. Sie würden Obstbäume pflanzen – Mangos, Zitronen, Bananen. Es sollte ihr Alterswohnsitz, ihre Zukunft sein.

Es war das einzige, was ihnen noch geblieben war.

„Es ist alles, was wir noch haben“, sagte Esther, während sie und Charles aufräumten. Sie hatten für die Kinder einen Festtag organisiert und jetzt, da die meisten Kinder im Bett waren, hatten sie Zeit, die Vorbereitungen für den nächsten Tag zu treffen.

„Ich weiß“, sagte Charles. „Ich liebe diesen Platz.“

„Es wird nie mehr unser Platz sein. Genau wie dieses Haus nie wieder unseres sein wird.“

„Macht es dir etwas aus?“

„Meinst du das Anwesen in Ndalani oder das hier?“

„Beides."

Esther nahm einen Lappen und putzte die Tische ab. „Ich liebe diese Kinder, Charles."

„Das weiß ich. Das sieht man bei allem, was du tust, Esther."

„Zuerst habe ich geglaubt, du wärst verrückt." Sie lachten beide. Sein Lachen war lauter als ihres und erfüllte das gesamte Grundstück hinter dem Haus, auf dem die Schlafräume und die Schule standen. „Diese Kinder haben Sachen aus unserem Haus gestohlen, Dinge kaputt gemacht, einige rennen immer wieder davon und prostituieren sich wieder oder kehren zu ihren ehemaligen Banden zurück, von denen du sie gerettet hast. Du suchst sie und bringst sie wieder hierher nach Hause zurück. Manchmal habe ich mich gefragt, was mit diesen Kindern los ist."

Charles lachte wieder. Er hatte viele Straßenkinder aus ihrem grausamen Leben gerettet. Und doch waren einige wieder zurückgefallen, hatten den Weg der Hoffnung wieder verlassen, um sich der Selbstzerstörung auszuliefern.

„Jetzt sind sie nicht nur ein Teil unseres Lebens. Sie *sind* unser Leben. Fast sind sie uns wichtiger als Jesus Christus..."

„Ich verstehe", sagte Charles.

„Ich frage mich, Charles, was aus uns werden wird. Es ist zu groß, als dass wir alleine damit fertig werden. Ich frage mich, was für eine Zukunft wir unseren eigenen Kindern bieten können. Ich frage mich, was wir tun sollen, wenn es uns schließlich über den Kopf wächst. Wenn wir das Grundstück hergeben, haben wir keine Sicherheiten mehr. Wir hatten einmal ein Unternehmen, Besitz, Freunde. Jetzt haben wir nichts mehr." Sie fing sich wieder. „Nichts außer Gott, natürlich, aber du weißt, was ich meine."

„Ja."

„Und du willst es trotzdem verkaufen?"

„Du nicht?"

„Ich frage dich", sagte Esther.

„Ich frage mich, ob wir das Grundstück behalten können, wenn wir hier keinen Platz haben, die Schule zu erweitern."

„Dann ist die Entscheidung gefallen."

„Ist es auch deine Entscheidung?" Charles sah sie an, um sich zu versichern, dass sie die Entscheidung gemeinsam trafen. „Ist es auch deine Entscheidung?"

Esther legte den Lappen zurück in den Wassereimer. „Ja, Charles“, sagte sie. Sie blickte erleichtert, aber zugleich besorgt über die Aussicht auf eine ungesicherte Zukunft.

Der Einweihungsgottesdienst für die MCF Ndalani wurde am 20. August 1994 gehalten. Rund 400 Menschen aus Nairobi und Ndalani versammelten sich unter der goldenen, gleißenden Sonne, um zu beten. Nachdem Charles das letzte Gebet gesprochen hatte, blieben die Leute noch, um zu essen und sich zu unterhalten. Ihre leiblichen Kinder, Jane, Grace, Ndondo, Kaleli, Mueni, Isaac und Dickson, waren für das Essen zuständig. Sie bedienten die Leute zuvorkommend. Alle außer Jane, die anderes im Sinn hatte.

Sie würde am nächsten Tag heiraten.

Der gesamte Chor der MCF mit seinen 200 Sängern sang für Jane bei ihrer Hochzeit in Nairobi. Den Kirchenbesuchern gefiel das gut. Straßenkinder, denen ein Neuanfang ermöglicht worden war, sangen für Jane bei ihrem Neubeginn.

Charles schickte zwei Mitarbeiter nach Ndalani. Sie sollten dort eine Landwirtschaft beginnen und so das Land besiedeln. Sie bereiteten das öde Land auf die Ankunft von siebzehn Jungen vor, die 1995 aus Eldoret kommen würden. Es waren Störenfriede, und Charles fand, dass es für sie am Besten war, aufs Land zu ziehen, um dort das Leben aus einer anderen Perspektive kennen zu lernen. Gemeinsam mit zwei Lehrern entstanden so die Anfänge des MCF-Heims in Ndalani. Neben dem schulischen Unterricht wurden sie in Landwirtschaft und Tischlerarbeit ausgebildet. Das Programm war vielseitig, es beinhaltete Erziehung, Seelsorge, körperliche Entwicklung und Arbeit. Die Jungen änderten ihr Leben von Grund auf und blühten in ihrer neuen Umgebung regelrecht auf.

Charles Mulli war jetzt Vater von etwa 200 Kindern, leitete ein Projekt und predigte bei evangelistischen Einsätzen, bei denen Hunderte von Menschen gerettet wurden. Darüber hinaus beschloss Charles, sich am Missionary College in Eldoret einzuschreiben. Er studierte bei Pastor Kitonyi, einem Mann, der aus tiefem Herzen lachen konnte und ein Herz für die Straßenkinder hatte.

Charles ging unter der Woche zur Schule und an den Wochenenden besuchte er die Jungen in Ndalani. Bei Gesprächen unter dem Sternenhimmel, und manchmal auch am Flussufer des Thika unter den wunderschönen Bäumen, lernte er sie besser kennen. Dort öffneten sich die Jungen und erzählten von ihren drogenabhängigen Müttern, die *Changa'a* herstellten, um sich zu ernähren, aber die nicht genug verdienten, um auch noch ihre Kinder zu versorgen. Deshalb mussten sie auf die Straße.

Sie erzählten Charles ihre Lebensgeschichte. Einige waren harmlose Straßenjungen, die von einem Ort zum andern zogen, um zu betteln, und unter den Vordächern von Geschäften schliefen. Andere aber erzählten brutalere Geschichten. Geschichten über Banden, über Gewalttaten. Ihre Vergangenheit war voller Probleme. Zum ersten Mal erzählten einige von ihnen, wie sie Mädchen vergewaltigt hatten. Das überraschte Charles nicht. Viele der Mädchen, die er aufgenommen hatte, waren vergewaltigt worden. Während die Straßen schon für die Jungen ein schlimmer Ort waren, waren sie für die Mädchen geradezu furchtbar.

Charles war der einzige Mensch, der sich jemals Zeit genommen hatte, den Jungen zuzuhören. Er brachte ihnen die Liebe entgegen, die sie brauchten, um zu begreifen, dass sie trotz dem, was sie waren, trotz dem, was sie getan hatten und trotz dem, was ihnen angetan worden war, für Gott immer noch wertvoll waren.

Am 31. Dezember 1995 organisierte Charles den Umzug aller Jungen der Schulklassen zwei bis sieben (insgesamt etwa 220) nach Ndalani, gemeinsam mit den Lehrern und Mitarbeitern. Einige der Kinder weigerten sich. Sie blieben in Eldoret. Aber die meisten zogen in ihr neues Zuhause, etwa 460 Kilometer nach Süden, in eine Gegend, von der die meisten von ihnen noch nie etwas gehört hatten.

Sie wohnten in Schlafsälen aus Wellblech. Die meisten schliefen zu zweit in einem Bett. Manche hatten das Glück, eine Matratze zu haben. Diejenigen, die keine Matratze hatten, schliefen auf Lattenrosten. Sie holten ihr Trinkwasser aus dem Thika-Fluss, der die Jungen bisher monatelang mit gutem Wasser versorgt hatte. Aber die Neuankömmlinge waren an das Wasser nicht gewöhnt. Das Wasser aus dem Fluss enthielt viele Krankheitserreger, wodurch zwanzig bis dreißig Kinder pro Woche erkrankten, bis sie sich alle daran gewöhnt hatten. Mullis nahmen an, dass das Wasserproblem damit gelöst sei.

Aber das sollte sich schon bald als Trugschluss erweisen.

Den Kindern wurden außer ihren Schularbeiten auch Tätigkeiten in der Landwirtschaft oder im Haus zugewiesen. Sie verschönerten das Anwesen. Jedes Kind nahm an einer Bibelgruppe teil. Die meisten schlossen sich gerne einem der Chöre an, die bei den täglichen Andachten der gesamten Schule auftraten. Und sie fanden immer genügend Zeit, um jeden Tag nach dem Mittagessen zu schwimmen und sich so in der unbarmherzigen Hitze etwas abzukühlen. Die Kinder mussten sich an den Höhenunterschied gewöhnen. Eldoret liegt auf einer Höhe von 2200 Metern über dem Meeresspiegel, Ndalani hingegen nur auf 975 Metern. Die geringere Meereshöhe bedingt höhere Temperaturen, und 40°C sind dort nicht ungewöhnlich.

Aber während die Kinder sich allmählich für ihr neues Leben begeisterten, regten sich die Dorfbewohner immer mehr darüber auf, dass diese ehemaligen Prostituierten und Verbrecher in ihre Gegend eingedrungen waren.

Das eigentliche Anwesen lag auf dem Land, zehn Kilometer entfernt von der Ortsmitte von Ndalani, also waren die Kinder viel weiter weg von anderen Wohnhäusern als in Eldoret. Aber manchmal reicht die bloße Anwesenheit schon aus, um Unruhe zu stiften, und die Dorfbewohner wollten sie nicht bei sich haben.

Ndalani, das sich im Gebiet der Kamba befindet, hatte keine Bewohner, die daran interessiert waren, auch Mitglieder anderer Stämme zu akzeptieren. Alle 42 Stämme in Kenia haben ihr eigenes Gebiet, ihre Siedlungen, ihre eigenen Probleme. Warum konnte Charles, der selbst ein Kamba war, das nicht verstehen? Warum brachte er diese Mischung aus Kikuyus, Luos, Luhyas, Kambas und Masais hierher und stiftete Unfrieden? Dafür gab es keinen Grund. Die Kinder waren in Eldoret eine Bedrohung. Und sie waren auch eine Bedrohung in Ndalani.

Die Ältesten von Ndalani riefen Charles zu einem Treffen mit dem Chef in das Ortszentrum. Charles kam herein und setzte sich an einen kleinen Tisch gegenüber der Gruppe von Männern. Ein Mann, der nahe am Eingang stand, schloss die Tür. Es war kühl in dem kleinen Raum. Zwar war es mitten am Tag, jedoch gab es nur wenige Fenster, so dass man das Gefühl hatte, es sei bereits viel später.

„Warum hast du beschlossen, diese Kinder – diese Verbrecher – zu uns zu bringen?“

Charles erkannte den Mann als zuständigen Beamten noch aus der Zeit, als sein Vater beinahe zu Tode geprügelt worden war. Und in diesem Moment sah er seinen Vater mit dem Gesicht nach unten auf dem Boden liegen. Er hörte, wie der erste Stock auf seinen Rücken einschlug. Er sah den angsterfüllten Ausdruck in Daudis Gesicht, als er sich vor Schmerzen krümmte und dann verzweifelt zu Charles blickte und wider alle Vernunft hoffte, sein Sohn würde ihn vor der verdienten Strafe retten.

„Wir hatten erwartet, dass jemand wie du uns Fortschritt bringt, unser Land kultiviert. Du bist ein Kamba, und du hast Erfolg. Du bist ein Sohn von uns. Du bist reich geworden. Du kannst dieser Gemeinde helfen. Aber was machst du stattdessen? Du kommst hier mit Verbrechern an. Warum machst du das? Warum kannst du nicht alleine kommen?"

Charles schloss einen Moment lang seine Augen, als könne er dadurch die Bilder von seinem Vater aus seinen Gedanken vertreiben.

„Ihr habt teilweise Recht. Wisst ihr, diese Kinder waren tatsächlich Verbrecher. Aber jetzt sind sie es nicht mehr. Sie haben sich geändert."

„Wie kannst du dir da so sicher sein?", fragte ein weiterer Beamter. „Die Bewohner hassen dich. Sie wollen dich und die Kinder vertreiben. Und wenn sie sich dazu entschließen, dann kann man sie nicht mehr aufhalten!"

„Das werden sie nicht tun."

„Doch, Charles."

„Niemand kann uns fortschicken."

„Charles, du musst verstehen, wie wütend die Leute hier sind. Mit ihnen kann man nicht argumentieren. Du hast verschiedene Stämme auf unser Gebiet gebracht. Das regt die Leute auf. Und nicht nur das. Du hast Angst in Ndalani verbreitet, weil du Prostituierte und Bandenmitglieder hierher gebracht hast."

„Ich sage euch doch, dass das kein Problem sein wird."

„Kannst du garantieren, dass das Dorf nicht gefährdet ist?"

„Das kann ich."

Charles gab diese Antwort spontan. Aber als er die Gelegenheit hatte, über seine Antwort nachzudenken, wurde ihm klar, dass er bestenfalls *hoffen* konnte, dass nichts schief gehen würde. Außerdem musste er diese Zusicherung geben. Wenn nicht, würde das Dorf außer sich geraten – wozu sie sowieso neigten. Wie zum Beispiel bei Prügelstrafen.

„Das kannst du?"

Es gab kein Zurück mehr. Charles vertraute darauf, dass Gott das Leben der Kinder ändern würde und sie in diesem Dorf kein Problem darstellen würden.

„Das kann ich."

„Sehr gut", sagte der Beamte. „Dann wünsche ich dir alles Gute, Charles. Dir und deiner ganzen Gruppe. Ihr werdet es brauchen. So viele Straßenkinder mit so wenigen Ressourcen aufzuziehen, ist reiner Wahnsinn."

In Ndalani

Zwar hatten die Dorfbewohner von Ndalani beschlossen, die Kinder zu akzeptieren – oder sie zumindest nicht aus dem Dorf zu vertreiben – doch die Bildungsbehörden stellten noch ein Problem dar. Die Stammeskonflikte führten dazu, dass Charles nicht die Genehmigung bekam, seine Kinder, die mehrheitlich keine Kambas waren, die Schulprüfung ablegen zu lassen. Ndalani befand sich im Bezirk Yatta im Machakos-Distrikt. In diesem Distrikt gab es 940 Schulen, von denen alle dem Stamm der Kambas angehörten. Die Beamten, die für die elf Schulen in Ndalani zuständig waren, wollten Charles' Antrag nicht annehmen, weil sie fürchteten, dass der Leistungsdurchschnitt der Schulen in Ndalani durch die Aufnahme dieser Kinder sinken würde.

„Wir wissen, dass Straßenkinder nie etwas zustande bringen", erklärten sie ihm. „Wir werden dir nicht erlauben, eine Schule zu gründen."

Also ging Charles zur entsprechenden Behörde des gesamten Machakos-Distrikts, um gegen die Entscheidung der Beamten in Ndalani Beschwerde einzulegen. Aber dort wurde diese Bitte ebenfalls abgelehnt. Also bat Charles um einen Termin beim Bildungsminister, der bei dieser Entscheidung die höchste Autorität war. Die Lehrer und Schüler der MCF beteten, Gott möge eingreifen und dem Minister die Augen öffnen und ihn erkennen lassen, welchen Stellenwert eine ordentliche Schulbildung für benachteiligte Kinder hatte.

Zwei Monate später erhielt Charles die Zusage für ein Treffen. Schon der Zeitpunkt des Treffens schränkte die Chancen ein, denn der Termin war nur drei Tage vor dem Stichtag für die Erteilung der Prüfungszulassungen in diesem Jahr. In Kenia müssen alle Kinder, die ihre Schule fortsetzen möchten, nach der achten Klasse an landesweiten Prüfungen teilnehmen, um zur weiterführenden Schule zugelassen zu werden. Ebenso müssen sie nach der zwölften Klasse Prüfungen ablegen, um – falls sie unter den besten zehn Prozent sind – an einer Universität zugelassen zu werden. Die MCF hatte Kinder in der achten Klasse, die sich auf ihre landesweiten Prüfungen vorbereiteten.

Charles fuhr also nach Nairobi und traf sich mit dem Bildungsminister. Er war kein Kamba, was in Charles die Hoffnung aufkeimen ließ, dass er die Angelegenheit objektiv beurteilen würde.

„Was?“, rief der Minister. Er war Charles ruhig und freundlich vorgekommen, aber als sie sich in seinem Büro trafen und Charles ihm die Lage geschildert hatte, verlor er die Beherrschung. „Sie lehnen euch ab?“

„Ja.“

„Warum?“

Charles war in einer Zwickmühle. Wenn er ihm den wirklichen Grund dafür nannte, warum die lokalen und regionalen Behörden ihm die Genehmigung verweigert hatten, würde er ihnen Probleme machen. Allerdings wäre es vielleicht ganz gut, sie bloß zu stellen.

„Das müssen Sie sie fragen“, sagte Charles.

Das tat der Minister. Er rief im Machakos-Distrikt an. Er schalt sie ob ihrer Dummheit und verfasste dann einen Brief, in dem er ihre Entscheidung überstimmte und der MCF das Recht zusprach, die Prüfungen durchzuführen.

Als Charles aus dem Büro trat, sprach er ein Gebet, in dem er Gott dankte. Er war stolz darauf, seinen Kindern die Teilnahme an den Prüfungen der achten Klasse ermöglichen zu können. Etwas, das ihm selbst nie vergönnt gewesen war.

Im November 1996 wurden bei der MCF die ersten Schulabschlussprüfungen abgelegt. Die ganze Familie versammelte sich, um für die Prüflinge zu beten. Und danach gingen sie in ihre einwöchigen Prüfungen, um es den lokalen und regionalen Behörden zu zeigen.

Monate später wurden die Ergebnisse aller kenianischen Schulen vom Bildungsministerium an die Distrikte weitergereicht, um sie in ihren Schulen zu veröffentlichen. Otieno von der MCF fuhr los, um sich die Ergebnisse abzuholen. Charles und Jacob öffneten den Umschlag gemeinsam. Was sie sahen, verblüffte sie.

Die MCF hatte von den elf Schulen in Ndalani am besten abgeschnitten. Und nicht nur das, sie waren auch die beste von den 124 Schulen im

Bezirk Yatta. Und dann stellten sie noch fest, dass sie von allen 940 Schulen in Machakos die beste waren.

Die MCF hatte in allen Gebieten den Durchschnitt angehoben.

Von den Tausenden von Schulen in ganz Kenia waren sie unter den hundert besten. Die Bildungsbehörden im Machakos-Distrikt konnten es nicht glauben. Die Kinder, die sie missachtet und von denen sie gemeint hatten, sie seien nichts wert, hatten ihnen einen Sieg eingefahren.

An jenem Abend wurde bei der MCF ein Dankgottesdienst gefeiert. Unter dem afrikanischen Himmel klatschten die Kinder in die Hände und sangen mit solcher Überzeugungskraft, dass sie bis zur Hauptstraße gehört werden konnten. Die Kinder, die die Prüfungen abgelegt hatten, fühlten sich geehrt. Man hatte ihnen nichts zugetraut, und sie hatten so gut abgeschnitten. Sie waren die Besten. Sie waren erfolgreich gewesen.

Gott hatte ihnen diesen Sieg geschenkt.

Die Kinder der MCF schnitten auch weiterhin in der Schule so gut ab, dass die Bewohner von Ndalani, die sie einst nicht haben wollten, nun darum baten, dass auch ihre Kinder auf diese Schule gehen dürften. Charles erklärte ihnen, dass die MCF nur Waisen helfen könne, und so wurden sechzig Waisenkinder aus Ndalani und Umgebung bei der MCF aufgenommen. Sie gehörten zur allerniedrigsten Gesellschaftsschicht. Durch Gottes Führung erbrachten sie in den Gebieten Bildung und Sport Meisterleistungen.

Die MCF wurde bekannt für ihr Sportprogramm mit Laufdisziplinen, Fußball und Karate. Die umliegenden Schulen fragten sich, warum gerade die MCF alle Pokale bei sämtlichen regionalen und überregionalen Schulwettbewerben errang. Sie hatten sogar einen naturwissenschaftlichen Wettbewerb des Bezirks Yatta gewonnen, bei dem es um die Entwicklung von neuen Technologien ging. Sie hatten ihn gewonnen, weil sie eine neue Rationierung für Tierfutter erfunden hatten. Sie hatten eine innovative und preisgünstigere Methode entwickelt, die notwendigen Bestandteile Protein, Kohlenhydrate, Fett und Vitamine zu mischen.

1997 fuhren sie zu den Entscheidungswettkämpfen der Fußballmeisterschaft im Bezirk Yatta. Unter 124 Schulen schafften sie den Weg ins Finale und gewannen schließlich auch die Meisterschaft. Als der Schiedsrichter das Spiel abpfiff, jubelte das MCF-Team. Die Jungen rannten aufeinander zu, um sich gegenseitig zu gratulieren. Die Lehrer, die diese Reise organisiert hatten, rannten ebenfalls auf das Spielfeld. Hier standen sie, Kinder aus dem gesamten Land. Kinder mit einer schrecklichen Vergangenheit, Kinder aus verschiedenen Stämmen. Sie waren alle gerettet worden und hatten es geschafft, aufzusteigen. Jetzt spürten sie den Teamgeist einer siegreichen Mannschaft.

Die etwa 60 Jungen der MCF setzten sich wieder auf den großen, von einem Traktor gezogenen Anhänger und machten sich auf den weiten Weg zurück nach Ndalani. Sie ließen ihre Pokale herumgehen, so dass sie jeder bewundern konnte, und sangen Lob- und Danklieder, während sie die Straße entlang holperten. Plötzlich hielt der Traktor an. Die Jungen schauten nach vorn.

Große Felsbrocken lagen auf der Straße.

Und plötzlich griffen über 200 Jungen aus zwei umliegenden Schulen den Anhänger an, warfen Steine und beschimpften die Jungen. Sie schworen so laut sie konnten, dass sie die Pokale stehlen und die Jungen der MCF zu Tode prügeln würden.

Aber die MCF-Jungen, die auf der Straße groß geworden und in Karate ausgebildet waren, waren der Aufgabe gewachsen. Sie sprangen vom Anhänger und rannten auf ihre Angreifer zu.

Was nun folgte war wie eine Szene aus einem Actionfilm. Die MCF-Jungen verteidigten sich mit verschiedenen Karate-Techniken. Wilde Rufe und Schreie erfüllten die vorher friedliche Umgebung der Straße. Der Kampf wurde so heftig, dass die Lehrer der MCF wegrannten um nicht umgebracht zu werden.

Einer der MCF-Jungen nahm es mit drei Angreifern auf, die alle Steine in den Händen hielten, mit denen sie ihm den Kopf einschlagen wollten. Er kickte den ersten in die Brust mit einem entschiedenen Fersentritt zur Seite. Das nahm ihm die Luft weg und er ging zu Boden. Das nächste Opfer machte den Fehler, weit auszuholen, um ihm einen Schlag an die Schläfen zu versetzen. Aber der MCF-Junge hob seinen Arm und parierte den Schlag mit einer weiten Bewegung. Dann nahm er den Gegner am Handgelenk und zog ihn näher an sich heran. Der MCF-Junge hob seine Faust, holte aus und schmetterte sie auf das Gesicht des Angreifers. Sie hörten alle ein Krachen, als der Junge schreiend zu Boden ging.

Dem dritten Angreifer hätte klar sein müssen, dass er wohl unterlegen sein würde. Aber er war wütend und wollte nicht von diesen erbärmlichen, nutzlosen Straßenkindern überwältigt werden, die es eigentlich gar nicht verdient hatten, hier zu sein. Die beiden sahen sich fest in die Augen und belauerten sich, um den Angriff des anderen rechtzeitig abwehren zu können.

Der MCF-Junge wechselte seine Stellung, so dass sein rechtes Bein hinten und sein linkes Bein vorne war. Der Gegner griff ihn an. Mit einer ruhigen, kühlen und beinahe einstudierten Bewegung verdrehte der MCF-Junge seine Hüften, wandte sich in die andere Richtung und blickte über seine Schulter, während er sein rechtes Bein ausstreckte, um seinem Gegner seine Hacke in die Hüften zu rammen. Das saß. Ein scheußliches Knacken war zu hören. Sein Gegner fiel zu Boden. Er schrie so laut, dass die neben ihnen Kämpfenden innehielten. Der MCF-Junge griff noch mehr Gegner an, um seine Freunde zu unterstützen. Innerhalb weniger Minuten lagen Dutzende von Angreifern auf dem Boden und bluteten aus Mund und Nase. Einige von ihnen hatten Knochenbrüche erlitten. Einige schwebten in einem gefährlichen Zustand zwischen Bewusstsein und Bewusstlosigkeit.

Die Polizei traf ein und verjagte die noch verbliebenen Angreifer, die mehr als froh waren, verschwinden zu können, ohne dasselbe Schicksal zu erleiden wie ihre Kameraden, deren Regeneration bestimmt mehrere Wochen, wenn nicht Monate dauern würde. Die Polizei nahm einige Angreifer fest und half, die Straße freizuräumen, so dass die Schüler der MCF ihre Heimreise fortsetzen konnten.

Sie stiegen wieder auf den Anhänger und fuhren singend dem Sonnenuntergang entgegen.

Niemand von ihnen war verletzt worden.

Die High School

Charles war gerade in Eldoret, als ihn die Nachricht von diesem Kampf erreichte. Als ihm Otieno am anderen Ende der Leitung den Vorfall schilderte, war er traurig. Er legte auf und machte sich sofort auf den Weg nach Ndalani, um mit seinen Jungen zu sprechen.

Auf der sechsstündigen Fahrt nach Ndalani überlegte er, was er sagen wollte. Konnte er ihnen die Schuld für den Vorfall geben? Der Karateunterricht war dafür gedacht, dass die Kinder sich körperlich fit halten konnten. Aber war er nicht auch dafür da, sich gerade in solchen Situationen zur Wehr setzen zu können? Hätten sie auf dem Anhänger bleiben und sich verprügeln lassen sollen, oder hatten sie Recht, sich zu verteidigen?

Er wollte mit den Jungen über friedliche Konfliktlösung sprechen, aber auch über das Recht beziehungsweise die Notwendigkeit, sich zu verteidigen. Sie hatten einige ihrer Angreifer verletzt, und die Folgen waren eine gebrochene Rippe und einige gebrochene Knochen. Aber für die Jungen der MCF war das gar nichts im Vergleich zu ihrem Leben auf der Straße.

Auf der Straße hatten sie sogar Menschen getötet.

Charles traf sich mit ihnen in einem Klassenzimmer. Sie setzten sich an die Holztische. Er stand vorne und blickte auf sein Fußballteam, das die Meisterschaft gewonnen hatte. Es war so schön, sie zu sehen. Ihre Gesichter strahlten Tatkraft und Würde aus. Das waren keine Straßenkinder. Das waren seine Kinder. Seine Jungs.

„Danke, dass ihr gekommen seid, um euch mit mir zu treffen."

Sie gaben keine Antwort. Sie warteten. Einige der Neuen erwarteten dasselbe, was sie auf der Straße erhalten hatten – eine barsche Behandlung durch jeden, der sie nicht mochte. Stattdessen hörten sie etwas anderes.

„Ich bin so stolz, dass ihr das Fußballturnier gewonnen habt. Ihr habt gewonnen, unter 124 teilnehmenden Schulen. Ihr wart die Besten, und das habt ihr bewiesen. Ich liebe euch alle. Ich bin so stolz darauf, euch meine Söhne nennen zu dürfen. Ihr seid keine Waisen mehr. Ihr seid jetzt meine Kinder, und deshalb werdet ihr geliebt. Aber auch wenn ihr nicht gewonnen hättet, hätte ich euch trotzdem geliebt. Ich habe euch deshalb lieb, weil ihr die seid, die ihr seid, nicht weil ihr irgendetwas Bestimmtes leistet."

Charles räusperte sich. Die Jungen sahen ihn noch gespannter an. Denn sie wussten alle, warum sie hier waren.

„Ich habe gehört, dass es heute einen Zwischenfall mit einigen Schülern von anderen Schulen gab. Und ich möchte mit euch über Karate sprechen. Ich glaube, ihr wisst, dass wir hier bei der MCF Kämpfen nicht gutheißen. Aber ich weiß auch, dass euch die 200 Schüler, die euch angegriffen haben, umgebracht hätten, wenn ihr euch nicht gewehrt hättet.

Ich bin stolz darauf, dass ihr nicht solche Jungen seid, die den Streit suchen, dass ihr nicht darauf aus seid, Unfrieden zu stiften. Kämpfen ist nicht gut. Und wir reagieren nicht gleich mit Gewalt. Wir sollen die Menschen lieben, und am besten ist es, den Menschen zu vergeben, die euch Unrecht getan haben."

Charles unterbrach sich. Er versuchte, in Gedanken eine Botschaft zu formulieren.

„Wir werden in unserem Leben immer die Möglichkeit haben, andere anzugreifen, sei es mit Händen und Füßen, sei es mit Worten oder Taten. Diese Möglichkeit steht uns immer offen. Aber das ist nicht das, was im Evangelium steht. Wir sind dazu aufgefordert, unsere Mitmenschen genauso zu lieben, wie Jesus Christus uns liebt. Heißt das, dass wir uns nie verteidigen sollen? Heißt das, dass wir nur dastehen sollen und dafür ausgenutzt oder sogar umgebracht werden sollen, woran wir glauben? Auch Jesus selbst wurde für seinen Glauben getötet.

Ihr werdet immer die Wahl haben. Ich weiß, dass viele auf der Straße Traumata erlitten haben. Und ich möchte, dass ihr wisst, dass Gewaltanwendung die letzte Alternative ist. Ich denke, das wisst ihr auch. Es ist häufig leichter zu kämpfen als einen Weg der Versöhnung zu finden. Die

Kinder, die euch angegriffen haben, haben falsch gehandelt. Wir wissen alle, dass sie euch um euren Erfolg beneidet haben."

„War es richtig oder falsch?", fragte der Junge, der einem anderen die Hüfte gebrochen hatte.

Das war eine gute Frage. Es war *die* Frage schlechthin, die sie sich alle stellten. Auch Charles.

„Die Jungen hätten euch nicht angreifen sollen. Aber sie haben es getan. Und in so kurzer Zeit hattet ihr nicht die Gelegenheit zu einer friedlichen Regelung. Wir sollen unsere Nächsten lieben und nicht gleich von Gewalt Gebrauch machen, um Probleme zu lösen. Wir sollen verzeihen. Wir sollten uns nicht leicht provozieren lassen." Er legte eine Pause ein.

„Die beste Antwort, die schwerste Antwort, ist, einen Weg zu finden, unseren Nächsten zu lieben, besonders dann, wenn es schwierig ist."

Charles nickte als Zeichen dafür, dass er fertig war. „Noch einmal", sagte er lächelnd. „Ich bin stolz auf euch alle. Ihr seid die besten Fußballer."

Die Jungen jubelten und klopften ihre Fäuste auf die Tische.

„Gehen wir nun etwas essen", sagte Charles. Er öffnete die Tür und schüttelte seinem siegreichen Team die Hände, als sie den Raum verließen.

1997 war es soweit: Sie mussten ihre eigene High School[2] eröffnen. Es war viel zu teuer, die Schüler der Klassen neun bis zwölf in eine andere Einrichtung zu schicken. Die Entscheidung, die Schule zu erweitern, brachte viele Fragen mit sich. Wie gründet man eine weiterführende Schule? Wo sollen die Schüler unterkommen? Wie kann das Budget erweitert werden, das bereits jetzt überbeansprucht ist? Woher die Lehrer nehmen?

Charles nahm sich spätabends die Zeit, sich einen stillen Platz am Fluss zu suchen, um über die Entscheidung zu beten. Kein Geld, keine Lehrer, keine Ressourcen.

Es war kein Problem für Gott.

Charles brannte darauf, den nächsten Schritt zu tun, vorausgesetzt er bekam die Zusicherung, dass Gott das mit ihm vorhatte.

---

[2] weiterführende Schule

Mein König, mein HERR. Wir brauchen eine High School. Du siehst, dass es notwendig ist. Wir brauchen Lehrer. Wir brauchen Geld, und wir brauchen neue Gebäude. Die provisorischen Wellblechhütten werden zu heiß. Du siehst die Kinder in den Klassenzimmern. Es ist so schwer für sie, in dieser Hitze zu lernen.

Charles stand auf und ging am Fluss entlang. Er hörte, wie das Wasser an einem der Becken vorbei floss, das die Kinder zum Schwimmen gebaut hatten.

Vater, Du hast im Buch Josua gesagt, dass du uns das Land geben wirst, das wir mit unseren Füßen betreten und für uns beanspruchen.

Als er sich diesen Bibelvers sagte, gewann er Zuversicht. Er konnte die Tränen nicht zurückhalten. Das kam immer dann vor, wenn er tief im Gebet mit Gott versunken war. Als er sein Gebet beendet hatte, wusste er, dass Gott antworten und irgendwie für sie sorgen würde.

Weil die Schüler bei den Prüfungen am Ende der achten Klasse so gut abgeschnitten hatten, wurde die MCF attraktiv für Lehrer. Einige von ihnen besaßen die Qualifikation, in der weiterführenden Schule zu unterrichten. Er wies zwei von ihnen an, einen Lehrplan für die High School zu entwerfen. Kurz darauf kamen drei weitere Lehrer, die Interesse zeigten, am Aufbau der High School mitzuwirken.

Sie bezogen die Tischler, Schlosser und Schweißer mit ein, die bei der MCF ausgebildet wurden, und erstellten mit vereinten Kräften den Bauplan für die neue Schule. Sie begannen, Fenster, Türen und Tore zu planen und erstellten eine Liste mit den benötigten Materialien wie Steine für die Mauern, Zement für den Boden, Holz für den Dachstuhl und die Schindeln.

Das einzige, was fehlte, war Geld.

Wie gewöhnlich bat Charles die Menschen in seinen Briefen nicht um Geld. Er konzentrierte sich stattdessen auf Gottes Wort und darauf, wozu er ihn berufen hatte. Es würde sich auszahlen, irgendwie. Noch bevor er Geld erhalten hatte, rief er die Kinder zusammen. Über 300 Kinder, die dicht gedrängt auf den wackeligen Holzbänken saßen, um zu hören, was der Mann, den sie *Daddy* nannten, zu sagen hatte.

„Ich bin hier, um euch mitzuteilen, dass Gott uns schon bald zu etwas verhelfen wird. Seht euch um“, sagte Charles. „Kann hier jemand eine High School sehen?“

Einige Kinder schüttelten den Kopf.

Charles lachte. „Ich habe euch nicht gehört. Kann hier jemand eine High School sehen?“

Einige von ihnen riefen laut: „Nein!“

„Oh, ich glaube, hier sind noch mehr Schüler als nur diese wenigen. Kann hier irgendjemand eine High School sehen?“

Die Kinder riefen: „Nein!“

„Aber wisst ihr, was? Es wird bald eine geben. Hier wird eine High School stehen. Gott wird euch eine weiterführende Schule schenken. Er hat schon die Lehrer hergeführt. Er versammelt bereits die Arbeiter. Er wird euch die Schule schenken.“

Die Kinder jubelten. Dreihundert Kinder, die Gott zujubelten. Es hörte sich an, wie wenn 30.000 Menschen ihre Lieblingsmannschaft im Sport anfeuern.

„Er hat euch von der Straße geholt und euch hierher zur MCF gebracht. Er hat euch ein Bett, Nahrung, Kleidung und eine Schule geschenkt. Und jetzt, nachdem ihr die achte Klasse beendet habt, wird euch Gott eine High School schenken.“

Sie klatschten und jubelten. Dann sangen sie Loblieder, um zu feiern, was Gott bald tun würde.

Als der Gottesdienst vorbei war, gingen die Kinder an ihre Arbeiten und Hausaufgaben. Eine der Missionarinnen, die für kurze Zeit als freiwillige Helferin bei der MCF arbeitete, saß hinten und wartete, bis Charles sein Gespräch mit den Lehrern beendet hatte. Als er allein war, stand sie auf und ging auf ihn zu.

„Mr. Mulli“, sagte sie fragend.

„Ja, hallo. Wie geht's?“ fragte er und nannte sie bei ihrem Namen. Es überraschte sie, dass er sich an sie erinnerte. Über 300 Kinder, dreißig Lehrer, Dutzende von Mitarbeitern. Er kannte alle Namen, auch ihren.

„Mr. Mulli, wie können Sie wissen, dass Gott Ihnen helfen wird? Wie können Sie sicher sein, dass das Geld für die Schule kommen wird?“

Charles lächelte. „Das ist eine gute Frage.“

Sie setzten sich auf eine Bank. In der Nähe wusch ein Kind seine Hände unter dem Wasserhahn und rannte dann zur spätabendlichen Chorprobe. In der Küche, am hinteren Ende des Versammlungsplatzes, bereiteten ein paar Mitarbeiter einiges für das Frühstück am nächsten Tag vor.

„Ich weiß, dass Sie wegen des Geldes auf Gott angewiesen sind“, sagte sie. „und wie alle hier möchte ich auch, dass er es ihnen beschafft. Aber wenn ich sehe, wie Sie da oben darüber sprechen, dann scheinen Sie genau zu wissen, dass Er das für Sie macht. Ich habe diese Gewissheit nicht in meinem Leben. Ich liebe Gott. Aber ich habe nicht diese Zuversicht, dass Er das macht, worum ich Ihn bitte."

Charles nickte, während er zuhörte. Sein Lächeln war verschwunden. Der Ausdruck auf seinem Gesicht veränderte sich. Er erkannte den Kampf, den die junge Frau in ihrem Inneren führte.

„Natürlich kann ich nicht immer sicher sagen, was Gott tun wird. Aber es gibt drei Dinge, an die ich mich bei meinen Gebeten halte. Erstens: Es geht nicht um meine eigene Sache, ich habe einen Auftrag. Der ist zu 100 Prozent Gottes Sache. Also warum sollte er nicht wollen, dass es klappt? Zweitens: Gott hat mir die Verantwortung für all diese Kinder übertragen. Und wie Sie sehen, sind sehr viele Kinder hier. Nicht nur in Ndalani, sondern auch in Eldoret. Gott weiß, dass das zu viel für nur eine Person ist. Es ist unmöglich, das alles alleine zu schaffen. Also ist Er eigentlich für alle Kinder verantwortlich. Ich bin nur als Sein Stellvertreter hier. Und Drittens: Egal welche Erfolge sich einstellen, sie kommen nicht mir zugute, sondern der MCF. Die Kinder waren verloren und ohne Hoffnung. Diese Wunder, diese Hilfeleistungen, all das passiert, damit die Kinder sehen und glauben. Und ich weiß, dass Gott das anerkennt. Wenn ich bete, dann weiß ich, dass Gott handeln wird. Und wenn ich das weiß, dann gibt es kein Zurück mehr."

Sie schwieg einen Moment lang und versuchte, seine Worte zu verstehen. Sie spürte die Bedeutung, einem Mann gegenüber zu stehen, der enger mit Jesus Christus verbunden war als sie selbst.

„Ich wünschte, ich hätte Ihren Glauben", sagte sie. „Ich habe Gott in vielen Angelegenheiten in meinem Leben vertraut, die sich nicht ausgezahlt haben. Ich frage mich manchmal, ob ich für die falschen Dinge bete."

„Die Gebete, die wir persönlich für unser eigenes Leben und unsere Familien sprechen, sind in Ordnung. Wir müssen für unser Wohlergehen und das anderer beten. Gott beantwortet und erkennt auch diese Gebete an. Gott wird diejenigen segnen und beschenken, die seine Hilfe benötigen, also seien Sie nicht entmutigt. Gott handelt nach Seinem Willen. Und wir können Gott nicht dazu zwingen, unsere Gebete zu erhören."

„Es ist nur so, wenn ich Sie da oben stehen sehe, dann sehe ich etwas, das ich nicht habe. Ich bewundere Sie, Mr. Mulli. Ich habe noch nie jemanden wie Sie getroffen."

„Und ich habe noch nie jemanden wie Sie getroffen", sagte er in einem Tonfall, der ihr Innerstes berührte. Sie lächelte und verstand nicht, wie ein Mann wie Charles das sagen konnte.

„Es ist unglaublich, hier zu sein", sagte sie. „Ich werde diesen Ort anderen gar nicht beschreiben können. Ich habe keine Ahnung, was ich ihnen erzählen soll, wenn ich wieder zu Hause bin."

„Sagen Sie ihnen, dass wir sie lieb haben", sagte Charles.

„Das werde ich. Danke sehr, " sagte sie und stand auf.

„Gute Nacht", sagte er. „Und schlafen Sie gut."

„Sie auch, Mr. Mulli." Sie umarmte ihn und ging davon, um sich auf ihre nächste Unterrichtsstunde vorzubereiten.

Mr. Mulli rief ihren Namen.

Sie drehte sich um. „Ja?"

„Noch etwas."

„Was denn?"

Er sah sie mit einem aufrichtigen Blick an, der genau vermittelte, was im Inneren eines Menschen vor sich geht. „Ihr Glaube ist stärker, als Sie denken."

„Danke," sagte sie und ging unter den fliegenden Insekten davon zu ihrem Zimmer.

Die weiterführende Schule konnte noch im selben Jahr eingeweiht werden. Bis 1999 war all das benötigte Geld eingetroffen und die Gebäude für die High School waren fertig gestellt.

Tränen

Die ersten Hinweise auf das Problem zeigten sich, als die Kinder in Ndalani sich nicht mehr so schnell erholten wie anfangs. Dann erkrankten alle Kinder – durch das Wasser. Es war wie eine Art Aufnahmeritual in die MCF Ndalani. Die meisten waren nur ein paar Tage krank, andere eine Woche, und in einigen Fällen mussten die Kinder medizinisch versorgt werden.

Doch die Situation wurde immer schlimmer. Typhus und Malaria wurden alltäglich. Zwischen fünf und dreißig Kinder mussten jeden Tag in die Notaufnahme der Krankenstation gebracht werden. Beinahe jeder fing sich etwas ein. Zu Beginn hatten sich die Kinder, die sich durch das Wasser infizierten, noch daran gewöhnt und waren gegen das Wasser immun geworden. Aber jetzt hatten sich die Krankheiten so ausgebreitet, dass sogar Mitarbeiter weggingen.

Zwei Jungen erkrankten schwer an Typhus. Einer wurde in die nahe gelegene Stadt Matuu gebracht. Der andere litt auch an Aids und wurde aufgrund seines schwachen Immunsystems in ein Krankenhaus in Eldoret eingeliefert.

Charles saß über dem Kostenvoranschlag für den Bau eines Schlafsaales für die Mädchen, als ihn einer der Lehrer aufsuchte.

„Mr. Mulli?“, fragte er.

Charles blickte von seiner Arbeit auf. „Ja?“

„Kann ich herein kommen?“

„Natürlich. Komm rein, setz dich.“

Der Lehrer trat ins Licht. Sein Gesicht spiegelte seine Angst wider. Charles befürchtete das Schlimmste.

„Ich habe schlechte Nachrichten", sagte er.

Charles legte seinen Stift nieder. „Was ist los?"

„Der kranke Junge in Matuu ist tot."

Charles spürte, wie das Blut aus seinem Gesicht wich.

„Die Ärzte konnten ihn nicht retten", fuhr der Lehrer fort. „Es war das Wasser. Es hat ihn mit mehreren Krankheiten infiziert. Es war zu viel für ihn."

Charles stützte seine Ellbogen auf den Tisch und faltete seine Hände vor dem Gesicht. Tot. Ein Kind war tot. „Danke, dass du es mir gesagt hast."

„Wie geht es dem anderen Jungen? Dem in Eldoret?"

„Ich fahre morgen hin."

Ich hoffe, er wird durchkommen."

„Das hoffe ich auch", sagte Charles. „Das hoffe ich auch."

Charles konnte nicht einschlafen. Er verbrachte die Nacht im Gebet und bat Gott um Gnade, er möge diese Kinder heilen. *Gott, Du siehst, in welchen Schwierigkeiten wir stecken. Du kennst das Kind, das gestorben ist. Du kennst den Jungen in Eldoret, der auch im Sterben liegt. Und du kennst all die anderen Kinder, die krank sind. Gott, Du hättest uns nicht hierher gebracht, wenn du uns nicht sauberes Wasser schenken wolltest. Würdest du uns den weiten Weg von Eldoret nach Ndalani führen, um uns verschmutztes Wasser zu geben? Nein, Gott, Du würdest das nicht tun. Darum bitte ich dich in Jesu Namen, dass Du unsere Familie gesund machen mögest.*

Am nächsten Morgen fuhr Charles ins Krankenhaus nach Eldoret. Die Ärzte befürchteten, dass der Junge nicht mehr lange zu leben hätte. Auch mit der entsprechenden medizinischen Versorgung war das Immunsystem des Jungen bereits so geschwächt, dass die Ärzte ihm nicht weiterhelfen konnten.

Sie brachten Charles in das Zimmer des Jungen. Sein geschwächter Körper lag auf dem Bett. Er war mit einem dünnen Laken zugedeckt. Als er Charles sah, leuchteten seine Augen auf, wie die Augen eines Kindes, das seine Eltern erblickt.

„Hallo," sagte Charles, als er sich neben ihn auf einen Stuhl setzte.

„Daddy, Daddy, ich bin so froh, dich wiederzusehen."

„Ich bin auch froh, dich wiederzusehen."

„Mir geht es nicht gut, Daddy. Ich bin krank. Alles tut weh." Noch in diesem Zustand schenkte der Junge Charles ein breites Lächeln.

„Ich weiß, dass es weh tut. Es tut mir leid, dass du krank bist."

„Die Ärzte haben mir Medikamente gegeben. Aber... aber sie glauben nicht, dass es hilft."

„Ich weiß", sagte Charles und seine Augen füllten sich mit Tränen.

„Kannst du beten, Daddy? Kannst du für mich beten?"

„Ja, natürlich kann ich für dich beten."

„Ich brauche keine Angst zu haben, oder?"

„Das stimmt. Du brauchst keine Angst zu haben."

Tränen liefen über Charles' Wangen und tropften auf den Boden. Er streckte seine linke Hand aus und legte sie auf die Stirn des Jungen. Mit der anderen Hand hob er die Decke und nahm die Hand des Jungen.

„Ich glaube an Jesus Christus, Daddy. Du hast mir von Ihm erzählt."

„Das stimmt, das habe ich."

„Weißt du noch, wie du mich auf der Straße gefunden hast?"

„Ja, daran erinnere ich mich noch gut."

„Meine Eltern waren gestorben und ich war in den Slums. Du hast mich zu dir nach Hause gebracht. Ich weiß noch, als ich dich zum ersten Mal gesehen habe und was ich gedacht habe. Ich habe mich gefragt: Wird er mich aussuchen? Wird er mich mit zu sich nach Hause nehmen? Und das hast du gemacht." Der Junge lächelte wieder. „Du bist auf mich zu gekommen und hast gesagt, dass Jesus mich lieb hat. Und ich weiß, dass du mich auch lieb hast. Du hast mir ein Bett gegeben. Du hast mir zu essen gegeben. Und ich durfte in deine Schule gehen."

„Du bist gut in der Schule gewesen."

„Werde ich wieder hin können?"

Charles wollte bejahen. Er wollte diesem Jungen versichern, dass alles gut werden würde. Natürlich würde alles gut werden.

So oder so.

„Ich bin so stolz auf dich", sagte Charles. „Du bist nicht zurück in die Slums gegangen. Einige deiner Freunde haben das gemacht. Sie wurden aus dem Slum geholt und sind zurück gegangen. Aber du hast dich vom Slum und den Problemen dort ferngehalten. Und du hast so gut im Chor gesungen."

„Ich liebe den Chor, Daddy."

„Ja, das weiß ich doch."

Der Junge blinzelte ein paar Mal, als überlege er, ob er die Augen auflassen oder schließen solle.

„Du bist ein glücklicher Junge", sagte Charles.

„Ich bin stark im Herrn. Deshalb bin ich glücklich."

„Sollen wir beten?", fragte Charles.

Der Junge nickte. Sie schlossen die Augen und der Junge begann zu beten.

„Lieber Jesus. Ich weiß, dass du mich liebst. Und ich liebe dich. Ich bin krank und ich bitte dich, dass du mich gesund machst."

Seine Stimme versagte. Charles öffnete die Augen. Der Junge öffnete seine Augen, lächelte und schloss sie wieder.

Charles schloss die Augen und weinte. „Vater im Himmel, ich bete, dass Du meinen lieben Sohn heilen mögest und dass Dein Wille geschehe."

Normalerweise fiel Charles das Beten leicht. Für gewöhnlich kam es ihm dabei vor, als würde er zu jemandem sprechen, der direkt neben ihm war. Aber hier im Krankenhauszimmer konnte er plötzlich nicht weiterbeten.

Er spürte, wie die Hand des Jungen eiskalt wurde. Dann kühlte sich die Stirn ab. Charles öffnete seine Augen. Er sah den Jungen an. Seinen Sohn. Sein Gesicht war so blass. So friedlich. Seine Brust bewegte sich nicht mehr. Es wurde absolut still im Raum. Nichts regte sich.

Nur die Tränen rollten über Charles' Gesicht.

Der Jakobsbrunnen

Die gesamte MCF-Familie aus Eldoret kam zur Beerdigung des Jungen. Die Kinder hatten unterschiedlich auf seinen Tod reagiert. Für einige war es der erste Freund, der gestorben war. Für andere war es nur ein weiterer Name, einer unter vielen, die sie auf der Straße sterben sehen hatten. Er würde schon bald in Vergessenheit geraten. Charles hielt die Beerdigung. Statt mit Gott zu hadern wie manche Menschen bei der Beerdigung eines Kindes, wandte Charles seine Aufmerksamkeit ganz dem Wasserproblem zu. Gott macht keine Fehler. Er hatte wie immer an diesem Morgen gebetet. Und doch fragte er sich, wie viele Kinder noch sterben würden, bevor sie eine Lösung für ihr Problem finden würden.

Das Wasser reinigen zu lassen war zu teuer. Außerdem benötigten die meisten Reinigungssysteme Strom, und auf dem Grundstück der MCF in Ndalani gab es noch keine Elektrizität. Ohne Strom gab es kein sauberes Wasser. Und ohne sauberes Wasser gab es keine Hoffnung.

Charles betete zu Gott, als er auf der Straße voller Schlaglöcher von Eldoret nach Ndalani fuhr. Als er den Äquator überquerte, sagte er: „Gott, wenn Du nicht für sauberes Wasser sorgen kannst, dann lass uns von diesem Ort weggehen.“ Der Gedanke an einen etwaigen Umzug machte Charles aus zwei Gründen zu schaffen. Erstens hatten sie so viel Energie in den Aufbau des Standorts Ndalani gesteckt. Jetzt wegzugehen würde bedeuten, dass sie irgendwo anders noch einmal von vorne anfangen und enorme Anstrengungen aufbringen müssten. Und zweitens lag Ndalani ideal für die Kinder. Es befand sich 100 Kilometer von der Hauptstadt entfernt und hielt sie deshalb von den Banden, der Prostitution und den Drogen fern, die in Nairobi allgegenwärtig waren.

Aber Charles verscheuchte den Gedanken, von Ndalani wegzugehen und konzentrierte seine Gebete darauf, Gott zu vertrauen, dass er ihnen die finanzielle Unterstützung für sauberes Wasser zukommen ließ.

Vor Jahren hatten einige Leute vorgeschlagen, einen Brunnen zu graben. Aber alle bisherigen Versuche, Wasser zu finden, waren fehlgeschlagen. Die Berge, die Ndalani umgaben, waren sehr trocken. Da der Boden sehr felsig war, konnte man nur etwa zwei Meter tief graben, so dass es unmöglich war, an Wasser zu kommen.

Eine andere Alternative war, Wasser herbeizuschaffen. Aber der Wasserbedarf von 350 Kindern war viel zu groß, und die Beschaffungskosten für das Wasser waren viel zu hoch.

Charles betete weiter zu Gott um eine Lösung. Drei Nächte in Folge konnte er nicht schlafen. In der dritten Nacht kamen ihm die Tränen, als er Gottes Führung suchte. In seinem kleinen Haus, das nur aus einem Schlafraum bestand, rang er um eine Antwort von Gott. Das Problem wurde immer schlimmer. Immer mehr Kinder wurden krank. Und die Kosten für die medizinische Behandlung stiegen.

Charles' Weinen wurde zu einem Schluchzen. Sein Gebet wurde allmählich von einer leisen Klage zu einem lauten Rufen. Er flehte um eine Antwort, er brauchte eine Antwort, er hoffte auf eine Antwort von Gott. Er kniete vor Gott, seine Stimme wurde immer lauter, er hob seine Hände, um für die Kinder einzutreten, die Gott von der Straße gerettet hatte.

Um ein Uhr nachts wachte Esther auf. Sie hörte Charles in seinem Gebet den Herrn anrufen. Es machte ihr Angst. In diesen verschwommenen Momenten zwischen Wachsein und Schlafen, dachte sie zuerst, er hätte eine Auseinandersetzung mit jemandem. Als sie hörte, dass er betete, erkannte sie, dass sie mit ihrer Annahme gar nicht so falsch gelegen hatte.

„Warum weinst du wie ein kleines Kind?“, fragte sie etwas verärgert darüber, dass sie geweckt worden war. „Kann Gott dich nicht auch hören, ohne dass du schreist?“

Charles gab ihr keine Antwort. Er schrie noch lauter und rang mit Gott um eine Antwort auf die Frage, was er tun solle. Seine Stimme war so laut, dass sie Esther in den Ohren schmerzte. Es hörte sich nicht mehr an wie ein Gebet.

Dann wurde plötzlich alles still.

Die Stimmung im Raum veränderte sich spürbar. Charles wurde plötzlich ruhig und zutiefst überzeugt, dass es nun eine Lösung für das Problem gab.

„Was ist los?“, flüsterte Esther.

Wieder gab Charles keine Antwort. Er blieb auf seinen Knien mit dem Kopf im Nacken und schaute nach oben. Das Mondlicht fiel durch die Öffnung auf sein tränennasses Hemd. Es war so nass, dass es aussah, als habe er stark geschwitzt.

„Charles“, sagte sie noch einmal. „Was ist los?“

Er machte die Augen auf. Das bekannte Feuer war wieder in ihnen zu erkennen.

„Gehen wir nach draußen und sehen nach, wo Gott uns Wasser geschenkt hat.“

„Was?“

Charles stand auf und nahm seine Frau an der Hand und führte sie zur Tür.

„Wasser, Esther. Gott hat uns Wasser geschenkt.“

Charles öffnete die Tür. Er ging, als würde er einer unsichtbaren Karte folgen, seine Frau dicht hinter ihm. Von ihrer kleinen Hütte mit den rissigen Wänden und dem lecken Dach gingen sie etwa 200 Meter in Richtung Westen. Esther folgte ihm und fragte sich wie um alles in der Welt er wissen konnte, wohin er ging. Sie stieß beinahe mit ihm zusammen. Charles ging drei Meter zur Seite.

„Hier ist es“, sagte er.

Sie standen weit entfernt vom Fluss und weit weg von allen Schlafsälen.

„Was ist hier?“ fragte Esther.

„Hier hat Gott uns Wasser geschenkt.“

„Hier?“

Charles drehte sich um und sah sie an. „Genau hier, meine Frau.“

„Hier?“

„Ja.“

„Genau hier?“

Er lächelte. „Esther, du wirst ein Wunder erleben. Wir brauchen es nicht mit eigenen Augen zu sehen, ich habe es in meinen Gedanken gesehen. Hier ist es.“

Esther sah sich den trockenen Boden an. Diese Gegend war jahrelang nach Wasser abgesucht worden. Hier gab es kein Wasser, das war unmöglich. Das hatten die Fachleute zumindest gesagt.

„In Ordnung“, sagte sie. „Wir haben also Wasser.“

Charles nahm eine Handvoll Erde. Esther tat es ihm nach.

„Vater, wir stehen hier, weil Du uns gezeigt hast, dass Du unser Ernährer bist. Du hast uns genau an dieser Stelle hier Wasser geschenkt. Alle haben gesagt, dass es hier kein Wasser gibt, aber Du sagst, hier gibt es Wasser. Deshalb sind meine liebe Frau und ich hier, um diesen Brunnen Deiner Arbeit zu widmen, damit die Kinder sauberes Wasser haben."

Sie öffneten die Augen. Esther lachte. „Ich stehe also auf einem Brunnen?"

„Ganz genau! Du stehst auf dem künftigen Wasserreservoir der MCF in Ndalani."

Sie gingen zurück ins Haus und Charles schlief so gut wie schon lange nicht mehr.

Am nächsten Tag rief Charles alle Kinder zusammen. Sie versammelten sich um die Stelle, an der Charles und Esther in der Nacht zuvor gestanden hatten. Sie sangen ein Lied, und Charles erklärte ihnen anschließend, warum sie gerade an dieser Stelle waren.

„Ich konnte seit einer Weile nicht mehr gut schlafen. Ihr wisst alle, dass wir ein großes Problem hier in Ndalani haben. Wir haben kein sauberes Wasser. Und deshalb habe ich zu Gott gebetet, er möge ein Wunder für uns vollbringen. Glaubt ihr das? Glaubt ihr, dass Gott immer noch Wunder für Seine Kinder tut?"

Die Kinder bejahten seine Frage lautstark. Es war nicht nur so eine Floskel. Die meisten von ihnen hatten selbst Wunder erlebt, Teufelsaustreibungen, Heilungen, Errettung.

„Gott hat mir ausgerechnet hier auf dem Gelände der MCF Ndalani diese Stelle gezeigt. Er hat mir gesagt, dass ich hier einen Brunnen graben soll. Und wir werden heute für die Arbeiter beten, damit Gott sie segnet, wenn sie mit dem Graben beginnen. Wir haben nicht viel teures Werkzeug hier bei der MCF. Aber kennt ihr noch die Geschichte von Mose? Wer kennt die Geschichte von Mose?"

Die meisten hoben ihre Hand.

„Als Mose vor Gott stand, befürchtete er, dass der Pharao ihn nicht anhören würde. Also sprach Gott: ‚Was hast du in deiner Hand?' Und Mose antwortete, dass er einen Stab habe. Und Gott verwandelte den Stab in eine Schlange. Gott erklärte Mose, dass er Gegenstände benutzen würde, die Mose bereits besaß, um sein Volk aus Ägypten zu befreien.

Mose glaubte. Er hatte einen Stab und seinen Bruder Aaron. Wir haben unseren Glauben, unser Werkzeug und unsere bereitwilligen Arbeiter. Gott wird auch uns helfen."

Zwei Stunden verbrachten sie im Gebet. Die Kinder beteten abwechselnd laut. Einige waren gewohnt, morgens um fünf Uhr aufzustehen und eine Stunde lang im Klassenzimmer zu beten, bevor der Tag begann. Sie beteten so laut, dass die Leute aus der Umgebung des Geländes sie hören konnten. Ihre Gebete stiegen zu Gott auf. Sie dankten Ihm im Voraus für den Erfolg der Arbeiten.

Noch am selben Morgen machten sie sich an die Arbeit. Sie gruben ein Loch von etwa zwei Mal drei Metern und brauchten in der brütenden Hitze drei Tage, um die Erde zu entfernen. Am vierten Tag hatten sie so tief gegraben wie ein zweistöckiges Wohnhaus hoch ist und stießen auf Felsen. Die Arbeiter waren erschöpft, und als sie lediglich Felsen am Boden des Loches vorfanden, wollten sie aufgeben. An einer Seite am Boden des Loches bemerkten sie weichen, gelblichen Lehm. Sie stießen mit ihren Schaufeln dagegen.

Dann hörten sie ein Rumpeln unter der Erde.

Plötzlich schoss Wasser durch die Öffnung wie aus einem Hydranten, der von einem Auto umgefahren wird. Die Arbeiter beeilten sich, die Leiter hinaufzuklettern. Die umstehenden Kinder rannten über das Gelände und riefen: *„Maji! Maji! Maji!*[3]"

Charles war vor seinem Büro und hörte sie schreiend auf ihn zu rennen. Sie erzählten, dass sie Wasser gefunden hatten. Charles rief Esther, und sie gingen zusammen zu der Stelle. Sie blickten in das Loch und sahen das empor sprudelnde Wasser.

Das Unmögliche war geschehen.

Charles ging nach Nairobi, um Pumpen zu kaufen, die er dann an das Loch anschließen ließ. Er rief die Kinder zusammen und nannte den Ort Jakobsbrunnen. Dann erklärte er ihnen, dass, so wie die Leute in der Bibel aus dem Jakobsbrunnen Wasser schöpfen konnten, nun auch die gesamte MCF kommen und kostenlos sauberes Wasser bekommen konnte.

Später am Abend, als alle Kinder zu Bett gegangen waren, kamen Charles und Esther noch einmal zu dem neuen Brunnen zurück.

---

[3] Suaheli für: Wasser

„Das hat uns allen geholfen, wirklich daran zu glauben, dass Gott Gebete erhört“, sagte Esther.

„Die Kinder haben neuen Mut geschöpft. Jetzt werden sie, wenn sie morgens an diesem Brunnen vorbei gehen, sich daran erinnern, dass Gott ein Wunder vollbracht hat.“

„Es ist gutes Wasser“, sagte Esther. „Gott hat uns sauberes Wasser geschenkt.“

„Und er wird noch sehr viel mehr für uns tun.“

Ein Missionar aus Übersee schrieb Charles, er habe von der MCF gehört und wolle ihn besuchen kommen. Charles holte ihn von Nairobi ab und brachte ihn nach Ndalani.

„Haben Sie hier keinen Strom?“, fragte der Missionar.

„Nein, wir warten noch darauf.“

„Ich werde mal sehen, was ich da tun kann.“

Einen Monat später schrieb der Missionar, er sei von der MCF so beeindruckt gewesen, dass er Stromleitungen von der Hauptleitung auf das Gelände legen lassen wolle. Charles schrieb ihm zurück und dankte ihm für sein Mitgefühl und seine Bereitschaft, so konkret zu handeln. Charles stellte einen Finanzierungsplan auf und äußerte auch den Bedarf an einem weiteren Brunnen.

Innerhalb eines Jahres hatten zwei Entwicklungspartner der MCF alles notwendige Geld für den Bau von Stromleitungen und für die Bohrung eines weiteren Brunnens zur Verfügung gestellt.

Als das Licht anging, feierten die Kinder bis spät in den Abend hinein einen Dankgottesdienst. Gott hatte ihnen Wasser geschenkt, und nun hatte er ihnen Licht geschenkt.

„Das sind alles Zeichen seiner Liebe und seiner Verheißungen seinem Volk gegenüber“, sagte Charles. „Wir sind so dankbar für unsere vielen Freunde, die im Ausland leben. Wir haben überall auf der Welt Freunde, in Nordamerika, Europa, Australien, Israel, aber auch anderswo. Und obgleich sie weit weg sind, sind sie doch Teil der MCF. Letztes Jahr hatten wir kein sauberes Trinkwasser. Wir hatten kein Licht, also konnten keine Abendprogramme stattfinden. Aber Gott hat unsere Gebete erhört. Er hat für uns gesorgt. Heute haben wir sauberes Wasser und Licht. Gott erhört die Gebete Seines Volkes.“

Entfesselt

Die MCF stand täglich vor neuen Herausforderungen. Es gab einerseits die offensichtlichen Probleme, wie zum Beispiel die Tatsache, dass sie bessere Schlafsäle und Schlafplätze, mehr Schulbücher und Nahrung benötigten. Dann gab es aber auch noch die verborgenen Probleme, von denen kaum ein Besucher etwas mitbekam. Aber den Mitgliedern der MCF, besonders Charles' leiblichen Kindern, waren sie realer als die sichtbare Welt. Und als die Problematik immer offensichtlicher wurde, mussten sich die geistlich Reiferen der MCF diesen erschreckenden Tatsachen stellen.

Sein Name war Kikoi, und er kam aus einer muslimischen Familie. Seine geschiedenen Eltern kamen aus Äthiopien, aber er lebte bei seiner Mutter, die von der Touristenstadt Mombasa nach Eldoret gezogen war. Sie wurde eine Prostituierte, und so waren Kikoi und seine Brüder gezwungen, auf der Straße zu leben. Sie mussten mit allen Mitteln um ihre Existenz kämpfen, und jedes Mittel nutzen, um zu überleben.

Mit acht Jahren hatte Kikoi einen anderen Jungen umgebracht.

Es war zu einem Streit gekommen. Wahrscheinlich ging es um Essen. Was auch immer es gewesen war, Kikoi hasste diesen Jungen. Er hatte ein Messer aus einem Geschäft gestohlen. Eines Abends lief er im strömenden Regen dem Jungen hinterher und stach ihn nieder. Der Körper des Kindes wurde nach hinten geschleudert, als er den Stoß abfing. Er fiel auf dem Rücken zu Boden. Kikoi sah den Jungen an, der sich sicher fragte, warum er durch die Hände von jemandem starb, den er kaum kannte. Kikoi sah zu, wie das Leben allmählich aus den Augen des Jungen erlosch.

Im Jahr 1994 fand Charles Kikoi in den Slums und brachte ihn zur MCF Ndalani. Er wurde in die Schule aufgenommen und lernte einige andere

Schüler kennen. Es dauerte nicht lange, bis er ein ungesundes Interesse an einem jungen Mädchen namens Sarah entwickelte. Wenn sie alleine zum Unterricht ging, stieß er sie, belästigte und beschimpfte sie. Sie wusste nicht, warum er das tat, versuchte, es zu ignorieren und beschloss, ihren Freunden nichts davon zu erzählen.

Tag um Tag ging es so weiter, und Sarah wurde immer verzweifelter. Wenn sie abends schlafen ging, hatte sie schreckliche Bilder vor Augen. Sie sah einen Unbekannten, der ihr nachjagte. Manchmal wollte er sie erwürgen. Andere Male hielt er ein Messer in der Hand, während er hinter ihr herjagte und versuchte, sie umzubringen. Diese Albträume wollten nicht mehr verschwinden. Jeden Abend suchten sie sie heim, wenn sie einschlief.

Sie machte sich zur Gewohnheit, sich immer umzuschauen, wenn sie alleine zum Unterricht ging. Sie vermied direkten Augenkontakt mit Kikoi. Wenn sie ihn auf sich zukommen sah, drehte sie sich um und ging in eine andere Richtung. Aber das machte alles nur noch schlimmer.

Er stellte ihr nach und drohte, er würde sie zwingen, mit ihm zu schlafen. Sie weigerte sich, aber von Selbstvorwürfen und Furcht geplagt, wollte sie auch keine Hilfe suchen.

Eines Abends war sie auf dem Weg in ihr Klassenzimmer, um mit ihren Freunden an einer Unterrichtsstunde teilzunehmen. Als sie gerade ins Klassenzimmer eintreten wollte, schlich sich Kikoi plötzlich an sie heran. Er packte sie und drehte sie weg von der Tür. Seine Augen waren nur halb geöffnet. Er biss die Zähne zusammen.

„Wenn du nicht mit mir schläfst, bringe ich dich um!“

Er zog ein Messer hinter seinem Rücken hervor. Sie erkannte es. Es war das Messer aus ihren Albträumen.

Sie kreischte. Kikoi lockerte seinen Griff und rannte weg. Die Schüler rannten nach draußen und sahen sie weinend dastehen. Am liebsten hätte sie die MCF und damit auch ihre Albträume hinter sich gelassen.

Charles kam und nahm sie mit sich auf das freie Feld vor den Klassenzimmern der Grundschule. Sie setzten sich zwischen die Blumen und Bäume. Immer wieder blickte sie hinter sich aus Furcht, Kikoi könne jeden Moment zurückkommen, um sie zu erledigen.

„Sarah, erzähle mir, was passiert ist.“

Sie konnte nur die ersten Sätze äußern. Das reichte Charles. Er rief nach einigen Lehrern, sie sollen Kikoi herbringen, um ihn zu befragen.

Mulwa, Kamau, Omolo und mehr als ein Dutzend weitere Lehrer brachten Kikoi zu Charles. Er stand schweigend vor ihnen. Sarah stand neben Charles, aber je länger sie Kikoi anschaute, desto mehr versuchte sie, sich hinter Charles zu verstecken, um sich möglichst weit von dem Jungen zu distanzieren.

„Kikoi, du kennst dieses Mädchen?“

Kikoi schwieg.

Charles fragte noch einmal: „Kennst du dieses Mädchen?“

Er drehte sich zu Sarah um und bat sie, zu erklären, was passiert war. Das tat sie. Kikoi hörte ihren Schilderungen zu und gab keinerlei Anzeichen dafür, ob er zustimmte oder nicht.

„Stimmt das?“, fragte Charles.

Immer noch keine Antwort von Kikoi.

Charles wollte ihn schon ein weiteres Mal fragen, als Kikoi einen Schrei ausstieß, der einem das Blut in den Adern gefrieren ließ. Mit übermenschlicher Kraft sprang Kikoi über ihre Köpfe und brachte seinen Körper mit einer ruckartigen Bewegung in eine horizontale Lage in der Luft. Dort verblieb er, während die untergehende Sonne den irren Blick seiner Augen erkennen ließ. Dann ging er langsam wieder zu Boden und stieß bei seiner Landung entsetzliche Schreie aus.

Als er auf der Seite landete, begann er sich in einem unnatürlichen Tempo um sich selbst zu drehen, wie ein Rad, das von einer unsichtbaren Kraft gedreht wird. Wilde Schreie entfuhren seinem Mund.

Sarah kreischte. Ihr schrilles Kreischen war allerdings gar nichts gegenüber den Schreien, die Kikoi ausstieß.

Charles stand auf und rief: „Im Namen Jesu Christi, wir schwören allen bösen Mächten ab.“

Kamau und Omolo machten den Fehler, Kikoi packen zu wollen. Sie griffen nach seinen Armen. Kikoi stand auf und schleuderte sie weg, so dass sie auf den Boden krachten. Kikoi trat so stark gegen einen in der Nähe stehenden Stuhl, dass dieser so weit flog, wie ihn kein Mensch hätte treten können.

Mulwa kam zu Hilfe, und mit ihm noch zwanzig weitere Männer. Sie alle konnten Kikoi nicht bändigen. Er kreischte und schrie und schlug alle ohne große Mühe von sich. Er redete in Sprachen, die niemand von ihnen je gehört hatte.

Die zwanzig Männer versuchten es noch einmal, dieses Mal mit Seilen.

Es gelang ihnen, seine Arme und Beine zusammen zu binden, so dass er schließlich als zuckendes, heulendes Bündel auf dem Boden lag.

Das ist wirklich der Teufel, dachte Charles. Er ging los, um seine Bibel zu holen und rief nach Dickson – seinem einzigen leiblichen Sohn, der zur Zeit in Ndalani war und genügend Erfahrung mit der Austreibung von bösen Geistern und auch die Kraft dazu hatte. „Dickson!" rief Charles, als er auf sein Haus zukam. „Hol deine Bibel. Kikoi braucht unsere Hilfe."

Der entschlossene Blick in Charles' Augen sagte Dickson, dass das, was sie erwartete, alles bisher Erlebte womöglich noch übertreffen würde.

Als sie zurück auf das Feld kamen, sahen sie, dass Kikoi sich nicht mehr bewegte. Er schrie nicht mehr und redete nicht mehr in fremden Sprachen. Kikoi sagte ihnen später, dass er einmal vorausgesehen hatte, dass sechsundzwanzig Menschen bei einem Busunfall ums Leben kommen würden. Und es war am nächsten Tag passiert.

„Nimm ihm die Seile ab", sagte Charles.

„Was?", fragte einer von ihnen entsetzt.

„Nimm ihm die Seile ab. Ihr könnt den Teufel nicht mit Seilen bändigen."

Sie nahmen die Seile ab und fürchteten dabei um ihr Leben.

Charles, Dickson und die anderen beteten abwechselnd mehr als fünf Stunden lang. Sie lasen Absätze aus der Bibel, zitierten unzählige Verse, auch solche, in denen Jesus böse Geister vertreibt. Dann legte Charles dem Jungen seine Hand auf.

„Vater, Du siehst, welche Probleme Kikoi hat. Aber Vater, wir wissen, dass Du sehr viel mächtiger bist. Du bist stärker. Keine böse Macht kann sich gegen Dich behaupten. Deshalb befehle ich im Namen Jesu Christi, dass ihn diese bösen Geister verlassen, und ich bete, dass Kikoi von seiner Finsternis befreit wird."

Charles nahm seine Hand weg. Alle vier sahen Kikoi an und fragten sich, was nun passieren würde. Kikoi tat zunächst nichts. Dann stand er auf und taumelte wie ein Betrunkener.

„Im Namen Jesu Christi, die bösen Geister sollen verschwinden!"

Sobald Charles ihn wieder berührte, fiel Kikoi wieder zu Boden. Sie versammelten sich wieder um ihn, beteten und lasen Bibelverse. Seine Augen öffneten und schlossen sich. Wie ein müder Patient, der sich von einer Operation erholt, versuchte er zu sprechen, fand aber keine Worte. Zwei Stunden lang konnte Kikoi nicht den Namen Jesu aussprechen.

„Kikoi," sagte Charles. „Du bist frei. Du bist frei in Jesu Namen. Du bist nicht mehr von den bösen Geistern besessen. Ist dir das klar?"

Nichts.

„Kikoi. Wer hat dich befreit?"

Immer noch nichts.

„Kikoi. Wer hat den Schrecken dieser bösen Geister genommen und dich befreit?"

Kikoi setzte sich auf. Seine Augen sahen besser aus. Ihr Blick war immer noch verschwommen, hatte aber nicht mehr diesen wilden Ausdruck des Bösen, der nur wenige Stunden zuvor darin zu finden gewesen war.

„Jesus hat mich befreit", sagte Kikoi. „Jesus Christus hat mich befreit."

Die Männer beobachteten ihn die ganze Nacht. Am nächsten Tag fasteten und beteten einige von ihnen, um die bösen Mächte fern zu halten. Kikoi begann, die Bibel zu lesen und blieb in regelmäßigem Kontakt mit Gott. Er hatte keine weiteren Anfälle mehr.

„Das hast du gut gemacht, Dickson", sagte Charles, als Vater und Sohn erschöpft gemeinsam zu ihren Zimmern zurück gingen. „Ich kann auf dich zählen. Auf alle meine Kinder. Ich kann im Großen und Kleinen auf dich zählen. Ich bin stolz auf dich."

Dickson umarmte seinen Vater und bemerkte erst dann, wie müde er eigentlich war.

„Solche Erfahrungen machen uns stärker", sagte Charles. „Sei immer vorbereitet auf den Tag des Bösen. Und habe nie Angst, ihm gegenüber zu treten."

Rael

Sie hätte nicht alleine gehen sollen.

Es war dunkel. Es war spät. Und obwohl es ihr nicht bewusst war, atmete sie schwer durch ihren Mund. Jeder Schritt auf dieser schlammigen Straße hörte sich lauter an als er tatsächlich war. Sie versuchte, mit den Männern, die nach ihrem schlanken Teenager-Körper starrten, keinen Blickkontakt aufzunehmen. Aber es half nicht viel. Diese widerlichen Blicke bohrten Löcher in sie, so dass sie immer schneller lief. Es bräuchte nicht viel. Sie müssten nur ihre Hände ausstrecken und nach ihr greifen. Sie hätten ihr Vergnügen mit ihr und würden sie dann mit blauen Flecken wieder auf die Straße werfen. Sie würde weinen und schreien. Aber es würde hier nichts nützen.

Nicht für ein junges Mädchen namens Rael Wanjuki in den Huruma-Slums in Eldoret.

Einer von ihnen rief ihr etwas zu. Ein plötzlicher Adrenalinstoß durchfuhr ihren Körper, so dass ihr beinahe die Luft wegblieb. Er rief noch einmal und fragte sie nach dem Preis. Er lachte und sie fragte sich, ob er wohl näherkam. Sie verfiel in Laufschritt. „Wie viel?“, fragte er erneut. Sie wollte sich umsehen. Sie wollte sehen, wie nahe er war, aber irgendwie bestand die einzige Hoffnung für sie darin, es nicht zu wissen.

„Wie viel?“

Sie begann zu rennen. Sein kicherndes Lachen kam näher. Sie rannte so schnell sie konnte. Ihre Augen suchten den Straßenrand nach einem geeigneten Versteck ab. *Wie viel?*

Sie trat in ein Schlagloch und fiel hin. Schmutziges Wasser spritzte in ihr Gesicht. Sie rappelte sich wieder auf, weil sie befürchtete, diese kräftigen Hände könnten sie jeden Moment packen, während sie hilflos mitten auf der Straße lag.

Sie stand wieder auf. Das Herz schlug ihr bis zum Hals, so laut, dass es in ihren Ohren dröhnte. Er war da. Dicht hinter ihr. Sie spürte wie er auf sie zukam. Rael kreischte. Sie drehte sich um und bereitete sich auf den Angriff vor. Sie fiel auf den Rücken, starrte in die dunkle Nacht und wartete auf den Angreifer.

Aber die Straße war leer. Die Nacht war still. Niemand war da. Dieses Mal nicht.

Sie lag in den schmutzigen, verseuchten Pfützen und versuchte sich zu beruhigen und sich einzureden, dass sie sich alles nur eingebildet hatte. Eigentlich war dies der Moment in dem ein junges Mädchen zu weinen beginnt. Normalerweise war das der Moment, in dem man erleichtert war, weil das Schlimmste nicht eingetreten war. Aber so war das in den Slums. So war ihr Leben. Und die hoffnungslosen wenigen Jahre ihres Daseins in dieser gnadenlosen Welt hatten sie bereits gelehrt, wie nutzlos Tränen waren.

Ohne weitere Zwischenfälle erreichte sie das gemietete Haus ihrer Familie, das nur aus einem einzigen Raum bestand. Sie lebte bei ihrer Mutter mit ihren vier Brüdern und drei Schwestern. Ihren Vater kannte sie nicht. Niemand von den Geschwistern kannte den seinen.

Rael wollte ihre Hand gerade auf den Türgriff legen, als sie diese wohlbekannten Geräusche hörte. Sie krümmte sich zusammen. Eine Welle des Ekels überkam sie. Die Grunzlaute eines Fremden erfüllten das Innere des Hauses und drangen bis zu Raels Ohr. Sie schloss die Augen und fühlte sich schrecklich unwohl, da ihr klar wurde, dass sie im Haus auch nicht sicherer war als auf der Straße. Ihre Mutter war wieder bei der Arbeit. Sie tat, was sie konnte, um das erbärmlich wenige Geld für sich selbst zu verdienen, und dann ihrer hungernden Familie noch weniger zu lassen.

Rael wartete auf dem Boden vor der Tür. Diese Welt war so instabil. Eben war sie einer Gefahr entronnen, die ihr nicht unbekannt war, jetzt stand sie vor einer neuen, die sie eben erst zu verstehen begann. Die Nacht schien kein Ende zu nehmen. Nicht dass ihr es etwas ausmachte. Heute war es gleich wie gestern, und morgen würde es genauso sein, und übermorgen auch, und überübermorgen auch. So etwas wie Zeitrechnung gab es in den Slums nicht. Im schlimmsten Teil der Welt war das Leben eine einzige große Wiederholung.

Als es vorbei war, öffnete ein Mann die Tür. Und falls er Rael, die im Halbschlaf gegen die Wand gesunken war, überhaupt sah, so kümmerte es ihn nicht. Die sieben Kinder, die im selben Raum mit ihm und ihrer Mutter gelegen hatten, hatten ihn auch nicht gestört. Deshalb machte er sich auch nichts aus einem jungen Mädchen, das seinetwegen die Nacht auf der Straße verbringen musste. Er ließ die Tür offen, als er die Gasse hinunter ging und in der Dunkelheit der Nacht verschwand.

Rael stand auf. Ihre Beine taten weh vom langen Sitzen. Obwohl er weg war, hörte sie in ihrem Kopf noch immer die Geräusche, die sie in dieser Nacht gehört hatte und die Hunderte von Geräuschen, die sie in früheren Nächten gehört hatte. Sie ging hinein, und als sie die Tür schloss, wusste sie, was ihr bevor stand.

Es war der Geruch, der es verriet. Dieser stechende Gestank des illegalen *Changa'a*-Gebräus, das ihre Mutter zubereitete und trank, um ihr Gewissen und das Bewusstsein um ihre bedauernswerte Situation zu betäuben. Manchmal verkaufte sie es. Aber meistens konnte sie sich nicht davon trennen. Besonders nicht in dieser Nacht.

Rael sah ihre jüngeren Geschwister auf dem Boden liegen und so tun, als ob sie nichts gehört und nichts bemerkt hätten. Sie taten als schliefen sie, um nicht mit ihrer betrunkenen Mutter konfrontiert zu werden.

„Du", rief Raels Mutter. „Warum kommst du zurück?" Sie hatte einen irren Blick in ihren Augen. Sie trank wieder von dem Gebräu. Rael stach es in den Augen, und ihr kamen die Tränen.

„Warum bist du hier?" Ihre Stimme wurde lauter, ihre Haut blasser. Sie ging einen Schritt auf Rael zu, stolperte dann aber zur Seite. Sie wäre hingefallen, wäre die Wand nicht da gewesen, um sie aufzufangen. Einen Moment lang blieb sie stehen, gegen die wackelige Wellblechwand gelehnt, und es sah so aus, als würde sie in Ohnmacht fallen. Das wäre gut gewesen. Von den drei Alternativen, bei den Vergewaltigern auf der Straße zu sein, zu Hause bei einer gewalttätigen, betrunkenen Mutter zu sein oder bei einer gewalttätigen, aber bewusstlosen, betrunkenen Mutter zu sein, war letzteres doch das, worauf Rael immer hoffte.

Ihre Mutter nahm noch einen Schluck von dem Gift und richtete sich auf. „Hast du es nicht verstanden? Wie kannst du so dumm sein, du faules, schmutziges Tier?" Speichel lief aus ihrem Mundwinkel als sie schrie. „Ich will dich hier nicht haben! Ich will keinen von euch hier haben!"

Ihre Mutter ließ den Blick im Zimmer herumwandern und betrachtete die kostspieligen Familienmitglieder. Dann schrie sie mit solcher Heftigkeit, dass einige der Kinder aus ihrem vorgetäuschten Schlaf aufschreckten. „Ich will keinen von euch hier haben! Ich hasse euch! Ich hasse euch alle! Ihr wisst, was ihr alle seid! Ihr wisst, wo ihr her kommt! Ihr seid nichts! Nichts!“

Ihre beiden jüngeren Geschwister begannen zu weinen. Die fünf älteren Geschwister schwiegen. Sie kannten die Prozedur. Rael blieb stehen. Ihre Mutter sah sie mit zusammengekniffenen Augen an. „Du erbärmliches Kind!“ Sie machte einen Schritt auf Rael zu und beugte sich hinunter, um mit ihr auf einer Höhe zu sein. Sie sahen sich in die Augen. Rael sah den Tod. Ihre Mutter sah nichts. „Ob du lebst oder tot bist, macht keinen Unterschied für mich.“

Rael hätte angenommen, dass sie im Rausch so sprach, hätte sie diese Worte nicht schon so oft von ihrer Mutter in nüchternem Zustand gehört.

Mit einer Geschwindigkeit, die sogar Rael überraschte, holte ihre Mutter aus und versetzte ihr mit der Hand einen Schlag ins Gesicht. Der Schlag ließ Rael herumfahren und auf den Boden fallen, ähnlich wie bei dem Schlagloch, über das sie gestolpert war. Die anderen Kinder weinten noch lauter. Ihre Mutter trank aus und wankte zur Tür. Das klackende Geräusch, als sie die Tür abschloss, ließ alle Kinder Schlimmes ahnen. Die Mutter ging wieder auf Rael zu, die sich in der Ecke krümmte. Sie trat sie in die Rippen, spuckte auf sie und schlug dann alle Kinder der Reihe nach.

Das Kreischen und Schreien der Kinder erfüllte den Raum und drang auf die Straße hinaus. Aber nie kam jemand zu Hilfe.

Ihre Nachbarn hatten selbst ähnliche Probleme.

Sie hatten kein Geld für Essen, Kleidung oder Schulbildung. Manchmal wurde ihre Mutter für zwei Wochen ins Gefängnis gesteckt, weil sie illegal *Changa'a* braute. Dadurch mussten die Kinder dann, hungrig schlafen gehen und um Essen betteln. Rael's ältere Geschwister liefen weg auf die Straße, um sich selbst zu versorgen – eine gefährliche Perspektive, aber eine, die zumindest eine bessere Chance bot, Essen zu finden, als das Leben unter einem Dach mit ihrer Mutter. Einige der älteren Schwestern heirateten später und waren in der glücklichen Lage, einen Neubeginn erleben zu dürfen. Aber ihr Optimismus wurde schon bald von der altbekannten Hoffnungslosigkeit verdrängt, in der sie aufgewachsen waren, denn ihre Ehemänner waren auch arm, und so lebten sie mit der ständigen Frage wann beziehungsweise ob sie etwas zu essen oder eine Zukunft haben würden.

„Wir müssen auch gehen", sagte Rael zu ihrem jüngeren Bruder.

„Auf die Straße?"

„Möchtet ihr wirklich hier bleiben?"

Sie waren allein zu Hause. Ihre Mutter war weg. Bei der Arbeit.

„Natürlich nicht. Aber wo sollen wir hin?"

„Ist das denn nicht egal? Wir sind auf der Straße besser dran als hier. Möchtet ihr verhungern?"

„Nein."

„Also?"

„Bist du dir sicher?"

„Nein."

„Warum tust du es dann?"

„Weil ich mich hier nicht mehr schlagen lassen will", sagte Rael. „Vielleicht wird es auf der Straße besser. Vielleicht wird es auch schlechter. Aber zumindest werden wir etwas zu essen finden. Dann sitzen wir nicht hier und verhungern. Denn das haben wir zu erwarten, wenn wir nicht gehen."

„Du weißt, was auf der Straße vor sich geht. Du weißt, wie dort das Geld verdient wird. Willst du das?"

„Willst du hier bleiben und sterben? Willst du das?"

„Du weißt nicht, wie das Leben sein wird."

„Doch. Ich werde Menschen finden, die mich gern haben. Ich werde Menschen finden, die mir etwas zu essen geben. Ich werde ein gutes Zuhause finden. Und wir werden frei sein. Wir werden tun können, was wir wollen, hingehen, wohin wir wollen und mit wem wir wollen. Das ist ein Traum, der wahr werden wird. All das wartet da draußen auf uns. Wir müssen nur hinausgehen und zugreifen."

Ihr Bruder überlegte einen Augenblick. Er sah zu ihr auf. Sie zeigte kein Anzeichen des Zögerns. „In Ordnung", sagte er. „Gehen wir."

Sie ging voran. Sie ließen die Tür offen. Sie würden nicht zurückkommen.

Rael fand auf der Straße nicht das, was sie sich erhofft hatte. Nach nur wenigen Tagen ihres vermeintlichen Abenteuers wurde sie von ihrem Bruder getrennt. Die Jungen hatten ihre Banden, und die Mädchen hatten ihre Banden. Am Anfang war es am schlimmsten. Die Mädchen schlugen Rael und beleidigten sie. Aber ihre Mutter hatte sie gut abgehärtet, so dass Rael in der Lage war, sich gegen sie zu behaupten. Innerhalb weniger Wochen nahm eine Mädchenbande sie unter ihre Fittiche.

Sie litt an Durchfall und enormen Bauchschmerzen, die daher kamen, dass sie in Mülleimern nach Essen wühlen musste. Hinter Restaurants, in Hinterhöfen und vor Geschäften hob Rael die Deckel der Mülltonnen und griff in die glibberigen Müllberge auf der Suche nach etwas Essbarem.

Rael übernachtete mit ihren Freundinnen aus der Bande auf Veranden. Oft wurden sie von Sicherheitskräften vertrieben, geschlagen oder vergewaltigt. Von Straße zu Straße und von Mülleimer zu Mülleimer zog Rael durch Eldoret mit ihrer Bande und versuchte zu überleben.

Um Geld zu verdienen, prostituierte sich Rael so wie die anderen Bandenmitglieder. Das war nicht schwer. Gelegenheiten gab es genügend. Ihre Freundinnen zeigten ihr, wie man es machte. Sie gingen in Bars und Diskotheken und fanden Männer, die ihnen einen Hungerlohn für den Geschlechtsverkehr bezahlten. Manche Kunden wurden gewalttätig und schlugen Rael. Das waren die Schlimmsten. Am liebsten waren Rael die Kunden, die betrunken waren. Die konnten Rael und ihre Freundinnen bestehlen, wenn sie eingeschlafen waren.

Aber mit der Entscheidung, sich zu prostituieren, kam auch das Schuldgefühl. Sie hatte das bereits früher erlebt. So sehr sie es auch versuchte, Rael konnte die Tatsache nicht ausblenden, dass sie wie ihre Mutter wurde. Um damit zurecht zu kommen, begann Rael, Drogen zu nehmen. Das Geld, das sie mit der Prostitution verdiente, war eigentlich für besseres Essen gedacht. Aber es wurde selten dafür ausgegeben. Essen kam und ging, aber es konnte ihr Gemüt nicht beruhigen. Das taten die Drogen. Zumindest vorübergehend. Die negative Seite daran war das lästige Problem der Abhängigkeit. Was einst nur ein Fluchtmittel gewesen war, nur ein Versuch, wieder in die Kindheit abzutauchen, wurde zu einer niemals endenden Suche nach Befriedigung.

Ein höherer Bedarf an Drogen bedeutete auch, dass mehr Geld benötigt wurde, was wiederum mehr Drogen zur Folge hatte. Nachdem sie das Geld und die Drogen beschafft hatte, ruhte sich Rael manchmal in einer ruhigen Gasse aus, weit weg von der Welt, nahm ihren Joint und spürte vorübergehend Erleichterung, da sie sich über nichts mehr Gedanken machen musste. Doch wenn die Wirkung der Drogen nachließ und sie aus ihrer Traumwelt zurückkehrte, spürte sie die Niedergeschlagenheit über die Ausweglosigkeit ihrer Lage.

Prostitution, Drogen, Vergewaltigung, verdorbenes Essen, kein Schlafplatz.

Rael lebte den Traum eines Straßenkindes.

Im Mai 1993 sah sie Charles zum ersten Mal. Sie hatte über ein paar andere Kinder von ihm gehört. Sie hatte ihn noch nie gesehen. Sie wusste nur, dass er ein reicher Mann war, der sein Geld hergegeben hatte, um Straßenkindern zu helfen.

Als sie ihn und zwei andere Männer auf sich zukommen sah, machte sie sich Sorgen, in welcher Absicht sie wohl kamen.

„*Oo-ee*“, sagte Charles.

Rael schwieg. Männern konnte man nicht über den Weg trauen. Charles kam näher.

„Wie geht es dir?“, fragte Charles.

Sie sah ihn an und versuchte, zu verstehen, was er hier machte. Er war anders als alle, die sie bisher gesehen hatte. Er war normal gekleidet, mittelgroß, mittelmäßig gebaut. Aber diese Augen, irgendetwas war mit seinen Augen.

„Ich heiße Charles Mulli.“

Der Name löste in Rael etwas aus. Er war Charles Mulli.

Die Legende.

Er reichte ihr die Hand zum Gruß. Sie sah sich nach ihren Freunden um, von denen sie sich Unterstützung erhoffte, und als sie in deren Augen keine Ablehnung erkannte, gab sie ihm die Hand. Sie war warm.

„Wie kommt es, dass du auf der Straße bist?“, fragte er.

Seine Augen blickten aufrichtig. Sie hatte den Eindruck, sie könne durch sie direkt in seine Seele sehen. Sie erzählte ihm ihre Geschichte in Kurzfassung, und fragte sich, warum er kam, um mit ihnen zu sprechen. Irgendetwas an ihm war anders. Es war als würde von ihm eine Aura des Mitgefühls ausgehen, die es geschafft hatte, sie einzuwickeln. Sie hatte noch nie in ihrem Leben Liebe zu spüren bekommen. Lust schon. Aber Liebe noch nie. Und als diese vor ihr auftauchte, erkannte sie sie nicht.

Er redete eine Weile mit den Mädchen, erzählte ihnen, wer er war und was er tat.

„Ich möchte euch sagen, dass Jesus euch lieb hat“, sagte er. „Er liebt euch sehr." Er erzählte ihnen von seiner eigenen Kindheit, oder vielmehr von der Kindheit, die er eigentlich nicht gehabt hatte, und wie Gott sein Leben verändert hatte und auch ihres ändern könnte.

Rael konnte das nur schwer glauben. Wenn es wirklich einen Gott gab, der sie liebte, warum war sie dann auf der Straße? Warum ließ Gott sie unter den Händen dieser unzähligen Männer so leiden? Warum hatte sie solch eine gewalttätige Mutter? Warum musste sie sich auf die Straße flüchten?

Charles nahm die Mädchen mit in einen nahe gelegenen Laden und kaufte ihnen etwas zu essen. Er redete über das Heim, in dem Mädchen wie ihnen ein Neubeginn ermöglicht wurde. Charles erzählte außerdem davon, wie Gott sein eigenes Leben gerettet hatte und wie sie selbst auch gerettet werden konnten, nicht nur von der Straße, sondern auch von ihrem bisherigen Leben.

„Ich möchte euch einladen, mit mir zu kommen und bei mir zu leben. Ich möchte, dass ihr meine Kinder werdet. Was meint ihr?"

Rael kannte das Heim nicht. Sie kannte Gott nicht. Und sie kannte Charles nicht. Aber sie kannte die Straße, und sie wusste, dass sie schon lange am Ende angelangt war. Vor ihrer gewalttätigen Mutter auf die Straße zu fliehen, war einen Versuch wert gewesen. Vielleicht war es auch einen Versuch wert, mit Charles zu gehen.

„In Ordnung", sagte sie. „Ich komme mit."

Sie und fünf weitere Mädchen aus der Bande stiegen in Charles' Auto ein. Sie machte die Tür hinter sich zu. Rael fing ein neues Leben an.

Rael hatte einen Vater.

Als sie beim Heim der Mully Children's Family in Eldoret ankam, traf sie Esther. Manchmal treffen sich Fremde und es kommt ihnen vor, als hätten sie sich schon ihr Leben lang gekannt. So kam es Rael vor, als sie Esther traf. Sie setzten sich. Als sie redeten, spürte Rael, wie es war, wenn man jemanden hatte, der einem zuhörte, ohne dass er etwas von einem wollte. Sie spürte die ersten Anzeichen dafür, wie es war, eine echte Mutter zu haben.

Eine Mutter, die nicht betrunken war. Eine Mutter, die sie nicht wegjagte. Eine Mutter, die ihr dieselbe aufrichtige Liebe schenkte wie ihr neuer Vater.

Sie nahm eine Dusche. Es war das erste Mal, dass sie in einem guten Badezimmer gewesen war. Danach brachte Esther ihr neue Kleider und stellte sie der Familie vor. Sie sah die unzähligen neuen Gesichter, als die Kinder herbeikamen, um sie zu begrüßen. Zwei Gesichter in der Ferne kamen ihr bekannt vor. Sie erkannte sie wieder. Sie waren größer geworden. Sie sahen anders aus als die Bilder, die sich seit ihrem letzten Zusammensein in ihr Gedächtnis eingebrannt hatten. Ganz sicher. Sie waren es.

Ihre jüngeren Geschwister.

Als sie Rael sahen, bahnten sie sich ihren Weg durch die Menge und umarmten sie. Rael weinte. Die anderen Kinder rannten weg und kehrten wieder zu ihren Spielen zurück. Aber die drei Geschwister blieben zusammen. Sie waren wieder vereint. Aber dieses Mal hatten sie noch mehr Geschwister.

Und Eltern.

Obwohl die MCF ihr die Verwirklichung ihres Lebenstraums geboten hatte, lief Rael wieder weg und ging zurück auf die Straße. Es war so schwer, wenn nicht unmöglich, die Abhängigkeit von Drogen und Sex zu überwinden. Dorthin zurückzukehren, woher sie gekommen war, schien ihr manchmal einfach das Richtige zu sein. Als sie wieder auf der Straße war, fragte sie sich, warum sie genau die Dinge tat, die sie gar nicht tun wollte. Sie waren falsch. Sie machten sie kaputt. Das wusste sie. Und dennoch hatte sie nicht die Kraft, sie hinter sich zu lassen.

Immer wenn ein Kind wegrannte ging Charles los und suchte es. Meistens fand er die Kinder und sprach mit ihnen. Er brachte sie wieder nach Hause, woraufhin sie wieder wegrannten und das ganze dann noch einmal von vorne losging.

„Rael!“, rief Charles aus dem Fenster seines Wagens. Endlich hatte er sie gefunden. Es regnete in Strömen. Sie hörte ihn nicht.

„Rael!“, rief Charles noch einmal. Er öffnete die Tür und ging ihr nach. „Rael! Ich bin's! Dein Daddy!“

Rael drehte sich um. Sie sah krank aus. Ihr Gesicht war blass. Ihre Augen blickten wirr.

„Rael“, sagte Charles, der die Verzweiflung in ihrem Gesicht erkannte. „Ich bin hier, um dich mit nach Hause zu nehmen.“

„Was soll das?“, fuhr sie ihn an. Soweit waren sie schon gewesen. „Niemand will mich. Niemand! Auch du nicht, niemand! Warum kommst du immer wieder hinter mir her?“

Sie drehte sich um und ging weg.

„Weil ich dich lieb habe, Rael."

Sie hielt inne. Da stand sie im strömenden Regen und schwieg. Sie drehte sich um. Sie weinte. Sogar im Regen, der auf ihr Gesicht fiel, waren die Tränen nicht zu übersehen.

„Niemand liebt mich."

„Ich schon. Deine Mutter liebt dich. Und Gott liebt dich am allermeisten. Komm mit nach Hause, Rael. Du hast jetzt eine große Familie zu Hause. Du hast so viele Geschwister. Wir alle haben dich lieb."

Sie merkte, wie dumm es gewesen war, wegzulaufen und begriff, wie sinnlos es war, wieder hier auf der Straße ein Leben im Müll zu führen. Charles ging auf sie zu und umarmte sie.

„Ich möchte nicht mehr hier sein", weinte sie.

„Das weiß ich. Und ich bin hier, um dich mitzunehmen."

„Warum mache ich das?"

„Es ist in Ordnung, Rael. Wir gehen nach Hause."

„Warum mache ich das, Daddy? Warum renne ich weg?"

„Alles wird gut werden. Kann ich dich nach Hause bringen?"

Sie nickte.

Durch das Vorbild von Charles und Esther Mulli, die täglichen Andachten und das Bibelstudium in der Schule erfuhr Rael von Jesus. 1997 gab sie ihm ihr Leben. Im selben Jahr zog sie mit vielen anderen Kindern nach Ndalani.

Zwei Jahre später reiste sie mit ihren Geschwistern von Ndalani nach Eldoret, um ihre kränkelnde Mutter zu besuchen. Sie litt an den Folgen des langen Alkoholkonsums. Je näher sie Eldoret kamen, desto intensiver wurden die Erinnerungen an ihre Kindheit. Es war als würde sie von einem Magneten in ihre Vergangenheit gezogen und der Missbrauch und die Vernachlässigung waren wieder präsent. Aber der Besuch bei ihrer Mutter würde ihr eine Gelegenheit geben, über die schweren Zeiten zu sprechen, die sie durchmachen mussten, und sich ob ihrer schlimmen Vergangenheit miteinander auszusöhnen.

2001 erhielt Rael einen Brief, in dem ihr mitgeteilt wurde, dass ihre Mutter gestorben war. Das war zu erwarten gewesen. Und doch spürte Rael den Verlust ihrer leiblichen Mutter. Esther erzählte Rael, dass ihre Mutter ihr Leben Christus gegeben hatte, bevor sie gestorben war. Das gab Rael den Trost, den sie brauchte. Sie wusste nun, dass zumindest *ein* Elternteil im Himmel auf sie warten würde.

Die Familie ihrer Mutter war nicht bereit, für die Krankenhauskosten, Mietrückstände und für die Beerdigung aufzukommen, darum bezahlte Charles für sie. Die medizinischen Untersuchungen ergaben, dass sie an Aids gestorben war.

Als sie wieder in Ndalani war, fiel es Rael schwer, sich in der Schule zu konzentrieren. Sie nahm an zahlreichen Beratungsgesprächen und Gebetstreffen teil, bei denen sie von Charles, Esther und anderen Sozialarbeitern ermutigt wurde. Aber mit den Auswirkungen ihrer Vergangenheit konnte sie nur schwer fertig werden. Sie empfand weiterhin diesen bedrohlichen Drang, wieder in ihr altes Leben zurückzukehren. Sie täuschte eine Krankheit vor und wurde zur Behandlung nach Eldoret gebracht. Dort stahl sie von einem Lehrer Geld und reiste nach Mombasa, wo sie weit weg von allen war, die sie kannte.

Sie fand eine Unterkunft bei einer Frau, die sie zufällig traf und griff wieder auf eine ihr vertraute Methode zurück, um Geld zu verdienen. Über ein Jahr lang arbeitete sie als Prostituierte in Mombasa. Zu dieser Zeit war sie völlig ausgemergelt; hatte ihr Gewicht früher 67 Kilo betragen, so waren es jetzt nur noch 25 Kilo. Sie ging wieder nach Eldoret und suchte Zuflucht bei ihrer Tante, die aber nichts mit ihr zu tun haben wollte. Da sie sonst niemanden hatte, machte sich Rael auf den 20-Kilometer-Marsch zur MCF und hoffte, die Mullis würden sie einmal mehr aufnehmen.

Jeder Schritt kam ihr vor wie bei einem Marathonlauf. Jeder Atemzug, als wäre es ihr letzter. Ihre Lungen spürten den stechenden Schmerz der Erschöpfung, weil ihr Körper von der Krankheit geschwächt war. Sie weigerte sich zu glauben, was ihr alle gesagt hatten. Dass sie an dieser unheilbaren Krankheit sterben würde. Sie wollte es nicht glauben. Vielleicht konnte sie deshalb durchhalten.

Sie brach nur 200 Meter vor der MCF auf der Straße zusammen. Sie schlief ein und wurde rein zufällig, oder durch Fügung, von einem Passanten entdeckt. Einige Leute der MCF kamen und holten sie nach Hause. Eine Woche später kamen Charles und Esther aus Ndalani, um nach ihr zu sehen. Sie brachten sie ins Krankenhaus, wo bei ihr Tuberkulose und Aids festgestellt wurden.

In den folgenden Monaten nahm Rael an Gewicht zu, während sie gegen das HI-Virus ankämpfte. Sie ging zur Universität und machte einen Abschluss im Fach Beratung Jugendlicher und Gleichaltriger. So hoffte sie, anderen Kindern in ihrer Umgebung und ihren Geschwistern bei der MCF helfen zu können, um ihnen ein Schicksal wie ihres zu ersparen.

Die bedingungslose Annahme, die sie von Charles und Esther erfahren hatte, war das, worüber Rael am meisten nachdachte. Als sie von zu Hause hinausgeworfen wurde, wurde sie von ihnen aufgenommen. Als andere sie ausnutzten, setzten sie sich für sie ein. Als alle anderen sie ablehnten, hielten sie ihre Arme weit geöffnet – auch als sie immer wieder zeigte, dass sie es nicht wert war, wieder aufgenommen zu werden.

Wahrscheinlich konnte sie deshalb Jesus Christus so gut verstehen.

Daniel

Daniel Mbisis Leben war voll und doch leer.

Seine Mutter hatte dreizehn Kinder aus verschiedenen Beziehungen. Zur Zeit lebte sie mit ihrem fünften Ehemann zusammen. Ein jüngerer Bruder sowie eine jüngere Schwester waren an Unterernährung und mangels medizinischer Versorgung gestorben. Einige der älteren Geschwister waren auf die Straße geflohen in dem vergeblichen Versuch, etwas Besseres zu finden. Und immer noch war das Haus brechend voll mit Kindern.

Aber auch in einem Haus voller Menschen kann man sich verzweifelt und alleine fühlen.

Genau das war der Fall beim sechsjährigen Daniel.

Der Lohn seiner Mutter als Prostituierte und ihr dürftiges Einkommen, das sie aus dem Verkauf von selbstgebranntem Alkohol erhielt, waren kaum genug, um die Familie zu ernähren. Sein Stiefvater verdiente als Gelegenheitsarbeiter nur wenig mehr als er brauchte, um sich selbst zu ernähren. So kamen die Kinder nur schwer an Essen, besuchten nur sehr selten einen Arzt und konnten nicht zur Schule gehen.

Daniels Stiefvater mochte nur seine eigenen Kinder, was die Familie spaltete. Die Geschwister sprachen nicht miteinander. Einige betrachteten sich als rechtmäßige Kinder. Andere, wie Daniel, wurden lediglich als zusätzlicher Kostenfaktor betrachtet, der die übrige Familie belastete.

Daniel lebte im Munyaka-Slum in Eldoret. Tagsüber verdiente er sein Geld mit Gelegenheitsjobs, und alles Geld gab er der Familie. Nachdem er eines Tages den ganzen Tag über getan hatte, was er konnte, um sich einen Platz in der Familie zu erarbeiten, kam er mit leerem Magen nach

Hause, um dort betrunkene Eltern vorzufinden. Er konnte ihre Schreie hören, als er auf ihr überfülltes Haus zukam. Die Kinder schrien sich gegenseitig an. Die Eltern schrien die Kinder an, und die Kinder schrien die Eltern an.

Er öffnete die Tür. Und ab diesem Moment wurde sein ohnehin schon schlechter Tag noch schlimmer.

„Wo hast du es?“, schrie sein Stiefvater von seinem Stuhl aus. Er sah seinen Sohn nicht einmal an. Seinen Stiefsohn.

Daniel streckte seine Hand aus. Eine kleine Münze. Ein wirklich kläglicher Betrag. Sogar für die Slums. Sein Stiefvater drehte sich um und sah ihn an. Sein Gesichtsausdruck verwandelte sich von Ärger in Hass. Daniel fühlte sich wertlos, wie immer in der Gegenwart seines Stiefvaters.

„Das ist alles? Mehr hast du nicht dabei?“

„Ich habe den ganzen Tag gearbeitet. Das ist alles.“

„Das ist nicht gut genug.“

Er stand von seinem Stuhl auf. Daniel beeilte sich, nach draußen zu gelangen. Obwohl er nie schneller als sein Vater an der Tür gewesen war, klammerte er sich an den Optimismus, dass es immer eine Chance gab. Aber auch heute war es wie immer. Sein Stiefvater schlug ihn von hinten auf den Kopf. Daniel wirbelte herum und fiel hin. Seine Schultern berührten den Boden zuerst. Dann folgte sein Kopf, als er nach hinten schnellte. Sein Stiefvater schrie ihn an, aber Daniel hörte es nicht. Alles was er sah, war eine hoch aufragende Gestalt über ihm, die ihn anschrie, während die Welt vor seinen Augen durch den Schmerz an seinem Hinterkopf verschwamm.

Was dann folgte, war Routine. Noch mehr Geschrei, noch mehr Stöße. Dann griff Daniels Mutter in das Geschehen ein. Ehemann Nummer fünf war noch schlimmer als die früheren. Sie litten alle unter demselben unerträglichen Einfluss des Bösen. Als Daniel versuchte aufzustehen, schlug ihn seine Mutter. Der Schlag kam mitten ins Gesicht, so dass er sich eher anfühlte wie ein Boxschlag als wie eine Ohrfeige. Die Kraft ihres Handballens gegen seine Stirn ließ ihn rückwärts stolpern. Sein Rücken knallte gegen die Zimmerecke. Er ging zu Boden, nicht vor Schmerzen, sondern weil er wusste, wie er solch einen Angriff am besten überlebte. Wenn er am Boden war, würden sie ihn nicht schlagen. Es war sozusagen eine Art Gnadenregel.

Sie ließen ihn dort liegen und widmeten sich wieder dem Trinken und Schreien. Daniel lag schweigend am Boden. Er weinte ein wenig. Aber nicht mehr so viel wie früher. Es war sinnlos.

Das war es schon immer gewesen.

Am nächsten Morgen traf Daniel die Entscheidung, von zu Hause wegzulaufen. Die Wahl war ziemlich einfach. Misshandlung, nichts zu essen, keine Schule, keine Kleidung. Hier gab es nichts. Er war ein Nichts. Zumindest empfand er es so, als er zu Hause lebte. Vielleicht wäre es auf der Straße besser. Vielleicht wäre die Welt da draußen freundlicher als die Welt in seinem Elternhaus.

Vielleicht war sie auch viel, viel schlimmer.

In seiner ersten Woche trank Daniel das verseuchte Wasser des Sosiani-Flusses. Obwohl es ekelhaft schmeckte, half es kurzfristig, die Hungerschmerzen in seinem Bauch zu dämpfen. Eine Woche ohne Essen kann für einen kleinen Jungen so sein wie sterben.

Und in vielerlei Hinsicht war es das auch.

Sein erster Eindruck der Stadt Eldoret war, dass er seine Eintrittskarte in ein besseres Leben gefunden hatte. Große Gebäude, Leute mit schöner Kleidung, arbeitende Menschen. Er nahm an, dass jeder, der auf der Straße lebte, diesen Lebensstil erreichen könnte.

Seinen ersten Tag verbrachte er mit der Suche nach etwas Essbarem. Er fand nichts, außer den schmierigen Abfällen in den Mülltonnen. Er nahm die Deckel ab, griff hinein und zog eine Mischung aus feuchtem Brot und verdorbenem Salat heraus, das seltsam braun-violett gefärbt war. Er schloss die Augen und stopfte alles in seinen Mund. Er musste sich nicht übergeben. Es würgte ihn nicht einmal. Es war besser, als Hunger zu leiden.

Daniel schloss sich einer Gruppe von Jungen an, die ihn in ihre Bande aufnahmen. Sie machten ihn mit Zigaretten und Marihuana bekannt und zeigten ihm, wie man auf den Straßen überlebte. Sie bestahlen Geschäfte und Menschen auf der Straße, schliefen wo immer sie einen Unterschlupf fanden, nahmen Drogen. So war das Leben auf der Straße. Das war der Traum von Eldoret.

In den nächsten sechs Jahren ging Daniel zu den härteren Drogen wie Heroin, Opium und Kokain über. Die Jugendlichen richteten den zwölfjährigen Daniel darauf ab, für sie ihre kriminellen Aktionen auszuführen. Er stieg durch ein Fenster in Häuser ein und öffnete die Tür für den Rest der Bande. Sie benutzten ihn auch für den Drogenschmuggel. Er machte es perfekt. Die Polizei verdächtigte ihn nie, weil er noch so jung war. Die Bande bezahlte ihn in Drogen. Es war die Währung ihrer Geschäfte.

Er versuchte, die Drogen zu Geld zu machen, sooft es möglich war, um sich etwas zu essen zu kaufen. Aber das war sehr schwer. Der Drogenmarkt war ein Konkurrenzgeschäft. Oft nahm er die Drogen selbst als zuverlässiges Mittel um sein Schuldgefühl loszuwerden. Was war doch aus ihm geworden, und was tat er anderen und sich selbst an! Deshalb musste er weiterhin, in Mülleimern nach feuchtem Brot, verdorbenem Salat und sonstigem Essbaren suchen.

Während die Polizei sich schwer tat, Daniel zu überführen, war das bei der Allgemeinheit nicht der Fall. Es gab zwei Arten von Rechtsprechung. Die gesetzliche Rechtsprechung, die durch die Polizei vertreten wurde, und die Rechtsprechung durch den Pöbel, der von den Einheimischen vertreten wurde. Erstere war dominierend.

Aber letztere war lebensbedrohlich.

Diebstahl war eine Überlebensform für Daniel. Seine Opfer waren Bäckereien, Geschäfte, Leute auf der Straße. Er war ein ausgezeichneter Taschendieb. Aber ein paar Mal war er nicht gut genug. Ein paar Mal war er unvorsichtig. Und ein paar Mal brachte ihm die Öffentlichkeit bei, was sie von seinen Diebstählen hielt.

Er hatte einen Mann bestohlen, der soeben ein Geschäft verlassen hatte. Daniel griff von hinten in die Tasche des Mannes und zog ein kleines Päckchen heraus. Das war an sich noch kaum die drohende Bestrafung wert. Der Mann bemerkte ihn, bevor es Daniel gelang, das Päckchen unter sein Hemd zu stecken. Er streckte seine Hand aus, um ihn zu packen. Aber Daniel wich nach hinten aus. Der Mann griff erneut zu, aber jetzt war Daniel weit genug weg. Der Mann rief laut und zeigte auf Daniel.

„Haltet den Straßenjungen auf! Er hat mich bestohlen!"

Daniel rannte so schnell er konnte. Drei junge Männer, die in der Nähe waren, nahmen die Verfolgung auf. Sie schrien, während sie hinter ihm her rannten. „Haltet den Straßenjungen auf! Er hat etwas gestohlen!"

Was mit drei Leuten begonnen hatte, wurde zu einem Dutzend. Leute, die in den Vorfall gar nicht verwickelt gewesen waren, ergriffen nun gegen ihn Partei, um der vermeintlichen Gerechtigkeit willen. Die auf der Straße stehenden Leute nahm Daniel nur verschwommen war, als er an ihnen vorbei rannte. Er wusste nicht, in welcher Straße er war. Er suchte nach einem bekannten Schild oder Geschäft, erkannte aber nichts wieder. Er war doch so oft hier gewesen. Er hatte all diese Geschäfte bestohlen. Wie konnte es sein, dass er im Zustand der Panik nicht in der Lage war, ein geeignetes Versteck zu finden?

Er bog um eine Ecke, und als er das tat, wusste er, dass er in der Falle saß. Vor ihm war eine Steinmauer, und auf beiden Seiten waren Geschäfte. Wie hatte er bloß so unaufmerksam sein können? Er wollte umdrehen. Aber als er sich umwandte, sah er, wie seine Verfolger in die Gasse einbogen. Es waren noch mehr geworden. Noch weitere Passanten hatten sich seiner Verfolgung angeschlossen. Es waren zu viele. Er könnte es nicht mit ihnen allen aufnehmen. Nicht einmal seine ganze Bande hätte es mit diesen gewaltbereiten Bürgern aufnehmen können.

„Du hast gestohlen, Straßenjunge!“, rief ein Mann mit lauter Stimme.

Sie kamen näher. Daniel drückte sich gegen die Wand. Er sah ihre wütenden Augen. Er sah ihre geballten Fäuste. Er nahm einen tiefen Atemzug.

Ob es wohl sein letzter war?

Eine Faust flog durch die Luft und krachte in seine Nase. Der helle Tag verwandelte sich in schwarze Nacht. Alles wurde still. Es schien, dass alles in Zeitlupe passierte. Er stolperte rückwärts durch den Schlag, ähnlich wie wenn ihn sein Stiefvater oder seine Mutter geschlagen hatten. Aber er behielt das Gleichgewicht. Er hätte lieber fallen sollen. Er hätte sich an die Lektion erinnern sollen, die er gelernt hatte, als er noch klein war.

Die nächste Faust landete mitten in seinem Gesicht, sie erwischte seine Wangenknochen und seine Zähne. Er hörte etwas krachen. Dann spürte er einen Ruck an seinen Schultern, als ihn jemand vorwärts zog. Er hob seine Hände, um sein Gesicht zu schützen und spürte einen dumpfen Schlag in seinem Bauch. Die Masse stellte sich im Kreis um ihn auf. Sie schrien ihn an: „Du wertloser Idiot! Du bist ein Nichts! Ein Nichts!“ Jemand packte ihn von hinten und warf ihn in die Runde. Er stolperte und fiel. Gerade als sein Gesicht auf den Boden aufschlug, traf ein Fuß seinen Kiefer. Seine Zähne wurden aufeinander geschlagen. Sein Kopf wurde zurückgeschleudert und krachte auf den Asphalt, sein Kinn wurde aufgerissen. Füße traten auf ihn ein und bohrten sich in seine knochigen Rippen. Sie spuckten auf ihn, traten auf ihn ein. Jemand nahm einen Stock und hieb auf seinen Rücken und sein Hinterteil ein. Er krümmte sich, so gut er konnte. Zunächst tat alles weh. Aber als das Blut langsam aus seiner Nase und seinem Mund lief und ihn die Schläge bewusstlos gemacht hatten, fühlte er nichts mehr.

Als sie sahen, dass er sich nicht mehr bewegte, hörten sie auf, ihn zu schlagen. Er regte sich nicht mehr, wimmerte nicht mehr, schrie nicht mehr um Hilfe. Er war erledigt. Sie waren fertig. Ein Problem weniger. Ein Dieb weniger. Ein erbärmliches Straßenkind weniger.

Es war schon Abend, als Daniel die Augen aufschlug. Alles war dunkel. Alles tat weh. Er versuchte, seinen Mund zu öffnen, aber er konnte seinen Kiefer nicht bewegen. Seine Rippen schmerzten, sein Rücken war voller blauer Flecke. Getrocknetes Blut bedeckte sein Gesicht. Er wollte aufstehen, aber sein Körper gehorchte ihm nicht. Also blieb er liegen. Auf der Straße. Ihm war kalt, er war hungrig. Alles tat weh.

Er war allein.

Daniels Bande fand ihn später am Abend. Zu diesem Zeitpunkt hatte sich sein Gesicht tiefschwarz gefärbt. Seine Wangen waren so angeschwollen, dass sie aussahen, als hätte er einen ganzen Apfel im Mund. Er musste ins Krankenhaus. Das war ihnen klar. Aber sie hatten kein Geld, und sie hatten keine Kontakte, um ihn dorthin zu bringen. Also gaben sie ihm die einzigen Medikamente, die sie hatten. Marihuana und Heroin. Natürlich hätte er wieder Schmerzen, sobald die Wirkung der Drogen nachließ, und nicht nur körperliche. Die blauen Flecken, die Platzwunden, die Brüche – sein Körper würde genesen. Das eigentliche Problem war der innere Schmerz – die Hoffnungslosigkeit, die Wut auf seine Familie, die Sinnlosigkeit des Lebens. Aber all das würde ihm jetzt nichts ausmachen. Für eine Weile würden die Drogen helfen. Sie konnten ihm Erleichterung verschaffen, während sie seine Würde aufsaugten und ihn immer tiefer in dem Loch versinken ließen, aus dem er bereits jetzt nicht mehr herauskam.

Nachdem die Lynchjustiz ihre Schuldigkeit getan hatte, übernahm die ordentliche Justiz den Fall. Daniel wurde für mehr als fünf Tatbestände inhaftiert und von der Polizei in ein Kindergefängnis geschickt. Das Kindergefängnis war ein Slum im Slum. Bandenmitglieder, Drogendealer, Diebe waren dort. Leute wie Daniel. Das Problem war, dass Daniel im Gefängnis nicht den Schutz seiner Bande hatte. Er war ganz allein. Im Gefängnis lebte er gefährlicher als auf der Straße.

Die Nächte im Gefängnis waren am schlimmsten. Tagsüber konnte er stets Ausschau nach drohenden Gefahren halten. Aber nachts wurde die Lage kritisch. Der Sonnenuntergang brachte die Flut des Bösen mit sich. Die Schatten hatten Gesichter. Hätte er Augen am Hinterkopf gehabt, wäre dies sicherlich sehr nützlich gewesen.

Es gab kein Versteck. Sein Bett war kein Zufluchtsort. Sie konnten ihn aus seinem Bett zerren, wenn sie wollten, oder ihm während oder nach dem Duschen auflauern. Die älteren Gefangenen, die Männer, die den Knast kontrollierten. Die Männer, die taten, was ihnen beliebte, wann sie wollten und mit wem sie wollten. Manchmal war es sexueller Missbrauch, und manchmal war Daniel an der Reihe.

Sie griffen ihn an und drohten, ihn umzubringen, wenn er nur einen einzigen Laut von sich geben würde. Es fiel nicht auf. Die Aufseher taten nur wenig, um das Recht im Jugendgefängnis durchzusetzen – falls es so etwas überhaupt gab. Die Homosexuellen unter den Insassen hatten ihr Vergnügen mit Daniel und wenn sie mit ihm fertig waren, ließen sie ihn auf dem Boden liegen. Nackt, blutend und schlotternd. Manchmal blieb er die ganze Nacht dort liegen und versuchte, sich von den Torturen zu erholen und sich so gut er konnte zu erinnern, wie anders er sich das Leben vorgestellt hatte.

Draußen tat sich seine Bande oft mit Mädchenbanden zusammen. Es war ein fairer Handel. Sie beschützten die Mädchen vor anderen Banden, und die Mädchen gaben dafür den Jungen was sie wollten. Daniel und die anderen bekamen oft mehr als sie ausgehandelt hatten. Zwar infizierte Daniel sich nicht mit dem HI-Virus, steckte sich aber häufig mit anderen Geschlechtskrankheiten an.

Einmal, als Daniel feststellte, dass er sich angesteckt hatte, besorgte er sich soviel Heroin wie er nur kriegen konnte und suchte sich eine abgelegene Gasse. Er war nur wenige Tage zuvor einer Jungenbande zum Opfer gefallen. Er hatte sich an diesem Abend einen Schuß gesetzt, um mit der Demütigung und der Gewalt besser zurecht zu kommen. Aber es gab ein

Problem. Die Drogen hatten nicht mehr dieselbe Wirkung wie früher. Er brauchte mehr Drogen und er brauchte sie öfter, um die bösen Geister fernzuhalten. Immer wenn er von einem Trip herunterkam, wurde der Kampf härter, bis zum nächsten Schuss zu überleben. Er setzte sich und lehnte sich an einen Holzzaun. Der Vollmond schien auf ihn herab. Sein Körper schmerzte: All die erlittenen Gewalt und die Sucht hatten ihre Spuren hinterlassen. Wo war der Knopf, mit dem man alles, was passiert war einfach löschen konnte? Wie konnte er diesen schrecklichen Erinnerungen aus seiner Vergangenheit entrinnen? Wie konnte er sie daran hindern, ihn zu beherrschen?

Er wollte die Drogen nicht nehmen. Er wollte auch diese verlockenden, und doch irgendwie krank aussehenden Mädchen aus den anderen Banden nicht. Er wollte nicht einmal mehr seine Freunde, seine so genannten Freunde aus seiner eigenen Bande haben. Er hatte genug. Auch für einen jungen Mann gibt es Grenzen dessen, was er ertragen kann, besonders wenn die Zukunft so gleich aussieht wie die Vergangenheit.

Daniel wollte nicht mehr.

Er wollte nur noch eine Waffe.

Es war egal, wer den Abzug betätigte. Irgendjemand. Er könnte es auch selbst tun. So oder so würde es getan. Die Krankheit, die Drogen, die Gruppenvergewaltigungen. Er hatte alles satt. Es könnte endlich vorbei sein. Eine Waffe, das war alles, was er brauchte. Er könnte eine besorgen. Er könnte noch heute Abend eine besorgen. Er hatte Verbindungen. Er wusste, wo er eine bekommen könnte. Eine Waffe. Eine Kugel. Noch in dieser Nacht.

„Hallo“, sagte eine Stimme auf der Straße.

Daniel zuckte zusammen. Er war allein. Das war schlecht. Es war dunkel. Das war noch schlechter. Sein Körper hatte bereits genug mitgemacht. Nicht heute Abend. Nicht schon wieder.

„Geht es dir gut?“

Das hörte sich ganz anders an. Das war ganz anders als das, was der Mob zu ihm gesagt hatte, nachdem man ihn verprügelt hatte. Es war auch anders als das, was die Bandenmitglieder zu ihm gesagt hatten, nachdem sie mit ihm fertig waren.

„Ich bin hier, um dir zu helfen. Kann ich dir helfen?“

Daniel drehte sich um, um zu sehen, wer das war. Er hatte ihn nie zuvor gesehen. Wenn es ein Polizist war, so trug er keine Uniform. Nur ein mittelgroßer, mittelmäßig gebauter, durchschnittlich aussehender Mann, der nachts allein in einer dunklen Gasse unterwegs war.

„Ich habe dich hier gesehen, und du bist ganz allein. Ist alles in Ordnung?"

Tatsächlich war *nicht* alles in Ordnung bei Daniel. Gar nichts war in Ordnung.

„Wer sind Sie?", wollte Daniel wissen und fragte sich, ob hinter diesem Mann wohl eine Gruppe darauf lauerte, ihn anzugreifen.

Der Mann kam näher. Daniel konnte sein Gesicht sehen. Er war nicht von der Straße. Seine Augen drückten etwas anderes aus. Er musste von einem Ort kommen, der weit, weit entfernt von der Straße war. Und was das Beste war, der Mann war allein.

„Ich heiße Charles Mulli."

Daniel hatte den Namen nie zuvor gehört. „Mulli?"

„Ja. Ich würde dir gerne helfen. Was kann ich für dich tun?"

Hast du eine Waffe? Eine Waffe könnte ich gut gebrauchen.

„Lebst du auf der Straße?"

Daniel nickte.

„Dann bist du eine Waise."

Daniel gab keine Antwort. Das war nicht nötig.

„Ich wurde im Stich gelassen, als ich ein Kind war. Meine Eltern haben mich verlassen, als ich sechs Jahre alt war."

Sechs Jahre alt und ohne Eltern. Daniel kannte diese Geschichte schon.

„Ich musste um Essen betteln", fuhr Charles fort. „Ich hasste meine Eltern dafür, dass sie mich verlassen hatten. Ich habe mich so geschämt. Ich hatte kein Geld, nichts zu essen. Ich konnte noch nicht einmal zur Schule gehen. Aber eines Tages hörte ich von Jesus. Als ich in eine Kirche ging, hörte ich, dass Jesus mich liebt."

Christen. Daniel hatte von ihnen gehört. Das waren Leute, die Kinder wie ihn von ihren prächtigen Wagen aus auf dem Heimweg von der Kirche verfluchten.

„Jesus hat mein Leben verändert. Ich weiß, dass du verzweifelt bist, und ich weiß, dass Jesus dich liebt und auch dein Leben ändern möchte."

„Mein Leben? Mein Leben ändern?" Veränderungen gab es nicht für Daniel. Er hatte nie welche erlebt.

„Ja, und ich will dein Vater sein. Ich möchte dich in ein neues Zuhause bringen, wo du zu essen und Kleidung und einen warmen Schlafplatz haben wirst. Das möchte ich für dich tun."

Charles brauchte mehrere Wochen, um bei Daniel Vertrauen aufzubauen. Sie trafen sich auf der Straße und redeten oft bis spät in die Nacht hinein, manchmal sogar bis drei Uhr morgens. Charles kaufte Essen für die Bandenmitglieder und erzählte ihnen Geschichten von Jesus. Daniel und die vierzehn anderen Jungen nahmen Charles' Einladung an, auf das Kirchengelände in Eldoret zu kommen. Sie trafen andere Straßenkinder, spielten, sangen, hörten Geschichten von Jesus und lernten, Gemüse anzubauen. Und was das Beste war: Sie bekamen einen warmen und sicheren Schlafplatz in einem kleinen Haus auf dem Kirchengrundstück. Manchmal stahl sich Daniel nachts davon, um auf der Straße Drogen zu kaufen. Aber je länger er den Geschichten über Jesus lauschte, desto weniger musste er diesen Bedürfnissen nachkommen.

Er lernte Esther kennen und spürte ihre Anteilnahme bei jeder Mahlzeit, die sie für ihn und seine Freunde zubereitete. Sie strahlte so eine Herzlichkeit aus. Die Wachen im Jugendgefängnis hatten ihnen ihre Schüsseln mit Essen hingeschoben. Es war ihre Pflicht, und ihr Gesichtsausdruck verriet das. Aber Esther strahlte. Sie liebte ihre Arbeit. Irgendwie liebte sie es, für die Kinder zu kochen, die ihr niemals vergelten konnten, was sie für sie tat.

Während der folgenden Wochen und Monate spürte Daniel, wie es war, in einem Haus voller Kinder zu sein und trotz all der Dinge, die er erlebt hatte, geliebt zu werden.

Daniel war gut in der Schule. Er schloss die zwölfte Klasse ab und studierte schließlich Soziologie, worin er seinen Master machen wollte. Er gab sein Leben Jesus und wollte sich kurze Zeit später mit seiner Mutter aussprechen. Er unternahm die zwölfstündige Reise von Ndalani zum Haus seiner Mutter. Sie war einige Male umgezogen, aber die MCF hatte herausgefunden, wo sie nun lebte, so dass Daniel sie besuchen konnte. Er fand die kleine Lehmhütte. Er klopfte an die Tür und legte seine Hand auf den Türgriff. Nach all diesen Jahren, nach allem, was er durchgemacht hatte, war er immer noch nervös, als er das Haus seiner Mutter betrat.

„Hallo?“

Eine Frau sah ihn an. Zehn Jahre waren vergangen. Er erkannte sie wieder. Aber Daniel hatte sich in den letzten zehn Jahren sehr verändert. Aus einem jungen Teenager war ein junger Erwachsener geworden, so dass ihn seine Mutter nicht wiedererkannte.

„Mutter?“

Sie sah ihn genauer an. Seine Stimme kam ihr bekannt vor. Sie erkannte ihn an seiner Stimme.

„Mutter, ich bin's. Daniel.“

Sie stand auf und weinte. Statt ihn zu schlagen, umarmte sie ihn. Statt ihn wütend anzuschreien, rief sie ihn bei seinem Namen. Sie hielten sich eine Weile umschlungen und schwiegen. Sie brauchten keine Worte. Sein Stiefvater kam später und umarmte ihn auch.

Daniel blieb eine Woche bei ihnen. Sie entschuldigten sich die ganze Zeit dafür, wie schlecht sie ihn behandelt hatten und für all das Leid, das sie ihm in seinem Leben zugefügt hatten.

„Mr. und Mrs Mulli sind deine Familie“, sagten sie ihm. „Sie verdienen es, deine wirklichen Eltern zu sein.“

Als er seine leiblichen Eltern verließ, erinnerte er sich an den Tag, an dem er von zu Hause weggelaufen war, mit dem verrückten Gedanken, dass das Leben auf der Straße traumhaft sein könnte. Er erinnerte sich daran, wie er Charles getroffen hatte, als er in der abgeschiedenen Gasse gesessen hatte und seinem Leben ein Ende setzen wollte. Er erinnerte sich an den Tag, an dem er sein Leben Jesus gegeben hatte, wodurch er seinen Eltern vergeben konnte. Und als er in den überfüllten Bus nach Ndalani stieg, fragte er sich, wohin ihn sein Leben führen würde und wie er Leuten, denen es so ging, wie ihm, einmal helfen könnte.

Yatta

Charles erkannte, dass es dringend notwendig war, auch Straßenmädchen zu rehabilitieren. Viele von ihnen waren sexuell missbraucht worden oder hatten sich prostituiert. Das Problem war im ganzen Land weit verbreitet. Allerdings würde Charles auch hierbei zunächst nur wenigen helfen können. Aber um diese Mädchen zu retten bräuchte er ein neues Grundstück. Die am meisten gefährdeten Mädchen waren etwa sechzehn bis siebzehn Jahre alt. Wenn er sie nach Ndalani brachte, würden die Jungs dort in Versuchung geraten, ganz zu schweigen von den Problemen, die entstehen würden, wenn sie den jüngeren Mädchen ihre Geschichten erzählten. Also beschloss Charles, darum zu beten, wie er diesen Mädchen helfen konnte.

Alles was er brauchte waren Geld, Mitarbeiter und einen Platz.

2001 ging Charles in das Ya-Ya Center in Nairobi, um einzukaufen. Als er gerade ein Geschäft verließ, kam ein Mann auf ihn zu mit einem fragenden Gesichtsausdruck.

„Mr. Mulli? Sind Sie Charles Mulli?"

Charles hielt an. Er hatte den Mann nie zuvor gesehen.

„Ja, der bin ich."

Der Mann stellte sich vor. „Ich habe von Ihnen gehört. Ich habe ein Grundstück in Ndalani. Ich würde es Ihnen gerne zu einem sehr guten Preis verkaufen."

Charles dankte dem Mann, und als sie auseinander gingen, überlegte er, ob das Grundstück für sie wohl in Frage käme.

Dann bekam er einen Anruf von einem ehemaligen Angestellten der Regierung, der als Assistent für einen Minister arbeitete. Charles erinnerte sich, dass er die MCF Ndalani einst besucht hatte und tief beeindruckt gewesen war.

„Ich habe ein 80 Hektar großes Grundstück im Bezirk Yatta, nicht weit weg von Ihnen, vielleicht zwanzig Kilometer. Ich möchte Ihnen 40 Hektar davon verkaufen. Hätten Sie Verwendung dafür?"

Charles kannte das Grundstück und natürlich hätte er Verwendung dafür. Es war insofern ideal, als es weit weg von jeder Siedlung lag, was gut für die Mädchen war. Außerdem war es ein wunderschönes Stück Land mit sanft geschwungenen Hügeln, die sich kilometerweit erstreckten.

„Wir sind an dem Grundstück interessiert", sagte Charles, „aber wir haben im Moment nicht das Geld dafür. Bitte rufen Sie in zwei Wochen noch einmal an."

Zwei Wochen später rief der ehemalige Regierungsangestellte wieder an. Charles erklärte ihm, dass er das Geld immer noch nicht hatte, aber er bat ihn um Geduld. Das Grundstück schien in jeder Hinsicht richtig. Es wäre perfekt für die Mädchen. Es wäre eine unglaubliche Chance, einige von ihnen von der Straße weg zu bekommen, ihnen allerlei Fertigkeiten beizubringen, ihnen Gottes Wort weiterzugeben, und somit ihr Leben von Grund auf zu ändern.

Charles hatte schon den Plan für ein Unterrichtsprogramm aufgestellt, und einige Lehrer hatten bereits ihr Interesse an einer Mitarbeit bekundet. Was noch fehlte war Geld.

Einige Tage später bekam Charles eine E-Mail von einem Mann aus Übersee. Er wollte der MCF Geld spenden. Die Summe betrug etwa 40 Prozent des benötigten Betrages für das Grundstück. Die Spende war ohne Angabe eines bestimmten Verwendungszwecks, also schrieb Charles dem Mann zurück und fragte, ob er das Geld für das Projekt Yatta verwenden könne. „Verwenden Sie es so, wie Sie möchten!" kam zurück. Und damit rief Charles den ehemaligen Regierungsangestellten an und sagte ihm, er könne eine Anzahlung leisten und würde den Gesamtbetrag im Laufe eines Jahres bezahlen. Charles hatte keinen Plan für die Rückerstattung. Die MCF war wie immer knapp bei Kasse. Aber Charles vertraute darauf, dass Gott sich darum kümmern würde und ließ von Anwälten den Kaufvertrag aufsetzen.

Sobald das Geld bezahlt war, begannen sie mit der Erschließung des Geländes. Bis zum Ende des Jahres hatte Gott jeden Monat für genügend Geld gesorgt, um die notwendigen Zahlungen zu leisten. 2003 sah der ehemalige Regierungsangestellte, was Charles leistete und schenkte ihm die übrigen 40 Hektar des Grundstücks.

Die MCF begann ihre Arbeit mit dem Bau von Klassenzimmern, Schlafsälen und Speisesälen aus Wellblech, die später durch Gebäude aus Stein ersetzt werden sollten. Verschiedene Gruppen aus aller Welt – den Niederlanden, Deutschland, USA, Australien und Kanada – sahen, dass das Projekt Yatta dringend Geld benötigte und spendeten, um die Arbeit voranzubringen.

Charles konnte nun Zeit dafür verwenden, in den Slums nach Mädchen zu suchen, die Opfer der Prostitution waren. Er hatte den Ruf, Straßenjungen zu helfen, und das überzeugte auch zwölf Mädchen im Alter zwischen fünfzehn und einundzwanzig, ihm ihr Vertrauen zu schenken und ihre gefährliche Beschäftigung aufzugeben. Sie ergriffen die Chance, bei der MCF Yatta neue Fertigkeiten zu erlernen.

Charles fuhr sie von den Slums auf das Grundstück in Yatta. Es war eine kurvenreiche Straße. Als sie auf dem Grundstück ankamen, hielt Charles den Wagen an und zeigte den Mädchen ihr neues Zuhause. Ein Ort ohne Gefahren. Ein Ort ohne Angst. Ein Ort, an dem sie etwas empfangen konnten, ohne selbst in Gefahr zu geraten.

Er nahm sie mit auf eine Runde und zeigte ihnen ihre neuen Schlafplätze und ihre Klassenzimmer.

„Wir haben spezielle Programme für euch, zwischen denen ihr wählen könnt. Ihr könnt Ausbildungen erhalten als Schneiderinnen, Friseurinnen, Tischlerinnen und in Mikro-Finanzierung um eure eigenen Geschäfte zu gründen, in Hauswirtschaft, Kochen, Backen und Kinderbetreuung. Wir bieten außerdem einen Missionskurs an, falls ihr beschließt, nach eurem dreijährigen Aufenthalt hier andere Leute mit der Liebe Jesu erreichen zu wollen, wie auch ihr davon erreicht worden seid."

Die Mädchen konnten es nicht glauben. Sie hatten nichts. Keine Fertigkeiten. Kein Geld. Keine Mittel, ihm das zu vergelten. Und doch hatte dieser Mann sich dazu entschieden, ihnen jede Möglichkeit zu bieten, ihr Leben zu ändern von einem furchtbaren Albtraum zu einer Zukunft voller Hoffnung.

Das tägliche Programm an der Mädchenschule bestand aus Bibelunterricht und der Ausbildung im jeweiligen Spezialfach. Es gab außerdem noch Freizeitaktivitäten wie Chöre, Theater, Tanz und Sport. Jede Woche wurde ihre Beziehung zu Jesus Christus fester und sie konnten den Unterschied sehen zwischen dem, was sie einst gewesen waren und dem, was sie jetzt waren. Sie waren alle in den von ihnen gewählten Berufen sehr gut. Wenn Gäste kamen, wollten sie ihnen unbedingt die selbst genähten Kleider vorführen. Die Chöre sangen für die Besucher und drückten dabei die tiefe Freude darüber aus, dass sie, die einst Verlorenen, nun gefunden worden waren.

Charles fuhr von Yatta nach Hause, nachdem er den Frauen von Gottes bedingungsloser Vergebung gepredigt hatte. „Egal, wo ihr gewesen seid“, hatte er ihnen gesagt, „für Gott seid ihr nie zu weit weg gewesen.“

Er kam zurück nach Ndalani, wo er noch das Ende der Abendveranstaltung mitbekam. Als er nach vorne kam, grüßte er sie mit seinem typischen *Oo-ee*. Die Kinder klatschten und jubelten ihm zu. Er brachte Grüße von ihren Geschwistern aus Eldoret und von ihren neuen Familienmitgliedern aus Yatta mit.

„Unsere Familie wächst“, sagte Charles. „Wir sind nun schon über siebenhundert.“

Der Applaus und der Jubel nahmen zu.

„Einige von euch sind von der Straße gekommen, wo sie niemanden hatten. Jetzt habt ihr mich als Vater und“, er zeigte auf Esther: „Jetzt habt ihr eine Mutter. Und ihr habt so viele Geschwister. Seht ihr, wie sehr Gott euch liebt?“

Er betete für sie und ließ sie gehen.

Als die Gruppe auseinander ging, fand Charles einen der seltenen Momente in seinem Leben, in denen er innehalten und die stille Nachtluft genießen konnte. Er stand unter dem Wellblechdach, das von Holzbalken getragen wurde. Es gab keine Wände, so dass alle möglichen Insekten hereinfliegen konnten. Am anderen Ende der Versammlungshalle beendete gerade ein junger Mann, der für ein paar Monate als freiwilliger Helfer zur MCF gekommen war, sein Gespräch mit einigen seiner Schüler. Über die Jahre hatten Hunderte von freiwilligen Helfern aus aller Welt die MCF besucht, und für unterschiedlich lange Zeit nach ihren Möglichkeiten mitgearbeitet. Als die Schüler zu ihrer abendlichen Lernstunde aufbrachen, kam er auf Mr. Mulli zu.

„Mr. Mulli?“

Charles wandte ihm sein Gesicht zu. Mit seiner sanften Stimme und seinem aufrichtigen Lächeln reichte er dem jungen Mann seine Hand. Er nannte seinen Namen und fragte ihn, wie es ihm gehe.

„Gut“, sagte er. „Und Ihnen?“

„Heute war ein großartiger Tag. Ich war heute in Yatta.“

„Wie läuft es dort?“

„Es läuft ganz gut. Gott ist so gut zu uns. So gut.“

„Ich habe die Geschichte darüber gehört, wie das ganze Geld für Yatta zusammen gekommen ist. Es ist beeindruckend.“

„Ja, das ist es.“

„Mr. Mulli, haben Sie jemals Angst, dass Sie einmal nicht genügend Geld haben könnten? Es ist viel von Gott verlangt – das ganze Geld, das Grundstück, die freiwilligen Helfer. Woher wussten Sie, dass alles klappen würde?“

Charles lächelte. „Das ist eine gute Frage. Wissen Sie, das Schwierigste ist, Menschen um Geld zu bitten. Es ist seltsam, aber wir haben das Geld nicht dadurch bekommen, dass wir Leute darum gebeten haben, sondern dadurch, dass Gott die Menschen dazu bewegt hat. Menschen, deren Herzen verändert wurden, spenden gerne. Und wenn sie spenden, ist es für sie selbst eine Freude.“

„Es scheint, dass bei Ihnen immer alles klappt“, erwiderte der junge Mann. „Anderen von uns macht es Angst, Gott bei großen Dingen zu vertrauen. Zumindest mir. Ich denke nicht immer, dass Gott mir hilft.“

„Das Ausschlaggebende ist der Glaube. Der Glaube daran, dass Gott sich darum kümmern wird. Ich stelle mir selbst die Frage – warum tue ich das, was ich mache? Ist es für mich oder ist es für Gott? Und ob man einen Dienst tut, ein Unternehmen führt, oder sonst irgendetwas unternimmt, es ist für uns alle dieselbe Frage.“

Ein fetter Käfer landete im Ohr des jungen Mannes. Er schlug danach, offensichtlich genervt. Charles lachte.

„Ich sehe, dass Sie sich noch nicht an die Insekten gewöhnt haben“, sagte er.

Der junge Mann schlug noch einmal zu, um sicherzugehen, dass der Käfer weg war.

„Darf ich Sie noch etwas fragen?“, fragte er.

„Natürlich“, erwiderte Charles.

„Ich möchte gerne wissen, was Sie von Wohlstand halten. Ich habe die verschiedensten Definitionen dafür gehört. Ich habe mich immer gefragt, warum darauf so viel Wert gelegt wird. Seit ich hier bin habe ich Kinder getroffen, die nichts besitzen. All ihre Besitztümer passen in eine kleine Kiste. Die meisten von ihnen haben nur einen oder zwei Satz Kleider. Sie haben alte Schuhe und besitzen praktisch nichts. Und doch sind sie glücklicher als wir. Erst neulich Abend, als es regnete, lag ich in meinem Stockbett mit dem Moskitonetz um mich herum. Ich sah mich um und blickte auf eine Tasche, in der sich all meine Reisesachen befanden. Ich musste sie vom Boden auf den Tisch stellen, damit das eindringende Regenwasser sie nicht durchnässte.“

Charles lachte wieder. „Der Regen kommt manchmal herein.“

„Als ich in meinem Bett lag, wurde mir klar, dass ich noch nie in meinem Leben glücklicher gewesen war.“

„Das ist großartig.“

„Deshalb habe ich mir über Wohlstand Gedanken gemacht und was der Sinn davon ist. Sie haben alles gesehen. Armut, Wohlstand, arme Menschen, reiche Menschen, Kranke, Gesunde, Waisen, gerettete Kinder. Alles. Ich möchte gerne wissen: Wie definieren Sie Wohlstand?“

„Das ist eine gute Frage.“ Charles lehnte sich an einen wackeligen Pfosten und schlug einen Käfer weg. „Was ist Wohlstand?“ Er wurde still und es schien, als überdenke er alles, was er je erlebt hatte, bis er zu einer Antwort kam. „Die meisten Menschen werden mir hierbei nicht zustimmen. Aber für mich ist Wohlstand ein verändertes Leben.“

Der junge Mann hatte das noch nie gehört. Hier stand Charles Mulli, der als Kind verlassen worden war, sich enormen Reichtum erarbeitet hatte und schließlich all seinen Besitz dafür verwendet hatte, den Kindern zu helfen, denen es so ging wie ihm früher. Er hatte erfahren, was es bedeutete, nichts zu besitzen, in Überfluss zu leben und alles was man besaß, mit anderen zu teilen. Und doch hatte seine Definition von Wohlstand nichts mit Geld oder Besitztümern zu tun.

„Ein verändertes Leben?“

„Wenn ein Straßenkind sein Leben Jesus Christus gibt und sich dazu entschließt, anderen zu helfen, so ist das Wohlstand. Sie sind von der Straße weg an einen Ort gekommen, wo Gott sie benutzen kann. Aber wenn jemand, der bereits Geld hat, noch mehr bekommt, wie kann das Wohlstand sein? Wenn jemand, der bereits genug zu essen hat, genügend Kleidung, immer nur mehr davon kriegen möchte, wie kann das Wohlstand sein? Ich sehe es anders. Wenn jemand vom Bösen besessen ist und davon befreit wird, so dass er lernen und leben kann, wie es Gott gefällt, dann ist das Wohlstand. Wenn jemand sich prostituiert und misshandelt wird, manchmal sogar von den eigenen Familienangehörigen, und dann von diesem Leben befreit wird, um für Jesus zu leben, dann ist das Wohlstand. Ihr Leben hat sich verändert. Das ist Wohlstand."

Der junge Mann schwieg. Er hatte eine Antwort erhalten, die sowohl zu tiefgründig als auch zu einfach war, um sofort begriffen zu werden. Er nickte. Charles lächelte und verabschiedete sich, um sich an die noch anstehende Arbeit zu machen.

Wohlstand ist ein verändertes Leben.

Der junge Mann behielt diesen Satz immer in seinem Gedächtnis.

Jahrestag

Charles stand früh am Morgen auf. Nur die Köche waren bereits aufgestanden. Es war kühl draußen, aber die Sonne würde das schon bald ändern. Er ging an den Schlafsälen vorbei und dachte an die Hunderte von Kindern, die darin schliefen. Wie konnten fünfzehn Jahre so schnell vergehen? Er kam am Jakobsbrunnen vorbei, die Wasserversorgung, die sie durch Gottes Vorsehung bekommen hatten. Der Brunnen hatte seine Schuldigkeit getan und war durch ein achtzig Meter tiefes Bohrloch auf der anderen Seite des Grundstücks ersetzt worden. Aber die Tatsache, dass Gott Wunder vollbrachte, lebte in den Kindern weiter. Sie waren an jenem Tag dabei gewesen, als die Arbeiter sich daran machten, an einer Stelle zu graben, wo kein Wasser vermutet worden war.

Wir sind einen langen Weg gegangen, Du und ich, betete Charles. *Du hast über 700 Kinder aus der Armut befreit, von der Straße geholt, vor der Gefahr gerettet. Du hast großartige Wunder vollbracht, Gott. Du hast die Kranken gesund gemacht. Du hast die Macht Satans im Leben dieser Kinder ausgelöscht. Du hast uns mit Essen versorgt. Du hast unsere Landwirtschaft gesegnet, so dass wir die Hälfte unserer jährlichen Erträge exportieren können, um Geld für die MCF zu verdienen. Und HERR, Du hast Menschen in aller Welt diesen Auftrag zum Anliegen gemacht. Vielen Dank für unsere Freunde. Vielen Dank für ihren Einsatz für die Waisenkinder. Ohne sie wäre das alles nicht möglich. Segne sie in ihrem Leben.*

Diese Woche feiern wir das fünfzehnjährige Bestehen der Mully Children's Family. Ich erinnere mich noch an den Augenblick auf der Schnellstraße, als Du mich riefst. Und wo stehen wir heute? Wir haben einiges geschafft. Danke, dass Du mich so benutzt hast. Es ist ein Privileg, von Dir in dieser Weise benutzt zu werden. Ich bete darum, dass die Feierlichkeiten heute Dir zu Ehren sein werden, denn nur Deinetwegen sind wir hier.

Charles bekam Briefe von seinen Freunden aus Europa, Australien und Nordamerika. Einige davon hatten ihn schon jahrelang unterstützt. Andere waren erst kürzlich dazu gestoßen. Und doch hatten sie den gemeinsamen Wunsch, durch die Mully Children's Family einer leidenden Welt die Hand zu reichen.

Gemeinsam mit den Freiwilligen, den Lehrern und Schülern der MCF ging Charles in den Slum von Kipsongo, um sich um die Kinder zu kümmern. Charles war schon mehrere Male dort gewesen und hatte Kinder gerettet, deren Eltern teilweise noch immer in denselben Hütten lebten. Die Gruppe stieg aus dem Kleinbus, und sie gingen zu einigen Hütten. Diejenigen, die zum ersten Mal in einem Slum waren, fühlten sich unsicher, waren sie doch von Armut und Verbrechen umgeben. Alles sah grau aus. Hütten, die aus gebrauchten Mülltüten bestanden, prägten das erbärmliche Bild. Wackelige Wohneinheiten aus Wellblech, Sperrholz und Pappe säumten die Straßen. Diese diente auch als Abwasserkanal. Es gab keine Toiletten. Der Gestank zwang einige der Neuankömmlinge, durch den Mund zu atmen. Charles hatte sich schon vor langer Zeit daran gewöhnt. Er schüttelte den Leuten die Hand, ließ seinen Blick über die Menge und darüber hinaus wandern auf der Suche nach Kindern, die dringend Hilfe brauchten. Zwei Jungen saßen am Straßenrand. Sie trugen zerrissene und ölige T-Shirts. Ihre Gesichter waren schmutzig. Sie hatten keine Schuhe an. Charles grüßte diejenigen, die er kannte. Er war so viele Male hier gewesen. Die Beziehungen, die er aufgebaut hatte, verliehen ihm Glaubwürdigkeit und Sicherheit in dieser normalerweise gefährlichen Umgebung.

Als sie begannen, Essen zu verteilen, versammelten sich Leute um sie. Das MCF-Team teilte Obst und Gemüse aus. Nachdem sie gegessen hatten, richtete Charles eine Botschaft an sie – was nie einfach war bei Menschen, die am verhungern waren.

Als das Team später mit einigen Leuten sprach, wurde Charles' Aufmerksamkeit auf einen kleinen Jungen gelenkt, der in der Ferne alleine dastand. Je länger er ihn anschaute, desto bekannter kam er ihm vor. Er hatte ihn schon einmal gesehen. Einer von Charles' Freunden im Team erkannte den Jungen ebenfalls wieder. Der Junge sah auf. Er erinnerte sich auch.

Sein Name war Michael, und er war ein Junge, der einmal zwischen Leben und Tod geschwebt hatte.

Charles ging auf ihn zu. Sie hatten ihn schon einige Zeit lang gesucht. Michael hatte sich nicht verändert. Dasselbe zerlumpte T-Shirt, dieselbe zerrissene Hose, derselbe besorgte Blick in seinem Gesicht. Es entspannte sich etwas, als er Charles und seine Freunde auf sich zukommen sah. Sie knieten sich hin und umarmten das Kind. Der widerliche Geruch des Jungen drang in Charles' Hemd ein und blieb an ihm haften. Michaels Gesicht war ganz bedeckt vom Schleim, der ihm aus der Nase lief. Seine Augen waren verschwollen. Es war offensichtlich, dass sein fünfjähriger Körper mit den Krankheiten nicht fertig wurde.

„Hallo Michael", sagte Charles.

Diese Worte taten Michael gut. Er sah das Mitgefühl in Charles' Augen. Er hatte von Charles Mulli gehört. Er hatte davon gehört, dass es einen Ort gab, an den Kinder gehen konnten, wenn dieser Mann sie mitnahm um ihnen eine Zukunft zu schenken. Es war ein Ort mit Betten, einer Schule, mit Essen, Freunden, voller Sicherheit und Liebe. Ein Ort mit Jesus Christus.

Charles' Freunde boten sich an, Michaels Aufnahme durch die MCF zu unterstützen. Eine der Sponsorinnen hatte ihn bei einem früheren Besuch bei der MCF gesehen. Als sie wieder nach Hause zurückgekehrt war, blieb der kleine Michael ihr unauslöschlich im Gedächtnis.

Wie die Hunderte von Freiwilligen aus aller Welt, die zur MCF gekommen waren, wollte sie den Kindern von zu Hause aus helfen. Das hatte zur Folge, dass sie sich auch weiterhin für die Unterstützung der MCF und anderen armen Menschen in der Welt einsetzte.

Die Helfergruppe verließ den Kipsongo-Slum und nahm Michael sowie weitere Kinder mit. Während er aus dem Fenster des Kleinbusses schaute, spürte er die Vorfreude auf das neue Leben. Als sie von der Hauptstraße in Richtung MCF Ndalani abbogen, sah er die Kinder, seine neuen Geschwister, auf dem Feld Fußball spielen. Der Wagen fuhr zur Schule und sie zeigten ihm seinen Schlafsaal. Dank der unermüdlichen Spenden bekam Michael von Charles ein neues Stockbett mit einer Matratze und einer Decke zugewiesen.

„Ist das mein neues Zuhause?“, fragte Michael.

„Ja. Was hältst du davon?“ Charles setzte sich neben ihn auf das Bett und war erleichtert, dass Michael noch am Leben war und dankbar, dass er jetzt an einem sicheren Ort war.

Michael lächelte. „Mir gefällt es hier. Mir gefällt es hier sehr gut.“

Ein anderes Kind kam herein und stellte sich Michael vor. Zusammen rannten sie los, um das Gelände zu erkunden.

Michael war am Morgen noch als Waisenkind aufgewacht. Aber als er zu Bett ging, war er Teil einer Familie

Am nächsten Tag besuchten Charles und ein MCF-Team eine Jugendanstalt, die vom Staat für Kinder ohne Zuhause betrieben wurde. In ihrem Bemühen, die Kinder von der Straße fern und im Zaum zu halten, hatte die kenianische Regierung hunderte solcher unterfinanzierter Einrichtungen geschaffen. Aber es gelang ihr nicht, den Kindern die Fürsorge zukommen zu lassen, die sie benötigten. In dieser Anstalt waren fünfundachtzig Kinder in einem kleinen Raum ohne Decken und Matratzen untergebracht.

Das Team verteilte warmen Eintopf und Chapatti an die Kinder, hatte aber die Auflagen erhalten, sie nicht zu berühren oder sonst in Kontakt mit ihnen zu treten. Es waren hübsche Kinder mit einem doch so verzweifelten Gesichtsausdruck. Als Charles und sein Team wieder in den Kleinbus stiegen, sahen sie zu, wie die Kinder wieder zurück in ihre Unterkunft gebracht wurden. Es war ein besseres Leben als das auf der Straße. Und doch empfand Charles einen Schmerz. Denn er wusste, dass obwohl er sein Leben gegeben hatte, um bei diesem Problem zu helfen, es noch weit, weit mehr zu tun gab als bisher.

Die MCF Ndalani stand vor der Herausforderung, die Kinder auf Aids zu testen. Die dazu benötigte medizinische Ausrüstung war gespendet worden. Die Mitarbeiter nahmen jedem Kind Blut ab und vermischten es mit der für den Test erforderlichen Lösung. Sie warteten diese ewig dauernden drei Minuten, bis der Test wirkte und anzeigte, ob ein Kind gesund oder infiziert war. Von den 713 getesteten Kindern waren 79 infiziert.

Tausende von Menschen kamen 2004 zur MCF Ndalani um an der Feier ***„15 Jahre Gottes Gnade und Wunder“*** teilzunehmen. Es war das Ende einer einwöchigen Feier, die aus Besuchen in Slums, Open-Air-Treffen in Eldoret, Verteilung von Essen und Proviant an die Gemeinden und Zeugnis ablegen bestanden hatte. Während einer der MCF-Chöre für die Menschenmenge sang, ging Charles nach hinten zu seinen Eltern Daudi und Rhoda. Sie waren inzwischen aktiv an seinem Straßenkinder-Projekt beteiligt und halfen ihrem Sohn, Kinder von der Straße zu retten.

„Das hast du gut gemacht, Charles“, sagte Daudi. „Das ist unglaublich. Einfach nur unglaublich.“

„Gott leistet immer noch hervorragende Arbeit, nicht wahr?“

Daudi nickte. Er drehte sich um und schaute Charles an. Sie blickten sich in die Augen.

„Danke, Charles,“ sagte Daudi. „Danke für alles.“

Charles legte seinen Arm um seinen Vater und hörte zu, wie die Kinder das nächste Lied anstimmten.

Später am Abend, nachdem alles aufgeräumt war, stand Charles mit Esther da und schaute auf das Anwesen. Sterne übersäten den nächtlichen Himmel. Einige der jüngeren Kinder waren bereits zu Bett gegangen. Einige der älteren redeten noch miteinander auf dem Weg in ihre Schlafsäle.

Charles und Esther schwiegen. Sie brauchten keine Worte. Alles war gut. Sie standen einfach miteinander da und spürten den Lohn, den Menschen empfangen, die in guten, schweren und unvorhergesehenen Umständen zusammenhalten.

Esther ging ins Haus, um sich schlafen zu legen. Charles sah, wie sie die Tür zu ihrer kleinen Wellblech-Hütte aufschloss. Er hätte sie die Tür zu ihrem brandneuen Eigenheim aufschließen sehen können. Wenn er seine Unternehmen behalten hätte, hätte er sich ein wunderschönes Haus leisten können mit Autos, Kleidern, Ferien. Aber solche Gedanken kamen ihm schon lange nicht mehr. Er hatte diese Brücke vor langer Zeit überschritten. Er atmete tief ein und spürte den Sinn und Zweck dessen, dass er für Gott alles aufs Spiel gesetzt hatte.

Er ging ins Bett. Esther schlief bereits. Was für ein Tag.

Was für ein Leben.

In diesen ruhigen Momenten bevor er einschlief, dachte er an die Abenteuer, die er mit Gott erlebt hatte, er dachte an die Kinder, die jetzt eine Zukunft hatten, und er dachte an die Hunderte von Menschen, die ihr Leben Jesus gegeben hatten. Und als er so dalag in der Stille der Nacht, erinnerte er sich an die vielen guten Dinge, die in diesen fünfzehn Jahren passiert waren und fragte sich, was wohl noch kommen würde.

Es war die beste Zeit des Tages.